雌雄怪盗
上卷
《降灵家族》续篇
裘椤双树 著
第四章
石府秘事
一只从未见过的猛兽，大若狮虎，金毛耀眼，身姿矫健，背上还展开了一双硕大的金色羽翼，一对威武的铜铃大眼精光万丈，气势逼人。
U0898828
.illustration by mario.

# 雌雄怪盗 上卷

《降灵家族》续篇

浅樱双树 著

## 第一章 幽灵船

他身材高挑，双眸像星星一般闪烁着精力旺盛的光芒，夜风拂乱了他一头及颈的黑发，细碎的发丝在那张英俊的脸孔上跳跃不止，朦胧的光线投洒在他那身深褐色猎装上，勾勒出一个挺拔的轮廓。

.illustration by mario.

雌雄怪盗
上卷
《降灵家族》续篇
裟椤双树 著
第三章
不安乐的安乐镇
柱上并非光秃无物，四条足有胳膊粗的铁链分左右各两条紧绕其上，链子的另外一端则套在柱间一个蜷缩的白衣人身上，双手双脚，牢牢被缚。
.illustration by mario.

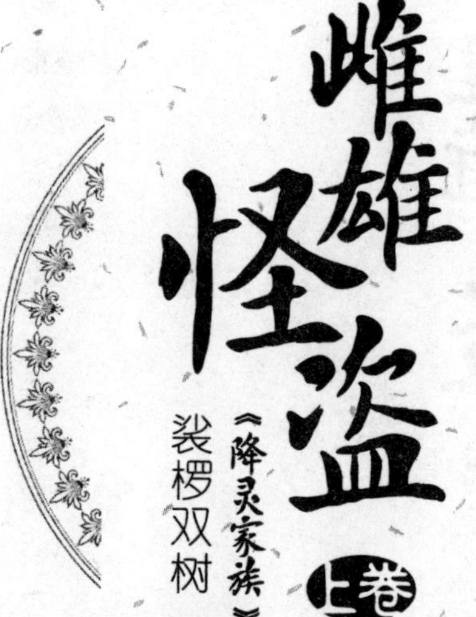

# 雌雄怪盗

上卷

《降灵家族》续篇

裴椤双树 著

穿越千载，梦回大宋王朝。

看钟氏后人的降妖伏魔之手，

覆雨翻云，震惊三界！

目录

所谓冻鬼符，也并不是什么必杀的绝招，它只不过是把邪物的灵力暂时封住，好比人类玩的点穴功夫一样，伤不到对方，却能让它无法动用任何灵力来攻击别人。这种符对付单只的邪物很是有效，只要将符打进邪物的天灵盖，在符咒的作用消失之前，要杀要剐就随你高兴了。



凶手的手法极利落，从下颌到额头，从左耳到右耳，分毫不差，整整齐齐地揭下了死者一张完整的“脸”，空留一堆凹凸不平的肌肉突兀地衬在面上，偏偏又因为尸体里滴血不留，那些暴露在空气里的肌体组织尽是一片黏腻的黄白，看上去竟比血肉模糊更加触目惊心。



发如墨，肤胜雪，剑眉秀目，眸似深潭，薄唇微微翘起，透着若隐若现的讥诮之意——

折扇的主人，一个与钟晴年纪相若的男子，一身锦缎所制的黑色长袍，及肩长发以一条细细的暗金丝绳规矩地束在一起，一丝不乱。

简单到朴素的装扮，自然至极的平淡表情，优雅镇静的姿势，却减不去这男子半分气势。

# 1
# 幽灵船

十二月二十三日，北欧，挪威海。

“突突突突……”

有规律的引擎声在平静的夜晚高歌，一艘中型科考渔轮在海面上缓缓前行。极明亮的光束从船顶那排功率超强的探照灯里射出，警惕地来回扫描着。

此时，这片海域里只有这一艘船，它像个落了单但又不急于撵上大部队的沉着士兵，独自一人穿过幽暗的夜色，不紧不慢地向着北方行驶。所过之处，留下一道往外翻着细微海浪的笔直水迹，哗哗作响。

今天的天气不算坏，没有雾，抬头就能看到天上的几颗星星在稀稀拉拉地闪烁着，裹着淡淡咸腥味的海风依旧不带歇地吹着，温度仍然维持在零下，可总觉得比前几天温暖了许多。

平安夜前夕的挪威海，看起来特别顺眼。

立在渔轮甲板上的钟晴收回望向天空的目光，顺手掐灭了指间燃了一半的香烟，他身材高挑，双眸像星星一般闪烁着精力旺盛的光芒，夜风拂乱了他一头及颈的黑发，细碎的发丝在那张英俊的脸孔上跳跃不止，朦胧的光线投洒在他那身深褐色猎装上，勾勒出一个挺拔的轮廓。

“嘀嘀……”一阵急促的电话铃音蓦地响起，将看海看得入神的他拉回了现实。

钟晴把别在腰间的卫星电话放到了耳边："喂？老爸啊，什么事？"

"儿子！你们现在到哪儿了？！抓到大王乌贼了没有啊？"一个中年男子的声音清晰地从听筒的另一端传出。

"老爸，我们出发还不到四十八小时呢！"钟晴颇无奈地拍了拍脑门，"大王乌贼不是小鱼小虾，哪有那么容易被发现踪迹。找我就为这个？"

"可不是为这个嘛！你老妈要新配一种强力药水，需要大王乌贼的墨汁儿入药。"

男人双目一瞪："老妈又想到什么馊点子了？"

"不是说了配药水吗？既然你们还没抓到，那只有我们亲自上了。"

"你说什么？！"钟晴的脸色突然变差。

"我跟你妈已经到了纳尔维克港了，明天一早就出海。咱们一家人很可能在海上碰头呢，哈哈。如果你们抓到了，记得第一时间通知我们！嗯，就这样了，我跟你妈还要作准备工作呢，注意安全啊！"

"哎哎，老头子别忙着挂机，我要跟儿子说话。"又一个嚷嚷着的女声传到他耳里，"喂，晴晴，圣诞快乐呀！你们在海上一定要小心啊，尤其是深夜，如果听到有女人的歌声，越是动听的你越要留心，那是鱼妖在诱惑活人的灵魂呢。你倒是没关系，主要是你那些什么都不懂的组员们，得看好他们，千万别让他们上当跳海啊！真要遇上了，你拿我给你的双子水晶敲三下他们的头就没事了。还有，你这周忌红色，千万别穿任何红色的衣物，所有红色的东西你都要离得远远的！好了好了，不说了，快没电了，总之你自己要小心，海上很不安全，就这样了啊，BYE！"

"喂？喂！"钟晴对着电话一阵猛喊，却只剩嘟嘟的忙音回应他。

愣了半晌，钟晴方才悻悻地收起电话，不满地嘀咕着："早知就不说我们是来寻大王乌贼了，唉，真是麻烦……"

钟晴是中国人，如今的身份是雅典逻林大学海洋生物学专业的在读学生，一周前刚刚过完二十一岁生日，家庭背景复杂。刚刚在电话里同他啰唆半天的男女，是被他在私底下称为怪胎夫妻的父母。必须要说明的是，这当爹的是鬼王钟馗的后人，当妈的自称拥有北欧某神族的高贵血统。如此身份，抬出来能吓死一群人。可是，钟晴却从来没有在这对父母身上看到任何符合他们"高贵"出身的行为，惊天动地的大事从没见他们做过，鸡毛蒜皮的小事倒乐此不疲。为一毛两毛钱跟人砍半个钟头的价，半夜里把白天骂脏话的邻居的车轮子给卸了，诱骗看不顺眼的人自动往游泳池里跳然后在落水前一秒施法把池里的水变没，诸如此类的"壮举"简直不胜枚举。不仅对别人，连对自己的亲生儿子，他们也没有手下留情。每次只要一想到当年他们一声不吭扔下不到十岁的他玩消失，而且一消失就是七年这事，钟晴的背脊就阵阵发凉，若不是还有个奶奶行抚养之责，他饿死街头也不是不可能的事。

如今夫妻两人已是年过半百，而他们的古怪脾性不仅没有收敛，反有愈演愈烈之势。一听到他们说要掺和到寻找大王乌贼这个行动里，钟晴的心都揪紧了。

一个星期前，有消息说在挪威海海域发现了疑似绝迹的罕见物种——大王乌贼，逻林大学迅即派出一队科考小组赶赴此地，希望能获得第一手宝贵资料。钟晴正是这五人小组的组员之一，这也是他第一次以正式科考队员的身份参加这样的行动，因此断断不能被这对夫妻给搞砸了才是。

钟晴双手合十，诚心诚意祈祷他们一家三口千万不要在海上碰头，也祈祷大王乌贼千万别被这对夫妻碰上！阿弥陀佛！

“钟！”

一个清脆的声音忽然从他背后传来。

钟晴回头一看，队伍里唯一的女性成员薇诺尔正搓着双手，哆嗦着用英文冲他喊着。

她朝他招招手：“下来喝点儿东西吧，我刚煮好咖啡！”

钟晴应了声好，又对着天空咕哝了一句老天保佑之类的话，方才回过身朝她走去。

刚一回到休息室，一股浓郁温热的香味扑鼻而来，钟晴嗅了嗅，对薇诺尔笑道：“你煮咖啡的技术真是一流。”

“所以说把她带来是没错的，虽然专业技术不怎么样，但总还是有用处的。”坐在桌子旁嚼着曲奇饼的棕发男子看着钟晴他们，戏谑地接过话头。作为小组的带头人，这个叫里克的家伙却半点没有头头的稳重严肃。

“你不用老是针对薇诺尔吧。”里克对面，年纪稍长留着络腮胡子的蓝斯翻动着手里的杂志，舒服地喝着咖啡。

“关你什么事？专心看你的杂志吧！”

“好了好了，两位老大别吵了。”钟晴赶紧坐到他们两个中间当灭火器，“不如我们多想想有什么好方法能尽快抓到乌贼？！”

“就是！”薇诺尔气呼呼地坐下来，赏了里克一个白眼。

“好吧好吧。”里克两手一摊，旋即正色道，“我们这次的行动只有十天时间。蓝斯，你有什么看法？”

“到目前为止，我们所有的探测仪器似乎都没有发挥作用。”蓝斯合上杂志，抬头看着钟晴，“不过，倒是可以考虑从大王乌贼的死对头着手。”

"你说抹香鲸?"钟晴迫不及待地问。

"抹香鲸……"里克搓着下巴。

薇诺尔眨了眨眼睛，道:"找大王乌贼难，寻抹香鲸却不难。我们可以把追踪仪放置在抹香鲸身上，让它带我们去找它最钟爱的食物。"

"算是一个可行的方法，但是……"

钟晴话未说完，便被一阵急促的喊叫声给打断了。

"喂喂，头儿!!你们所有人赶快到我这里来，出怪事了!快啊!"

夹杂着嗞嗞噪音的男人声音从放置在蓝斯旁边的对讲机里传出。

"是布鲁格。"薇诺尔脱口而出。

"快，去驾驶舱。"

几人跟在里克身后，飞奔出了休息室。

不消二十秒，一群人喘着粗气出现在独自驾驶着渔轮的布鲁格——小组最后一位成员的面前。

"出什么事了?"里克两步走到布鲁格身边。

"你们看那儿!"歪戴着帽子的布鲁格指着他们的正前方，手指有些微的颤抖。

众人齐齐把目光投向了他所指的方向，纷纷吃了一惊——

借着探照灯的光芒，众人清楚地看到在距离他们的船不到三百米的海域上，一艘中型邮轮正直直地朝他们这方向驶来，船体上没有任何灯光透出，也听不到任何引擎的声音，这般大的一个钢铁家伙竟然无声无息地浮行在水面上，不紧不慢地接近他们。在探照灯触及不到的范围里，一大片黑梭梭的轮廓在墨紫色的天空下徐徐移动，无端端地透出一股让人心悸的危险。

"那……那是艘……什么船?"薇诺尔的舌头有些打结。

里克和蓝斯愣愣地看着前方，半晌没有说话。

布鲁格有些慌张地看了看他们，将目光移到面前的雷达上头:"你们……最好再看看这个。"

"这……"钟晴的视线停留在闪烁不停、处于正常工作状态的雷达上，眉头却锁得更紧了。

雷达上清楚地显示，前方没有发现任何移动的物体。

"见鬼，雷达出问题了吗?那么大一艘船在前头!"钟晴忍不住用力拍了拍雷达的显示屏。

"瞎拍什么呢?!"蓝斯把钟晴拉到了一旁，"可能只是一艘漂流船而已。这并不是什么罕见的事情。”

“如果是漂流船，雷达不可能对它没有反应。”薇诺尔不赞同他的说法。

“绕开它。”里克下了命令。

布鲁格立即猛转舵盘。

然而，他们的船并没有在布鲁格的操纵下改变航向，仍旧沿着原来的方向朝前行驶。

“妈的，已经满舵，我们的船不受控制了！”布鲁格气急败坏的声音贯穿了整个驾驶舱。

情况不妙。

那个家伙已经越来越逼近他们的船，并没有停下来的意思。

“布鲁格，把救生艇放下来！每人拿好救生衣，全部去甲板上。”

这艘不速之客委实怪异，里克已然作了最坏的打算。

言毕，众人立即按照他的意思，火速离开了驾驶舱，取了救生衣往甲板上跑去。

当落在最后的钟晴抱着一大包食物和瓶装水赶到甲板上同众人会合时，那个体积超过他们一倍的大家伙已经驶到了他们面前，一股巨大的压迫感掺杂着某些不为人知的特殊味道扑面而来。

而万幸的是，在两船即将亲密接触的前一秒，对方居然停了下来。

甲板上的几人抱着救生衣，心有余悸地看着两艘船之间不到一米的距离，面面相觑。

“阿嚏！”钟晴鼻子一痒，打了个响亮的喷嚏。

这艘大船带来的味道，他再熟悉不过。

能让他瞬间出现感冒症状的，普天之下除了浓重的鬼邪之气外，不作他想。

钟晴把手里的东西扔在一旁，握住一直挂在胸前的牛骨护身符。这块正面为钟馗像背面为不知名经文的小牌子是他们钟家祖传下来的宝贝，传说邪魔歪道一见此物，自然退避三分。

自己虽然顶着钟家伏鬼传人的名号，但是年少时候的他却总不肯用功，从来都是偷懒耍滑不愿意在伏鬼之术上花心思，以至于每次跟着亲人上“战场”不只帮不了忙，遇到危险时还肯定要别人施以援手才能化险为夷，因此自然而然成为了拖他们后腿的大包袱。

直到回雅典继续学业之前，他才良心发现痛定思痛，把以前被自己扔得远远的“教材”——钟家独有的记录了各种伏鬼之术的书籍统统装进了行囊。

这些日子来，虽说他不够勤勉，但自修的成果还算丰硕，普通邪灵倒也手到擒来。

记得在回雅典的第二年，当他第一次凭自己的本事收服了潜藏在学校宿舍里的一只恶灵时，他终于觉得自己是个名副其实的钟家人了，那种成就感，让钟晴兴奋了很长一段时间。

而此刻，他百分之八百断定，这艘古怪的船上，承载的是数量不明的死灵。

所谓“幽灵船”，当指此物。

“大家赶快回到船舱去，千万不要靠近这艘邮轮！”钟晴大声警告，而后快步上前把已经探出半个身子观察的里克拽了回来。

“这艘船叫德尔路尼号，我看到了船身上的名字了！”里克回过头，像发现了新大陆一般对所有人宣布。

“德尔路尼？”站在船舷边的蓝斯思忖着，“很熟悉的名字。”

“1965年，一艘在北大西洋无故沉没的邮轮就叫德尔路尼！”布鲁格一拍脑袋，兴奋不已地说，“传说那艘船上藏有一大批希特勒当年敛下的财物！”

“不可能！北大西洋的沉船怎么可能出现在挪威海！”薇诺尔怀疑地打量着眼前灰黑色的船体。

没人留意钟晴的警告，大家的注意力统统被吸引到这艘不期而至的邮轮上，尤其是在布鲁格说到这可能是一艘藏有财宝的船只之后。

“喂！你们没有听到我说的吗？”钟晴的声音提高了八度，走上前拉住薇诺尔和蓝斯，“赶紧回到船舱里头，不要再接近这艘邮轮！快！”

“小子，不用那么紧张，我们……”里克回头冲钟晴摆摆手，认定他紧张过度了。

“咦？你们听！”薇诺尔突然打断了里克。

“那是什么？”

“好像有人在唱歌？”

“是女人的声音啊，真好听！”

“没听过这么动听的声音！”

除了钟晴之外，其余几个大男人在薇诺尔的提醒下，纷纷侧耳倾听，脸上的表情越来越陶醉。

钟晴也听到了，女人天籁般婉转空灵的声音，悠扬地盘旋在寂静的海面上，由远而近，调子并不高亢，却充满了覆盖整片挪威海的神秘力量，让人不由自主想循声而去。

不是吧？难道真碰上鱼妖了？

钟晴突然想到了刚才老妈在电话里对他的嘱咐。

再看看其他人，脸上的陶醉之情愈发浓厚，而眼神，却越来越茫然，一个个痴了般缓缓朝船头走去。

不妙！

钟晴冲上去将走在最前头的里克一把拖了回来，里克一屁股坐在了地上。然而他很快就站起来，傻笑着继续朝刚才的方向走去。

见状，钟晴只好从甲板旁的杂物中拣出一条粗大的尼龙绳子，挨个把他们四人紧紧拴住，再把绳子的另一段牢牢系在通往船舱的楼梯扶手上。

做好这一切后，他拔腿钻进了船舱，往自己的睡房飞奔而去。

双子水晶！那个可以救他们！

很快，钟晴手握一块斑斓通透的紫白双色晶体，火速跑回甲板。可是，眼前的情景却让他傻了眼。

鱼妖的歌声已然消失，而那四个家伙也全体不见了踪影，黑色尼龙绳完好无缺地散落在地上。

现在，整个甲板，整艘船，应该说是整片视野范围内的海域只剩下他孤单单的一个人。

他们不会真跳海了吧？！

钟晴两步蹿到船舷处，俯身看着下面的海水。

很平静，连一圈涟漪都没有。

如果他们真的跳了，这么短的时间，水面上的痕迹是不可能完全消失的。

没有跳海，那他们会跑到哪里去？！

钟晴强压下心中的焦躁不安，沿船舷而行，想看看有没有蛛丝马迹遗留下来。四条人命，非同小可。

一路走到船头，他果然有了发现——紧靠在一起的两艘船中间，不知何时多了一块长约两三米的木质踏板，看来十分稳固的样子。

再看，灯光下，踏板中央雕刻着的考究图案清晰可见，而它的另一端，一顶蓝色的棒球帽遗落在上头。

钟晴一眼认出，那是布鲁格的帽子。

难道他们上了幽灵船？！

钟晴的心咯噔一下。

天上的星星依旧闪烁，四周沉静如初，老旧而坚硬的木料横跨在闪烁着细碎光点的幽深海水上，通身都散发着邀他走过去的诱惑之意。

面对眼前这份特殊的“邀请”，钟晴似乎没有其他选择。

豁出去了！

把手中的双子水晶挂在脖子上，钟晴心一横，从船舷上一举跃下，稳稳地站在踏板上。

深吸一口气，他握紧拳头，两步便跨了过去。

生平第一次，钟晴登上了一艘幽灵船。

一阵异于海风的气流从他的后脑勺拂过，钟晴下意识地一回头，惊讶地发现送他过来的踏板在眼前凭空消失了。

他回过头，紧紧握住胸前的护身符和双子水晶。

没事的，没有什么邪物是钟家人收拾不了的。

钟晴反反复复在心里这么安慰着自己，小心翼翼地寻路进到了船内。

船里竟然有灯光，非常明亮。

钟晴站在一条狭长走廊的起点，将已经掏出来的打火机重新揣回了兜里，他本以为这里头应该是漆黑不见五指的。

四下打量，他心里的疑惑与不安越来越重。

房门、墙壁、地板，包括顶上的灯盏，个个精雕细琢，极尽奢华之能事，所见之处，统统崭新而干净，完全推翻了他之前对幽灵船的看法。这里，一点也没有他想象的残旧破败，除了没有生气之外，它就是一艘再普通不过的上好船只。

钟晴心烦意乱地在原地踱着步子。地方这么大，天晓得他们几个被困在了哪里。

想来想去，他眼睛一亮。

拿出刚才拾到的布鲁格的帽子，钟晴把它放到了面前的地板上，自己盘腿坐下。在盯着竖起的手指犹豫了半天之后，他眉头一皱，闭着眼一口朝右手食指咬了下去。

他想画一道寻人符。

这招是他上个星期才学会的。

根据钟家的专有典籍上记录，活人肉体若被邪物所擒且不知所终的话，可取其离身不超过二十四个钟头的贴身物事一件，置于寻人符之上，若所寻之人未亡，残留于此物之上的生气便可借符咒之力自行指出其主人隐匿的方向。

虽说还没有机会实践过这个新法术，但是除了这招，钟晴一时之间也想不出别的方法了，他的灵力还不够高深到可以直接从浓重的邪气中辨别出活人的生气。

睁开眼，痛得龇牙咧嘴的钟晴赶紧把冒血的手指摁在地上，以帽子为中心不假思索地划拉起来，颇具龙飞凤舞之势。

在点上最后一笔之时，钟晴的手忽然停住了，这一笔的勾是往左还是往右呢？好像是右边吧，转了转眼珠，钟晴潇洒地把手指往右一挥，完成人生第一张寻人符。

带着一点点得意之情，他将双手置于膝上，捏诀念动咒语。

随着他嘴唇的翻动，一缕淡淡的白气从蓝色的帽子里袅袅升起，被注了生命一般朝走廊的另一端飘去。

见状，钟晴大大松了一口气，他们几个应该尚在人世，起码布鲁格是活着的。

他不敢怠慢，一骨碌从地上爬起来，紧跟着白气朝前跑去。

穿过走廊，又越过一个类似宴会大厅之类的场地，再上了一座旋转楼梯，七拐八绕，白气最终在另一条走廊的尽头停了下来，来回旋了几圈后，一头钻进雕满玫瑰花纹的墙壁里没了踪影。

循到白气消失的地方，钟晴瞪着面前坚硬无比的大理石墙壁，一下子没了辙。

钟晴走上前，伸出手在墙壁上东拍拍西敲敲。

可是，察看了半天，墙壁仍然纹丝不动地挡在眼前，没有丝毫破绽可寻。

难道寻人符带错路了？

钟晴揉着生疼的手掌，正气恼中，却冷不丁听到了一阵来自墙内的奇怪响动——“叮……叮……叮……”像是不知名的金属物品在一个空旷的房间里相互撞击所发出的声音，清脆的，带着回音。

钟晴竖起耳朵，干脆整个人都贴在了墙壁上，想把从墙里传出的动静听得更加真切些。

果然，墙壁里的响动越来越大，叮叮声不仅不绝于耳，反到感觉离自己越来越近，似乎有什么东西正在从墙壁的那面朝自己冲过来。

当钟晴觉察到扑面而来的危险想抽身退开时，他却发现自己不能动了。

从上到下，整个身体仿佛被泼了强力胶似的，紧紧粘在了冰冷的墙壁上。

钟晴使出浑身解数，拼命想把自己拉开，却始终不能动弹分毫。一股不知从何而来的霸道力量，化成无数双看不见的大手，拽住钟晴死命往墙壁里拖。

“哪个不要命的在拖我？快放开我！混蛋！放手！”钟晴哪里都不能动，除了嘴巴。

坚硬的大理石霎时成了触不到底的沼泽，钟晴越陷越深，绵软如稀泥的物体渐渐将他整个人吞人墙中，他想喊，奈何眼耳鼻口都被堵住了一般，哼一声都不可能，窒息与黑暗是他唯一能感觉到的东西。

多年前他曾被一群恶灵拖入鬼洞，那种让人一辈子也忘不了的恶心的憋闷感，同现在的极其相似。

不消十秒，钟晴从墙壁里消失了。

“扑通！”

“哎哟！”一声闷响后紧跟着一声惨叫——两米高的墙头栽出一个人来，重重砸在地板上。

两眼金星乱冒的钟晴喘着粗气，揉着几乎被磕脱臼的下巴，骂骂咧咧地撑起身子坐在地上。

这是落在什么鬼地方了?！

他一边大口大口吸着新鲜空气，一边转动酸痛不已的脖子打量周围的环境，越看，越不敢相信自己的眼睛——

很是宽敞的一个房间，摆放着全套17世纪欧式风味的家具，茶几、沙发、柜子，全部乳白色，镶着金色的花边，贵气十足。

一大束盛放的红玫瑰，带着点点晶亮的露水，端端插在茶几上的古董花瓶里，甜丝丝的暗香充盈一室；正对面的一方壁炉，竟有红红的火焰跳跃其中，映得不远处的玫瑰色落地窗帘越发鲜艳夺目；一张看上去又软又舒服的躺椅，摆在壁炉前方，悠闲地摇晃着，发出有规律的咿呀之声。

这样的布置，钟晴见过，在那些讲述同中世纪欧洲贵族有关的电视剧里。

如果不是邪气依旧，他真的会以为自己一不小心掉到了百年前某个贵妇人的闺房里。

真是奇了怪了，只是一墙之隔而已，感觉却是两个不同的世界。

钟晴回头看了看自己的来处，纳闷地抓着头，从地上站起身来。

“当！”

“哎哟！”钟晴又惨叫一声，弯下腰抱住了头，痛得眼泪直流。

“又是什么鬼东西，滚出来！”他恼怒地抬起头大吼，寻找狠狠敲他脑袋的凶手。

当快要喷火的视线聚焦在头顶上时，钟晴却一下子愣住了。

撞他的凶手，是一面镜子，准确地说，是很多面镜子中的一面。

天花板上，竟然高高低低地悬挂着几十上百面一模一样的镜子。

圆的，一尺左右，镶着铜色的花边，半尺不到的黑木镜柄朝着天花板，似有一条稳固的线绳系在上头，在空中微微晃悠，而这一面垂下的高度，刚刚够击中身高高于185公分的钟晴的脑袋。

钟晴踮起脚，再仔细一看，却发现根本没有什么绳子系在上头，这些镜子，看似悬挂，实则悬浮在空中。

壁炉里的火苗突然闪动起来，一股不大不小的冷风不知从何处刮了过来，头顶上登时叮叮作响。

钟晴盯着那些明晃晃的镜子，明白了刚才在墙壁外头听到的声响正是这些玩意儿相互碰撞发出的。

挂这么多镜子在这儿，什么意思呢？！

揉着疼痛未减的脑袋，钟晴埋着头小心翼翼地穿过那一大片诡异的镜子，走到了茶几前头。

近看，才发现花瓶里的玫瑰真是花红枝翠娇艳欲滴，似是刚刚采摘下来一般新鲜，那一抹诱人靠近的奇特魅力，怕是不爱花草的山野莽夫也会忍不住上前多看两眼。

钟晴走前两步，俯下身子嗅了嗅鼻子下的花朵，锁紧的眉头顿时舒展了些。

真是好闻的味道，跟平常所见的那些玫瑰的香味似乎不同，更浓郁了些，也更甜腻了些，沾了魔力一般吸引着他不断嗅吸着从里头渗出的与众不同的芬芳之气。

“不要闻……不要闻玫瑰花……”突然，有一个微弱的声音在钟晴耳畔响起。

他心下一惊，想直起身来，却发现自己的身体似乎有些僵硬不听使唤了，视线也开始模糊起来。

钟晴一手撑住茶几，使劲甩了甩脑袋。

这是怎么了，本来精神饱满的他似乎突然倦极了，恨不得立刻躺下去大睡一觉。

“走开……离开那茶几……快……”那个声音又响了起来。

“谁在说话？”钟晴大声问，拼命支持住身体不要倒下去。

然而，他话音刚落，意外便发生了。

那花瓶蒸发了般没了踪影，数十条带着细刺儿的红色触手嗤一下从那玫瑰花里蹿了出来，直扑钟晴而去。

面对这突然袭击，钟晴躲避不及，瞬间便被那些面目可怖的触手缠住了脖子。

与此同时，那椭圆的茶几竟如活了一般，刷一声立起来，表面的白漆如见火之雪一样溶化开来，白色的汁液一缕一缕地滑落，一沾地便消失不见。随着那些汁液流尽，一面光滑敞亮的大镜子露了出来。

除了体积上的巨大，这镜子的形状外表跟挂在上头的那些个小镜子完全无二。

而那攫住钟晴的带触手的玫瑰花，居然正长在这镜子的正中央。

茶几、花瓶，只是这个怪物镜子的伪装而已。

钟晴只觉得脖子上一阵剧痛，想必是那些触手上的小刺扎进了肉里，更麻烦的是，那

些触手力大无穷，每一根都充满了要把他拖进镜子里的疯狂欲望。

钟晴不顾手掌的疼痛，紧紧抓住脖子上黏滑的触手拼命向外拉，为自己的脖子挣出一点点松动的空间。

再手脚并用，艰难地朝后退着步子，想挣脱并且扯断这些恶心的东西，却奈何手里头没有任何可以利用的武器，现在的情形也根本不允许他腾出双手来施展有效的攻击之术。

"用双子水晶……刺镜子的中心……"千钧一发之际，那莫名的声音又响起了。

钟晴没时间考虑，立即腾出右手，一把抓出埋在衣服里头的双子水晶，将打磨成尖头状的那端对准镜子上玫瑰花扎根的位置猛刺下去。

只听到吱一声怪叫。

镜子上原本嫣红夺目的红玫瑰像被剧毒农药喷了一般，迅速发黑并蔫了下去，几道清晰的裂纹从它的根部扩张开来，很快遍布到整面镜子上。

钟晴只觉得脖子上一松，那些想要他性命的怪物一条一条地缩了回去，随着已经蔫成了黑点的玫瑰一起消失在镜子上。

钟晴愤然地盯着眼前这差点要他小命的怪物，无名火噌噌地往头上蹿，眉头一拧，双掌合一，屏息提升灵力，喝道："九焰地火，尽三界之不净。出！"

霎时便见一道灿金火焰从他的掌中跃出，直奔那镜子而去。

钟晴知道自己目前的功力还不足以驱策更强的火力，也不确定这九焰地火对这种形态的怪物有没有致命的作用，只要是能把它烧得面目全非，就算是出了口恶气。

呼呼的火焰不断朝已经接近四分五裂的镜子涌去，一阵人类才有的痛苦呻吟从镜子里渗出。

钟晴不由大喜，努力让手中的火焰燃得更旺一些。

然而，他没高兴多久，便见一道刺眼的白光闪电般划过眼前，钟晴本能地闭了闭眼睛。

就在这眨眼间，已接近四分五裂的大镜子原地消失了。

逃跑了？！

钟晴熄灭了手上的火焰，气愤难平地看着它消失的地方。

余怒未消，他又听到身后突然乒乓之声大作，似有许多东西落在了地上。

钟晴回头一看，那些"挂"在半空的镜子竟然纷纷落了下来，乱七八糟地铺散在地上。

"快点到壁炉这边来，把火灭掉，砸碎里头的镜子！"

在钟晴还瞪着身后的一堆镜子发愣时，刚才那个救过他一命的神秘声音又来了，听上去比之前清晰了许多。

可以确定，那是个年轻男人的声音。

这人应该不会害自己，否则又怎会出言相救？

这么想着，钟晴放下高悬的心，快步走到壁炉前欲扑灭燃烧的火焰。

但是，他看遍了整个房间，也没有发现可以用来灭火的水源。

为难之际，男人的声音从火焰后头响起："以火攻火！这鬼火是水扑不灭的！"

"哦！"钟晴应了一声，心里却纳闷儿得紧，头一回听说火能灭火的。

他集中精神，重新提起灵力，一掌将手心中燃起的九焰地火端端送到了壁炉之中。

一金一红两股火焰顿时纠结在一起，似两头猛蛇相斗，无数火星朝四周激迸开来，窸窣之声不绝于耳。

约莫几分钟后，壁炉里的酣战渐渐平息了下去，已经融为一体的熊熊火焰越缩越小，不是熄灭，而是像被来自地下的某种力量吸进去般，消失得不见踪影，连一丝青烟也没有留下。

"快过来把炉壁里的镜子砸碎！"男人的语气急了几分。

钟晴回过神来，赶忙蹲下身子，钻进了刚刚好容下一个人的壁炉里。

刚一抬头，就见道明光一闪而过，自己正面所对的炉壁上头稳稳地嵌着一面六角型的雕花镜子，纤尘不染，分毫不差地映出钟晴的身影。

晕！

哪个吃饱了撑的把镜子放在壁炉里？！

他骂骂咧咧地把身子往前凑了凑，顺手摸到了一根靠在炉壁边上的长把铁钩，准备捅碎这面怪里怪气的镜子。

刚要发力，镜子里头传出了话来："铁钩没用的，要用你的双子水晶。"

闻言，钟晴吃了一惊，原来，说话人竟藏身在这镜子里？

半惊半好奇之下，他取下垂在胸前的双子水晶，紧紧捏在手里，照准镜子的中心狠狠砸了下去。

喀嚓一声，镜子裂了。

噼啦一声巨响，似有狂暴雷电在头上炸开，伴着从镜子裂痕里冲出的无数蓝紫相间胡乱飞舞的半月形光束，大大小小的碎片飞溅而起，纷纷朝着钟晴扑面而去。

钟晴大叫一声。

空间这么小，距离这么近，他怎么躲得开这些看上去棱角锋利无比的镜子碎片？这

不成心毁他的容吗？！

正在他进退不得时，那些密密麻麻来势汹汹的小东西在离他身体不到一厘米的地方来了个急刹车，一个个如同滴落在滚烫钢板上的水珠，霎时便蒸发得踪影全无。

几乎晃花了他双眼的乱光也在同一时间消失得干干净净。

壁炉这方小小的空间里，轰一下混乱，又轰一下恢复了平静。

钟晴挪开挡在眼睛前的手掌，抹去额头上惊出的冷汗，又抬眼看向前头，发现原本嵌在炉壁里的那面镜子已经尸骨无存了，只有一个同等大小的黑色窟窿留在了暗灰色的炉壁上，看上去像个深不见底的黑洞。

钟晴把身子往前挪了挪，伸长脖子朝黑洞里打量。

突然，一只略嫌苍白的大手从那黑窟窿里探了出来，紧紧抠住了窟窿的边缘，然后，又是另外一只，也紧紧抠住。

被吓一大跳的钟晴条件反射地直起身子往后撤退，却忽略了壁炉里有限的高度。

嗵一声闷响，他的头又添新伤。

此时，除了那两只拼命往外用力的大手，黑窟窿里又冒出了新东西，圆溜溜，金闪闪。

貌似一个人头——长着金色头发的人头。

钟晴捂着疼痛不止的头顶，眼睁睁看着那人头，脸孔朝下，非常困难地一点一点朝外头挤。

钟晴攥紧了拳头，同时也攥紧了手里堪称最意外武器的双子水晶。

“喂！你能不能过来帮个忙？我好像被卡住了。”

已经完全挣脱出来的头颅费力地抬了起来，望向钟晴。

四目相接，汇集在两者之间的空气突然凝固了。

“你是——”钟晴诧异地瞪着炉壁上的头。

“你是——”那头同样诧异地瞪着钟晴。

眼睛耳朵鼻子嘴巴，难以置信的目光在空中交错，犀利地扫视着对方的容貌。

“坑……坑……KEN？你是KEN？！”

“钟……晴？”

当事人都以强烈振动的声带玩命地表达着故人重逢时的惊讶与激动。

对这个突然出现在壁炉里的倒霉家伙，钟晴再熟悉不过。

这天生一头金发，却偏偏长着一张标准东方人脸孔的帅男人，是他堂姐夫手下的首席助理，不但替他姐夫打理庞大的生意，连生活上的细节都处理妥帖。

他的中文名很奇特又绕口，名叫刃千冰，所以大家都习惯叫他的英文名——KEN，虽然这个名字很容易被叫成“坑”。

“你怎么在这儿？实在太意外了！”钟晴彻底忘记了头上已经肿起来的大包，噌噌噌爬到KEN的面前。

“你先把我拉出来吧。”KEN把手又努力朝外伸了伸，筋疲力尽地说。

“好好。”钟晴忙不迭地点头，赶紧捉住他的手腕，身子朝后仰，边朝壁炉外头退，边使出吃奶的力气把KEN往外拖。

“怎么……感觉……你是陷在沼泽里了一样……”

钟晴喘着大气，从牙缝里挤出话来，脸因为用力过猛而涨得通红。

“从一个空间拖到另一个空间，肯定是不容易的。”KEN面有歉意地笑了笑，“万幸碰到了你。”

肩膀、身子、腿，在钟晴的努力下，KEN终于从那个窟窿里彻底解放了出来。

“完全没力气了……”钟晴瘫坐在壁炉外头的地板上，汗水淌了一脸。

虽然全赖钟晴出力，可KEN的状况也好不到哪里去，背靠在墙上坐着，款式时尚的浅米色长风衣早没了当初的风采，歪歪斜斜地耷拉在身上，污迹遍布。

此刻的他，像一条在空气里晾得半死的鱼突然回到了水里，发青的面色隔了好一会儿才慢慢恢复正常。

“你救了我的命。”KEN微微喘着气，转过头，拍了拍钟晴的肩膀。

钟晴揩去脸上的汗珠，缓过气来的他满腹狐疑地问道：“话说你怎么也在挪威？居然还被困在了……嗯……壁炉里头？！”

“我是来找我妹妹的，那丫头偷了我一件至关重要的东西。没想到经过挪威海时，一时大意，被困在了这艘幽灵船里。”KEN轻描淡写地给了答案，而后拍拍衣裳上的污物，话锋一转，“我们赶紧离开这里吧。”

“啊，不行！”钟晴一个激灵，站了起来，“不能马上走，我还得找另外四个被拐来的同伴。”

KEN也跟着站了起来，皱起眉道：“那块袭击你的大镜子在你到来之前，吞了四个人进去，三男一女。莫非他们就是你的……”

“什么？吞了？”钟晴没顾得听完，急得一蹦三尺高，“可是我的符告诉我他们还没死啊！”

“我没说他们死了。”KEN指了指后面那一大堆镜子，“你去那里头翻翻。只要那怪物吞了一个人，那里就会多生出一面镜子来。”

钟晴三步并两步地走到那堆横七竖八的镜子前，蹲下去边拿手拨弄着边问：“你说他们跟你一样？都被关在了镜子里吗，还是……”

话没问完，钟晴马上就噎住了。

他发现，这些镜子里，每一面都映着一个人影。

钟晴随手拿起一面放到眼前，不由目瞪口呆。

偏就是那么巧，这镜子里“装”的，正是他失踪的组员——薇诺尔。

此时的她被缩小了N倍，蜷缩着身子紧闭双眼，毫无知觉地躺在他手上的镜子里。

如若不是还能看到她的胸膛在轻微起伏，钟晴定会认为是哪个多事之人把薇诺尔的照片嵌在了镜子里。

再找，钟晴很快就从镜子堆里把其余三人给翻了出来，翻找的过程中，他发现这些镜子里无一例外地都“装”着一个人，男女老幼，形色各异。

只不过，除了他的组员外，其余那些镜中之人从头到脚都只有黑白灰三种颜色，包括皮肤在内，一动不动，仿佛黑白老照片。

“见了鬼了……”钟晴把四面镜子一一摆到面前，看看这个，看看那个，有些束手无策。

KEN也蹲下来，看着钟晴倒霉的同伴们道：“还好你及时来找他们，现在还有得救。”

“什么意思？”

“如果你的同伴跟其他镜子里那些人一样没了颜色，就表示他们已经死了，永远也不可能从镜子里出来了。”KEN随手拿起一面装着一个孩子的镜子，看了看，惋惜地放下，又道，“从进入镜子算起，他们的生命只有六个钟头。要在这个时间之内把他们从里头救出来。”

“只有六个钟头？！”钟晴突然觉得以钟头来计算人的生命是一件多么压抑的事情。

“哦！”他猛一拍大腿，“用双子水晶，就像砸碎关着你的那面镜子一样。”

话音未落，钟晴抓起一面镜子，举起手里的水晶就要砸下去。

“不要！”

KEN大喝一声，拽住钟晴的手腕。

“干吗？”钟晴不解。

“如果你现在砸碎了这些镜子，你的同伴也会跟着粉身碎骨的，他们现在是一体的。”KEN一字一句地警告道。

“你说什么?!”钟晴迟疑地收回手,“可是,刚才不就是这么把你救出来的吗?”

“情况不同。”KEN耸耸肩膀,继续道,“要在时限之内安然离开这艘船,才可以用双子水晶砸镜子救人。”

“这么麻烦?”钟晴有些担心。

KEN不容置疑地点点头。

“赶紧走人!”钟晴连忙站起来,跑到沙发前,一把扯下搭在上头作装饰用的流苏方巾,小心地把四面镜子包裹起来,打成了一个牢靠的包袱,稳稳背在了肩上。

拉开眼前足有三米高的白色镶金房门,两人疾走出去。

但是,刚一出来,钟晴便被门外走廊上的景象震住了。

他简直是欲哭无泪。

镜子,又见镜子。

整条长梭梭的走廊全是镜子,墙壁上,天花板上,包括脚下的地板上,全部是用一块块方方正正的镜子铺就而成。

放眼望去,到处都是他们两个人的身影,多看一眼便叫人眼花缭乱。

两人继续沿着这条镜子走廊朝前赶去。

行进途中,钟晴忍不住问:“你好像对灵异之术很是了解啊,印象里你只是个帮着我姐夫工作的普通总裁助理而已,却没想到居然知道那么多我不知道的事情。”

“我也只是个普通人罢了。”KEN笑了笑,“只不过对鬼妖之类的异事比较有好奇心,常常自己钻研这方面的知识,呵呵。”

“你现在还跟着我姐夫?”钟晴又顺口问了一句。

他摇头:“四年前我就辞职了,然后满世界乱转,没有再回过中国。”

“咦,好像走到头了。”

钟晴停下步子。

他们两个都是人高腿长,转眼间已经赶到了走廊的尽头。

那里立着一扇褐色的双开木门。

KEN动手拧了拧把手。

木门纹丝不动,连道缝都没露出来。

钟晴跟KEN对望一眼,毫不犹豫地抬腿踹了下去。

“砰!”木门应声大开。

两人定睛一看,愣足三秒。

“我……恨……镜……子!”

郁闷无奈和咬牙切齿在钟晴乌云密布的脸上交替出现。

木门后的景观，跟他们刚刚走过的镜子走廊相比，除了铺在天花板地板墙壁上的镜子从方形变成了圆形之外，基本上没有任何区别。

KEN的脸色没有太大的变化，镇定地拉住钟晴，快步朝前走去。

"要不是赶时间，我非烧了这破船不可！"钟晴气咻咻地说。

KEN看了看他的样子，笑道："跟七年前相比，你似乎没有太大的变化。"

"没见我变帅了吗？"钟晴回敬他一句，他现下的心情糟糕透顶。

KEN听出了钟晴语气里的不快，不以为然地笑道："还没问你，你又是怎么跑到这里来的？"

"我不是说了吗，我就是来救我背上这几个家伙的。"钟晴朝装着镜子的包袱努努嘴，沮丧地说，"我们学校委派了一队科考队来挪威海寻找大王乌贼的下落，却没想到遇上了这倒霉事儿。作为组员之一，我有责任保护大家的安全。"

KEN又笑："身为钟家的成员，自然不是凡品。有你在侧，所有人定会逢凶化吉的。"

"你知道……我们钟家？"他眉毛一挑。在他的记忆里，这个KEN从来没有出现在任何一件与他们家族"事业"有关的事件之中。

"虽然不太了解你们，但是大抵知道你们钟家是干什么的。"KEN的嘴角出现了一道好看的弧线，旋即他移下目光，盯着钟晴挂在胸前的水晶，很随意地问道，"你这双子水晶哪里来的？"

钟晴摸了摸那块冰凉沁人的晶体，脱口而出："我带队出发前老妈给我的，说带着它肯定有好处。"

"这是你妈妈的东西？"

一抹难以琢磨的深邃之意从KEN的眸子里闪过。

"嘿嘿，当然了。难得你也是个识货的人，还懂得叫我用它来救咱们。啧啧，这宝贝的确够神奇！"钟晴面露得意之色，继续吹嘘，"莫说我们整个钟家，单我老妈一个人，手里的好东西就多不胜数。"

"呵呵，你们家族真称得上是天下第一大奇景。"KEN随口附和，继而又问，"你妈妈她姓……"

"你看，又是一道门！好像跟前头那道一模一样啊！"

钟晴一个急刹车，停在了面前紧闭的木门前。

"好像是的。"KEN没有再继续他的问题，走上前，照例拧了拧门把，然后无奈地摇摇头，"又锁住了。"

“我来！”

钟晴一马当先地冲上去，别的不说，他踹门的功夫算是火候十足。

“哐当！”这一脚的力道比刚才还狠上几分，两扇结实的木门差点在他的大长腿下支离破碎。

“为什么……又是镜子？”这下钟晴没有暴跳如雷，看着眼前一面面排列得整整齐齐、把整条走廊铺得满满当当的三角形镜子，他异常平静。

暴风雨来临前，都是很平静的。

KEN也没有说话，只以探究的目光看着面前的景象。

几秒钟后，钟晴终于爆发了。

他情不自禁地挥舞着拳头，对着四周大吼：“又是这些该死的镜子？还有完没完了？！”

KEN走上前摁了摁钟晴的肩膀，示意他安静一点。

“咱们走了这么久，可看到的除了镜子还是镜子，这样下去我们什么时候才能出得去？”钟晴喘着气，四个大活人的性命背在自己肩膀上，正在被分分秒秒流走的时间一点一点带走，如此情势，依照他的性格，如何能冷静得下来？

“我们没有必要再走下去了。”KEN神色肃然地看着镜子里的他们，“这里的主人舍不得我们离开呀。”

“你的意思是……”钟晴愣了愣。

KEN走到墙边，伸出手指摩挲着镜子上精美的装饰花纹，若有所思地说：“这么多的镜子，倒让我想起了一个很久之前的传说。”

“传说？”钟晴跟过去，“跟这艘幽灵船有关？”

“大约两百年前，挪威有一位伯爵夫人，名叫苏雅维娜。这个贵妇人在当时拥有挪威第一美女的称号。她十分迷恋自己的容貌，平时最爱做的事情就是照镜子，最喜爱的东西也是镜子。她曾命人搜罗天下各式各样的镜子回来供她赏玩，其中一面镶满红蓝宝石的纯金圆镜最得她心，她常常拿着它，一照就是大半天。因此，苏雅维娜也得了个‘镜子美人’的别称。但是，纵是再娇美的容貌，也无法与时间对抗。当她发现自己的绝代风华正一天天走向衰老时，她几乎疯狂。为了永远留住自己的青春貌美，她想尽了一切办法，最后找到了不被正道所容的邪恶女巫。女巫告诉她，只要每天以一个活人的鲜血来浸泡镜子，那个人的生命就会附着在镜子上，届时再以这镜子映照自己，就能让容貌得到最宝贵的生命滋养，青春永驻。苏雅维娜信了，也照做了。从那天起，每天都有无辜的人死在她手中，而她的模样，也的确如女巫所说，没有留下任何时间的痕迹，美丽到让人心醉。

可是，她的丈夫却没有因为她的美丽依然对她死心塌地，对他来说，年轻情人的吸引力始终更胜一筹。在一次出海旅行时，满心嫉恨的苏雅维娜找机会毒死了丈夫的小情人，并割开她的咽喉用她的血浸泡自己最心爱的那面镜子。此事很快便被她的丈夫发现了，暴怒之下，他用苏雅维娜手中的镜子砸死了她，并将她的尸体连同那面镜子一同抛入了挪威海。之后的日子，便常常听说有出海的人在挪威海上无缘无故失踪，民间传言那些人都是被苏雅维娜的鬼魂抓去泡镜子了。二战期间，又有传闻说有人从挪威海里打捞起了那面跟苏雅维娜同沉海底的宝石镜子，这价值连城的宝贝最后落在了纳粹手中，再后来便不知所终了。"

KEN尽量以最快的语速讲完一个离奇传说。

"你的意思是，如果那传说是真的，将我们困在这里的元凶，就是那已经死了两百年的变态镜子美人？"钟晴的声调又高了上去。

"也许吧。"KEN冷冷一笑，"传说也不见得全是杜撰的。"

"等等。"钟晴突然想到了什么，急急问道，"你说那镜子最后是被纳粹拿走了？"

"传言而已，我不确定。"

钟晴倒吸了一口凉气，在原地踱着步子，说："我们现在所在的这艘幽灵船名叫德尔路尼，1965年沉没于北大西洋，据说这船上收藏了一批希特勒当年敛下的财物。难道苏雅维娜的宝石镜子也在其中……"

KEN略一皱眉。

钟晴继续道："假设传说都是真的，这要了她小命的镜子就是整个事情的关键，我怀疑那变态美人的鬼魂根本就一直附在那面镜子上，搞不好这艘德尔路尼就是被她搞沉的呢。"

"但是，就算我们的猜测是正确的。我们现在也无法找出有效的脱身方法。当务之急是要离开此地，拖过了时间，你的同伴们性命堪虞。"KEN如是说道。

"你对这里的事情那么熟悉，我还以为你会有办法呢。"钟晴直勾勾地瞪着他，眼神又意外又失望。

"我还要仰仗你带我脱险呢！"KEN哭笑不得，"我知道有的邪物会以幻境来迷惑人，可惜我没有这个本事分辨我们现在所处的环境是真实还是幻觉。"

"那那，那我……"钟晴生生把"我也不会啊"这句话吞了回去，"我，我来吧。不靠我又能靠谁呢？！早就知道你不行，否则就不需要我把你从炉子里拉出来了……"

KEN尴尬地笑笑，接过钟晴塞过来的包袱。

普天之下，除了通灵朱砂，钟晴再想不到别的看穿幻境的方法了。

要命的是，他偏偏就没有带这个祖传法宝在身上，一丁点儿也没。

站在走廊起点处，在郁闷中绞尽了脑汁的钟晴突然两眼发光，高声道："嘿嘿，有了！"

他从裤兜里掏出一张明黄色的纸片。

"变态主人有心不让我们离开，就算我们看穿了幻境，也无济于事。治标不如治本，索性把它揪出来灭了，一了百了。我试试用我家的伏鬼金箭来灭一灭这里的妖气，也让它给我们指一条路出来。"

钟家独有的伏鬼金箭会自行攻击施术之人身边百米范围内的邪物，以这艘船的体积来说，应该都在有效范围之内。就算这些走不完的镜子走廊真的是幻觉，只要他们循着金箭进攻的方向，就定能找到这背后的罪魁祸首。

钟晴觉得自己真是个天才。

"你……能行吗？"KEN走上前，盯着钟晴手里皱巴巴的像是被洗衣机洗过又晾干的符纸，努力作出很信任他的样子。

钟晴看着KEN手里的包袱："不行也得行！蓝斯上个月才升格当了老爸……我要他们每一个人都安然无恙！"

看着钟晴脸上少有的肃穆之色，KEN让到了一旁。

钟晴双手交叉，把符纸稳稳夹在食指与中指之间，正要闭上眼睛，却又转过头对KEN嘱咐道："待会儿要是有什么危险，你尽管躲到我身后去好了，我会尽量保你周全！"

"谢谢啊！"KEN的表情僵硬了一下下，但马上换上感激不已的笑容。

"嗯。"这下钟晴才踏实地转过头去，双目微闭，凝息运力，口中念念有词。

不多时，便见数道清晰无比的红色符文通了电般在符纸上一隐一现，整张符纸随即也耀出一层亮过一层的金色光华，整条镜子走廊顿时化成了一个仿若足金打造的空间。

"伏鬼金箭，恶灵退散！出！"

钟晴大喝一声，只见数十道灵光刺眼的金剑从他掌中飞出，在空中打了几个旋儿后矛头一致地朝天花板上扎了进去。

两个人猛然抬起头，目光追随着那十几道已经化成一尾金光消失在头顶上的无形利剑，生怕遗漏了任何细节。

一阵嚣叫，无法形容的尖厉，刺耳至极，从天花板上扩散到整个空间，猛烈地刺激着钟晴与KEN的耳膜。

两人纷纷迅速堵住自己的耳朵以防失聪。

虽然被这声音搅得心惊，钟晴却喜滋滋地肯定，他的金箭定是准确击中了某个躲在后头愚弄他们的目标，否则，不会搞出那么大的动静。

四周的异常反应越来越强烈。

叫声一直不曾消退，上下左右每一面镜子也跟着起了让人咋舌的变化。

从它们渐渐扭曲变形的“脸”，以及在那上头蔓延开的一条条粗粗细细、没有规则的裂痕来看，这里整个空间似乎正承受着一股从四面八方而来的强大挤压之力。

“这里……好像快被挤爆了！”KEN捂着耳朵，担心地看着四周，大声说道。

“你说什么？”钟晴凑上前，大声反问。

KEN腾出一只手，指了指身边的镜子，声嘶力竭地喊：“我说这里可能要爆炸了！”

“爆了才好呢！”钟晴面上竟有兴奋之色，“说明我的金箭发挥作用了，它一定是寻到困住我们的敌人并破了它的法术了！”

“但是我们还在这里啊，把我们自己轰了怎么办？”KEN几乎喊到破声。

钟晴一愣，他好像根本没有考虑到这一点。

如果这里不是幻境，而是货真价实的镜子走廊，这么多面镜子同时爆开，产生的不计其数的锋利碎片定会铺天盖地，以爆炸时物体所产生的速度，再加上惊人的密度，一举撞到被包裹其中的血肉之躯上时，怕不是毁容那么简单。

“我们还是赶紧撤吧！”钟晴抱着头转身就想跑。

KEN一把拉住了他：“这里是这样，那表示整条走廊的情况都该一样，能撤到哪里去?！唉，这次被你害死了。赶紧脱了外套包住头趴下吧！”

钟晴闻言，没有再多嘴，二话不说就开始脱衣服。

看来下次一定要先弄清楚是不是幻境再下手，否则遇到真墙真土，迟早把自己给活埋喽。

当他把外套脱下一半时，新情况出现了。

镜子上那些怵人的裂痕里，突然不断渗出了暗绿色的浓稠黏液，像被化开的蜡一样，顺着镜面，有的向上，有的向下，缓慢地游走着。

整条走廊有被这些液体渐渐占据之势。所过之处，阵阵白烟嗞嗞冒起，正是那些镜子被逐一溶化时产生的。

之前那刺耳的嚣叫，也随着镜子的消失而低落下去，直至完全消失。

见状，KEN松了一口气，被可能飞溅而出的玻璃碎片伤害的危险看来已经解除了。

“镜子……没有了？”钟晴套着只穿了一只袖子的外衣，难以置信地四下观望，在看到那些绿绿的液体时，他当即作了一个厌弃的表情，“那些黏糊糊的东西又是什么？看起来怎么那么恶心！”

“不知道，管它呢。只要不被玻璃碴弄成刺猬，我已经谢天谢地了。”KEN心有余悸道。

“这个，嗯……”钟晴转了转眼珠子，辩解道，“不管怎么说，事实证明我的招数还是有效的，你看现在……”

他话音未落，却见那些本在缓缓流动的黏液突然加快了速度，并且纷纷改了行进的方向，以他们两人所站的位置为中心点，沿着四壁齐齐聚拢了过来。

“哇，这些东西想干吗？！”钟晴惊诧地跳着脚，低头看着不停朝他脚下收缩的绿色液体。

“别跳了，你看我们身边！”KEN扯了扯钟晴的袖子，双眼里满是警惕之意。

“我们身边怎么了……”钟晴心不在焉地应着，还没有把注意力从自己的脚下移开。

“你抬头看哪！”KEN忍不住狠狠掐了他的胳膊一下。

钟晴痛得大叫，猛一下抬起头，正要发作，却马上被眼前所见给惊呆了——

像极了魔术师表演时，渐渐拉下遮罩在透明箱子上的黑布一样，那些铺满了整个空间的绿色黏液，正如同一大片遮住了箱子的“布”，被看不见的手，以他们脚下的位置为发力点，一点一点往下拽。

箱子外头的真实风景，随即慢慢暴露在身在这个空间内的钟晴与KEN面前。

当这层绿色的“遮箱布”以一个绿色的圆点为终结，消失在两人脚下时，四周已是豁然开朗。

KEN与钟晴不约而同地用力眨眼，小心翼翼地打量着自己所站的“新”地方——宽敞的宴会大厅。

“哎？我们怎么会在这里……”钟晴最大幅度地转动着脑袋，看着灯火通明一派繁华的大厅，蓦然想起刚刚他追寻人符时，是经过了这个地方的。

“兴许我们刚才真的落入了幻境里……”KEN挠了挠头，皱起眉头嘀咕着。

“应该是的。否则那走廊怎么会在我们面前生生消失了呢。”钟晴点着头，肯定地说，“那些该死的镜子走廊，统统都是幻境，从我们一踏出那个房间开始，便中了敌人的计了。”

“现在也不能大意。”KEN把背在肩上的包袱往上提了提，谨慎地说，“或许这是另一个幻境也不一定。”

“不会吧……”钟晴嗅嗅鼻子，“妖气比刚才减少了许多呢，我的金箭可不是吃素的，一旦被它击中，我不信还有哪个邪物够灵力再做一个幻境。”

“但愿如此。”KEN对钟晴的话持保留态度。

正在这时，一阵类似老鼠叫的吱吱声从两人前方供宾客休息的长沙发后传来。

声音很轻微，像是被刻意压低了一般，如果不是周遭的环境实在太过安静，恐怕是很难被发现的。

“听到了？”钟晴歪着头，凑到KEN身边小声问。

KEN确定地点点头。

两人旋即放轻了步子，迅速朝声音的来源处走去。

绕过绣着精致花纹的华贵大沙发，他们探头一看，先是一惊，然后乐了。

尤其是钟晴，笑得两排雪白的大牙在灯光下暴露无遗，洋洋得意之情一览无余。

沙发后头的空地上，四只长不过两尺，通身呈半透明状，头大体小，鼓眼咧嘴，尖腮长耳的“小怪物”按东西南北四方位置排开而立，每一只的手上都紧紧抱着一面已经裂开的小圆镜子，想动却不能动，在那里痛苦地吱吱乱叫——

四枝金光闪耀的箭型光线，端端插在它们的左脚上，将其牢牢固定在原地，分毫不能动弹。

“嘿嘿，看到了吧，我的金箭多厉害，一箭四雕！”钟晴叉腰大笑，一副做了一桩惊天动地大事的表情。

KEN完全没有被他的高涨情绪所感染，他俯下身子，细细观察着面前的“小怪物”，说：“这些小东西有点儿名堂啊，你看它们脚底下。”

“脚底？”听到KEN正儿八经的声音，还在自我陶醉的钟晴有些扫兴地耷拉下眼皮，朝他指的地方看去。

在四只怪物脚下所踩的地板上，有一个以白色颜料画下的奇怪图案。

标准的正方形，四个角准确地对着四个方向，每个角上都画着不知道代表什么意义的符号，两条对角线的相交点上，摆着一撮金色的头发。

“这个……”钟晴越看越疑惑，“貌似某种灵术阵法啊，但是跟我们常用的又有不同。”

“这些怪东西，看起来像是怨气所化的低等灵体。”KEN不确定地看了看钟晴。

“好像是的，它们连人形都不具备。”钟晴抓了抓脑袋，先前的得意渐渐被新的担忧所代替，“这里妖气虽重，但是还不足以达到可以自行形成怨灵的程度。一定有人在背后以异术操纵，将所有能利用的怨气集合在一起，炼成这些可供其驱使的小鬼。”

“看来我估计的不错，这里真的有一只厉害的死老怪物。”KEN高深莫测地一笑，“那个正方形图案，如果我没记错的话，是西方巫术里的制幻之阵。以怨气之灵置于此阵的四角之上，执何物于灵体手中，则所造之幻境为何物，再将欲加害对象的头发放在对角线相交之点，便能使其陷入无穷幻境，不能自拔。”

“哦！明白了！它们每一只手上都拿着镜子，所以给我们的幻境就是无穷无尽的镜子走廊。那……”钟晴恍然大悟，旋即又像想到了什么似的，皱眉问道，“那如果它们手上拿的是……蛇，或者蟑螂呢？”

“那肯定就是蛇堆或者蟑螂窝呗。”KEN回答得非常轻松，而后又严肃地说道，“这种巫术一直是西方灵异界的禁忌。虽然你的金箭破除了这个阵法，但是伤的只是这些被利用的工具罢了。真正的施术之人，怕到现在还躲在暗处偷笑呢。”

“还有这种邪术？！”钟晴继续挠头，突然明白什么似的，气急败坏地指着地上那撮金色的头发，“你别告诉我那是你的头发！”

“肯定是我的啊。”KEN的语气非常无辜，摸着自己的后脑勺，说，“我是真不知道什么时候被人剪了头发，这不能怪我啊。”

“剪的是你的头发，为什么会连累我跟你一起掉到那该死的幻境里头去？！”钟晴又气恼又不甘心，那阵法要对付的明明是他，为什么平白无故把自己给牵扯进去了？白白浪费了他那么多时间陪他在一个无聊的幻境里乱转。

“我怎么知道。”KEN耸耸肩，“可能你时运不济吧。人倒霉了，喝凉水也塞牙。”

“你……”钟晴被他噎得说不出话来，他气愤的目光落在KEN的衣领处，一小块露在外头的红色衣料引起了他的注意。

他冲上去一把扯开KEN的外衣。

“哇，你想干吗？！”KEN赶紧护住自己被扯开的前襟。

盯着KEN穿在里头的红色衬衣，钟晴傻眼了。

他突然想起了老妈对他的另外一个重要嘱咐。

这周，他忌红色。

可是，从他一进到这艘破船开始，他咬破手指画下的寻人符，插在花瓶里的杀人玫瑰，金剑符纸上的符文，哪一个不是红色的？！最夸张的是，自己身边居然还贴身跟着一个穿着该死红衬衫的大男人。

如此折腾，他能不倒霉吗？！

他真服了他老妈，说什么中什么，简直是天下第一乌鸦嘴。

“算了，我认了。”钟晴垂下头，有气无力地说，“既然幻境破了，我们赶紧离开吧。”

“它们呢？你不收了它们吗？”KEN指着那四只被晾在一旁，可怜巴巴的小东西。

钟晴摇摇头：“不劳我动手，它们的级别太低了。等到金箭自行消失时，它们的灵气也

会被彻底击溃的。”

“哦，那我们快……”KEN的走字还没说出口，两个人却同时闻到了一阵异香，像酒、像花、又像蜜，好闻得教人心旌摇荡。

“好香……”钟晴贪婪地呼吸着弥漫在空气中的诱人味道，不由自主地收回了已经迈出去的腿。

KEN吸了吸鼻子，忍不住打了一个大喷嚏，道：“好像是女人的香水味，真浓！”

浓香之中，又传来了一阵悦耳的钢琴声，流畅悠扬，完全是大师级的水准。

香味、琴音，两个本该是极美好极浪漫的东西，出现在这样一个既不美好也不浪漫的环境里，霎时就变得诡异无比。

“尊贵的客人，这么快就想离开了吗？”

一个娇媚的女声突然从他们身后传来。

钟晴与KEN对视两秒，没怎么犹豫，同时转过身去。

他们的后面，正是宴会大厅里的舞台所在。

半月形的舞台上，来时还是空无一物，现在却多了一架老式的钢琴，以及一个背对着他们正悠然弹奏着乐曲的女人。

他们与弹琴之人的距离，并不太远，钟晴甚至能清楚地看到她金色的及腰卷发，还有湖蓝色长裙上的华丽花朵。

“你就是这艘船的‘主人’？”

关键时刻，始终还是KEN更镇定一些，走前两步问道。

琴声戛然而止。

纤长的手指停止了在黑白琴键上的灵巧飞旋。

“你……不认得我了吗……”

女人的语气里有淡淡的失望。

钟晴跟KEN面面相觑，完全不明白这个不知从哪里冒出来的女人——或者说是女妖灵到底在说些什么。

一声轻轻的叹息从女人口里飘出，她微微提起拖曳在地上的长裙，以无比优雅的姿势站了起来，转过身，移步下了舞台，朝他们这边款款走来。

随着她一步步的靠近，钟晴的眼睛瞪得溜圆，连呼吸都忘记了。

高鼻深目，肤如皓雪，一双灵光流动的眸子，幽深如海，两片玫瑰色的艳嫩嘴唇微微翕动，动人光泽闪烁其上，娇艳欲滴，高挑玲珑的身材亦被那一身华贵的束腰长裙衬托得完美无缺，一头金色的长发，随着她的走动在身后俏皮地摆动着。

这个女人，实在很美，美得魅惑，美得妖异，见者无不怦然心动。

“你真的不记得我了吗？”

她的目光，幽怨得很，固执地停留在KEN的脸上，再不肯移开。

那样两道销魂蚀骨风情万种的视线，任是放在谁身上，承受者大概都不可能无动于衷。

光看钟晴的表情就知道了，尽管他从头到尾都没有被对方正眼瞧过。

但是，KEN却是一个例外。

他的表情除了镇静还是镇静，根本没有太大的变化。

“果然是你，苏雅维娜。”

两人对视N久之后，KEN开了口，语气平淡得要死，像是打发一个不认识的路人。

“呵呵，我们，有很多年没有见面了吧。”女人眼里的幽怨之情一扫而空，美目微微一垂，翘起的嘴角带出一个倾倒众生的绝美笑容，“难得你还记得这个名字，真让我高兴。可是，我更喜欢你叫我朵蓝。”

“你们……认识？”钟晴好不容易把自己粘在美女身上的目光收了回来，惊讶无比地盯着KEN。

“嗯。”KEN若无其事地点点头，转而看定苏雅维娜，道，“看来，定是你收买了那些鱼妖吧，骗我说玲珑在这里。”

“呵呵。”她以手遮口，娇羞地笑道，“不然怎能让你大驾光临呢。我可是费了不少功夫才打听到你回挪威来找妹妹呢。我苦等两百年才得来如此的大好机会，怎么可以浪费。”

KEN叹了口气，道：“当初你胡来也就罢了，留你一条性命是希望你知错能该。可惜，你始终固执己见，害人害己，已经落到堕为鬼魂的凄惨下场，为什么还是不能悔悟呢？”

闻言，苏雅维娜冷冷一笑，眼神里的阴沉绝望让人不寒而栗：“如果当年你肯娶我，那么后来的事，全部都不会发生了。你，才是罪魁祸首。”

“我的确罪孽深重。”KEN无奈地摇摇头，“没有及时阻止你在挪威海上作乱，害了不少人枉送性命，这是我犯下的最大错误。”

“不要在我面前扮什么悲天悯人大义凛然的英雄，你不配。跟那些愚蠢的人类混得久了，你大概也被传染了吧。”苏雅维娜的手指随意地玩弄着垂在胸前的发丝，语带讥讽，“居然连我给你备下的区区镜面空间也要费那么大的力气才能逃脱。刃千冰，你退步了。”

“够了。”KEN眉头一皱，语气重了起来，“刃朵蓝，你对不起你的姓氏。”

“我早就不是你们中的一员了，两百年前，从你拒绝跟我结婚开始，从你们宣布将我驱逐开始，从我嫁给德洛托那个低劣的凡人开始，刃朵蓝就死了。”苏雅维娜朝前逼近一步，脸上所有的笑容都消失不见。

“等等等等。”听得云里雾里的钟晴突然跳出来，一手指着那头的苏雅维娜，一手立起两根指语无伦次地对KEN大呼小叫，“她说……两百年前？要你你……跟她结婚？两百年前啊，老大，我没听错吧？！两百年前你……”







“这个我以后再跟你解释。”KEN抓住钟晴的手腕打断了他，旋即又转头对苏雅维娜道，“你是刃朵蓝也好，苏雅维娜也好，都不重要了，如果你一意孤行，不要怪我不客气。”

“是吗？你要灭掉我吗？”苏雅维娜轻蔑地看着KEN，“呵呵，那个贱人背叛你的时候，你有没有对她下过必杀令呢？”

“这些与你无关。”KEN似乎被说中了心事，极不自然的神色从眼眸里一闪而过，但是他很快便恢复了常态，自若地说道，“我们现在要离开，聪明的话就不要再耍花招。钟晴，我们走。”

“哦。”钟晴赶紧转身跟在他后面，拔腿朝出口快步走去。

刚走了几步，便有一阵凉飕飕的气流从两人头顶拂过。

“我费尽心思，无非就是要你永远留在我身边。这样的想法，两百年来一直未曾消减半分，我想尽一切方法留住青春美貌，你以为我是为了什么？为了那个不值一提的臭男人吗？不是啊，我只是想跟以前一样，我想在你面前永远保持最美的模样。我不能老，永远也不能老！刃千冰，你怎么可以这么对待我？！”

女人凄厉的声音从顶上传来。

“不要理会，只管往前走。”KEN仍然埋头前行，并制止了想抬头观望的钟晴。

“真是奇怪，这家伙到底是什么来头……”钟晴加快了步伐，嘴里嘟囔着，心里的问号越来越多。

话音未落，KEN却突然停了下来，后头的钟晴一时没能刹住步子，猛一下撞在他的身上，两人一个趔趄，差点儿摔个四脚朝天——

大厅北边那两扇一直敞开的大门在他们离它不到五步的距离时，砰一声自动关上了。

“我要你永远留在这里，永远。”

苏雅维娜从空中翩然落下，挡在门前，原本红润的面容不知何时已经变得青白狰狞，看上去很难让人不害怕。

“你这恶灵，还真是没完没了，不要以为长得漂亮我就舍不得打你！”钟晴眉毛一横，举起拳头大声呵斥。

“你在生的时候，尚且不能如愿以偿，如今一抹幽魂，你觉得还能扭转什么吗？”KEN拉住钟晴，走上前，神色凝重地看着不肯放行的她，“朵蓝，够了，你再怎么做都是枉费心机。离开吧，去你该去的地方，否则……”

苏雅维娜笑了笑，不屑一顾地冲他摆了摆手：“现在我是这里的主人，没有我的允许，谁也休想离开。”

“别再废话了。”钟晴甩开KEN的手，指着苏雅维娜骂道，“你个有眼无珠的老巫婆，今天就要你见识一下我钟晴的厉害！”

“钟晴？！”苏雅维娜微微仰起头，以无比高傲的姿态瞟了钟晴一眼，“你这个家伙一直在那里聒噪，真让人讨厌。”

言毕，她手指一动，竟然从衣裳上变戏法般摘下了一朵水灵灵的红玫瑰，柳眉一扬，对准钟晴所在的位置，刷一下将此花抛了过去。

被人骂了还要送花给别人？！

钟晴盯着朝自已飞来的玫瑰，认定这老妖怪不仅恶毒，而且精神还不正常。

“闪开！”

一旁的KEN却大喝一声，猛然拽住钟晴的胳膊跃到了一旁。

不待钟晴反应过来，那落地的玫瑰花却如同被引爆的炸药一般，轰隆一声将地板炸开了一个直径超过两尺的大洞，洞的边缘还嗞嗞冒着青烟和气泡，仿若被泼了强腐蚀性的化学液体。

钟晴吞了吞口水，目瞪口呆。

老天，这哪里是送花，分明是送地雷啊！

“你我之间的事与外人无干。”KEN看了看钟晴，“放这个人和他的同伴们离开！”

“喂！谁要你跟那个老巫婆求情啊？”钟晴一把揪住他的衣领，愤然道，“从来只有邪物向我们姓钟的讨饶！你不要……”

一阵清脆的掌声打断了钟晴的豪言壮语。

“呵呵，好大的口气啊。”苏雅维娜优雅地拍着手，对着钟晴轻笑，“他能从镜子里出来，是因为你的原因吧。误打误撞的家伙，告诉我，你用什么方法击破了我的镜子？”

“我……”钟晴刚要开口，却被KEN一把捂住了嘴。

“千万不要告诉她！”他俯在钟晴耳旁急急叮嘱道。

见状，苏雅维娜收起了笑容，面无表情地看着KEN，冷冷说道：“不说也不要紧。事

实上，从一开始我就没打算要放走你们中的任何一个，这个傻瓜上了这艘船只能怪他自己运气太差，白白要为你做陪葬，至于他那些同样倒霉的同伴，就留在镜子里吧，用他们的生命为我的美貌作一点点贡献。”

“你实在过分。”KEN苦笑，继而抬头直视着她的脸庞，一字一句地说，“逼我出手。”

“哎？你，你要干吗？”钟晴听出他话里的意思，难道这家伙一直深藏不露？

“你退后。”KEN看也不看他一眼，“这个女人交给我来处理。”

“你……”钟晴咬了咬嘴唇，想了想，只说了一句话，“需要帮忙就说一声。”

KEN笑了笑，没有回答。

钟晴依照他的意思，退后几步站定。

抛开逞强好胜想维护家族荣誉的心理不说，客观来看，这女妖灵跟KEN渊源颇深，除了KEN，似乎没有人能应付得了她，恐怕这次自己多半又只能当一回不甘心的看客了。

“呵呵，如果你还有本事击败我，你刚才就不会被我困住了。”苏雅维娜脸上没有半分惧色，悠闲地整理着自己的衣裙。

KEN根本不理会她的言语，微微垂下头，微闭双眼，将手指交握放到胸前，其状颇像一个虔诚的祷告者。

“星子从勒斯芙雷降落，安眠于你寂静的手心。以光之祭司之名，召唤太阳的一块碎片，带引罪人去向不回之地。”

并没有看到KEN张嘴，钟晴却清楚地听到有奇怪的声音从KEN的身体里连绵不断地传出，回荡在整个大厅里，一种未曾体验过的奇异感觉，若暖流寒流交融出现，将整个空间包裹得严严实实，还有一阵类似地震的波动，也从地下传来，越发强烈，

与此同时，钟晴蓦然感到胸前一阵阵发烫，他本能地以手捂住胸口，却惊讶地发现挂在衣服里的双子水晶此刻如同活人的心脏一样，在里面有节奏地跳动着。

噼啦！

摆在大厅里所有以玻璃或者陶瓷制成的装饰品一个接着一个地爆裂开来，连头上的大吊灯也没有幸免，溅了一地的碎片。

灯碎了，唯一的光源没有了，可是四周却没有陷入黑暗。

钟晴揉了揉眼睛，以为自己看花了眼——

如同太阳一般耀眼的金色光芒围成一个圆圈，将KEN围绕其中。

再一细看，与其说是那光芒围住了KEN，还不如说那光芒本来就是从KEN身上散发出来的。

四股形似龙卷风的可见气流从光芒里分流而出，分别占据了东西南北四个方向，由弱到强地变化着，蓄势待发。

“好像……有点厉害……”

钟晴不得不为KEN的行为咋舌，他无论如何也不相信眼前所见仅仅是出自一个喜欢研究灵异之事的“自学者”之手。

他对KEN的真实身份越来越怀疑。

而他们的敌人，那个不可一世死缠烂打的美人，此时的诧异之情一点也不比钟晴少。

但是，她的慌张，仅仅是一刹那而已。

她嘴里咕哝着，手指也跟着微微动着，像是在掐算着什么。

很快，她满意地一笑，提高声音对KEN说道：“没想到你还没有忘记你的杀手锏啊。啧啧，不过可惜，你始终棋差一着。如果你还不住手，这里所有的一切都会沉入时间迷宫，你，还有你的同伴会有什么后果，你应该比谁都清楚吧。到时候别后悔啊。”

“你说什么？”KEN睁开了眼睛，从没有见过的紧张之情跃然脸上。

“别紧张啊。”苏雅维娜一眼看穿了KEN的心思，微笑着朝他逼近，“驱策小鬼设下幻境，无非是为了拖延时间罢了。我付了足够的报酬，让鱼妖引领这艘船驶入挪威海上的死亡之地。恐怕，我们现在已经抵达目的地了，呵呵，比死亡更加令人恐惧的……时间迷宫。你们在这艘船上已经滞留了三个小时，自身生气早已融入其中，如果你轻举妄动，一不小心毁了这艘船的话……”

“你……”闻言，KEN深吸了一口气，松开了紧握在一起的双手，“的确是个相当恶毒的女人。”

耀眼的光芒渐渐从他身边黯淡了下去，四支强大的气流也随之越来越弱，最后化作几缕微不足道的小风，无可奈何地绕了几个圈，销声匿迹。

“你怎么了？干吗停下来？”钟晴见势不妙，冲上去劈头就问。

“不行。”KEN回过头，仅存的一点光线照亮了他额上细密的汗珠，“要消灭她，这艘船势必受损，那样我们会有大麻烦。”

“不消灭她我们一样会有大麻烦，真搞不懂你在想什么！”钟晴恼怒地瞪着KEN，“看我的！”

“喂，你不明白！不要……”KEN伸手想拉住杀出去拼命的钟晴，却扑了个空。

愤怒往往能激发出人类意想不到的能量，又急又气的钟晴一怒之下，体内的灵力竟然比平日高出了数倍之多。

难得状态这么好，钟晴打算亮出他的杀手锏。

只见一团灼眼的赤红光芒在他逐渐分开的双手间延伸，从光团拉伸成出一条三尺有多的光线。

钟晴一咬牙，用足力气将手中光芒朝上一抛，大喝一声："剑出！"

一柄长剑登时从天而降，稳稳落到了他的手中。

"啊……天哪……不是水果刀，是剑，真的是剑啊！"钟晴盯着手里光芒四射的武器，兴奋得不知所措，"我终于请出钟家货真价实的钟馗剑了！"

无怪他这会儿这么高兴，这钟馗剑是他们家族里灭鬼的最高招，以灵力化为利剑，被此剑所伤的邪物无不魂飞魄散。

可惜他从前灵力有限，每次请出来的都不像剑，而是一把短短的比水果刀好不到哪去的"武器"，还好见识过他早期"钟馗剑"的都是些不熟悉他们家族的外籍死灵，否则他真是丢脸丢到印度洋了。

"嘿嘿，老巫婆，今天最倒霉的看来是你啊！"钟晴举剑指向苏雅维娜，自信心跟战斗力空前高涨。

"是吗？"苏雅维娜斜睨了他一眼，连一个多余的表情也懒得给他。

"找死！"

她对他毫不掩饰的轻视，无疑让钟晴心里的怒火更旺了，低吼了一声之后，他紧握剑柄，一跃而起，迎头就朝这个拥有一身好皮囊，却让人越看越厌恶的敌人劈了过去。

"钟晴你别乱来！"后头的KEN见钟晴一副杀红眼的模样，忙将脚用力一蹬，紧跟在他后面飞身跃了出去，挡在了钟晴前面，在他的钟馗剑落下的前一秒钟，紧紧钳制住了他的手腕，"出手太重会弄沉这艘船的！"

"妈的！你抓住我干什么？！"钟晴举剑的双手被迫定格在半空中，急于找女妖灵决一死战的他青筋暴起，狠瞪着面前的KEN，一边挣扎一边破口大骂，"神经病！船沉了你不会游泳吗？！放手啊！"

"你这冒失鬼懂个屁！"KEN也发火了，吼声比钟晴还大，"这艘船要是出什么纰漏，你我都会掉进时间迷宫里去！"

"呵呵呵呵，总算你还知道其中厉害。"苏雅维娜看着扭在一起的两人，有恃无恐地笑出了声，末了，又恶狠狠地道了句，"你们，就安心在这里留一辈子吧。"

什么？还在僵持中的钟晴与KEN愣了愣，还没来得及回头，便感到身后不对劲。

伴着簌簌的声响，几十条带着密密麻麻勾刺的肉色藤蔓状物体铺天盖地地朝两人奔来，而它们的源头，却是苏雅维娜浓密的头发。

虽然还未看清来者何物，它们送来的危险信号却是再明显不过，两人就地一滚，及时避到了一旁，惊险地躲过了冲在最前头的几条藤蔓的凶狠攻击。

见没有击中目标，这些东西立即掉转方向，齐齐朝他们扑去，动作快得惊人。

“这是什么鬼东西，比大王乌贼的触手还难看！”钟晴本能地举起钟馗剑，正要朝疯狂扭动着的“触手”砍去，却又突然想到KEN刚才说的话，握剑的双手登时犹豫了一下。

就因为这瞬间的犹豫，钟晴的四肢转眼便被这些触手紧紧地缠上了，而长在上头的勾刺也随着越来越大的力道深深地刺进了他的肉里，难以忍受的剧痛让他双手一颤，一松劲，手中的钟馗剑立时摇摇欲坠，马上就有脱手落地的危险。

钟馗剑本是无形之物，之所以成“剑”，全赖用剑之人押上一身灵力和元气，如果没有按照正常程序“收回”而是突然把它扔掉的话，钟馗剑自身会消失不说，还会带走它的主人加诸在其中的全部力量。

伏鬼之人一旦没了超越常人的灵力和元气，单凭仅存的体力赤手空拳对付非人类的敌人，根本就是以卵击石，毫无胜算。

这一点，钟晴是老早就知道的。

他咬紧牙，拼死重新握紧剑柄，说什么也不撒手。

另外一边，KEN的情况也不太妙。

在不能狠狠还手的情况下，他既要躲避左右上下齐齐进攻的触手，又急于寻一个空隙脱身出去解救被困的钟晴，一心两用，难免手忙脚乱。

而那些恶心的进攻者们似乎也吃准了他的弱点，气焰越发嚣张，纠缠中，躲闪不及的KEN身上被好几条凌空劈过的触手割出了几道深深的口子，殷红的血珠很快就从伤口里涌了出来。

见他们两人如此狼狈，苏雅维娜心里痛快至极，非但没有收手的意思，反而变本加厉，甩了甩头，将更多的头发化成触手向他们冲去。

钟晴用尽全力，始终无法挣脱缠绕在身上比大蟒蛇还厉害的触手，尤其是脖子上那条，勒得他几乎要闭过气去，虽然钟馗剑还在手里，却因为全身被制精疲力竭而根本没有办法使用，一番折腾下来，这好不容易请出来的杀手锏不仅没能派上用场，剑身上的光芒倒是越来越弱了。

眼见钟晴有被勒死的危险，KEN不顾那些锐利无比的勾刺，伸出手逮住刚刚缠上了自己右脚的几条触手，用最简单也最野蛮的方式狠狠朝两头一拉，几股浓稠而腥臭的褐色汁液从被生生扯断的触手里喷了出来，然后便像被剁了头的蛇一样，无力地耷拉下去，死了般不再动弹。

艰难地避开不断涌上来且数量越来越多的“新兵”，已是伤痕累累的KEN总算杀到钟晴身边，他顾不得被刺得鲜血淋漓的手掌，一把拽住缠着钟晴脖子的可恶触手，用力狠狠一拉，总算让已经被勒得翻白眼的钟晴重新呼吸到了空气。

“喂喂！你没事吧？”KEN一边急切地拍着钟晴的脸，一边寻思着自己还有没有力气把缠在钟晴身上的其他触手一一消灭。

“还……没死呢！”新鲜空气的注入有效地让濒临半昏迷的钟晴逐渐恢复意识，咳嗽了两声，他喘着粗气应道，而随即他又大叫一声，“小心你后面！”

KEN一惊，一回头的同时腰上已经被几条力大无穷的触手牢牢缠住，那突然收紧的力道让他胸口犹如万根针刺一般难受，这还不够，这几条强壮的触手猛然向上一蹿，把KEN整个人都带到了半空里，剩余的那些稍弱一点的触手纷纷一拥而上，缠手的缠手，缠脚的缠脚，把KEN完完全全地钉在了空中。

“不要伤害其他人！你要的只是我！”KEN看了看状况很不好的钟晴，大声对苏雅维娜吼道，“放他走！否则就算会进时间迷宫我也不放过你！”

“刃千冰，你还真是善良啊，都自身难保了，还在为他人着想。呵呵，还真不愧你的身份啊。不过，你现在除了动动嘴之外，还能干什么？！”苏雅维娜大笑，可怖的触手混着被黏液弄得湿漉漉的长发，在她的身后披散开来，张牙舞爪地在空中乱舞。她原本细嫩光洁的额头上骤然多了一个阴森森的大洞，血一样的液体从里头汩汩而出，淌满了整个脸颊，而她黑白分明的魅人眼眸也随之消失，只剩下两个血红的腔体。

“看到我这个样子了吗？这就是我死时的模样。”她仰起脸，直视着空中，“我那愚蠢的丈夫不但用镜子砸破了我的头颅，还将我视为妖邪，剜去了我的双眼，彻底毁掉了我的面容。如果不是你，如果不是你们，我怎么会有如此境遇？！”

“咎由自取！”KEN皱着眉头，把脸转向一旁，不愿再多看她一眼，“若你安分守己，没有害人之心，又怎么会被驱逐？！”

“哼哼，刃千冰，你不必在我面前装出一副大义凛然的君子模样。”苏雅维娜脚尖一点，缓缓地朝空中飘去，“你也不是光明磊落之辈啊。”

闻言，KEN回过头，不动声色地盯着朝自己飞来的女人：“我不想与你作口舌之争，你放是不放？”

“不……放！”苏雅维娜停在离KEN不到一米的地方，摇了摇头，“你要让他活，我偏要让他死！”

灵力的不济跟元气体力的低迷，无法再维持需要消耗“高能量”的钟馗剑，既然已经用剑无望，为了保存残留的灵气，钟晴不得不念动咒语收回它，眼睁睁看这把难得一现的利器窝囊地消失在自己手里。

此刻，四肢已经麻木，脖子上一串被勾刺刺出来的小洞正往外渗着细细的血珠，钟晴舔了舔发白的嘴唇，费力地抬起头仰望着半空中交涉的冤家对头，别的没听到，只听到苏雅维娜末了那句“我偏要让他死”。

钟晴脊背上蹿过一阵寒气，死亡的危险。

“我要你看着想保护的人死在你面前。”苏雅维娜上前，把嘴凑到KEN的耳畔，“有种感觉叫绝望，你应该体验一下。”

“你……”KEN一时语噎。

苏雅维娜心满意足地笑着，一抹杀气从她已无人色的恐怖面孔上透出：“你说我是直接勒死他好，还是逐一扯断他的手脚，让他痛死好呢？呵呵呵呵。”

“你这个恶毒的臭婆娘！别以为头上长章鱼脚就了不起了，你爷爷我马上就出来收拾你！”缠住他的触手又开始运力收紧，剧痛有增无减，带着体温的鲜血一点一点顺着扎进肉里的勾刺流了出来，此刻的钟晴虽然已经头晕眼花体力不支，却仍然不改死鸭子嘴硬的本性，一边大骂一边扭动身体想挣脱出来。

“最讨厌你那张嘴！”苏雅维娜嘴角一扬，“呵呵，先割了你的舌头！”

话音刚落，她手掌一翻，立时变出了一把银光闪闪的匕首。而后，她故作优雅地转过身，狞笑着朝钟晴飘了过去。

这老巫婆好像来真的？！

割舌头可不是好玩的。

钟晴下意识地紧紧闭上了嘴，盯着朝自己逼近的恶毒女妖灵，神经几乎绷到断裂。

“何方妖孽，竟敢伤我儿子？”

“不知死活的东西，今天要你好看！”

千钧一发之际，一个中气十足的男声和着一个脆若银铃的女声一齐从头顶传来。

钟晴一怔，旋即大喜。

居然有救兵，还来得正是时候。

大厅靠东边的天花板上不知何时出现了一个绿色漩涡状物体，紧接着便见一对黑衣男女嗖一下从里头跳了出来，稳稳地落在地上。

一边倒的不利形势当下有了扭转的预兆。

“老爸老妈，你们小心哪，这个女妖灵的章鱼脚好厉害的！”钟晴扯起嗓子对那对从天而降的男女大喊。

“哎呀，晴晴你没事吧，真可怜啊，怎么全身都是血！”一袭黑裙的中年女子惊呼了

一声，心疼万分地冲到钟晴身边，一双丝毫不显老态的杏核大眼里几乎要落下眼泪来。

"北斗分灵，天罡诛邪，破！"紧跟在她身后的男子，也就是钟晴的老爸，神情严肃冷峻，虽然已年过半百，但眉眼如炬，通身的气派不输少壮。他顾不得对钟晴问长问短，一个箭步蹿上去，凌空跃起，以手为刀，一举切断了制住儿子的数十条粗粗细细的触手。

这一击，不仅让困住钟晴的触手化成了黑色的灰烬，他掌下扩散出的凌厉气流让其余那些气势汹汹跃跃欲试的触手统统成了软弱无力的方便面条，灰溜溜地缩回到它们主人的身上。

悬在半空中的KEN也成了直接受益者，虽然是从上头一下子摔了下来，但好歹算是脱离了魔爪。

受了这突然一击的苏雅维娜，看着被迫恢复原状，被人切得长长短短乱七八糟的金发，不由恼羞成怒地吼道："你们是什么人？竟敢在我面前放肆？"

夫妻两人没有一个搭理她，只顾着查看钟晴的伤势。

"啊！好多伤口，全是那么深的小洞，哎呀，有的还扎着刺。老头子，赶紧带儿子回去疗伤。我就说我的占卜不会错嘛，晴晴果然出事了。幸亏我用转移之术及时赶来，要是听你的馊主意坐船过来，我们肯定见不着晴晴了，呜呜呜……吓死我了！"

"哎哟，我的老天，我说你能不能先别哭，儿子这不好好的嘛！"

"体无完肤还叫好啊？你看看，脖子上那么长一个口子，差点点就伤到儿子的脸了！幸好没破相！"

"……"

本来就头昏脑涨站立不稳的钟晴，被这喋喋不休的两口子在耳边一闹，更觉得天旋地转。

他有气无力地看着他一贯避之不及的父母，开口道："别再啰唆了，我们赶紧离开这里是正经！"

KEN忍着伤痛从地上爬起来，并拣起了在混乱中掉在地上的包袱，走到这一家三口的身边，道："快走吧，钟晴的组员们全被这个女妖灵困在了镜子里，六个钟头出不去的话，他们就永远出不来了。我们已经耽搁太久，恐怕现在已经没有多少时间了。"

"有这种事？！真是可恶！"钟父一手接过KEN递过来的装着钟晴组员的包袱，一手搀着钟晴，"只好暂时放这只恶灵一马。节约时间，老婆，还是用转移之术吧！"

"我一次转不了那么多人！"钟母面有难色，压低声音道。

"尽管一试，或许我能帮你。"KEN看着她，眼神复杂。

"你……"注意力一直放在儿子身上的钟母这才发现KEN的存在，而他这句看似无意的话语却让她没来由地吃了一惊，等到她把视线移到KEN的脸上时，她的惊异之情立即从心里扩散到了面部，她捂住嘴，慌忙把眼神转向别处，一时不知说什么才好。

仍然悬浮在空中的苏雅维娜看着下面的四人，感觉他们已经完全忽视了她的存在。

狂怒的她刷一下从空中冲了下来，落到四人面前，没有眸子的“眼睛”凶狠地扫视着他们：“你们以为多了两个老家伙来助阵就能逃出生天吗？做梦！”

说罢，她本在不断移动的目光却突然停在了钟母的脸上。

“你……很像……”苏雅维娜上下打量着她，几个模糊的单字从嘴里无意识地蹦了出来。

钟母也盯着她，越看越觉得不对劲。

“不知深浅的东西，还敢叽里呱啦乱吠，给我滚开！”钟父并没有觉察到蔓延在妻子和敌人之间那股微妙的异常，急脾气的他一声大喝，升起灵力一掌劈向苏雅维娜。

苏雅维娜飞身朝后一退，避开了这威力不凡的一击。

见没有打中，钟父顿时恼了，把手里的包袱朝妻子手里一塞，腾出双手，捏诀喝道：“策雷奔云，驭九天之裂，出！”

登时就见钟父头顶上出现了一团疑似乌云的气流，随之同至的，是大作的狂风和若隐若现的闪电。

“不要啊！这艘船现在正在时间迷宫上行驶！而且我与钟晴留在船上太久，气场已经融入此地！”被狂风吹得睁不开眼的KEN高声吼道，虽然他并不了解钟父这招的威力究竟如何，可是单看这架势就知道绝对是个猛料。

“什么？你说外面是时间迷宫？”钟母的声音又拔了个尖。

当她了解了这点想回头阻止出招的丈夫时，却已经迟了一步。

轰隆几声巨响。

一连数个澄亮的大闪电干干脆脆地从钟父头上的“乌云”里劈了下来，直奔苏雅维娜而去。

这一手呼雷之术算是钟家法术里比较刚猛的一招，直来直去，不劈中目标誓不罢休。

不过苏雅维娜也不是泛泛之辈，呼雷之术虽然厉害，可是一时半会却无法击中灵活闪避的她，落下的道道闪电反将大厅里的各个地方轰得千疮百孔。

“居然能躲过？哼，今天非灭了你不可！”钟父急了，又将灵力升高一倍，一道裹着红色火球的猛雷在乌云里呼之欲出，

“老头子！”

“老爸！”

“住手！”

剩下的三人不约而同地大喊。

战意正浓的钟父当然顾不得理会他们，双手一挥，那火球飕一下便朝苏雅维娜所在的方向砸去。

苏雅维娜闪躲的速度很快，可火球的速度更快，她躲到哪里，火球便追到哪里。

见一味的躲避并不是个好办法，苏雅维娜一招手，一块长方形的镜子从天而降，漂浮在半空中，而她则加快速度，一头钻进了镜子里没了踪迹。

紧接着，便见那镜子晃了几晃，竟分裂成了上百块小小的镜片，散乱地在空中飞舞，让人眼花缭乱。

“哈，居然借镜子来遁形？！有意思！”钟父不得不承认这次的对手还算有点分量，不过对于他来说这并不是什么太大的难题，连眉头也懒得皱一下的他笃定地笑了笑，“但是，你躲错地方了。”

他手指一动，那一直在空中盘旋却失了目标的火球立刻如得令的士卒，以迅雷不及掩耳之势朝那堆镜子碎片的中间冲去。

伴着震耳欲聋的爆炸声，几十道强有力的闪电将那些碎片包围其中，从各个角度劈了过去。与此同时，地面上居然也蹿起了一圈青芯红边的熊熊火焰，足有几丈之高。

雷电交加，火焰炙人，那方寸之地霎时成了炼狱之景。

“嘿嘿，让你这恶灵见识下什么是真正的天雷动地火！”钟父抱着双臂，得意地看着自己的“杰作”。

“啊！”一声惨叫传来。

那些原本有一哄而散之势的镜片被地上的烈焰牢牢圈在了直径不到一米的范围内，霎时便从固态被溶化成了液态，如点点水滴在火舌上颤动。

而后这些“水珠”马上又被看不见的力量迅速聚合在了一起，围成了一个长方形，变化着，直至回到最初的本来面目。

一个满身是火，痛苦扭动着的躯体从恢复原貌的镜子里头摔了出来，重重跌在了地上。

“好痛！好痛啊！救我！”

她尖叫着在火里滚来滚去，可是任她怎么折腾，身上的火焰始终没有消去半分，反有愈演愈烈之势。

“哎呀，很顽强嘛！”钟父搓着自己的下巴，旋即剑眉一竖，厉声道，“给我消失！”

抱着速战速决之心的他捏诀念咒，当下又召来一道雷电，誓要给她灭顶之灾。

金发已经烧没了，只剩几缕焦黑的丝状物贴在头皮上，原本丝绸般光滑的肌肤寸寸爆裂开来，翻卷着，同裸露在外的骨头粘连在一起，一阵阵在烤肉时常常听见的嗞嗞声从她身体上赫然发出。

曾经艳冠群芳的挪威第一美人，现下已是面目全非，其状着实令观者触目惊心。

心知逃脱无望的苏雅维娜不再挣扎，她非常努力地想从地上爬起来，无奈只是徒劳。

于是，她用已经变形的手臂强撑起半个身子，抬起已经不能被称之为"脸"的脸，尽管双眼已经失去了视物的功能，可是她依然准确地看向火焰外的某个人，那个她一直念念不忘的"仇人"，眼神仇恨而怨毒。

"刃千冰！我诅咒你，你的所爱注定都会背叛你！你永远不会得到你想要的东西！永远不会！"

她绝望而撕心裂肺的声音很快便淹没在巨大的爆炸声里。

钟父的最后一击，威力十足，不但淹没了苏雅维娜不甘心的诅咒，连同她已成焦炭的躯体，一道带进了毁灭之地……

烟雾散尽，战斗结束。

一方碎成几块的金色长把圆镜静静地躺在苏雅维娜消失的地方，几块镶嵌其中的红蓝宝石从缺口上脱落，骨碌碌地滚向一旁。

"嘁，原来是以镜子作原身，无知的小鬼！"钟父上前一看，不屑一顾地嘀咕道。

看着残留在地板上的袅袅余烟，再看看被钟父折腾出的布满整个大厅的裂痕和大洞，KEN吐出一口大气，低声道："这回完了。"

"船坏了……"钟母的表情也严肃起来，紧紧抓住了钟晴的手臂，如临大敌般打量着四周。

"你们两个，干吗都一个表情？！那么紧张这艘船，这儿好像也没出什么坏事嘛，你们是不是弄错了？！"钟晴看看并无异状安静非常的大厅，又看看站在左右两旁神情严峻的两个人，想到之前被人一再地坚决阻止损坏这艘船，越来越觉得是有人大惊小怪故弄玄虚，船坏了又怎样，现在还不是一切正常？！

钟母跟KEN对望了一眼，都没有说话。

那头的钟父拍拍手，得意洋洋地回到钟晴他们身边，竖起大拇指朝着自己道："瞧瞧，宝刀未老！三分钟内解决敌人！这下不用担心有人作怪了，我们……"

他的"走"字还未出口，一阵从四面八方传来的异常震动立即让他闭上了嘴。

“不好！”

KEN看见那些裂痕和大洞开始了迅速的扩张和移动。

听着一阵大过一阵的嘎吱嘎吱声，钟晴瞪眼大叫：“哎呀，你们看那些裂痕，还有那些洞，它们怎么都在往一个地方聚拢呢？！”

“咦，真是的，奇怪，它们怎么会动呢？”不明就里的钟父跟儿子一个腔调，明显流露出对眼前情景的好奇。

“都是你干的好事！”钟母忍不住狠狠掐了丈夫一把，继而皱眉道，“时间迷宫，已经渗进来了。这要怎么办？！”

“老妈你也知道时间迷宫？”钟晴转过头看着她，“那到底是什么玩意儿？值得你们这么害怕吗？！”

“现在没时间跟你解释。”钟母看着儿子，同时也瞟了KEN一眼，毅然道，“我先把你们两个转走！”

可是，她的架势还没摆开，KEN却摇了摇头：“算了，太迟了。我跟钟晴的气场已经从船里渗进时间迷宫，这个鬼地方已经伸出爪子来找我们了。你们两个刚上船不久，迷宫的力量还不能对你们起作用，你们快走！”

他刚一说完，便见那些会动的“伤口”已经成功地汇集到了一起，在距离他们不远处的地板上形成了一个六边形的蓝色光体，两股浓郁厚重的黑色雾气当即从六边形里钻了出来，又快又稳地朝钟晴和KEN逼了过来。

“这这这……怎么回事？”钟父丈二和尚摸不着头脑，“这是什么怪东西？还冒黑烟……”

钟父的嘴还没来得及闭上，那黑雾已然飘到了钟晴和KEN的头上。

不给他们半点反应的时间，两人当即就像遇上了吸力强劲的磁铁般双脚离地，晃晃悠悠地飞了起来，被一股无形的巨大力量拉向身后那个六边形的光体。

“喂喂！干什么呢？怎么怎么我飞起来了？”钟晴在空中踢着脚，挣扎着要回到地面上。

“晴晴！”

钟母惊叫一声，紧紧拖住了钟晴的手臂，死也不撒手。

“怎么会这样？”

钟父也慌忙冲上去拉住儿子。

夫妻两个穷尽全身力气却于事无补，拉回钟晴的力量实在是远远小于拉走他的力量。

KEN没有做半点挣扎，脸上也看不出太多的慌张之情，只是有些沮丧地劝阻道：“你们放手吧，没用的！”

“老爸老妈你们快松手，别跟过来啦！”一脸汗水的钟晴回头看了看对他虎视眈眈地异常光体，虽然不知道到底是什么来头，却已经认定那是个大大的危险之处。

为人父母者，在这个时候自然是死也不肯松手的。

但是，由不得他们不放，越接近那个光体，把夫妻两个往后推的力量就越明显。

咻！

一道白光从眼前划过，夫妻两人仿佛一头撞在了一堵看不见的墙上，咚一下被弹开老远。

“老爸老妈！”钟晴急得两眼冒烟，回头一看，不得了，KEN的半个身子已经被拉进了光体内，而自己也步其后尘，两条腿已经陷了进去，被幽深的蓝光包围起来。

“儿子！”

钟父钟母跳起来重新朝这边扑了过来，可是刚一靠近，又被狠狠弹开。

再试，结果仍然一样。

“晴晴！”

在第N次被弹开后，精疲力竭的钟母坐在地上号啕大哭，钟父忍着摔伤的疼痛，扶住妻子，眼睁睁地看着钟晴和KEN双双被拖进了那个诡异的六边形光体。

“帮我把他们几个从镜子里救出来啊！”

光体渐渐缩小，从里面传来钟晴最后的声音。

很快，化成一个圆点的六边形从地面上骤然消失，不留半点痕迹。

四周即刻平静下来，所有的裂痕统统都不见了，整个大厅竟自行恢复到完好如初的状态，嗅不到任何激烈战斗后遗留下来的味道。

“儿子……”钟父看着钟晴消失的地方，呆若木鸡。

“我的晴晴啊，呜呜呜……”钟母只顾抱着丈夫痛哭。

身体仿佛被上万根钉子钉住了，连手指头都不能弯曲。

除了眼睛还能看得见外，其余的感官都在这个时候失去了作用。

各种颜色的线形光芒好像流星一样刷刷地从眼前闪过，毫无障碍地穿过自己的身体，奔向幽邃的黑暗。

钟晴觉得很冷，同时又被身边的某些看不到的物质挤压得很难受，呼吸越来越不顺畅。

身子一直在往下坠，很久很久，都落不到底……

冥界，生死殿。

一个白衣男子匆匆跨了进来，一路小跑地来到了殿内的某处。

“王！”他毕恭毕敬地对正倚在躺椅上闭目小憩的年轻女子鞠了一躬。

“有事？”女子没有睁眼，支着头的白皙手腕上，一串黝黑的珠子光可鉴人。

“嗯……是！是您的弟弟，他有事……”男子言语间有些支吾。

“钟晴？”她抬起眼皮，看着男子，“他不是去北欧抓乌贼了吗，又出什么纰漏了？”

“他……他掉进时间迷宫了，我们完全失去了他的行踪。”男子有些惶恐，“他似乎已经不在我们力所能及的搜索范围内了。”

“什么？！”女子一下子从躺椅上跳了起来，慵懒之态一扫而光，“什么时间迷宫？”

男子小心翼翼地回道：“那是游离在挪威海上的一个扭曲错位的时空集合，人一旦掉进去，可能会被充斥在里头的各种颠倒结界……挤成碎片，也可能会落入另外一个不可知的空间，会遇到什么就不得而知了。总之，现在还没有谁能够从时间迷宫里全身而退。”

“我怎么不知道挪威海上有这么厉害的地方？！”女子皱起眉头在原地踱起了步子，自言自语道，“这臭小子有九十八岁的阳寿，现在是绝对不可能丢了性命的。应该没什么可担心的吧……”

“王，那我们要怎么做？”男子的目光追随着走来走去的她。

她站定，略一思索，说：“去把钟晴的《生死册》取来！”

“是！”

男子立即领命离去。

“唉，这个臭小子，从来就不让人省心。”

女子摇摇头，一脸恨铁不成钢的表情。

她就是钟旭，钟晴一直苦苦寻找的堂姐，也是冥界的最高管理者——冥王。

自从接手冥界之后，因为种种考虑，她再没有在家人面前露过面。

尽管如此，对于她最不放心的一个人，也就是这个闯祸跟吃饭一样平常的菜鸟堂弟，她一直遣有部下“监视”。

平日她自己虽事务繁忙，但是只要被她知道钟晴在修习法术时有了偷懒之心，她再忙也会抽出时间以托梦之法前去“督促”他一番。

但是，她也仅仅是“监视”加点“督促”而已，长时间以来，不管钟晴遇到什么麻烦，她都不插手。

玉不琢不成器，这个堂弟，缺少的就是磨炼。

虽然现在还不能确定他是不是一块玉，可是看着他这几年的进步，尽管不太大，总还是可喜的。

然而这一回，她的心里却头一次有了点不安的感觉，在听到钟晴掉进了那个什么她从未听说过的时间迷宫之后。

正当钟旭看着虚空中的某处出神时，白衣男子已经捧了她要的物事回来了。

《生死册》，顾名思义就是记录了一个人从生到死的时间，以及在这段时间里会发生在他身上的种种事件，也就是所谓的命数。

正常说来，《生死册》上的“记录”是永远不会更改的，任何一个在生的人，都要按照上面的内容，不可违逆地走完自己的生命。

身为冥王，钟旭拥有绝对的权力查阅任何一个人的《生死册》。

但是这么多年来，她从不滥用这个专属的权力，对于《生死册》，她一直保持着一个雷打不动的习惯——不看中间只看起始，只关注某个人的生命该在何时开始何时结束，至于那些“中间内容”，也就是他们一生的命运，她无心了解，包括自己那些在生的家人。

但是，这回她破例了。

她要看看，钟晴的一生里，关于这个“时间迷宫”的记载究竟如何。

另外，只要他的《生死册》上一切如故，那么就说明这家伙万事大吉，掉进什么宫都不会有问题，根本不需要为他担心。

接过白衣男子递上来的一本深蓝色簿子，钟旭一边打开一边嘀咕：“不可能有什么问题的。”

薄薄的纸页在她指尖下翻飞，哗啦作响。

当破天荒地把钟晴的《生死册》从第一页翻到最后一页时，她那总是沉着镇静的脸上，出现了已经久违的目瞪口呆之情。

“王……”白衣男子轻易地觉察到了上司的异常，“没出什么问题吧？！”

啪！钟旭重重合上了册子，交还到男子手中，摆摆手道：“没什么，把它放回去吧。”

“是！”男子不敢多言，立即捧了《生死册》退了下去。

“怎么会出现这种事情……”钟旭深锁眉头，走到殿旁的窗下，心事重重地看着外头。

这样的事情，她第一次遇到——钟晴的《生死册》，从头至尾，竟成一片空白，只字

不留。

《生死册》会生变异，原因只有一个。

当一个人的命数突然产生不可预测的逆转时，他的《生死册》会有种种异常征兆出现。

这样的情况，钟旭不是没有遇到过。

但是像钟晴这样整本册子全部化成空白，却是头一回。

照这么看来，钟晴如今还尚在人间，只是这小子的命数已经莫名其妙地脱离了既定的轨道，其中因由玄机，连她这个冥王一时也无法猜透。

“臭小子，自求多福吧……”

钟旭目光深沉地看着殿外的风景，深知此事并非自己所能插手，忧心忡忡地叹了口气……

## 2

# 女神医

“刷！砰！咚！啊！”

一系列极不正常的杂音过后，钟晴又一次跟坚硬无比的土地前心贴后背地撞在一起，巨大的冲击力差点拆散他的骨架子，胸口像被人突然狠狠敲了一大锤，弄得他差点背过气去；身上那些插着小刺的伤口，流出的血虽然已经凝固，仍然疼痛不减；还有自己的腰，似乎有千斤重物加诸其上，断开般没了知觉。

在一片四下翻飞的尘土中，钟晴艰难地抬起头，即刻映入眼帘的，是好些缕枯黄的茅草，乱纷纷地从空中落了下来，铺得一地都是。

穿过这些有碍视线的小东西，他模糊迷离的目光渐渐聚焦在不远处一双穿着白色绣花布靴的脚上。

他心头一惊。

身体无法移动，但是幸好脖子眼珠还能转动自如，钟晴忍住疼，一点一点把视线拔高：脚、腿、身子、头，当他从平视完全转换成仰视时，绣花靴主人的尊容也完整地暴露在他面前——

二十岁左右的女子，一身浅蓝的粗布长裙，腰间系着一条麻色丝带，端坐在一方乌木方桌前，光滑墨黑如锦缎的长发以一枚简单朴素的翠玉簪结成一束，从头顶一丝不乱地垂下，净白如细瓷的脸上，堪比三月桃花的粉嫩嘴唇颇不满意地紧抿着，一双柳叶弯眉也

微微锁起，两道厌弃的目光从似有水波漾动的眸子里毫不掩饰地射到捧在手里的栗色饭碗里。

是不是美女暂且不说，这女人的打扮倒是好生奇怪，像极了……中国古代的女子。

钟晴手肘撑着地，只管望着她发呆。

然而，这女子却一眼也没有瞧过钟晴，目光一直停留在那只饭碗上的她，用筷子从里头挑出了好几根沾着菜汤的茅草，送到面前看了看，紧跟着又抬起头，一言不发地看着破了个大洞的房顶，厌弃之情越发严重。

脖根处传来的酸痛让神游太虚的钟晴清醒了过来，再朝四周一看，竹椅木几，落地灯架，件件简单，却是古韵悠然，不知不觉间让人产生了时光倒流的错觉。

是错觉？是做梦？

可是，如果真是做梦的话，身上又怎么会那么疼？！

钟晴使劲眨了眨眼，终于冲口而出："喂！这里是什么鬼地方？"

"满碗的土和草……这还如何吃？"女子对钟晴的大喊大叫一点反应都没有，收回望向屋顶的目光，再次无比惋惜地看着饭碗，自言自语般道。

"哎！那边那个女的，没听到我在问你吗？"钟晴又急又恼地瞪着她，想爬起来说话，奈何整个人犹如被巨山压住了般动弹不得。

女子仿佛根本没有听到一样，仍然自顾自地看看屋顶，又看看饭碗，眉头不展。

"喂！问你呢！"钟晴费力地抬起手对着她挥了挥，见对方还是拿他当透明人，没有半点回应的意思，不禁嘀咕道，"不会是个又聋又瞎的吧？！没道理我这么大一个人落在面前看不到啊？！"

话音未落，就听得啪一声脆响。

女子把手中的碗筷重重朝桌上一放，转过头，冷冰冰地瞪着钟晴："砸坏我的房顶不说，好好一餐晚饭也被你们两人破坏了。"

哎？她是在跟自己说话？

钟晴这下终于确定了对方并非伤残人士，但是她又说什么"两个人"，哪里来的两个人，躺在这儿的只有他一个人啊！

"哎哟……"

正莫名其妙时，背上却冷不丁传来一阵轻微的呻吟。

钟晴顿觉不对劲，扭回头一看，不禁大吼："你……你怎么躺在我背上？！"

摸着自己发昏的头，仰面横压在钟晴背上的KEN刚睡醒般睁开了眼，身子一动不动，稀里糊涂地转动眼珠打量着周围。

“嘿! 没断气吧?”钟晴恼怒地用拳头砸着地,“赶紧下来啊! 压死我了!”

一个大活人压在身上,能站起来才是怪事,钟晴认定自己的腰没治了,不是骨折也是挫伤。

“头好晕……”KEN嘀咕着,左手一撑,坐了起来。

这个本能的动作又引来一声惊天动地的惨叫。

“哎呀,我的腰啊!”

这声叫唤的力量不小,让KEN游荡在外的神魄立即聚拢起来。他低头一瞧,发现自己现下正坐在一个勉强算是软和的“人肉垫子”上,再俯身细看,不由大惊道:“钟晴?!”

“废话! 不是我是谁!”钟晴愤然回瞪他一眼,“还赖在我身上干吗?! 我骨头都断了!”

“啊,不好意思!”KEN忙不迭地道歉,赶紧站起身,把钟晴从苦不堪言的压迫中解放了出来。

一阵无与伦比的轻松感让钟晴长长地舒了一口气,疲累不堪地瘫在地上,下巴紧贴着冰凉的地面,再没有抬起来的力气。

比起状若烂泥的钟晴,KEN似乎并无大碍。不过几眼,这里的一切已经尽收他眼底,包括那位稳坐桌前,面无表情的蓝衫女子。

“什么地方啊……你怎么样,还能站起来吧?”KEN嘟囔着,然后蹲下身扶住钟晴,同时又看向那女子,大声问:“那位小姐,请问这里是什么地方?”

“落雁山,安乐镇。”女子看了他一眼,语气平平地吐出几个字。

“安乐镇?!”KEN重复着这个闻所未闻的地名,头脑尚算清醒的他上上下下地打量着装束怪异的她,疑惑地追问,“请问这安乐镇又是哪个国家的城市?”

“此地离京城三十里。”女子站起来,收拾着桌上碗筷,“那里才是城,这里只是镇。”

“京城?”趴在地上的钟晴猛一下抬起头,“京城”这个称谓,除了在相关的古书历史中频频出现外,貌似许多许多年前就不被人用做口头语了,再一联想到这女子的一身打扮,他脑子里突然冒出了一个自己都觉得荒谬的想法。

“你说这里是京城?”钟晴难掩心头的诧异,赶忙问道,“那现在是……”

“让到一边去,不要挡在门口。”女子托着收拾妥当的一摞碗碟,走到他们两个身边,硬邦邦地打断了钟晴的问题,撇下这句话后便径直出了门去。

“嘿,我话还没说完呢!”钟晴一边不甘地叫嚷一边在KEN的帮助下直起完全没知

觉的腰，而后坐在地上指着门口继续发泄心头的不满，“这怪女人什么态度？！就这样把我们晾在这儿了？！”

KEN看着女子的去向，若有所思地笑了笑：“依我看，这个姑娘不简单啊。”

“这话怎么说？你跟她很熟吗？”钟晴揉着手肘上新增的擦伤，一脸痛苦地求助，“先把我扶起来，这地又硬又凉，难受死了。”

“直觉而已。两个陌生人从天而降，砸穿自家屋顶落到眼前，换做是你，会不会视若无睹面不改色呢？”KEN不慌不忙地说着自己的看法，拉过钟晴的胳膊搁到自己脖子上，用力把他扶了起来，“更何况她只是一个年纪轻轻的女子而已。”

“嗯，好像有道理，但是……哎哟，痛痛痛！”

钟晴的右脚刚一点地，立即杀猪似的号叫起来。

“怎么了怎么了？”KEN被他的嗓门吓了一大跳。

“我的右脚！”钟晴指着抬起不敢再沾地的右脚，“不能挨地了，是不是骨头断了？！”

“那么严重？”KEN虽然着急，却只能束手无策地看着他，“真的不能动了吗？”

钟晴摇头，豆大的冷汗从额头上沁出，看来的确伤得不轻。

“真是遇到麻烦了。”KEN皱起眉头，咕哝道，“不过，咱们的运气还是不错呢。”

钟晴的耳朵还算好使，KEN的话他听得一清二楚，难忍的火气噌噌往头上蹿，大声斥道：“这还叫运气不错？我看我倒了八辈子霉才是真！莫名其妙地上了鬼船，又莫名其妙地掉到了这个叫什么安乐镇的鬼地方，弄得一身是伤断手断脚，现在就剩下半条命了，这还叫运气好？！”

“至少你跟我都还活着。”KEN耐心地听完他的抱怨后，很感恩地说了一句。

钟晴一愣，憋在肚子里的火气顿时消减了大半。

说得好像不错，有什么比性命仍在更值得庆幸呢？！

“我扶你到那边去坐下吧。”KEN看看对面的一张竹椅，有些忧心地说，“不知道这里找不找得到医生。”

“我们现在根本就不知道这是个什么地方！”钟晴在KEN的搀扶下，单腿跳着朝竹椅那边挪动，嘴巴也没闲着，“那个时间迷宫到底是什么玩意儿？我记得当时我们是被吸进了那个蓝色的六角光体里头，为什么一睁眼就掉到了这里？！老天，想想都头疼，我问你，这到底是怎么回事？”

“老实说，我也不是很清楚。”KEN小心翼翼地把钟晴安置在靠墙的椅子上，无奈地说，“我们能毫发无损地穿过时间迷宫，已是大幸。其他的，以后再去研究吧，先给你治伤要紧。唉，真没想到你会伤得那么重。”

钟晴白了他一眼：“如果不是我垫底，你这家伙能手脚齐全地站在我面前说风凉话？！”

“我又不是故意的。”KEN哭笑不得，“好了，你先在这儿休息一下，我出去看看。”

“自己留点神，搞不好这里是个危机四伏的龙潭虎穴呢。”

钟晴瞟了眼大门外头，黑漆漆一片，能见度极差。

“嗯，放心。”KEN拍拍他的肩膀，转身朝大门走去。

前脚刚刚迈出去，他迎面便碰上了空手折回来的蓝衫女子。

“小姐！”他一个侧身挡在本不打算理会他的女子面前，很诚恳地说道，“很抱歉弄坏了你的屋子，我们绝对没有任何恶意，只是个无心的意外，希望你不要介意。我朋友的脚受伤了，请问你知道这儿哪里能找到医生？”

女子抬眼看看他，又侧目望望干坐在里头的钟晴，只说了两个字：“让开。”

碰了个软钉子的KEN一愣，觉得这女人果真是个怪胎，从头到尾的表情就是没有表情，恐怕跟她说地球马上要爆炸了也不能引起她的注意吧。

“我们真的没有恶意，我朋友受伤了，现在急需医治！”KEN让到一边，耐着性子继续向女子解释着。KEN很清楚，在这个陌生得让他觉得混乱的地方，除了她，没有谁能够向他们提供实际有用的帮助。

任他怎么解释，女子看也懒得再看他，举步进了房内，不紧不慢地朝钟晴那边走去。

“哎，我说小……”

后头的KEN不甘心地跟了上去，正要继续说下去，却被女子突然回头投过来的带着警告信号的目光打断了。

女子转过头，走到钟晴面前，站定，低下头盯着钟晴微微颤抖着的右脚，问：“脚伤了？”

“怕是断了呢！”钟晴瞪了她一眼，气鼓鼓地应了一句。

女子不再多言，蹲下来，伸手捏了捏他的脚踝。

她下手的力道并不大，却立即引来了钟晴的大叫：“哎哟！好痛！你你干什么呢？放手！”

“想保住你的腿就住嘴！”她一手托住钟晴的脚底，一手掐住他的脚踝，头也不抬地说。

“你……”钟晴哪里是那么容易住嘴的人，可是她摆出的那副架势，却让他乖乖地

把后头的废话都吞了回去。

“喀！”她手下一动。

一声从骨子里透出来的脆响，和着钟晴惨绝人寰的哭号，在空敞的房间里回荡。

女子拍拍手，站起来，嘲弄似的一笑：“脱臼而已，大惊小怪。”

刚刚那一刹那的剜肉剔骨之感痛得钟晴的双眼直冒泪花，被她这一笑，他更是怒火中烧，腾一下站起来，握紧拳头大声呵斥：“你是不是脑袋短路了？傻笑什么？我……”

钟晴的满腔怒火刚刚冒了个头，就见一道黑影从房梁上飞速划过，噗一下落在了他的头上。

“什么东西？”钟晴本能地伸出手往头上乱摸一通。一种毛茸茸、热乎乎、软趴趴的触觉立刻从他的指间传到了大脑。

钟晴顿时不敢再乱动，只试探着把眼珠朝上翻，同时小心翼翼地仰起头。

伴着一阵呼呼的怪声，长在一张毛脸上的两只不属于人类的溜圆眼珠从钟晴的头上冒了出来，跟他最近距离地来了个大眼瞪小眼。

两个生物在屏息静气地对视N秒以后，“啊！”钟晴怪叫一声，火速低下头把脑袋上的怪物往下赶。

可是，任他又拉又挠又扯，那个家伙就是紧抱着他的头不肯松开，死也不下来。呼呼的声音依然继续，另有一股接一股的热气，从它的口鼻里喷洒而下，混在里面的唾沫星子毫不客气地沾了钟晴一头一脸，与此同时，他又感到自己的头发正被两只爪子之类的东西乱刨一气，并有个湿濡濡的东西在里头拱来拱去，把他的头皮折腾得又痒又痛。

“怪物怪物！快滚下去！”钟晴鬼上身似的跳来跳去，就差倒地打滚了。

“倾城，下来！”

见钟晴被整得够呛，一脸“事不关己”的女子看向他的头上，开口不轻不重地斥了一声。

此话一出，效果立竿见影。

那家伙小腿一蹬，刷一下从钟晴的头上蹦了下来，跃到了女子的脚边，落地无声，敏捷如豹。

钟晴抱着头，顾不得理会已是乱如鸡窝的头发，惊魂不定地看向那个在他头上“动土”的怪物——从头到尾不满一尺长，通身金毛，四爪锋利；两只三角形的小毛耳朵搭在略显圆胖的脑袋上，毛脸虽小，却有一双铜铃大眼圆睁其上，精光熠熠；湿湿的黑色鼻头偶尔嗅动两下，一条粉红的舌头从稍微咧开的大嘴里探出，认真地舔着自己的前爪，几缕点在下巴处的白色短毛随着它的动作有规律地晃动着。

“这这……你养狮子？！不对不对，是京叭狗？”

钟晴指着这个绝对没有任何“骨感美”，像个缩成一团的圆毛球，既像幼狮又像猫犬的四不象动物，又开始大呼小叫。

听他这一喊，小家伙似乎不乐意了，忽一下竖起全是卷毛的尾巴，抬头拿它的大眼很不友好地瞪着胡乱猜测自己品种的钟晴，嘴里示威般发出呜呜的低鸣。

“是有点像狮子，不过也太小了吧……”同样看得发愣的KEN挠着头走到钟晴身边，动物知识有限，他左看右看也无法肯定眼前这个活生生的小东西是何物。

不过，如果它的个子再大一点，身上的肉肉再少一点，这个小家伙的面相是能算得上威武的。对于这一点，钟晴和KEN的看法倒是很一致。

“同你说过许多次了，莫把头发当成面条！下次不许再犯了！”

女子丝毫没有要为那两个好奇之人解惑的意思，只是俯身抱起那只气哼哼的小怪物，漠然的语气里掺着一丝嗔怪。

“面条？！”钟晴拉起鬓边的一缕乱发，莫名其妙地看着KEN，“我的头发……像面条？”

“嗯……有一点点。”KEN看着钟晴已经被汗水浸成一缕一缕的头发，小心地回答。

钟晴白了他一眼，转身快步走到正打算离开的女子面前，摆出一副咬牙切齿的样子道：“你这怪女人少在我面前耍酷，我的耐心是有限度的，你要再敢耍花样来戏弄我，别怪我不客气了。”

“我能接好你的腿，自然也能弄断它。”女子漫不经心地拨弄着怀里小怪物的耳朵，第一次正眼看着钟晴的脸，“如果不想趴着说话，最好少开尊口。”

她波澜不惊的警告让钟晴的脊梁上突然流过一丝寒意，也在这个时候，他才突然发现自己伤重的右脚早已经复原，刚才上蹿下跳，竟毫无影响，连一点余痛也没有留下。

“我的脚……”钟晴用力跺了跺右脚，看看女子，又看看自己的脚，难以置信，“完全不痛了！是……是你治好的？？”

“已经全好了吗？！”KEN高兴地拍了拍钟晴，旋即转过头，万分感激地对女子说道，“真是太感谢了！没想到你年纪轻轻，竟会有如此娴熟的医术，实在让人意外，佩服至极！”

“天色已晚，你们两个在柴房过夜吧。跟我来。”

KEN的夸赞完全没有被女子听进耳里，撂下这句话后，她举步朝外走去。

“你……你的意思是你愿意收留我们两个？”听KEN的语气像是捡了个天大的便

宜，“太好了，真谢……”

“等一下。”钟晴打断了KEN，退后一步挡在女子面前，满眼疑色，“无事献殷勤。我们非亲非故，你干吗那么好心？”

女子停下脚步，头也不回地说道：“砸穿了我的屋顶，不补好就想走么？柴房有木材茅草，明天日落之前，还我一个完好如初的房舍。”

“这……”钟晴被她的回答给噎了一下，嘀咕道，“哼，我说呢，原来是留我们当苦力……”

这头的KEN却是一脸好颜色，点头称是：“应该的！我们明天天一亮就去修，实在不好意思。谢谢你能让我们留宿！”

“喂！”钟晴拉住KEN，凑近他耳朵道，“你跟这女人很熟吗？这夜半三更的，我们又人生地不熟，怎么能随便在她的地盘过夜？！”

听完他的告诫，KEN眨眨眼睛，有点为难地说：“你太多虑了吧，她一个小女子，还能把我们两个大男人吃了？你身上的伤还没好，我们需要一个地方落脚，我看她是好意。”

“我宁可睡马路也不睡她这里，她的好意我受不起。”钟晴的牛脾气又上来了，不由分说地拉了KEN就往外走，经过女子身边时，他不忘大剌剌地扔下一句，“放心，明天一早我们肯定回来修你的破房顶，大丈夫说话算数。”

“我这朋友偶尔会有怪癖，抱歉啊，好意心领了，明天我们一早就来。”被迫离开的KEN边走边回头尴尬地解释。

女子站在原地，不动声色地看着两人跨出了房门，很快隐没在了浓重的夜色里，自语道：“半炷香内，必定折返。”

她怀里的活物也咧大了嘴，嗤嗤有声，胖脸上的大眼睛眯成了两道弯月，乍看下，竟觉得满是幸灾乐祸之情。

钟晴与KEN二人，在离开从房间内透出的光所能照亮的范围后，才发觉外面的光线昏暗得吓人，半盏灯都没有。

“外头也不舍得挂盏灯，节约电费呢，哼，半夜出来摔死你！”钟晴骂骂咧咧地摸了摸裤兜，幸喜打火机还在，赶紧掏出来作照明用。

啪啪两下，豆大的火苗在无风的夜里燃起，他们总算勉强看清楚了周遭的状况，一路走来，这外头就是一个开阔的院子，一片片暂时分不清颜色的植物整整齐齐地排在两旁，茂盛但不高大，齐腰的高度而已；一条青石小道端端铺在正中间，不长，弯弯曲曲地延伸到不远处两扇紧闭的大门前。

“其实我觉得留在这儿挺好的。”KEN不情愿地往前挪着步子，又不时回过头，依依不舍地看看渐渐落在后面透着明亮灯光的屋子。

一心离开的钟晴却抱定了反对到底的态度，没好气地说：“我看这女人从头到脚都透着古怪，搞不好是传说里的黑山老妖，专等我们睡熟了之后吸阳气的！”

“是妖是鬼，难道你我还分不出来吗？！”KEN断然否决了钟晴的荒唐想法，“虽然这女人的态度不好，可人家没有拿扫把赶我们出去已经是万幸了，还治好了你的脚。不要这么小心眼儿说别人是妖怪嘛。”

“哼，还挺护着她嘛。看别人模样长得漂亮是吧？重色亲友！”

钟晴撇撇嘴，小心举着打火机，唧唧咕咕地大步前行。

KEN不再多言，心里认定了这个家伙是他所认识的最唠叨的男人，不回嘴是求得耳根清静的最好方法。

昏黄的火光下，一道斑驳的古旧红漆木门立在了他们面前，两只亮澄澄的铜环把手牢靠地嵌在上头，没有任何门锁，也没有老式木门独有的门闩，把打火机移近一看，有条细细的红线，松松地系在两个铜环之间。

“看看看，多可疑！”钟晴发现新大陆一样拽了拽KEN的袖子，“谁会用一扇不带锁的门？还绑根红线在这儿，当门闩啊？这女人不是脑子有问题就是居心叵测！”

“是比较奇怪……”

KEN也觉得不解，莫非此地治安良好，家家夜不闭户？！

两人对看一眼，同时伸出手去，一人一个铜环，用力一拉。

“吱呀！”并不厚重的木门立即应声大开，上头的红线也断成了两截。

只是一眨眼的工夫，钟晴跟KEN齐齐倒吸了一口凉气。

真冷啊！一种从春暖花开的艳阳天咚一下落进严冬腊月的强烈感觉迅速包裹了还没来得及踏出门去的他们。

不是错觉，而是真真实实的天寒地冻。莫说人，连手里打火机的火苗也像被冻死了一样，灭了。

“里里里外……温温温差好大……阿嚏……”

钟晴连打了好几个喷嚏，牙齿冻得格格直响，舌头越来越不利索。

“真是……很冷！”KEN缩起脖子，看着从自己口鼻里呼出的白色雾气，竭力不让自己成为跟钟晴一样的结巴。

“你看……看那……那边是什么？”四下张望的钟晴，一手指着大门正对的地方，一

手哆哆嗦嗦地举起打火机，嚓嚓有声地打着火。

KEN张大眼，循着钟晴指的方向看去，半晌，他脸上的神色越来越僵硬。

“那个……好像是……坟地？”

“坟地？”钟晴放下打了N次也点不着的打火机，只管看着对面发愣。

虽然没了人工照明，然而呈黛紫色的天空却自有一片青光洒下，可见度不差。不远处的空地上，无个数高高低低大大小小的黄土包此起彼伏，每个土包上头都插着一根竿子，一张张白晃晃的招魂幡在上头飘来荡去，一大片疑似山峦的黑色轮廓寂静无声地衬在后面，平添了一丝沉重的诡异。

“真……真的是坟地！”钟晴费力地吞了吞口水，“妈的，这里不……不是镇子吗？！一……一出门就是坟地，见见……见鬼！”

KEN还没来得及发表意见，几声忽近忽远的狼嗥声又蓦地从空地旁的密林里传出。

仅仅是用眼神交换了一下意见，两人刷一下缩回了身子，砰一声关上了门，动作出奇的一致。

说来也怪，仅仅是一门之隔，却完全是两个天地。

大门刚一关上，舒心的暖意立即回到了身体里的每一个细胞。

“难道这里有空调？”钟晴搓着手，满院乱看。

“回去吧，今晚不留也得留。”KEN皱眉想了想，随即拉了他摸黑朝身后仍旧亮着灯的屋子走去。

“我就说有问题嘛，哪个正常人会把家安在坟场旁边？！我看那个女人根本就是个怪胎！或者她根本就是个住在荒宅里的女妖灵！”钟晴又开始口无遮拦地胡乱猜测，不过，跟到外头的荒郊野地挨冻相比，他宁可回去面对那个怪胎。

“女妖灵？”KEN摇摇头，反问，“她身上有妖气吗？”

“哎……”钟晴一时语塞，抓了抓头，“嗯……我对妖气最是敏感，她的身上嘛……好像还真没有。”

“那就是了，世上总会有一些怪人的。”KEN笑笑，接着又叮嘱道，“怪人未必是坏人，等下你见了人家，态度好一点，现在是我们有求于人！”

“啰唆，知道了。”钟晴不耐烦地摆摆手，人在屋檐下的憋屈，他现在是体会到了。

很快，两人三步并两步地回到了刚才的房间。

女子一直留在屋内不曾离开，现下正悠闲地坐在钟晴刚刚坐过的椅子上，那只小怪物则半张着眼，懒懒地趴在主人腿上，打了个大大的呵欠。

“嗯……嗯……我们俩在路上商量了一下，觉得还是留在这里比较好，就近嘛，节约时间，明天可以早些开工。”站定后，KEN立即赔着笑脸，尴尬地为他们的贸然离开和贸然回归找台阶。

钟晴斜眼瞟了瞟对他们爱理不理的女子，眼睛盯着天花板，故意拖拉着声音道：“是啊，美女你这里简直是春暖花开人间仙境，所谓最难消受美人恩，不留下来实在可惜，刚刚是我发神经，还望您大人不计小人过，别跟我一般见识。”

听罢他俩的一番“表白”，女子抱起小怪物放到地上，而后站起身来，顺手取下摆放在灯架上的烛台，走到他们身边，目不斜视地说：“随我来。”

“哦，好，好！”KEN感激万分地应道，然后拉上在女子后头挤眉弄眼的钟晴，跟在她后头出了门。

女子的脚步又轻又稳，手里托着不带一点晃动的烛光，轻车熟路地领着他们朝屋后的一间小茅屋走去。

一路上，安静非常，看来此地除了他们三个，再无他人。

KEN越想越奇怪，终于走快两步，跟女子并排而行，小心问道：“哎，那个，冒昧问一下，小姐一个人住这里？”

“现在是。”女子答得很干脆。

“哦。”KEN搓着手，压低声音说，“如果我没眼花，这外头，好像是……坟场？！”

“是。”女子看也不看他，“乱葬岗。”

“啊？！”KEN一下子被自己的口水呛到，咳嗽好一阵后才不可思议地问道，“你一个女孩子，孤身住在乱葬岗？”

KEN惊讶的声音当然被落在后头的钟晴听得一清二楚，他也凑热闹地追上去，看外星人一样猛瞪着女子，高声大喊：“你一个人住在死人堆旁边？我的天，我耳朵没问题吧？”

“那又如何？”女子看了钟晴一眼，“死人比活人清静。”

钟晴立即听出她话里有话，涨红了脸，一时不知该如何回应。

说话间，三人已走到一间茅屋前。

女子停下脚步，把烛台交到KEN手里，嘱咐一句：“自己收拾收拾，仔细别引燃了里头的木材草料。”

“我们会注意的。”KEN接过烛台，拍胸口保证。

见状，女子转身便要离开，却被钟晴一把拽住了胳膊，气急败坏地问：“喂，我拜托你，你可不可以告诉我，我们现在究竟在哪里？时间地点，说详细点行吗？穿个古装晃来晃去，养些乱七八糟的宠物狗，你一个女孩子，不要装神弄鬼好不好！”

他话没说完，那只被他称之为宠物狗的小怪物不知从哪里冒了出来，一跃到了他的肩膀上，趁他没反应过来，灵活地把头伸到他面前，扑哧一下，喷了他一脸的口水，然后唧唧叫着逃之夭夭。

“嘿！你这该死的狗，敢吐我口水？！你小心我冬至把你拿来炖喽！”被突然袭击的钟晴一边拿衣袖狠狠擦脸，一边对着空气破口大骂。

“倾城最不喜欢别人称它为犬。”女子冷冷提醒道，又说，“现下为大宋太平兴国二年，京城外西五十里，安乐镇之郊，落雁山脚，乱葬岗。可清楚？”

女子今晚说的最长的一句话，差点把钟晴的三魂七魄吓丢了一半。

她说现在是……大宋？！

真的是大宋？

他们居然掉到了一千多年前的中国？！钟晴狠狠掐了自己的大腿一把，痛得直叫唤，不是做梦啊。

“大宋……”相形之下，KEN要镇定得多，只呓语般地重复着这两个字。

“进去吧，没事别乱跑。”

女子对他们两个的反应熟视无睹，淡淡扔下一句话后，转身离去。

“哎……小姐等一下……”回过神来的KEN叫住了她，“请问怎么称呼啊？”

女子放缓了脚步，微微侧过脸，烛光染亮她白瓷般细腻的脸孔，道：“连天瞳。”

说罢，便头也不回地走掉了。

“连天瞳……”KEN饶有兴趣地低声重复着女子的名字。

“你……你听到她说的了？！”钟晴呆看着女子的背影，亦梦亦醒地拿胳膊肘捅了捅KEN，“她说我们，说我们回到了宋朝？！”

“听到了。我们，掉回一千多年前了。”KEN点头，不惊不诧。

“不可能，绝对不可能，穿梭时空……太玄了……”喃喃片刻后，钟晴一把抓住了KEN的手臂，怒目圆睁地质问，“是不是你那个什么时间迷宫的搞的鬼？！”

KEN无辜地耸耸肩膀：“很明显是的。你该听到我在船上跟你妈妈说的那番话了吧。我们在船上留得太久，生气已经跟幽灵船相融合，一旦船体有损毁，生气漏入时间迷宫，我们注定成为它的猎物。哦，还有，那可不是‘我的’时间迷宫！”

“遇到你我真是倒霉透了！”钟晴又恨又恼又无奈，重重地甩开他的胳膊，“身受重伤不说，居然还被你连累掉到了这么一个鬼地方！一千多年前啊！我坐火箭也回不了家了！这下要怎么办？！”

“你别急啊，这次的事故的确因我而起，我很抱歉。”KEN耐着性子又赔礼道歉一次，言之凿凿地说，“放心，既来之则安之，能来就能去，肯定会有办法回到我们时空的。”

“这可是你说的！如果回不去，哼，反正这外头是乱葬岗，我就地把你活埋了泄愤！”钟晴狠狠剜了KEN一眼，事已至此，无计可施的他不得不咬牙切齿地接受了这个现实。

“行行，随你处置！”看着这个生理年龄跟心理年龄差了N大截的男人，KEN虽头痛无比但又必须满脸堆笑，实在辛苦。

“反正这事交给你了，你把我弄来，就得把我弄回去，否则……”

“还在外头？”

听不出情绪的女声从不远处传来，打断了两人并不和谐的交谈。

钟晴他们扭头一看，刚刚已经离开的连天瞳不知何时又悄无声息地返回了原地。

“哦，我们这就进去休息了。”KEN迎上前去，“小姐，哦，不是，姑娘还有别的事吗？”

连天瞳左手轻轻一摆，一个小东西划了个抛物线后，稳稳落到了KEN的手里。

“这是……”他不解地看着手中泛着幽幽光泽的细瓷小白瓶。

“药膏。对外伤有益。”说罢，她盯了钟晴一眼，似笑非笑，“尤其身上已是千疮百孔的。”

“原来是治伤的药。”KEN恍然大悟，然后连连道谢，“太好了，我朋友他正需要这个呢！姑娘有心了！”

“多——谢——姑——娘——好意！不过这药没牌子没包装没保质期，怕是不能放心使用呢！”钟晴走上前，从KEN手里抢过药瓶扫了两眼，故意放大嗓门，说道。

“早些休息，明日事情不少。”连天瞳丝毫不为钟晴所动，淡淡嘱咐一句，转身离开。

“走吧。是该休息了，明天任务繁重呢。”KEN看看很快消失在夜色中的连天瞳，推了推钟晴。

“哼，见过怪人，没见过这么怪的人！装酷给谁看呢？！”钟晴捏着药瓶，叽里咕噜地跟着KEN走进了茅屋。

老实讲，她不说还好，这一说反倒是提醒了钟晴，自己身上除了刚刚恢复的脚伤外，还残留着大大小小的伤口。一想到这儿，已经被忽略的疼痛突然又钻了出来，似乎比之前还要厉害些。

进得屋内，两人马上发觉这栖身之所还不算太差，虽称茅屋，却并没有想象中的杂乱肮脏。

两大捆茅草绑得扎扎实实，跟长长短短的木板木条一起，整整齐齐地码在墙角；房间正中摆着一套简朴的黑木桌椅，纤尘不染；一张厚而干净的草垫铺在墙边，上面摞着一方叠得很端正的棉被和一个浅绿色的小方枕；木材和着枯草散发出的独特味道弥漫在空气里，嗅上去不仅不难闻，反倒是质朴纯和得令人舒心，很容易让人想起某些安神的药草。

“没想到，这里头布置得真还不错。”KEN把烛台小心搁在桌上，满意地坐了下来，顺手提起摆在上面的茶壶，晃了晃，水声作响，“连茶水都有，果然周到。”

“你当心茶水里有毒！”钟晴白了KEN一眼，坐在了他对面，周身难忍的疼痛让他再也没力气啰唆下去。

他有气无力的搭腔引起了KEN的注意，借着烛光，他这才发现钟晴的脸色越发苍白，连嘴唇都失了颜色。还有他露在外头的脖子上，又有细小的血丝从方才已显凝固的伤口里渗出。

“哎呀，你伤口又裂了。”KEN眉头一皱，忙拿过被钟晴随意扔在桌子上的药瓶，边拔掉堵着瓶口的红色塞子边说，“赶紧擦药，这么下去可不得了。一定是你刚刚又跳又叫，把本来都快愈合的伤口又弄裂了。”

“这些小伤口，刚才我是真不觉得怎么疼了。”钟晴摸了摸自己的脖子，看着沾染在指上的鲜血，他抿了抿干涩的嘴唇，双手紧紧抠住桌沿，断断续续说道，“不知怎么搞的，现在难受得很……好像疼到骨头里了一样……”

“别说了，先擦药。”

KEN把瓶口一斜，白色半透明的药膏缓缓流出，带着一股类似青草的淡香，落在他的指尖。

“那东西有用吗……真像牙膏……”钟晴怀疑地打量着，对那个连天瞳的偏见，让他始终无法信任她给出的任何东西，哪怕她刚才治好了自己的脚。

“试了就知道。她给的东西，应该不会错。把头偏一偏！”KEN从头至尾都很偏向这个收留他们的怪异女子，对她似乎没有半点戒心。

“你倒是挺容易相信人的……”

“你别动！头再偏一点！”

沾着药膏的手指，小心翼翼落在钟晴脖子上的伤口上面，均匀地涂抹着。

钟晴身子一抖，倒抽了一口气：“好凉！跟冰块一样！”

KEN收回手，凑上前，目不转睛地观察着伤口的状况，脸上渐渐出现了惊喜的神情。

凡是沾到了药膏的伤口，都在最短的时间内从“血肉模糊”的状态转而缩成了一个小小红点，包括那些还扎在里头的小刺，统统化掉般慢慢隐去，任何疤痕都没留下，仿佛从来没有受过伤一般。

“真是灵药啊……”KEN把药瓶举到眼前，由衷地赞叹，“没见过疗效这么惊人的外伤药！”

钟晴摸了摸刚才上了药的地方，果然只触到了一片完好无损的平滑皮肤，也不由吃了一惊：“真的好了……刺没有了？！伤口也完全消失了？！”

“神奇。”KEN放下药瓶，又不放心地问道，“还觉得疼吗？”

钟晴摇头，夺过他手上的药，放到鼻子下嗅了嗅，疑惑不已：“她还真给了我一件好东西……这女人……”

“这里的女主人不简单。”KEN高深莫测地一笑，“我对这个连天瞳越来越好奇了。”

“你先别好奇，我脖子好了，身上还没好呢，快给我擦药！”钟晴一面享受着留在脖子上的畅快凉意，一面敲了敲KEN的肩膀，指了指自己身上。

“哦，好的好的，一高兴就忘了你身上还有伤。”KEN抱歉地笑笑，接过钟晴递来的药膏，掀起他的上衣，细心地为这个倒霉鬼上起药膏来。

疼痛的及时缓解顿时让钟晴的心情好了许多，闻着药膏的香味，他不期然地联想到了那赐药之人，这女人的态度虽然怪异得让人讨厌，不过单就她对自己的实际行为来看，心肠似乎还不坏。

刹那间，他对连天瞳的看法有了一丁点的改变。

KEN的动作还算熟练，没多大工夫就把钟晴身上剩余的伤口收拾得妥妥当当。

“真是太舒服了！”钟晴穿好衣服，噌一下站了起来，舒坦地伸了个懒腰，“健康的身体比什么都重要！活了二十一年，我现在才算真正体会到这点。”

当一声脆响，刚刚被KEN盖好的药瓶从他手里滑了下来，砸在桌子上，骨碌碌滚向一边，幸亏旁边的钟晴眼明手快地一接，才免去了粉身碎骨的下场。

“好险。”钟晴吁了口气，宝贝似的捧着药瓶，“好东西，摔碎了多可惜，以后还能用得着呢！”

“呵呵，现在不说是毒药了？！”KEN翻便了全身的口袋也没找到可以擦手的纸巾，只好勉强牵起衣角蹭了蹭，“这药瓶还真滑溜。”

“不说了，累死了。我先睡去了。”一身轻松的钟晴打了个呵欠，经过这连番的体力跟精神上的双重折腾，不可抗拒的倦意终于爬了上来。

说罢，他走到草垫前，鞋也不脱便躺了上去。

虽然只是草垫子，可是又厚又软，还隐隐散发着清新的谷草味道。钟晴对这张“床”非常之满意，顺手抓过枕头垫在脖子下，手脚一伸，摆了个大字，准备舒舒服服地跟周公开会去。

“你已经21岁了吗？”仍旧坐在桌边的KEN转过头，看似随意地问了一句。

“唔，上个星期才刚过完生日。”钟晴侧过身子，懒洋洋地睁开眼，“然后就遇到你这个扫把星。我就纳闷儿，21岁也不是本命年啊，真是老天不长眼。郁闷。”

“21岁了……看来……”KEN回过头，出神地看着已燃去一半的蜡烛，两簇火焰在他深不见底的眸子上跳跃，“回到这里未必是坏事……”

“你一个人唧唧歪歪说什么呢？精神还真是好。”钟晴强撑起已经快粘在一起的眼皮，翻了个身，瓮声瓮气地丢了一句，“也是怪人一个。还有，你可欠我好些问题，等睡醒了再来审你。”

KEN一动不动，装做没听见。

很快，他的身后就响起了一阵高过一阵的呼噜声。

“这样也能睡着。”KEN苦笑着摇摇头，吹灭了蜡烛，“你若永远这样就好了……”

黑暗里，一声叹息，若有若无。

翌日清晨，当钟晴在KEN的督促下抱着茅草极不情愿地来到院子里时，连天瞳已经在此处等候，那只小怪物也在，撅着尾巴在主人的脚下转来转去。

“这里有食物。”她看了看摆在面前石台上的碗碟，“可吃过再开工。”

废话，当然要先吃啦！钟晴吞着口水，伸脖子看了看热气腾腾的馒头清粥，以及两盘红红绿绿香味诱人的小菜，肚子一阵咕咕乱叫。从昨天到现在，粒米未进，他早饿得前胸贴后背了。

把怀里的茅草一扔，连手也顾不得擦，钟晴冲上前一把抓了个馒头就往嘴里塞，还没咽下去又忙着端起粥碗一通猛灌。

“不吃？”连天瞳把目光从狼吞虎咽的钟晴身上移开，看着仍旧抱着木料没松手的KEN。

“不饿。”KEN笑了笑，继而走到她面前道，“谢谢你给我们的药，非常有用。”

连天瞳点点头，没答腔，指了指右侧：“那里有长梯，上房时自己留神。”

“我们会小心的，更何况有姑娘在此照应，理当万事大吉。”KEN看似奉承的话里，却别有一层深意。

她唇角微微一扬，抬头看了看洒下来的明媚阳光，答非所问：“言人不言己。彼此彼此。”

“姑娘的意思是……”

“嘿，你这只烂狗，敢跳上来偷吃？！”

钟晴恼怒的大叫打断了另外两个人简单却不易理解的交谈。

那小怪物不知何时跳到了石台上，撒着欢儿地张大嘴扫荡着上头的食物，几乎一口就吞掉一个馒头，那风卷残云的阵仗，一点也不输钟晴。

“哎！你倒是管管你的宠物呢。”钟晴赶紧把装着小菜的碟子抢救到手里，边往嘴里倒边冲着连天瞳大喊。

“倾城，这个不是你的食物。”连天瞳走上前，把埋头猛舔粥碗的小东西抱了起来，揩去粘在它嘴角的饭粒，又惩戒似的敲了敲它的头，“越来越放肆了。”

钟晴舔了舔嘴巴，放下滴水不剩的碟子，目露凶光地走到连天瞳面前，伸出魔爪揪住了小怪物的耳朵，咬牙切齿道：“臭狗，你要再跟我作对，当心我切了你的耳朵当下酒菜。这么个丑样子还敢起名叫倾城……”

他的威胁还没讲完，却见“事主”猛一晃脑袋，甩开了他的手，然后刷一下张大了口，吭哧一声咬住了他来不及收回的手指。

“啊，它咬我！”钟晴跳脚大喊。

“松口！”连天瞳眉头一皱，拍了拍小怪物的背，钟晴的大嗓门实在令闻者恼火。

主人下了令，它立刻乖乖地松开了嘴。

钟晴盯着留在食指上的一排小小尖尖且很有深度的牙印，发现这小怪物若是再用力一点，他的手指断掉也不是不可能。

“你这个当主人的是怎么调教的？”心惊肉跳的钟晴捂着手指，责备着神情自若的连天瞳，“怎么能由着宠物随便咬人呢？这臭狗简直是个危险分子！该把它的嘴封起来！”

“我老早便提醒过，”连天瞳抚摸着怀中之物光亮的皮毛，冷冷道，“倾城不喜欢被称做犬，更不喜欢外人对它动手动脚。”

“这个小家伙，究竟是什么动物？”KEN难掩好奇之心，上前仔细打量着这个体形袖珍却脾气巨大的小东西，发觉在阳光下头，它的外貌更显精神，一身金色毛皮灿若足金，铜铃大眼炯炯有神，而掩在它颈项长毛下的一只银色雕纹的项圈更是引起了他的注意，“咦，还戴着首饰？！”

连天瞳把小怪物放回到地上，拍拍手，道："倾城是一只貔貅。"

"貔貅？！"KEN讶异地反问。

"不是狗啊？！貔貅……挺熟的名字……"钟晴揉着手指，快速地在脑子搜索关于这种叫"貔貅"的动物的所有知识，半晌，他眉毛一挑，一万个不相信地盯着连天瞳，"你开玩笑吧？！我没记错的话，貔貅只是传说里的神兽罢了，根本不存在！"

"万事皆有可能。"连天瞳并不解释，坐在石台前，看了看房顶，"二位该做正经事了。"

"哦，行行，我们马上就去。"KEN一边盯着趴在地上舔着前爪的倾城，一边拉了拉钟晴，忙不迭地应道。

"喊，什么主人养什么宠物，一大一小都是怪物！"钟晴甩甩手，弯腰抱起被扔到一旁的茅草，看看连天瞳，又看看她脚下的宠物，半信半疑地嘀咕，"貔貅……反正没人见过，你怎么说都行，我看它明明就是一只狗……"那个"狗"字刚刚出口了一小半，一直专心于舔爪子的倾城突然抬起了头，瞪着钟晴的大眼里迅速透出锋利的神情，半张的嘴里又开始不友善地呜呜低鸣。

"我们赶紧补房顶去！"钟晴见势不妙，慌忙抱着茅草一溜烟跑到离倾城远远的墙角下，麻利地搬过靠在那里的长梯，蹭蹭两下上了房顶。

"啧啧，你这回的身手倒是很敏捷嘛。"落在后头的KEN忍住笑，高声对蹲在房顶上观望的钟晴喊道。

"少在那儿废话，快点儿上来帮忙！"钟晴手忙脚乱地解开扎成一捆的茅草，没好气地看着不慌不忙爬着梯子的KEN。

"来了来了，接着。"KEN答应着，把手里的木料递给钟晴，而后一跃上了房顶。

"我们赶紧给她修好了，然后就闪人，留在这里实在太危险了。"钟晴拿起锤子，把木料一根一根钉在破损的大洞上，压低声音道。

"呵呵，你该不是怕被那只貔貅吞了吧？！"KEN一面细心地把茅草铺开、固定，一面被钟晴煞有介事的模样逗得呵呵直笑。

"笑话！"钟晴停下手里的活儿，为自己被人一语道穿心事而恼怒地分辩，"我会怕那么一个小东西？就算它真是貔貅，除了会抢吃咬人喷口水之外，也没看出有什么厉害嘛。传说总是被人为夸大，不足为信的。"

"既然如此，你还有什么可担心的？"KEN撩开一缕挡在眼前的发丝，继续埋头干活，"从哪里来，就要从哪里去。若要回去我们的空间，还是要从这个地方找办法，所以暂时不能离开。随遇而安吧。"

“哼，你倒镇定得很呢。”钟晴狠狠地敲着木料，“你看看我们四周，这哪里是人住的地方，乱葬岗啊！一想到这外头埋的全是一千多年前的老家伙，我就无比郁闷。”

“也不是那么差吧。”KEN抬起眼皮，居高临下地打量着四周，“这里的风景还不错，山翠林密，空气清新，阳光暖人。咦，那边还有条小河，看上去很清澈呢。我看也只有一千多年前才能有这么纯粹的大自然了，咱们该好好享受享受这难得的舒适意境。”

“你不当诗人真是文学界的损失。”钟晴对KEN脸上的陶醉非常之鄙视，“一个遍埋死尸的荒郊野地，被你说成天上有人间无的世外桃源……你脑子坏掉了！”

“事实如此。”KEN撇撇嘴，然后不露声色地送了钟晴一顶高帽子，“钟家后人，即便身处乱葬岗，也应该不成问题吧。”

“那倒是。”这话让钟晴很受用，毫不谦虚地拍拍胸脯，外加夸大其词，“从来只有鬼怕我，没有我怕鬼的！”

对于钟晴这种德性的家伙，高帽子和激将法比什么都有效。

“嗯嗯，说得没错。”KEN赶紧点头附合，趁热打铁道，“所以接下来我们应该想办法让连天瞳长期收留我们，在我们找到离开这个时空的方法之前。”

“这个怕是比较困难吧。”钟晴伸头偷偷看了看安坐在石台前晒太阳的连天瞳，皱眉道，“之前这女人不是说过了吗，修好屋顶我们就得离开。她可不像是个有心长期收留陌生人的热心姑娘呢！”

KEN搓着手里的茅草，思索一番，道：“的确是个问题，一看她就知道不是个容易被旁人所动的女子，我看我们……”

话音未落，院落里紧闭的大门突然被人猛然推开，又猛然关上。

一阵杂乱细碎的脚步声，伴着一个年轻女子气喘吁吁的叫喊——

“我回来了！我回来了！”

“这么快？事情都办妥了？”是连天瞳淡然不惊的声音。

谁回来了？

钟晴跟KEN同时回过头，睁大眼睛察看突然闯入的人。

“嗯嗯，都办好了。”

一身淡绿衫裙，头上绾一个简单发髻的年轻长发女子，取下了背上的包袱，解开，小心铺开在石台上，一样一样清点着里头的东西。脚边，倾城撒着欢儿地围着她跳来蹦去，对她亲昵得很。

“莲芯，茯苓，当归，砒霜……你要的药材都齐了。嘻嘻，京城好热闹，吃的玩的多得要命。乖倾城，下次我把你一起带去，吃个够本。”

虽然蹲在屋顶上无法看清那女子的面目，但她清脆的话音却声声入耳。

钟晴小心地把身子朝前挪了挪，伸长脖子使劲打量，嘀咕着："怎么又来一个女的……"

话没说完，他却被身旁的KEN吓了一大跳，这家伙不知什么原因突然变了脸色，居然扔下手里还未完成的工作，纵身一跃从绝对不算低的房顶上直接飞了下去，轻巧地落在地上，不待观者有眨眼的机会，他又一个箭步蹿到了绿衫女子的面前。

"喂喂！你干吗呢？"看呆了的钟晴慌忙丢下手里的工具，看了看距离地面的高度，咽了咽口水，最后还是顺着梯子爬了下来，往KEN那边追了过去。

绿衫女子张大眼睛，与从天而降的KEN对视了N秒，一声惊叫，转过身拔腿就跑。

"刃玲珑！给我站住！"

KEN断喝一声，不怒而威。

被叫作刃玲珑的绿衫女子一个激灵，乖乖收住脚步定在了原地，然后犹犹豫豫地转过身，局促不安地抬眼看了看KEN，结结巴巴地小声说道，"千……千冰哥哥，你怎么会，会在这里……"

"现在不是你该问我问题的时候！"KEN走上前，一把拽住她的手腕，"你这顽皮丫头，把我的东西藏到哪里去了？"

"什……什么东西？"刃玲珑掰开他的手，在短暂的惶恐平复下来后，她昂起头摆出一副底气十足的模样，"我没有拿你的东西！"

"还撒谎？！"KEN眉头紧皱，斥责道，"你最好马上把它还给我！"

"我说了我没拿！"刃玲珑死也不承认，趁其不备，抽身闪到了连天瞳背后，伸个头出来无比委屈地说，"哪有哥哥乱诬赖妹妹的！"

"你……"KEN顿时气结，瞪着躲在人后的她，一时无计可施。

"等一下，等一下！"在旁看得一头雾水的钟晴插到两人中间，指着一脸无辜的刃玲珑问KEN，"她……是你妹妹？"

KEN无奈地点头："是的。"

"不会吧？！"钟晴看看他，又看看刃玲珑，语带惊奇，"怎么你们两个一点都不像？一个金头发，一个黑头发。这可是一千多年前啊，你妹妹怎么会在这儿，你没认错人吧。"

"发色与亲缘关系无关。"KEN深吸一口气，恢复了惯有的镇静，"我也好奇她怎么也在这里，难怪找了整整四年也没有这丫头的下落。"

钟晴抓着头，看着这对不期而遇的兄妹，试探着分析道："难道……她跟我们一样，也是从时间迷宫里掉下来的？！”

“是啊是啊！”刃玲珑抢过话头，稍微把身子从连天瞳后面探出来一点，看见知音一般对钟晴竖起大拇指，“聪明！分析得完全正确！我就是从那里头掉到一千多年前的！”

闻言，KEN没有搭腔，却看定了连天瞳，似笑非笑地问：“莫非……她也掉你家了？”

刃玲珑正要接话，却马上被KEN制止了：“你别说话，我现在不是问你！”

“是的，她跟你们一样。”从刚刚一直保持缄默的连天瞳终于开了口，“也砸坏了我家的房顶。”

钟晴一听这话，立刻指着连天瞳大声说：“我说你怎么对我们的到来那么若无其事，原来你早有经验了！”

“嘻嘻，幸好是掉到这里了。”刃玲珑拍拍胸口，偷偷看了看连天瞳，一副松了口气的样子，嬉笑道：“不然我就遇不到这位……嗯……惊为天人名满江湖天下无双的神医师父了。”

“师父？！”

钟晴KEN都吃了一惊。

“我念她聪慧，也恰逢身边缺少一个可帮使的人，所以留了她做徒弟。”连天瞳的话再次为刃玲珑话语的真实性作了有力的证明。

“不看不知道，世界真奇妙。”钟晴的目光在他们三人脸上跑来跑去，伸手一拍脑门，如坠梦里一般道，“哥哥？妹妹？师父？徒弟？大宋？！我的妈啊，真是乱七八糟！”

“没想到我们在这里遇到的第一人，竟是位悬壶济世的女神医。”KEN看着连天瞳，开玩笑般学着古人的样子抱拳施礼，“难怪治伤的手法那么高超！失敬失敬！”

“免礼免礼！嘻嘻，真没想到会在这里跟哥哥你碰头。”

师父没说话，倒是当徒弟的刃玲珑跳了出来，亲热地挽住了KEN的手臂，虽然脸上还有一丝尴尬，但是起初的惊慌失措早被抛到了九霄云外。

KEN拉下她的手，把嘴凑到她耳边，低声警告：“不要以为有师父撑腰就万事大吉，你偷走的东西我总有办法让你交出来！”

“我……我……没有拿……”刃玲珑撅着嘴，看着KEN笃定的眼神，分辩声却越来越弱。

脑子里混乱一片的钟晴拍着头走到兄妹两人面前，看出土文物一样看着他们：“你们这对姓刃的兄妹也很奇怪，我现在有很多疑问需要解释！”

“二位的工作似乎还没有完成。”一直置身事外的连天瞳收拾着石台上的包袱，瞟了

屋顶一眼，有意无意地提醒道。

"啊，还差一点点，这就去！"KEN赶忙应道，然后不忘别过脸对刃玲珑下狠话，"等我办妥了手头的事情再来跟你算账！"

刃玲珑吐吐舌头，站回到连天瞳身边，不敢再吱声。

"你对你妹妹的态度不怎么样啊。"跟在KEN后头朝梯子那方走去的钟晴，一边回头看那对美女师徒，一边又道，"不过，有了你妹妹这层关系，她收留我们就是顺理成章的事儿了吧。"

"出乎我的意料，没想到这丫头藏在这儿，奇怪……"KEN像是没听见钟晴的话，只顾着喃喃低语，思考着自己的事情。

"哎！一个人说什么鬼话呢，你听没听到我说的啊？"钟晴拍了拍他的肩膀，"还有，你是不是该跟我坦白交代，你们这拨姓刃的到底是什么来头?！你们……"

正说到这儿，身后突然传来砰一声巨响，听来像是大门被人轰然撞开的声音。

两人齐刷刷回过头去，一眼便看见大门洞开，一个年纪不过十岁左右的银衫男童跌跌撞撞地跑进了院子，挂在胸口前的银色长命锁随着他急促的脚步叮叮当当乱响一气。

"天瞳姐姐……求求你……求求你快去……去救救我娘！"

男童扑到连天瞳面前，扑通一声跪了下来，一把抱住她的腿泣不成声。

"又冒出来一个哭哭啼啼的小鬼？这一大早还真热闹。"钟晴转过身，好奇地看着这个刚刚闯入的不速之客，碰了碰KEN，调侃道，"不是你遗落在古代的弟弟吧?！"

"我哪有那么多亲戚。"KEN白他一眼，抬脚往回走去，"过去看看，那小鬼哭得很伤心呢。"

"碧笙，别哭，慢慢说。"连天瞳蹲下来，用手温柔地擦去男童眼里不断溢出的眼泪，"你娘出什么事了？"

"是我爹……他们……他们要……"被唤作碧笙的男童抽噎着，有些语无伦次地说道，"他们要烧死我娘！呜呜呜……就在今天晚上……我听到大娘这么跟别人说的……我偷偷让阿禄驾了马车送我过来找你……"

连天瞳眉头一皱。

"爹要烧死娘?！"跟上来的钟晴没有听漏碧笙的话，立刻脱口而出，"什么世道?！居然有这种泯灭人性的事？"

"不可思议。"KEN挠着鼻子。

"别急，我们这就去你家。"连天瞳站起来，"你先回马车上等着，姐姐拿些东西就来。"

“嗯！”碧笙重重点了点头，起身抹着眼泪朝门口走去。

“去把我的药箱取来。”连天瞳吩咐刃玲珑，“还有放在衣柜下头的黑色包袱，也一并取来。”

“好。”刃玲珑应了声，马上转身朝里屋跑去。

“你真要去救人？”KEN看着刃玲珑的背影，不无担心地说道，“听起来很危险呢。”

“能做出这种事的，一听就是没人性的暴民。”钟晴上下打量着弱质纤纤的她，“你一个单身女子，就不怕他们连你一起烧喽？”

“想一起跟来不妨直说。”连天瞳拴好原本摊在石台上的包袱，“不必拐弯抹角。”

“嗯，我们也是为了你好嘛。”

被看穿心思的钟晴和KEN对望一眼，异口同声。

刚才发生的这一幕，已经彻底激发了他们两个外来人的好奇心。对连天瞳也好，对那个哭嚷着求人相助的碧笙也好，乃至对这整个未知的古代世界也好，一种出于本能的探究之心越来越强烈。

“我们可以跟你一起去吗？”KEN马上补充一句，想要个确切的答案。

连天瞳没有答话。

“药箱拿来了！喏，还有你要的包袱。”

刃玲珑挎着一个方方正正的箱子，抱着个黑色包袱，从屋里急急忙忙地跑了过来。

连天瞳拿过她手里的包袱，放到石台上，看看钟晴他们，说：“这里有几套衣帽，你们换了再出门吧。”

KEN高兴地一笑：“你同意了？”

“动作快一些，我们在外头等你们。”

说罢，连天瞳弯腰抱起倾城，转身离开。

“嘻嘻，我还没见过哥哥你穿古装是什么模样呢。”刃玲珑冲KEN扮了个鬼脸，然后紧跟着连天瞳出了门去。

“出门还要换衣服，真麻烦。”钟晴解开包袱，从里头拣出一件白色长袍，在身前比划着，“怎么怪模怪样的……”

“快换吧，别忘了现在是宋朝，我们俩这形象会吓坏外面的人。”KEN脱掉外衣，拿起剩下的那件青色袍子套在了身上。

钟晴撇撇嘴，一边换衣裳一边说：“你说她一个独居的女孩子，怎么会有男人的衣服？”

“你还真八卦，快点换吧，别人等着呢！”KEN把帽子扣在头上，小心地把自己惹眼的金发全部掖了进去。

“我好奇而已。”钟晴不以为然，笨手笨脚地系着腰带。

待两人穿戴停当，一青一白急匆匆杀出大门时，呈现在众人面前的，再不是那两个一身时尚的年轻帅哥，俨然两位高挑俊朗各有风采的翩翩公子。

临时抓来的衣裳，竟出奇地合身。

“上车。”连天瞳看看已经判若两人的他们，没有多说什么，撩起马车后的帘子，钻了进去。

其余的人不敢再耽搁，挨个跳上了马车。

“驾！”

驾车的家丁一声大喝，褐色的马儿立即四蹄奔腾，带着一行人往安乐镇方向飞驰而去。

3

# 不安乐的安乐镇

急促的马蹄声回荡在杳无人迹的山林里，打破了此处固有的寂静。叽喳鸣叫的野鸟扑棱着翅膀从树顶上飞出，警觉地在空中盘旋。

弯曲窄狭的林间小道上，不时有碎石子从飞速前行的马车底下飞出，砸进两旁的蒿草丛中没了踪影。

"要多久才到那什么安乐镇啊？"性急的钟晴第N次掀开车厢内的帘子察看外头的风景，"跑了快两个钟头了吧，怎么还是荒山野岭。"

"安乐镇离这儿说远不远说近不近，而且山路崎岖……"坐在对面的刃玲珑盘算了一下，道，"嗯……起码也要下午才会到。"

"还要那么久啊？"钟晴郁郁地放下帘子，"骨头都要被这破马车颠散了。"

"忍忍吧，一千多年前的交通条件，能奢求什么呢？！"KEN揉着有点发昏的头，尽量不去抱怨已经让他产生了晕车迹象的马车。

"啧啧，没想到衣裳竟然这么合身。"刃玲珑打量着焕然一新的KEN和钟晴，嘻嘻偷笑，"凭你们俩这形象，往闹市上一走，不知要迷倒几多痴情女子。"

面对刃玲珑的夸赞，钟晴不屑地撇撇嘴："谁稀罕！我现在只关心要怎么样才能回去我的世界！"

"留在这里不也挺好吗？"刃玲珑俏脸带笑。同是从未来过来的人，她对如今的处境非但不排斥，好像还很是怡然自得的样子。

“好什么好？”钟晴扯起自己的衣袍，没好气地说，“穿成一副怪模样，坐着破马车在荒郊野岭里瞎跑。我才不要留在古代过这些原始生活呢！”

“嘻嘻，你这姓钟的小朋友还真是有趣。”刃玲珑伸过手去拨正了钟晴一直歪戴着的帽子，笑问，“对了，我哥说你们俩已经认识很久了？”

“嘿，你这黄毛丫头怎么说话的？初次见面，不叫我一声钟大哥也不能叫我小朋友啊！”钟晴虽不满意刃玲珑没大没小的称呼，但还是回答道，“没错，我们也很早前就认识，他是我姐夫的手下。不过我跟他没什么私人交情。”

KEN扭过头，不满地看了钟晴一眼。

“看什么看啊，我说的难道不是事实吗？”钟晴立刻以眼还眼，又开始喋喋不休地数落起来，“如果不是这回遇上这个倒霉事，我一辈子也不可能跟你扯上关系！一说到这个我就生气，早知道我就不把你从那老妖婆的镜子里救出来，自己也不会落得这个境地。”

“老妖婆？镜子？”刃玲珑笑容不退，眼里却有一丝疑色，“你说你救了我哥哥？”

“可不是嘛，要不是我用双……”

“行了行了，不早跟你道了无数次歉了吗，没必要老拿出来宣扬吧。”KEN一反刚才恹恹无力的状态，火速倾过身子用手捂住了钟晴的嘴，“你这张嘴能不能歇一会儿？！”

“你们两个……”刃玲珑扑哧一笑，俏皮地指着KEN说，“哥哥，有了这位小钟朋友在身边，估计你以后再没有多余的时间来烦我了，嘻嘻，真好真好！”

“刃玲珑！你……”

“没大没小的丫头片子！”

两个大男人被她一番话气得吹胡子瞪眼。

他们几个热闹无比的谈话，完全没有感染到拥着碧笙坐在旁边的连天瞳，除了偶尔低头看看紧紧偎着她的碧笙，她由始至终都没有开口说半个字，没有表情的脸让人感觉她似乎是身处在另外一个世界的人一样。

“哎，那个小朋友，你说你爹要烧死你娘，到底是怎么一回事啊？”聒噪够了的钟晴终于把注意力集中到了这次事件的真正主角身上，探出身子摸了摸碧笙的头，“有什么难处尽管讲给哥哥听，哥哥一定帮你哦！”

碧笙抬头看了看钟晴，小嘴一瘪，没说话，倒是已经止住的泪水又汇集到眼眶边缘，一触即发。

“别别，别哭啊，我没说什么啊！”钟晴慌了手脚，不明白自己说错了什么，引得那小人儿又要山洪暴发。

“你现在最好什么也别问。”连天瞳轻抚着碧笙的头，“到了安乐镇，一切自会明白。”

“玩神秘……”钟晴咕哝着，继而又起身坐到刃玲珑的旁边，小声问道，“你不是她徒弟吗，知不知道这小鬼什么来路？”

刃玲珑摇摇头，说：“其实我们也是一年前才搬来落雁山这里的，只知道碧笙是安乐镇上一户石姓人家的小公子。大概半年前，他娘背着已经半死的他四处求医，但是安乐镇上所有的大夫对他的病都束手无策。不过，算这孩子命大，关键时刻恰好遇到了去镇上行医的我们，如果不是碰上我师父，他恐怕早已经小命不保了。”

“原来你们还是他的救命恩人。”KEN恍然大悟，又说，“我还以为你们平日就在乱葬岗给人治病呢。”

“才不是呢，那里只是我们住家的地方。每隔一段时间我们会去镇上给有需要的人赠医施药，但是从不向人透露我们居住的地方在哪里。”刃玲珑很老实地回答道。

“你们不说你们住哪里？”钟晴挠了挠头，朝碧笙努了努嘴，不解地问，“那这小鬼怎么会大清早哭哭啼啼杀到你们家的？”

“大概师父觉得跟他投缘吧，所以在他病好后告诉了他如何找到我们的居所，还嘱他如果有事发生，尽可以来找我们帮忙。”刃玲珑玩弄着垂在胸前的一缕发丝，看了看连天瞳，“至于个中详情，只有我师父最清楚，她给碧笙治病的那段时间，我刚好出远门去了。”

“哦？！这样啊……”钟晴转了转眼珠，没有再追问下去，反正他明白问了连天瞳也是白问。不过听过刃玲珑给出的消息，钟晴对于那座即将到达的安乐镇，还有身边这个碧笙小鬼，他究竟遇到了怎样骇人听闻的祸事，种种种种，越来越有兴趣。

想来，KEN此刻的想法也应该与钟晴相同。

千年之前的“崭新”世界，究竟会带给他们一个，或者说几个不可思议的故事？！

谁也说不清。

车内一下子安静了，不知出于何种原因，在座的任何一个人都没有再说话，揣着各自的心事，沉默地思考着。

只有倾城，惬意地趴在连天瞳的脚边，鼾声阵阵，睡得贼香。

又过去了不知多少时间，突然，一阵剧烈的晃动惊动了车内众人。

“吁！”一声长喝从马车外传来。

伴着马儿慌乱的嘶鸣，马车停住了。

“到了么？”刃玲珑一惊，赶紧撩开帘子朝外看去，旋即疑惑地说道，“咦，还没到啊，怎么停下来了？”

正说着，那驾车的家丁跳下了马车，跑过来半掀起车后的布帘，慌慌地向众人喊道：“马车陷进泥坑里了，麻烦诸位暂且下车，待小的把车推出来后再行上路吧。”

“啊？陷坑里啦？”钟晴看了看KEN，打趣道，“有意思，你还真不愧你的名字呢，坐个马车也掉坑里。”

“嘻嘻，我早劝过他不要用这个英文名的。”刃玲珑冲他们吐了吐舌头，抱起药箱跳下了车。

“你真比最聒噪的女生还要聒噪！”KEN横了钟晴一眼。

“别闹了，赶紧下车。”连天瞳看了看他们俩，牵起碧笙下了车。

钟晴耸耸肩，不敢再浪费时间，跟KEN一前一后跳出马车。

到了外头，他们才发现和暖的阳光已经完全隐到浓密的云层后头去了，四周的山林已经不像来时那么茂密了，道路也比之前宽平了不少，阵阵凉飕飕的山风从一望无边的林子里吹出，钟晴起了一身鸡皮疙瘩。

“有点冷啊。”他搓着自己的臂膀，四下观望。

“山里的温度本来就偏低，何况已进初冬。”刃玲珑把药箱抱得更紧了些，牙齿不住地打颤。

“那里有座凉亭？！”KEN指着不远处一个模糊的建筑物问道。

连天瞳定睛一看，道：“是知仙亭，再往前走便可入安乐镇了。”

“那就是快到目的地了？”钟晴举目张望，懊恼地说，“倒霉，马上就要到了，车却出了问题。”

在他们说话的当口，那家丁忙着指挥马儿把车子从泥坑里拉出来，可是试了好几次，马车就是一动不动。

满头大汗的家丁实在没办法，快步走到钟晴和KEN的身边，冲他们一躬身，小心翼翼地说道：“恳请二位公子施以援手，在后面帮小的推一推车！”

“没问题。”KEN马上点头应允。

“还要推车啊？！”钟晴一点也没有KEN的爽快，语气里尽是不情愿。

“快点！”KEN才不管钟晴愿意不愿里，揪着他走到马车后头。

“有劳二位公子了！”

家丁千恩万谢地回到前头，重新扬起马鞭。

“一，二，三，推！”

配合着家丁那边的口令，KEN跟钟晴用尽全力朝前推着马车。

然而，任凭前面的马儿再怎么努力和后面的他们使出再大的力气，马车就是纹丝不动。

“没道理啊。”KEN停下来，蹲下来察看陷进泥坑的车轮，“怪了，这只是个小坑嘛，而且陷得也不深，没理由一匹马加两个人也不能把车弄出来呀。”

钟晴涨红着一张脸，喘着粗气道：“简直跟焊在地上一样，是不是这马车太重了？”

“你没看到这车是木制的吗，而且里面一个乘客也没有，能重到哪里去？！”KEN站起身，百思不得其解。

“你们争什么呢？”刃玲珑走过来，看了看马车，“咦？怎么还陷在坑里呢？你们两个早上没吃饱饭么？”

“你这丫头站着说话不腰疼，你来试试啊！”钟晴狠狠瞪了她一眼，把脸支到她面前愤愤道，“看见我头上的汗没？喊，鬼才知道怎么回事，前面拉，后面推，这破车就是不动。”

闻言，连天瞳转身走到车前，伸手试着推了推马车，眉头微微一皱，开口说了一句：“此地离安乐镇不过咫尺，我们步行前往，走吧。”

说完，她即领着碧笙朝那知仙亭的方向走去。

“哦。”刃玲珑把药箱背到背上，提起裙摆和倾城一起蹦蹦跳跳地跟了上去。

“还是11路车最方便。”钟晴无奈地跟KEN对视一眼，甩甩腿，踩着大大小小的碎石子朝前走去。

这次小小的事故并没有对在场的人造成太大的影响，除了那位抱着鞭子跟在后头的家丁。

“喂，你没事吧？”

行进途中，偶然回头的钟晴发现这个年轻的小家丁面如敷蜡，额头上冷汗如豆。

“啊？！哦，小的，小的没事，没事。”小家丁连连摆手。

越说没事的人，往往越是有事，钟晴笃信这一点。

他放缓脚步，跟小家丁并排而行，又问：“我听那小鬼管你叫阿禄是吧？”

“是是，石府上下都叫小的阿禄。”阿禄忙不迭地点头。

“我看你好像很害怕的样子啊。”钟晴拍了拍阿禄的肩膀，明显感到他的身子在不停颤抖。

“啊……那个……这个……”被钟晴这么一问，阿禄更显慌乱，四下观望一番后，他以手遮嘴，小心得不能再小心地对钟晴说道，“公子有所不知，最近我们安乐镇很不太平。”

“不太平？！”钟晴眉毛一挑，“什么意思？”

阿禄咽了咽口水，又看了看四周，才继续道：“镇上死了好些人！”

“死人没什么可奇怪的吧，天天都有人死去啊。”钟晴觉得他实在是大惊小怪了。

“不是不是啊！”阿禄把头凑近了些，把声音压得更低，“那些死去的人，身上找不到伤口，但是身子里一滴血都没留下。还有，不论男女，统统被剥去了脸皮，死状恐怖至极。官府查了好些日子，一点头绪都没有。现在镇子上人心惶惶，大家都说是妖怪或者不干净的东西干的！”



“哦？居然有这种事？”钟晴吃了一惊，尤其是在听到阿禄描述那些死者的死状之后。

“嗯嗯！小的绝对不敢乱讲。”阿禄点头如捣蒜，然后又指了指马车那边，抖着声音道，“刚才的事情，公子也看到了。凭我们三人之力，那马车不可能动也不动。小的曾听乡下的外婆说过，荒山野岭，易遇鬼魅，有些好事的，会故意阻拦经过此地的行人，比如施法压住来往的车马不让通行，俗称鬼压。小的以为，刚刚我们就是遇到了……那个……”

“你说我们推不动马车是因为有鬼压着？”

钟晴皱眉一想，立即在心里否决了阿禄的想法。因为刚刚他并没有感应到任何妖气，何来遇鬼之说？！

阿禄见他这么大不咧咧地说有鬼，心里更是惊恐，忙把手指压在唇上示意钟晴小声说话：“公子切勿声张，要是惹恼了它们，小的只怕……”

“有什么好怕的？！”钟晴用力拍了拍阿禄的肩，洋洋自得地说，“跟我们在一起，什么鬼怪都不敢碰你的，放心吧。”

看了看以保护神之态示人的钟晴，阿禄不自然地笑了笑，揩着一头冷汗，不敢多说什么，只唯唯诺诺地点头称是。

“我问你，那小鬼说他爹要烧死他娘，哭哭啼啼也没说出个所以然，你不是他们家里的人吗，知道详情吗？”钟晴横过手臂勾着阿禄的脖子，开始收集第一手情报。

“回公子，小的只是石府内一名身份低微的仆役，老爷跟众夫人的事情，小的实在是不清楚。”阿禄缩着脖子，为难地回答。

“众夫人？！”钟晴狐疑地转了转眼珠，“你们家老爷有几个老婆啊？”

“自二夫人三年前染病不治后，老爷身边只余下大夫人与三夫人了。”

“娶了仨老婆？啧啧……”短暂地流露出羡慕之情后，钟晴正色问道，“那这小鬼是谁的儿子？大的还是小的？”

“小公子是三夫人所出，大夫人只得一位小姐。”阿禄老实地将自己所知的事情对钟晴和盘托出，末了还摇头叹气道，“虽然三夫人来石府还不到一年，但是她平素待人和气，对我们这些下人也从不呼喝。小的是个孤儿，由外婆养大，数月前老人家去世，也是三夫人赠了银两，才得以好生安葬，她真是个极好的人。唉，可惜，也不知犯了什么滔天大错，老爷竟要对她……”

“你真的不知道你家老爷对他老婆痛下杀手的原因？你们这些内部人员，常常在家里走动着，就一点风声都没听到？”钟晴还是不能彻底相信，连哄带吓地追问，“你可别有任何隐瞒啊，你看你家那小公子，哭得多凄惨，这可是人命关天的大事。”

“公子明察呀，小的知……知道的，全……全说了！”阿禄急得直结巴，手忙脚乱地比划着，“小的只听到府里有人私下在传，说三夫人是不祥之人，是她给安乐镇带来灾祸。这，这简直是乱说，三夫人是个大好人，又对小的有恩，所以小公子求小的带他出府的时候，小的也不顾有什么后果了，当即偷驾了马车送小公子来找你们。”

“哦？！倒是个知恩图报的啊。”钟晴缓下口气，转而又不解地问，“你说那三夫人到你家还不到一年，可是她儿子怎么看也有十岁了吧，这一点我有点想不明白。”

“事实的确如此，小的清楚记得，是今年年头的事，老爷突然领了他们母子回来，然后就向大家宣布这是石家的新夫人。虽然府里有人对三夫人的身份置疑，可是谁也不敢乱猜乱打听。”阿禄如是说道，言语间没有半点不诚实的意思。

“怪！”钟晴搓着自己的下巴，偏着头嘀咕，“莫非是外头养的小三转正了？！”

“什么？公子说什么？”阿禄不明所以。

“哦，没什么。”钟晴摆摆手打断他，问了一个极八卦的问题，“就你所知，他们夫妻感情如何？”

“这个这个……”阿禄为难地抓了抓头上的毡帽，道，“老爷经年在外，难得在府中长住，我们这些日日在府内行走的下人，甚少见他与两位夫人接触，即便是对大小姐还有小公子，也不见他有亲昵之态。”

“对妻儿都这么冷淡？”钟晴越想越是好奇，自言自语道，“古代家庭……石府……”

“公子！”阿禄突然一把拽住了他的胳膊，含泪乞求道，“小的求公子，求公子一定要救救我家夫人！现在只有公子你们能救她的命！”

“呵呵，你这小子还真有趣，你怎么肯定我们一定能救你家夫人？”钟晴故意摆出一副严肃的样子，心想古代的家伙是不是都这么容易信任别人，刚刚才认识的陌生人而

已，就可以知无不言，还托付生死。

阿禄认真地想了想，道："你们是小公子相信的人，当然也是阿禄相信的人。何况初见你们几位时，小的就觉得如遇天人，绝非一般的凡夫俗子可比。所以请公子定要出手相助，若能救我家夫人，小的来世愿变牛变马报答公子大恩！"

千穿万穿，马屁不穿。

一听到有人把自己当神仙一样地赞，钟晴的心情即刻好到极点。

"放心，我们一定来得及救下你家夫人的。"钟晴笑容满面，把胸脯拍得嘭嘭响。

这一刹那，他心里顿时充满了被人看做救世主的英雄使命感，误入古代的郁闷与惶惑一下子被他全甩到了脑后。

某些时候，神经粗一些也未必是坏事，至少这样的人能很快从别的事情里发现乐趣，从中迅速忘记之前的种种不适。

钟晴向来如此。

"多谢公子多谢公子！"阿禄抹着眼泪，感激涕零，只差给钟晴跪下了。

听到后头的两人嘤嘤嗡嗡聊得热闹，KEN不由放缓脚步，问钟晴："你们两个嘀嘀咕咕说什么呢？"

"嘿嘿，没事儿。"钟晴转过头，得意地冲KEN笑了笑，低声道，"我在了解案情，现在已经有了一点初步的眉目。"

"你？！"KEN只用一个字就表达了他内心对钟晴的完全不信任。

"看看，你那表情又来了。"钟晴不屑地一甩头发，"知己知彼，百战不殆。至少我现在对那小鬼的家底有了非常非常详细的了解，这些情报可都是你不知道的。我告诉你……"

"行了行了，了解了。"KEN早已经怕了他的没完没了，赶紧打断他，"那些珍贵情报留着你自己参考。我只提醒你一件事。"

"提醒我什么？"

钟晴被KEN拖慢了步子，而阿禄也识趣地快步朝前赶去。

"你有双子水晶这回事……"虽然只余下他们两人，KEN还是以悄悄话之姿小心说道，"切记不要透露出来，尤其不能被玲珑知道！"

"为什么？"钟晴立刻反问，旋即又像明白了什么一般，嘿嘿一笑，"我说刚刚在马车上你那么急捂住我的嘴呢，莫非你怕你那有前科的妹妹顺手牵羊？"

"总之你牢记我的话就好。"KEN没有解释，短短一句话，说得严肃且不可违逆。

"哦……知道了。"KEN的神态令钟晴打消了跟他继续耍嘴皮子的念头，心想这个家伙平日看似好脾气，可一旦严肃起来，却让人心生三分畏惧。

撞邪了吗？！

短短几天之内，好像全世界的怪人都被派到了他钟晴身边一样，男的，女的，个个都莫名其妙，虽然全都活鲜鲜地站在面前，却总像是隔了层纱一般看不透彻。

脚下的石子被踩踏着，嚓嚓作响，不觉间，知仙亭已经被他们远远甩在了后头……

“安……乐……镇……”钟晴盯着立在路旁的一块石碑，一个字一个字念出了声，立即兴奋地打了个响指，“总算到了。”

KEN举目远眺，穿过立在石碑后的一座类似牌坊的建筑，隐约可见高低房舍遍布其中，一条遍布裂缝的石板路从中延伸而出，仿若迎接他们这几位不速之客。

连天瞳略略驻足，若有所思地打量着已近在眼前的安乐镇，而后回过头，对钟晴他们道：“进了镇子之后，不要多话。”

“知道了知道了！个个都那么啰唆。”钟晴明白连天瞳的警告纯粹是在针对他，不耐烦地挥了挥手。

说罢，一行人都闭了嘴巴，踩着蜿蜒向前的石板路，没过多久便进了这座安乐镇。

这里比钟晴他们想象的要大得多，虽说是“镇”，但是道路纵横，整洁宽阔，两旁的楼宇店铺也是座座精美，没有半点小家子气。

如果再加上川流不息的人群，这里绝对是个无比繁华的好地方，莫说是个小镇，说是一座城池也不为过。

但是，这里偏偏就缺了点人烟。

沿途走来，除了一两个笼手低头、匆匆而过的百姓之外，所见不过小猫两三只。

临街的民居商铺大都关门闭户，偶尔有一家半家尚在营业的，也只是遮遮掩掩开了半扇门而已，一看就是作好了随时关门的准备。

没有谁留意到镇上这几位刚来的客人。

“安乐镇，名字倒是挺喜庆。”钟晴像个初来乍到的观光客，东张西望，闲不住的嘴巴又开始运动起来，“可是人呢？居住在这里的人都跑哪儿去了？除了我们几个，一路上就没见着什么人。”

“我记得上次来的时候，镇子上是很热闹的。”刃玲珑四下张望，也是疑惑无比，“这也没过多久啊，怎么萧条了这么多。师父，你说是吧。”

“事出必有因。”连天瞳目不斜视应了一句，随即略略抬头，轻嗅了一下湿冷的空气后，自语般吐出了四个字，“血腥之气……”

“你说什么？”跟在她身后的KEN没听清那最后几个字。

“阿禄。”连天瞳没有理会他，回头唤了一声。

“小的在。”阿禄赶紧快跑几步到连天瞳身侧，“姑娘有何吩咐？”

“镇上最近有人死于非命？”她问。

“是啊是啊！有十几二十人呢！现在镇子上的人都怕得不得了，所以大白天都不敢出门了。”阿禄一个劲儿点头，而后讶异地问，“姑娘也知道这事儿？”

阿禄话没说完，钟晴冷不丁凑了上来，煞有介事添油加醋地对连天瞳道：“还不只死人这么简单呢，那些人的死状非常恐怖，没有伤口却流尽了全身鲜血，心肝脾肺肾都被掏空了，有脸没皮，全被扒下来了！千万别吓到你这个小姑娘才好！”

“恐怕会被吓到的……”连天瞳顿了顿，侧目揶揄道，“是钟公子你吧。”

“我？！你……”钟晴眉毛一竖，正要发作，KEN立即上前平息战火：“好了好了，好男不跟女斗，你就少说一句吧。”

“有趣有趣，师父平日连话都少说，从来没见过她与谁斗嘴。”刃玲珑在一旁乐得直拍巴掌，幸灾乐祸地碰了碰钟晴，“你这个家伙运气真不错。”

钟晴狠狠瞪了她一眼，为了一句“好男不跟女斗”，把后面的话都给吞了下去，气咻咻地继续赶路。

走完这条街，又接连拐了两个弯后，一座大宅赫然入目。

“天瞳姐姐……”一直紧拉着她手的碧笙突然停了下来，再不肯前行，只怯怯地看着前方。

“碧笙不怕。”连天瞳蹲下来，拨了拨他额前的刘海，“姐姐会帮你的。”

“那里……”钟晴指着前头那座气势恢弘的高门大院，不敢确定地问，“就是石府？！”

“是。”阿禄点头，“正是石府。”

“乖乖，豪宅啊！”钟晴不由咋舌，他原以为区区一个小镇，有的不过是草屋瓦房罢了，哪里想到会突然冒出来这么一所美轮美奂的建筑物，以他有限的历史知识和看过的古装电视剧来推断，这种级别的宅子，只有王公贵胄才住得上。

乡野之地，竟有人能享受这般高规格的居住条件，委实让人吃惊。

“阿禄。”连天瞳站起身，把碧笙交到阿禄手中，嘱咐道，“你带你家公子先行回府，之后的事你们不必再过问，我们自有打算。”

“可是……”阿禄不放心地看了看守在大门口的四个家丁，“小的能撒谎说是领公子出外玩耍归来，家丁自是不会阻拦，可是你们要如何进府呢？”

“不必多虑。我们要进石府并非难事，你们快些回去。”连天瞳示意他们不要再耽误时间。

“哦……是，小的这就回去。诸位多多小心！”阿禄不敢再有异议，赶紧牵着碧笙朝后门方向而去。

“你准备翻墙还是破门呢？”钟晴挠着鼻子凑到连天瞳身边，故意说道，“看见那几个看大门的没有？手臂比你的腰还粗！你准备怎么进去？”

“正大光明地进去。”

连天瞳嘴角一扬，抛下这句话后，不慌不忙地朝石府大门走去。

其他人谁也不知道她葫芦里卖什么药，也顾不得追问，赶紧跟在她后头一同而去。

“什么人？”

见有人来，家丁之一一挥手中的长棍，凶声恶气地挡在了刚刚迈步上了石阶的连天瞳面前。

“烦劳通报你家老爷一声，连天瞳前来拜访。”

面对高出她一个头的大汉，连天瞳头也不抬，镇定且不失礼节地说道。

“老爷下了令，今日不会客。你们速速离开。”家丁一点面子也不给，当即下了逐客令。

按捺不住的钟晴正要冲那又挡路又凶恶的家丁发难，却被连天瞳投来的目光制止了，她转身对刃玲珑道：“拿纸笔出来。”

“嗯。”刃玲珑赶紧打开药箱，取了纸笔递到连天瞳手中。

连天瞳将白纸铺在左手掌上，凝神看了看那紧闭的朱红大门，略一沉思，随即执笔写下了“杜羞月”三个字，而后将纸对折，递到那家丁面前。

“将此物交与你家老爷，他见后自会请我们进去。此事关系重大，你若有怠慢，当心性命不保。”

也不知道是怕了连天瞳的威胁，还是她泰然自若的神情让人不得不信她与这石家老爷颇有渊源，那家丁在片刻犹疑之后，还是接过了纸页，丢下一句“等着”，便返身推门进了府去。

“你写的那三个字有什么门道么？”KEN看着家丁的背影，饶有兴趣地问连天瞳。

“是啊，你玩什么把戏啊？那三个字看起来像是个女人的名字。”钟晴也加入进来，又摆出打破砂锅问到底的架势。

连天瞳把笔交回给刃玲珑收好，自己则耐心地望着虚掩的大门，说：“见了石家老爷，自然明白。”

“故意卖关子……”钟晴白她一眼，明白再问也是没结果，只得心急火燎地等候在外。

不消片刻，大门突然吱呀一声打开了。

前去通报的家丁从里头一路小跑出来，后面还跟了一个年届不惑的黄衫男子，步履匆忙。

“这位便是连姑娘？！”黄衫男子打量了站在最前头的连天瞳一眼，试探着问。

“正是。”连天瞳微微颔首。

“那敢问其他几位是……”黄衫男子看了看钟晴他们。

“至亲挚友。”连天瞳沉着应道。

黄衫男子略一考虑，而后让到一旁，作了个请的姿势：“我家老爷有请，诸位这边走。”

也不与他多废话，连天瞳迈步便进了石府。

钟晴等人见状也赶忙跟在她后头，齐齐进了这座前所未见的古代豪宅。

楼阁林立，雕梁画栋，奇石异木，廊桥流水。

一路看来，宅内风景美不胜收，连钟晴这个向来缺乏艺术欣赏细胞的家伙也有了“身在画中”的感觉。

“啧啧，这家可真是有钱人啊。”他咂巴着嘴，又拽了拽刃玲珑的衣袖，“这个石家究竟做什么的？该不是干不法勾当赚黑钱的吧？！”

“我也不知道。”刃玲珑左右环顾，倒是一脸见惯不惊，“我跟石家又不熟，你去问我师父吧，她应该比我了解。”

“喊，问她也是浪费口水。”钟晴撇撇嘴，收起心里的疑问，继续边走边看。

宅子很大，见到的仆役却没有想象中的多，零零散散几个婢女握着扫帚打扫着庭院间的落叶，还有一些同阿禄穿着相同的仆从端拿着各种物事有条不紊地来往于回廊之中。

很平静的地方，根本无法想象在这般景色下头，即将发生一桩杀人放火的人间惨事。

黄衫男子一语不发，只是微低着头，带引他们几人轻车熟路地穿行在宅中。

经过一方种植着几十株桃树的林子时，一阵风过，钟晴鼻子一痒，阿嚏阿嚏连打了好几个喷嚏。

正揉着鼻子，一直跟在连天瞳脚下扭着肥屁股认真走路的倾城突然一跃而起，出其不意地跳到了钟晴的肩膀上，咧开嘴，露出一排利齿，冲着桃林那边呜呜低鸣。

“嘿！你这个胖家伙，跳我身上干吗？下去！”钟晴一把抓住肩头的倾城，大喝着把它往下拉。

听到身后有动静，连天瞳回过头，看了看手忙脚乱的钟晴，又看了看那片桃林，也没说一个字，又转过头，没事人般继续行路。

“连天瞳，你这女人到底管不管你的宠物啊？就由着它东跑西跳吓唬人吗？”钟晴拉了好几下也没能把倾城弄下来，也不敢硬来，生怕它扣得紧紧的爪子伤了自己。

见钟晴一脸狼狈，还是刃玲珑好心，上前摸了摸倾城的脑袋，说了些“乖乖听话”之类的，顺利地把它抱了下来，给钟晴解了围。

“长那么胖，没想到行动还挺敏捷。”钟晴拍拍肩头被倾城抓得皱巴巴的衣服，恼怒地说，“它是不是看我不顺眼啊，老爱往我身上凑？”

“兴许倾城是喜欢你哦。”刃玲珑把倾城放回地上，冲他吐了吐舌头，“如果它真看你不顺眼，可能早就把你弄得遍体鳞伤啦，它可不是个好脾气的家伙。”

“得了吧，我才不稀罕它的‘喜欢’呢。”钟晴瞪着摇头晃脑跑在前头的倾城，挥着拳头道，“我只要这个长毛的胖家伙离我远远的就好！”

“你这个人就是这样，对待小动物的态度就不能好点么？”一直在旁看热闹的KEN也笑嘻嘻地开了口，却一点都不为钟晴说话，“动物都是有灵性的，你以后最好想想办法跟倾城改善关系，或许它会对你好一点。”

“你们兄妹俩这会儿怎么那么同声同气了？！”钟晴眉毛一挑，吸了吸鼻子，“刚刚是谁在那儿玩一个贼一个兵的游戏呢？！喊！”

“我跟我千冰哥哥一贯兄妹连心的！是吧？！”

“去！别跟我套近乎，跟你的账可还没算完呢！”

“……”

三个人你一句我一句，一路叽叽喳喳地随着黄衫男子走到了位于宅院深处的一间大屋门前。

黄衫男子跨前一步，挥手遣退了守在房门口的家丁，而后才转过身，对他们几个说道：“几位里边请。”

连天瞳也不客气，径直进了屋去。

“到了？”钟晴嘀咕一声后，几个人纷纷闭了嘴巴，跟着走了进去。

一间古色古香，布置得富丽堂皇的宽敞房间立即映入眼帘。墙上字画，地上家私，件件看去都不是寻常人家所能拥有的货色。

钟晴嗅着空气里浓淡恰到好处的檀香味，为这里的奢华咋舌。

"老爷，夫人，连姑娘到了。"

黄衫男子小心关好房门后，走上前去，对着摆在屋内正中位置的两把红木雕花椅恭敬地鞠了一躬。

椅上，端坐着一男一女。

男子，四十出头的年纪，浓眉薄唇，高鼻细眼，唇上有须，黑发已有染霜之迹，以金冠整齐地束于头顶，看这模样，年轻时怕也是位姿容上等的公子哥儿；女的，正正是那芙蓉面，柳叶眉，妆容精致，一时挑不出半点瑕疵，若不是鬓边几缕银丝作怪，要猜她的年纪绝对不是易事。

两人均是华服加身，神态肃穆，打量着他们这群"客人"的眼里尽是深重的防备之意。

"这位便是连姑娘？"那石老爷微微抬头，一一看过立在面前的众人，也不邀大家落座，只面无表情地看定站在最前头的连天瞳。

连天瞳也懒得开口回话，只点头应承。

"在下与姑娘似乎素昧平生。"石老爷垂下眼，从袖子里掏出一张白纸，轻轻一抖，展开，平淡不惊地问，"不知姑娘写这三个字是何用意？"

连天瞳一笑，不客气地坐在了身后的椅子上，道："莫非石老爷连自家夫人的姓名都不记得了？"

闻言，石老爷脸色一变，刷一下把手中的纸揉成了纸团，强作镇定地笑道："连姑娘同在下的夫人是旧识？"

"呵呵，二夫人已去世三年有余，小女子迁来安乐镇不过一载，如何相识呢？"连天瞳以手指绕玩着发梢，否定了石老爷的猜测。

听她这么一说，石老爷的面色越发难看，他沉下脸："既是如此，连姑娘来府上究竟所为何事？"

"救人。"连天瞳答得也干脆。

"笑话！"石老爷不知是气急还是心慌，声调有些控制不住地抖动起来，"我府上人人安好，救人之说从何谈起？姑娘若是无事生非，请立即离开，在下绝不追究！"

"人人安好倒也未必吧。"连天瞳把手里的发丝拨到身后，唇角一翘，轻笑，"石老爷以为烧死了三夫人，就可万事大吉了么？！"

"你……"石老爷身子一颤，手肘撞翻了搁在几上的茶碗，滚烫的茶水混着茶叶洒了一地都是。

"哎呀，老爷你没事吧？烫着了没有？"一直冷眼旁观的石夫人从椅上急急站起，抽出手绢擦着石老爷被茶水浸湿的衣袖。

“好了好了。”石老爷不耐烦地挡开妻子的手，“我没事。”

“哦……”石夫人收回手，略为忐忑且尴尬地坐回了椅子上。

“什么烧死我家夫人？！”石老爷草草拂去粘在袖上未来得及化开的水珠，有些气急败坏地质问道，“你从哪里听说此等荒谬之言的？”

“现下除了我们，无人能帮到石老爷你。”连天瞳向来不浪费时间回答那些在她看来欲盖弥彰毫无意义的问题，只拣最重点的说，“就算烧死三夫人，之前发生的，以后照样还会发生。”

“我……我不明白你究竟在说什么……”石老爷言辞闪烁，仍是不肯卸下仅剩的防备之心，“你到底是……是什么人？”

“整个安乐镇，怨气重重，又以石府之内为甚。长此以往，后果堪舆。”连天瞳站起身，环顾四周一番后，向石老爷微一躬身，“小女子只是个治病救人的大夫而已，若石老爷仍固执己见不需外人施以援手，那我们也不强求，就此告辞！”

说罢，她转身头也不回地朝房门口走去。

“哎？！这就走啦？好像什么都没弄清楚嘛！”从进屋后就一直插不上嘴的钟晴看着连天瞳的背影，嚷嚷着跟了上去。

“走啦走啦，反正有难的又不是我们。”刃玲珑撇着小嘴，拉着KEN撤退。

就在众人即将出门的瞬间，身后却传来一声呼叫：“诸位请留步！”

石老爷三步并两步追到众人面前，支吾了半天，终于开口，半恳求半道歉地说：“方才是在下多有冒犯，还请各位落座，待我将详情相告。”

“哈，你这个人还真是的，刚刚我们这位美女跟你说了半天你也不肯说老实话，这会儿又想通了？”终于逮着发言机会的钟晴立即数落起态度一百八十度大转变的石老爷来。

“钟晴！”KEN瞪了他一眼，“别这么没礼貌。”

“的确是在下失礼在先，不识各位好意。”石老爷摆摆手，颇大度地为钟晴开解，“这位公子乃是心直口快之人，不妨事。”

连天瞳侧过身，似笑非笑地看着石老爷：“不怀疑我们是别有企图之辈了吗？”

“连姑娘言重了。任是谁也不能当即相信素昧平生的陌生人嘛。”石老爷尴尬地解释着。

“那现在你又信了？我们这会儿就不是陌生人了么？”刃玲珑的嘴巴也很利索，一点也不给面子地质问道。

“这……”石老爷被她问得不知该如何回答，想了想，方才认真说道，“在下长年在外，阅人无数，多少也练就了一些以貌识人的本事。诸位姑娘公子，气派谈吐，一看便知非普通人家所出，绝非心地不澄明之徒可比。在下最近的确为一些怪事焦头烂额，脾性也浮躁了许多，方才对诸位的试探也是无奈之举。听了连姑娘一番话，在下除了惊异之外，亦有了寻获救星之感。诸位莫要介怀，请回座听我细说吧。”

“这话还比较中听。”钟晴的脸色缓和下来，觉得这石老爷的解释还算合理，但主要还是因为他的话里带了不着痕迹的夸赞之辞。

“既如此，我们便洗耳恭听了。”连天瞳丝毫不为他这些溢美之辞所动，不露声色地回到了房内，坐到了刚才坐过的地方。

待众人都落座之后，石老爷又吩咐那黄衫男子道：“卢管家，上茶。”

“是。”卢管家应了一声，马上退了出去。

“你也下去吧。”石老爷侧目，不冷不热地对石夫人说。

石夫人张了张嘴，想说点什么，却又立即紧闭了双唇，看看他，又看了看在座的众人，起身离开座位，依丈夫的意思低头缓步出了房间。

等到在场的人只剩下他们几个时，石老爷叹了口气，道：“我看连姑娘也是知道一些事情的人，我也就不多隐瞒了。今夜，我确是打算处死那不祥的女人。”

“石老爷为何认定三夫人是不祥之人？”连天瞳一针见血地发问。

石老爷一阵苦笑，转而反问道：“恕我唐突，连姑娘既有本领知晓我那去世妻子的闺名，想必对这个女人也不会陌生吧。”

“贵府的碧笙公子曾是我的病人。”连天瞳淡然答道，“我同三夫人，仅此一面之缘。”

“碧笙病过？”石老爷像是刚刚才得知自己儿子病了一般，有些惊讶地问。

“居然连自己的儿子病得快要死了都不知道？！”钟晴按捺不住，忍不住出言指责，“你这当爹的也太不负责了吧？要不是遇到了……”

“好了，拜托你少说两句！多用耳朵少用嘴！”KEN又伸手捂住了钟晴的嘴，看来阻断聒噪源头的工作基本上就由他来亲自执行了。

“唉，自从她们母子来到府中后，日子便不太平了。”石老爷摇摇头，眉头深锁，“甚至可以说，连累整个安乐镇都不能安乐了。”

“哦？！”连天瞳抱起倾城放在膝上，摆出愿闻其详的姿态，“此话怎讲？”

“最近半年来，镇子上接二连三地出了命案。官府追查至今，也没有头绪。”一说到出了人命，石老爷的脸色立即青一阵白一阵的，似有掩盖不了的恐惧。

“镇子上出命案，关你家夫人什么事？”刃玲珑大惑不解。

石老爷犹豫了一阵，似乎下了很大的决心才开口说道：“这些死去的人，大都是我们石府的人。头天还见他们在府内出入，第二天便曝尸荒野，死状可怖，引致整个镇上的百姓人人自危。杀人也当有个动机，死者之中有的是前来石家拜访的远房亲戚，有些根本就是府内的下人，财色皆不占，也非奸佞之徒，实在不知道是哪里出了差错，引来这杀身之祸。”

“会不会是你们石家得罪黑社会了呀？”钟晴脱口而出。

“黑社会？”石老爷一愣。

“就是江湖帮派之类的组织。”KEN及时为钟晴当了一次翻译。

“哦。”石老爷点点头，旋即坚决地说，“我们石家家底清白，遵规守纪，跟江湖人物素无瓜葛，绝对不是这个原因。”

“石老爷请继续正题。”连天瞳抚摸着倾城的耳朵，提醒他把话题转回三夫人这边。

“官府查不出名堂，便有人怀疑是邪物作祟，我虽以为此话荒谬，可也别无他法，仍是请了道士入府作法。那道士作法之后，当下便说府内西院阴气冲天，必有妖邪。”说到这儿，石老爷顿了顿，眉头几乎拧成一线，“而西院，自芮芸进府之后，便一直由她居住。”

“芮芸……”连天瞳低声重复着这个名字，问，“就为道士一句话，石老爷便有了杀妻之念？”

石老爷连连摆手：“最初我也只拿那道士的话当作江湖术士的信口胡诌罢了，给了他点银子打发走了便是。另外，我也严禁其他人传扬此事，免得坏了芮芸的名声。可是……”

“可是？！”

以钟晴为首的好奇分子纷纷情不自禁地把身子朝石老爷那边靠了靠，生怕听漏了一字半句。

“可是，事实证明，那道士并非信口开河。”石老爷的双手突然攥紧成拳，有些激动地说道，“几天前的深夜，巡夜的家丁撞见府内的一名厨娘被一条黑影朝府外方向拖行，众人一拥而上，追到离西院不远处的假山背后时，那黑影丢下了鲜血全无的厨娘，猛然蹿入了西院之中失了踪迹。知悉此事后，我当即下令彻底搜查西院所有房间，誓要找出那害人的凶手。但是，我万万没有想到，当我带着人进到芮芸房间时，却见她满口满脸都是血，正慌慌张张地以衣袖擦拭。如此铁证，叫我如何为她申辩？叫我如何不信她就是那

杀人的凶手?!”

“难道你老婆是吸血鬼?”钟晴也不管人家有没有听过这个词，脱口而出。他习惯性地搓着下巴，猜测着那不曾谋面的三夫人究竟是什么来头。

“吸血鬼?”石老爷头一次听到这个名字，愣了愣，“那是什么东西?”

钟晴这才恍过神，连忙摆手道：“这玩意可厉害了，你先继续说。”

石老爷痛苦地摇着头：“我不知道，我至今也不敢相信枕边之人会是夺人性命的妖邪。那晚的事，所有知情者都按照我的命令三缄其口，此事若张扬出去，我石家还有何颜面立足世上?!家门不幸，家门不幸啊!唯今之计，只有烧死那妖孽，一了百了。”

“我想见见三夫人。”连天瞳略一思索，向石老爷要求道。

石老爷面有难色：“我已将她锁在府内的石牢中，禁止任何人接近，怕她再伤人。”

连天瞳不以为然地笑了笑，道：“大夫替人诊病，总得要看过了病人才能开方的。”

“这……”石老爷仍犹豫不决。

“还有什么可犹豫的?我们这么多人在这儿，别说一个吸血鬼，就是一群也奈何不了我们!你就快些照她的意思带我们去看看你老婆吧，别磨蹭了!”钟晴已经坐不住了，站起来走到石老爷面前催促着。

“好吧。”石老爷终于点了头，起身朝房门口走去，“我带你们去石牢看看。几位这边请。”

众人紧随在后，跟着他出了门，沿着弯弯曲曲的小路绕到了大屋的后头，又穿过一片密实的竹林，走到了位于竹林最深处的一块巨大的灰色巨石前。

石老爷警惕地左右查看一番，在确认四下的确只有他们几人后，伸手拨开一丛覆在石上的杂草，一块不起眼的椭圆开关随之暴露在众人眼前，再用力一扭，顿见那足有两人高的巨石像被从中间劈开一般，伴着沉重低郁的隆隆声，缓缓朝两旁退开。

石门后面，是一条暗道，没入地下，深不见底。

“诸位稍等，我去把火把点着。”石老爷走前一步，从暗道入口处的墙壁上取下一支火把，摸出火折晃了晃，点着了手里略嫌简陋的照明工具。

“诸位请随我入内。”石老爷站在入口，举起燃烧的火把。

这种只在武侠小说里见识过的暗门秘道让钟晴的好奇心当下加重了一层，早已迫不及待的他一马当先地钻了进去。

“倾城，留在外头。”一直跟倾城形影不离的连天瞳却在入暗道前对脚边的它下了禁足令。

倾城低鸣一声，老老实实地蹲在了原地。

KEN看着这只可怜巴巴立在冷风里的小东西，不解地问它的主人："不带它进去？"

"不带。"连天瞳迈步进了暗道。

KEN耸耸肩，拽上还在暗道口东张西望的刃玲珑跟了进去。

暗道里潮湿而阴冷，温度比外头还低上几分，借着跳跃的火光，依稀可见两旁斑驳的青灰石壁。

脚下的石阶凹凸不平，有的部分还生有青苔，拾级而下，必须小心再小心，否则绝对有一滚到底的危险。

平安走完这段长长的石梯后，石老爷又引着众人走入一条笔直的通道，并沿途用火把点亮了嵌在墙里的灯台上的大蜡烛。

有了这些一字排开的烛光，通道内昏暗的光线一下子明亮了起来，连墙壁上的裂缝也能看得一清二楚。

"这地道的规模不小啊。"钟晴环顾四周，说出来的话带着清晰的回音，"这么隐蔽的地方，做牢房的话，真是把犯人关到死也不会有人发现啊。"

石老爷闻言，叹口气道："若真是罪大恶极，囚禁到死也无可厚非。奈何有些罪人，囚禁是不足以惩戒其行的。"

"那也不能说烧死就烧死啊，好歹也是你夫人嘛。"刃玲珑紧紧挽着KEN的胳膊，对那话中有话的石老爷说道。

石老爷没有再搭腔，只摇了摇头，默不作声地继续行走。

转过一个弯，再走了一小会儿，众人赫然发觉前方已然无路，只有两扇紧闭的石门，决然挡在了通道的尽头。

"她就在这石门之后。"石老爷停在距门前一步的地方，语气变得有些紧张。

"开门，我要见她。"连天瞳的话更像是命令。

"开……开门？！"石老爷又有了犹豫之色，不安地捏着自己的手指。

"你不用担心，你老婆不会那么大本事当着我们的面取人性命的。"钟晴看出他在害怕，忙上前跟他打包票，"快些开门吧，别浪费时间了！"

石老爷皱眉沉思了片刻，终于从怀里掏出了一把形状奇怪的石头钥匙，在把它插进石门上的三角形锁孔前时，他停下了手里的动作，说了一句："诸位进去看看便好，莫要逗留太久，我在门外等候大家。"

"石老爷不跟我们一起进去吗？"KEN走到他身旁，疑惑地问。

"啊……我就不进去了……"石老爷连忙摇头，"此女……能不见便不见吧……"

"石老爷请自便。"连天瞳一点也不在意他的表现，只以眼神提醒他速速开门。

“诸位请稍等。”石老爷尴尬地点点头，把火把朝石门上凑近了些，微微哆嗦着手，试了好几次才将钥匙准确地插进了锁孔，又朝左右各转了几下。

厚重的石门摩擦着地面，嚓嚓之声充斥了整条通道，不停回荡着，响动颇大，可听来却像是无数低缓的呻吟聚合在了一起，压抑得很。

“里头有油灯可供照明，诸位速去速回吧。”石老爷退后几步，连一个正眼也不愿给那洞开的石门。

连天瞳看了看从门后透出的昏黄微光，一言不发地走了进去。

跟在她身后的钟晴在经过石老爷身旁时，撇了撇嘴，对石老爷明显的惧怕之意很是不屑，好歹是同衾共枕的妻子，在事实真相尚未彻底弄清之前就视她如妖邪畏其如虎狼，这副德性，实在有些薄幸之感。

四人脚跟脚地进到了门里头，一眼便看到一盏漆黑的油灯摆在一方连桌子都称不上的破损石台上，豆大的灯光颤颤巍巍，映着几人的影子，高高矮矮地在墙壁上跳跃。

此处，就是一整间四四方方的石室，很大，没有任何多余的陈设。

“咔啦。”从油灯照不到的黑暗里传来一声脆响，他们对面的方向。

刃玲珑刷一下躲到了KEN的背后，指着声音的来向惊声道：“有东西在那边！”

连天瞳取过石台上的油灯，不惊不慌地走了过去。

随着灯光的移动，两根直达屋顶的灰色石柱逐渐凸现在他们面前，非常粗大，怕是要两人才能合抱得了。

柱上并非光秃无物，四条足有胳膊粗的铁链分左右各两条紧绕其上，链子的另外一端则套在柱间一个蜷缩的白衣人身上，双手双脚，牢牢被缚。

那声脆响，想必是被制之人牵动铁链时所发出的碰撞之音。

“三夫人？”连天瞳轻唤一声。

白衣人身子一抖，缓缓抬起了头。

身上的白色单衣早已经是污迹斑斑，湿漉漉的长发凌乱地披散在肩上，一个要松不松的发髻垂在脑后，随着此人的动作微微晃动；撑在地上的一双手，十指尖尖，本可以说是一双顶好看的女人小手，此时却沾满了令人嫌恶的黑泥污垢。

眼前之人的一身打扮虽然狼狈，可脸面倒是能看清的。一个女人，瓜子脸樱桃口，唇角留着几缕干透了的血污。

如果不是脸色苍白得过了头，完全能称得上是个标准的古代美女。

女人看着立在面前的这几个陌生人，眼神茫然而空洞，嘴唇翕动着，像是在说话，却又没有谁能听懂她在说什么。

“她是三夫人？”钟晴不可思议地盯着这个被五花大绑的女人，语气里的怀疑浓之又浓，“她是杀人狂？”

其实不光是他，在场的其他人也是一脸问号。

谁都无法把一个已经失去自由身的孱弱女子跟嗜血的恶魔联系到一起，两者之间的差距实在大得吓人。

“三夫人不必担心。”连天瞳蹲下身，看了看她的唇角，沉默了数秒，又继续道，“是碧笙托我们来救你的。”

一听到“碧笙”二字，三夫人已如死水的眼里骤然有了一丝神采。

“救……救……”她努力地伸过手来，一把抓住了近在咫尺的连天瞳的脚踝，虚弱到已经不能说出一个完整的词汇。

这时，钟晴注意到伸过来的那只手上，腕处已是血肉模糊，想来应该是被那条沉重且粗糙的铁链生生摩擦成那副样子的。

“真是的，链子上也该包点布料什么的嘛。”纵然是杀人嫌犯，好歹也是个细皮嫩肉的女儿身，用那样的链子折腾着，目睹其惨状，连钟晴这样的粗神经之流也蓦然动了恻隐之心。

“把药箱给我。”连天瞳也留意到了她身上的伤口，不光是手腕，脚踝处也是一样，上面的铁箍沾满了凝固的暗红血渍。

刃玲珑赶紧把药箱递过去，自己也蹲下来帮忙。

“碧笙这孩子与我也算有缘。”连天瞳边说边从药箱里掏出一个小圆盒子，从里头挑出一些药膏，细心地敷在了三夫人的伤口上，又让刃玲珑取了一截纱布，认真替她包扎上，“该救的，能救的，我自然尽力而为。”

处理完三夫人身上的伤口后，连天瞳又从药箱里取了一枚小指尖大小的药丸喂进她口里：“你不必着急，在此耐心等待吧。”

“你不打算带她出去？”KEN见连天瞳并没有救人出去的意思，顿觉奇怪。

连天瞳盖上药箱，起身答道：“留在这里胜过去到外面，至少现在如此。”

“有什么头绪吗？”钟晴恍然想起他们进来的真正目的，是为了查验这三夫人到底是不是凶手，又多看了“嫌疑犯”一眼后，他搓着下巴发表了自己的意见，“我不认为她会是凶手。”

“理由呢？”刃玲珑质疑钟晴的看法，“事情不能光看表面，有些时候，就算‘眼见’也未必是‘实’。”

“如果她真有那杀人不见血的本事，如果她真是会法术的妖孽，这几条区区铁链又

怎么困得住她？”钟晴赏了刃玲珑一记白眼。

“但是她丈夫似乎已一口咬定她就是那个罪魁祸首。”KEN抬头望向四周，又闭上双眼，像是在潮湿的空气里默默搜寻着什么，“我却没有感觉到她身上有嗜血之徒的暴戾和杀气。”

“英雄所见略同！”钟晴跳过来勾住了KEN的脖子，兴致勃勃地分析起案情来，“我也没有从她的身上闻到妖气呢。而且就我一路上的观察，我发现那石老爷对他那位风韵犹存的大老婆不仅不感兴趣，还很是厌弃的样子，所以我怀疑这些事情会不会是失宠的大夫人耍手段栽赃嫁祸呢？大户人家，妻妾争宠不是常事儿吗？！”

“电视剧妄想症。”刃玲珑冲他吐了吐舌头，一本正经地反驳道，“大夫人下手的动机也该是建在三夫人的确受石老爷宠爱上才成立啊，一个男人如果真的爱自己的妻子，不管她是妖是鬼，都不会舍得扔她一个人在这阴冷不见天日的石牢里。那石老爷的表现你我都看见了，连最基本的夫妻情分都不顾，又何来受宠之说？你的推论绝对是错的。”

“你们两个不必争了。”连天瞳把药箱塞给刃玲珑，抽出手绢擦了擦沾着药膏的手，“个中真相，自会揭晓。背后真凶，必与石家有关。”

“你好像知道一点内幕？！”钟晴碰了碰连天瞳，眼珠一转，突然想起了什么似的，“啊，还没问过你呢，你怎么知道他们家死了的二夫人的名字？是不是碧笙那小鬼告诉你的？”

不待连天瞳回答，刃玲珑已经抢先一步：“哈，你不知道了吧，我师父她……”

她话没说完，突然从远处传来一声直震人心的吼叫，像闷雷，又像猛虎，穿透力不是一般的强，在场的所有人均感觉到脚下的土地和四面的墙壁都随着这一声吼叫而晃了一晃，一些细小的石沙也扑簌簌地从头顶上散落下来，仿若地震前兆。

“不是地震了吧？”钟晴被这突如其来的状况吓得跳了起来，要是这石牢垮了，他们这一拨人岂不是当了现成的古尸？！

KEN警觉地站在原地，不确定地说：“应该不是吧，好像就那么一下而已。”

“是时候出去了。”连天瞳的嘴角划过一丝不易察觉的笑容，她回头看看已经沉沉入睡的三夫人，眼神难以琢磨。

“师父你给她吃了什么药啊？居然睡着了。”刃玲珑追随着她的目光，看着已经睡去的三夫人，好奇地问。

“能让她安睡三日，且能为她续命的丹药。”

说罢，连天瞳举步朝石门外快速走去。

“走吧走吧，在地道里窝久了还真不舒服。”钟晴搓着已经冰凉的双手，催促着其他两人一同走了出去。

出了石门，众人却发现那个说在外头等他们出来的石老爷已经没了踪影，只留下了那把还插在石门锁孔里的钥匙。

“嘿，那大叔不是说在等我们吗？人呢？”钟晴四下张望，觉得有些奇怪。

“不必管他。”因为没了火把，连天瞳踮起脚从墙上取下两支蜡烛，塞了一支到钟晴手里，“我们自己出去就是。”

举着两支亮光充足的蜡烛，他们几个很顺利地循原路返回到了暗道的入口。

当暗道外头的自然日光已经能够照到他们身上时，钟晴跟连天瞳吹灭了蜡烛，透过袅袅余烟，他们发现那不告而别的石老爷正傻呆呆地站在暗道外的开关前，整个人如同被冻僵了似的，一动也不动。

而被独自留在外头的倾城，正蹲在他面前，懒懒地打着呵欠，见主人出来了，它立马来了精神，摇头摆尾地迎了上来。

“喂！石老爷？”钟晴伸出手在石老爷面前晃了几晃，“你没事吧？”

见他仍然没有反应，钟晴又用力拍了拍他的肩膀，加大了声音：“石老爷！你怎么啦？”

“啊？什么？”石老爷这时方才如梦初醒般回过神来，下意识地掏着自己的耳朵，慌慌张张地说，“怎么了？我……我没怎么啊。”

“你不是说等着我们吗，怎么一个人跑外头来了？”钟晴不满地瞪着他，“你就那么害怕吗？”

“害怕？！”石老爷竭力让自己镇定下来，摇摇头，又点点头，结结巴巴地说，“我……刚刚听到这外头有异响，所以……跑出来看看，嗯，我怕有不相干的人偷进石牢……没想到……”

钟晴见他好似大白天见鬼一样的神情，忙追问道：“没想到什么？”

石老爷斜眼看了看跟在连天瞳身边的倾城，迅即又把视线挪开，挤出一个难看的笑容：“没想到外面这个小家伙，开口就冲我大吼。平生还从未听过如此震天之吼，吓煞我也。”

“啊？！”钟晴扑哧一笑，指着倾城道，“你被它吓成那个样子？！”

石老爷尴尬地点了点头。

“刚刚，是倾城的声音？”KEN瞪大眼睛，诧异无比。

笑过石老爷后，钟晴也搓着下巴，嘀咕：“不过那声音的确有点恐怖，怎么看也不是这小怪物发出来的啊。”

"是倾城的声音。"刃玲珑走上前，拉住KEN和钟晴，对他们附耳道，"倾城真正的吼声大得吓人啊。为它取名倾城，就是因为当年它一不小心，吼塌了一座城池。"

"啊？！"

咳咳咳！

KEN跟钟晴同时被自己的口水给呛到了。

连天瞳并没有兴趣跟他们讨论倾城的问题，她走到惊魂未定的石老爷身边，说："不出三日，我们必会察明真相。对三夫人的处置，还请石老爷暂缓。"

"连姑娘的意思是……芮芸她并非凶手？！"石老爷惊讶地问。

"是或不是，三日以后自有定论。"连天瞳没有正面回答，又说，"倒是这几日，我们怕是要在府上叨扰了。"

"哦……那是自然，那是自然！"石老爷没有半点反对意见，"我这就吩咐下人为几位收拾客房。"

"有劳了。"连天瞳微微颔首。

挥开不时横飞过头顶的落叶，众人齐齐离开了这片暗藏石牢的萧索竹林，被石老爷领向了另外一条朝东边延展的平坦小道。

什么叫深宅大院，钟晴他们今天总算是领教了。

如果没有人带领，这处处相似却又处处不同的房舍回廊非叫人迷路不可。

连天瞳一直跟在石老爷身后，专心致志地看着前面，四周的任何景象都没能引起她丝毫的注意力，她安静沉谧得像身处另一个世界，只有在脚边跳来跳去的倾城在无形中为她增添了一丝活色。

"住这么大的房子，光是打扫也是个浩大的工程啊。"钟晴仔仔细细地打量着周围的环境，目光不放过每一个进入他视线的陌生人，狐疑地对身旁的KEN说，"可是除了进门时看到的那几个扫地端茶的，一路上我就没看到几个人。这些有钱的大户人家不该是仆人成群前呼后拥的吗，怎么会如此冷清？！"

"嗯，的确是清冷了一点。"KEN想了想，猜测着，"是不是都集中在宅子里的别处忙着呢？！藏着石牢的那片地方，本来就不可能有不相干的人出没的。你没瞧见石老爷开石牢时候的紧张样子么，我们刚从那边过来，一路上见不到人也是常理。"

"也许是快到年底了吧，大家都忙着去置办年货什么的了。"刃玲珑插嘴道，还顺道舔了舔嘴，嘻嘻一笑，"说到年货，我都有点饿了，今天我还没吃过东西呢。"

"办年货？！这才刚入冬呢，你饿疯了吧？！"钟晴屈起手指敲了一下刃玲珑的脑袋，正要发下文，却突然一下子闭上了嘴，作出若无其事的样子哼起了歌，东瞧瞧西望望，却偷偷伸手拽了拽KEN的袖子。

“干吗？”KEN正奇怪为何他突然主动退出跟刃玲珑即将打响的口水仗。

“有人跟踪我们。”钟晴低声道。

“什么？！”KEN一惊，本能地朝身后看去。

他们刚刚经过的，是一片青黄相间的草地，草地上矗立着好几座高大的假山，几株枝叶还算齐全的树木混杂在假山间的缝隙中，随风轻抖，刷刷直响。

KEN认真扫描了好几眼，也没有在其中发现任何显示有跟踪者的迹象。

“没有人啊。”KEN回过头，“你把树看成人了吧？！”

“喊！我不用眼睛看也知道有人在跟踪我们！”钟晴一皱眉，“还是个女人。”

“不用眼睛难道用嘴巴？！”KEN一笑，以为他是疑神疑鬼罢了，调侃道，“是不是太累有幻觉了？”

“神经，这青天白日的，我会有什么幻觉？！我闻到的！”钟晴吸了吸鼻子，笃定地说，“茉莉花香型的香水！”

KEN一听，扑哧一笑，小声提醒：“老兄，现在是一千多年前啊，哪来的什么茉莉香水？！”

“你怎么就知道古代女人不擦香水？！”钟晴一脸少见多怪的表情，“好吧，就算不叫香水，她们胭脂香粉总是要用的吧。”

“那又如何？”KEN还是不明白他如何把香水这个东西跟有人跟踪他们联系到一起。

钟晴揉揉自己的鼻子，正儿八经地压低声音说道：“我对气味总是特别敏感，包括那些妖气。刚才顺风飘过来的那股味道，我绝对肯定是女孩子身上的香味！想当年我的初恋女朋友也爱搽同香型的香水呢，我印象深刻！”

“是吗？原来你鼻子这么厉害？！”KEN憋住笑，“闻香识女人，啧啧，怎么之前没发现你有这本事呢？！”

“哼，看你就是一脸不相信！过来！”钟晴拽住KEN的衣领，凑上去对他耳语了几句。

七弯八绕，石老爷将他们领到了一座稍小的园子前。

里面，立着一座两层高的小楼，青瓦朱漆，相比府内其他建筑，气派不足，清雅有余。几枝梅花点缀其外，虽然隆冬未到，那枝头上却已经依稀可见微红的花蕾，为这朴素的园子平添了几分可爱。

"此处是府上别苑，亦作客房之用。诸位若不嫌弃，请先入内小憩，我这就去吩咐下人把楼上的卧房收拾出来。"石老爷站在园子门口，指着那小楼客气地说道。

连天瞳点头，稍稍朝外一让："石老爷请便，费心了。"

石老爷又礼貌地朝大家作了个请的手势，然后才返身离开，穿过后面的回廊朝另一方走去。

"进去吧？！"钟晴把KEN和刃玲珑朝园子里推去，又故意敞开嗓门喊道，"这地方看来不错啊，累死了，真想找张舒服的床躺一躺！走走走，快进去。"

待所有人都进了园子以后，钟晴往左右一看，趁人不备，一闪身躲到了斜对大门口的一方假山后头。

"哎！你……"察觉到钟晴异常行动的刃玲珑正要说话，却被KEN一把拉住了。

"别出声，当什么事都没有，往前走就是了。"他揽住刃玲珑的肩膀，若无其事地提醒她。

"你们两个搞什么呢？"刃玲珑不敢再乱动，尽量小幅度地翕动着嘴唇问道。

"钟晴说有人跟踪我们。"

"什么？！"

"嘘，别说话，跟着你师父进屋去！"

兄妹两个的悄声交谈还没结束，身后却传来了钟晴的厉喝。

"你是什么人？为什么鬼鬼祟祟跟踪我们？"

两人猛一回头，果然看到了让人意外的一幕。

躲在假山后的钟晴不知什么时候蹿到了园子的大门处，一只大手正紧紧拽住一只纤细白皙的手腕。

一个通身淡紫衣裙的年轻女子，黑发过腰，清秀精致的脸上脂粉不施，跟连天瞳差不多的年岁，正紧张且羞赧地用另一只手掰着钟晴的手指，瘦弱的身子不断地朝后缩。

"说！干吗跟着我们？"钟晴见她只知道拼命挣脱，心里一急，加重手头的力道把女子顺势朝里一拽。

那女子一副弱不禁风的模样，钟晴没轻没重的行为让她一个踉跄，一头撞到了他的胸口上，产生的强大惯性又让她朝后一仰，眼看就要摔个四脚朝天。

"小心！"

出自本能，又或者怜香惜玉之心顿起，钟晴一把抓住了女子的手臂，用力一带，让她安全落到了自己怀里。

见被人揽在了怀中，女子顿时慌了手脚，红着脸，急忙用力将钟晴往外推。

可是急于弄清对方身份和意图的钟晴根本没有意识到在古代“男女授受不亲”是一个多么重要的概念，他哪里能让这个一路跟踪他们的可疑人物轻易逃脱他的钳制，对方越是挣扎，他抓她的手臂越紧。

“我再问你，你是什么人？跟着我们干什么？”

想来是被钟晴捏疼了，女子皱着眉头，紧抿着嘴唇，可就是不肯开口答话。

这时，KEN跟刃玲珑也赶了过来，连已经进了屋的连天瞳也闻声走了出来。

看着僵持不下的钟晴和紫衣女子，KEN跟刃玲珑面面相觑，均是一头雾水。

连天瞳打量了那女子一番，冷冷问道：“姑娘是石府上的哪位？”

“原来真有人跟踪我们……”KEN头一次对钟晴产生了一点点佩服的感觉，这小子倒还有点“另类”的本事。

刃玲珑奇怪地盯着低垂着头的紫衣女子：“喂，你说话呀，我们又不会吃了你，为什么跟踪我们？”

女子抬眼看了看面前的几个人，眼神刚一接触到钟晴，立刻又惊惶地逃开，却始终不说半个字。

“姑娘不必担心，我们没有恶意，只想知道你尾随我们的原因。”KEN总是喜欢拣唱白脸的角色，和颜悦色地问道。

也许是刚才跟钟晴纠缠耗了力气，也许是心里过分紧张，女子的胸口微微起伏，呼吸也有些急促，可任凭他们唱黑脸唱白脸，她还是不开口。

“哎哟，姑奶奶你要急死我呀？你倒是说话啊！”女子始终如一的态度让钟晴急得跳脚，可是他又不可能对一个弱女子挥拳头严刑逼供。

“该不会是个聋哑人士吧？”刃玲珑猜测着，心里却想，一个水灵灵的漂亮姑娘，真要是听不到说不出，实在是件让人惋惜的事。

“哪有那么巧！当初我还以为你那师父是伤残人士呢！”钟晴不信，仍然死死抓着女子的手臂不放，“我们不会伤害你的，你解释清楚我就放你走！”

正束手无策，从石老爷离开的方向匆忙走来了一老一少两个女人，年轻的作婢女打扮，上了年纪的一身粗布衣裳，倒像是个烧饭洗衣的婆子。

两人快步走到了园子前，见钟晴正紧紧抓着那紫衣女子，不由慌了神，异口同声道：“哎呀，大小姐您怎么跑这儿来了？”

大小姐？钟晴这边的每一个人都情不自禁地为紫衣女子的身份意外了一下。

“你是那石老爷的女儿？”钟晴下意识地松开了手，忽然想起之前阿禄曾跟他说过，大夫人生的是一位小姐。

见钟晴松了手，紫衣女子捂着自己的手臂，转身就跑。

“喂！你……”钟晴一下子没反应过来，对她的突然逃离，他追也不是不追也不是。

然而，出乎所有人意料的是，那女子跑出去没多远，却又突然折返了回来。

气喘吁吁地站在钟晴面前，一把拉起钟晴的手掌，用手指在他掌心横横竖竖地划来划去，划完，又抬头看了他一眼，眼神有些异样，而后又像意识到什么似的，赶忙甩开钟晴的手，转身头也不回地跑掉了。

只留下一缕淡淡的茉莉香味，飞散在空气中。

女子对他的这一系列行为委实怪异，钟晴简直丈二和尚摸不着头脑。

“大小姐！”年轻婢女担心地喊了一声。

“别喊了，由她去吧。”年长的摇摇头，咕哝道，“怕是病得越来越重了。”

年轻的闻言，也不再多话，回过头恭敬地向众人施礼道：“见过诸位贵客，我家老爷吩咐奴婢们前来为各位整理卧房。奴婢名唤小蓉，那位是刘妈，在诸位入住石府期间，生活起居均由我二人服侍，各位有何吩咐的话，尽管差遣我二人去打理即可。”

“我们无需二位劳心服侍，你们收拾好卧房后便可离开，多谢。”连天瞳面无表情地朝她们点点头，迈步朝小楼里走去。

“啧，这姑娘的气派好大呀。”刘妈看着连天瞳的背影，暗自撇了撇嘴，对她话里明显的逐人之意颇为不满。

“刘妈！”小蓉瞪了她一眼，似在怪她失礼。

一路上都没听到钟晴的声音，他落在众人的最后，一反常态地闭紧了嘴，一边随着大家朝里走，一边盯着刚才被那位石府大小姐拉起来写字的手掌发愣，皱着眉头，看看天，又看看手，嘴里偶尔叽叽咕咕不知说些什么。

刃玲珑则紧跟在小蓉旁边，指着自己的耳朵，试探着问：“嗯，那个，你家大小姐她，她是不是这里有问题，听不见东西？！”

“听不见？”小蓉疑惑地反问，旋即说道，“回姑娘，我家大小姐跟常人无异啊，也没有任何残障之症。”

“那就怪了。”刃玲珑抓了抓头，“那为什么她从头到尾一句话都不说呢，我们都以为她又聋又哑呢。”

“咳，姑娘你有所不知。”走在另一边的刘妈看来是个多嘴之人，没等小蓉回答就抢先插嘴道，“大小姐她本来就是个沉默寡言之人，自从三年前她心仪的傅公子去世之后，她便再不说话了。请过大夫来瞧过，说是伤心过度，影响了内息心智，药吃过不少，却一点效也没有。这不，好端端一个姑娘，成了这个样子。”

“那她为什么对钟晴……”KEN回想起那位大小姐刚刚对钟晴的态度，百思不解。

“啊，我知道了我知道了！”钟晴的大喊大叫立即打断了前面的闲聊。

“你又怎么了？”刃玲珑掏着被钟晴的大嗓门震得发疼的耳朵眼，不满地白了他一眼。

钟晴把刃玲珑和KEN往后头拖，有意拉开了他们同小蓉和刘妈的距离，然后又神秘又兴奋又不解地压低声音，对他们两人说道：“刚才那个女人，在我手掌上写了一个字！”

“她在你手上写字？！”KEN的确是看到了刚才她在钟晴手掌上瞎划拉，但是他压根儿没有想到那是在写字。

“是吗？她给你写了什么啊？”刃玲珑不太相信的样子。

钟晴把手掌一翻，认真地说：“走！她在我掌心写了一个‘走’字。”

“走？！”

KEN跟刃玲珑同时睁圆了眼睛。

“你肯定？”根据钟晴的一贯表现，KEN有充分理由怀疑他说的每一个字，“你肯定那位大小姐不是乱画一气？”

“当然肯定！”钟晴又拍胸脯肯定，“中国字我还能不认识吗？我照着她刚刚写下的笔画连了连，分明就是一个走字！”

“哦？！”KEN顿时觉得事态变得复杂了，如果真如钟晴所说。

“怪了，平白无故地，为什么她要给你写那个呢？”刃玲珑还是半信半疑。

“废话，你问我我问谁呢？”

“呵呵，依我看，这个石府里的人，个个都很有意思呢。”

“……”

“你们几个，磨蹭什么，还不快快进来？！”

已经进了小楼的连天瞳见另外三个老半天都没有跟进来，只得又走了出来，站在小楼门口冷冷提醒着还在热烈讨论中的他们。

“啊，来了。”KEN赶紧应了一声，拉着其他两个朝小楼走去，“进去再说，这里头有点名堂。”

小楼的第一层就是一个大大的通间，陈设简单而不奢侈，桌椅家具都是硬实的红木打造，每一件上头都没有上过漆后应有的光泽，陈旧而呆板地立在房内的角角落落。呈Z字型的楼梯从左前方的墙边延伸直上，抬头便能见到几处大门紧闭的房间在上面一字排开，至于具体是什么光景，暂时无从知晓。

“哎哎，你知道不，刚刚那个大小姐，她……”钟晴一进去就奔到连天瞳身边，见小蓉跟刘妈在场，又忙压低声音在她耳边道，“她在我手心写了个‘走’字！你说她是不是在提示我们快些离开，这里有危险呢？”

连天瞳略一沉思，旋即无事般说了一句：“暂时不知她的意图。或许，那小姐对钟公子你别有意思也不一定。”

“嘁！胡说八道。”钟晴白了她一眼，颇觉无趣的他转过了头，却无意中发现一旁的小蓉和刘妈正盯着自己，窃窃私语。

“喂，你们两个盯着我嘀咕什么呢？我脸上有字啊！”钟晴最反感谁在自己背后偷偷说事，当下走上前质问道。

“公子请勿动怒，奴婢无意冒犯公子！”小蓉见钟晴脸色难看，慌忙赔礼解释，“奴婢们只是觉得，细看下，公子的模样，跟大小姐心仪的傅公子，颇为相似。”

“什么？什么傅公子？”钟晴不明白怎么又凭空钻出来一个傅公子，跟自己又有什么关系。

“那位大小姐以前的心上人。”KEN凑上前把刚刚刘妈说的话转述给钟晴听，末了还补充一句，“已经死了。”

钟晴忙呸呸地朝地上啐了几口，不满地咕哝：“好话不说，说我像个死人，真晦气！”

“大小姐一直珍藏着傅公子的肖像，奴婢曾看见过，眉眼间，跟公子的确相似。”小蓉惋惜地说，“唉，大小姐也真是个可怜人啊。”

“你们不是来给我们收拾房间的吗？”钟晴无意再听她们继续，皱着眉提醒。

“哦哦，奴婢马上就去。”小蓉即刻意识到自己的失职，马上应承着朝楼上走去，剩下刘妈在楼下打扫。

“啧啧，这地方有多久没人住过了？”钟晴扫视着四周，把食指在一张茶几上随手一擦，指头上立即沾上一层灰黑。

“公子莫要见怪。”正捏着一块抹布挨个擦椅子的刘妈赶紧过来，麻利地抹着钟晴刚刚碰过的茶几，说，“石府历来访客稀少，这客房也形同虚设了，这不，好些年没人住过了，难免尘灰处处。”

“刘妈，你在石府当差多久了？”连天瞳坐在了刚刚被刘妈擦干净的椅子上，随口问了一句。

刘妈停下手里的活计，掐指一数，道：“怎么着也得十年有多了吧。”

“呵呵，也不算短了。”连天瞳微微一笑，拉家常般继续道，“那，镇子上，或者说是石府内发生的桩桩命案，刘妈也是有所耳闻吧。”

一听这话，刘妈的脸立即变了颜色，紧张无比地四下看了看，小心翼翼地说：“姑娘千万不要乱说话，这事儿太邪性了。不过还好，凶手已经被老爷抓住了！”

“府上三夫人？！”连天瞳明知故问。

“姑娘如何得知？”刘妈惊奇地反问，“老爷严禁府内知情人士将这件事外露的。”

“我们本就是石老爷请来帮忙处理这件事的，否则他怎会邀我们在府内住下呢。”

“哦，难怪，原来各位是老爷请来的高人。”刘妈又仔细看了看面前气质超然从容镇定的连天瞳，对她的回答深信不疑，这才放下心来，悄声说道，“听说，老爷今天要烧死三夫人呢！”

连天瞳点点头：“我们知道。”

“咳，冤孽啊！”刘妈摇了摇头，眼角眉梢却是一抹挥之不去的鄙夷之情，“那个女人，打从她一进石府，石府上就接二连三地出事。你们不知道，在出命案之前，凡是给那个女人端茶递水，近身服侍的奴婢仆役，大都不约而同地生过一场大病，虽然没送掉性命，也折腾得够呛。”

“是吗？”连天瞳面不改色，“这倒是没听说过。”

“听你的语气，好像对三夫人很是不屑呢？！”一直旁听的钟晴轻易地捕捉到刘妈流露出的贬义表情，直言不讳地插嘴问道。

“唉，你们有所不知了。”刘妈的话匣子一打开，似乎再也收不住了，“像她那种出身青楼的女子，本来就是个不清不楚的主儿。说的是卖艺不卖身，可是，关上门，谁又知道背地里干了什么勾当？老爷最终肯把她接回府上，给了她正儿八经的名分，还不是看在她为石家诞下碧笙公子的分上？！从她进了石府，老爷嘴上不说，可是对她的宠爱确是大家看在眼里的，专门花了大钱把西院粉饰一新给她居住，还一有时间便在西院逗留。而且，从那以后，老爷对大夫人和大小姐的态度就更冷淡了，大夫人贤惠，不说什么，可我们这些在石府多年当差的老家伙却都在暗地里为她抱不平呢。”

“大夫人贤惠？三夫人红颜祸水？”钟晴想起阿禄对他的描述，那个三夫人也该是个可亲可敬的女子才对，怎么到了这个老婆子这儿，就成了狐狸精一样的人物了呢？！

“大夫人出身名门，娘家是京城里的显贵，当然是个知书识礼的娴雅女子，从不刻薄我们这些下人。”刘妈信誓旦旦，生怕钟晴不相信似的。

“但是，就我们所见，没觉得你家老爷有多宠爱三夫人呀。”刃玲珑抱着倾城坐在连天瞳身边，很是怀疑刘妈的话。

“哼，老天爷是长眼的！”刘妈竟有点幸灾乐祸，“半年前，老爷带着那女人跟小公子出游，遇到一个相士，那相士直言说小公子跟老爷没有父子缘。这事传到府内，大家私底下都在议论，以那女人的出身，这碧笙公子的来历，确也值得商榷呀。也不知是信了相士的话，还是大家的议论传到了老爷耳朵里，总之从那儿之后，老爷对她就大不如前了。”

“刘妈知道的事情果然不少啊。”连天瞳赞许般笑了一笑。

“嘿嘿，我平日在厨房帮忙，各房丫头仆从总要来烧个水找个食，有个什么事，也乐得互相说说，时间长了，许多事儿也就心里明白了。”刘妈对自己的“消息灵通”很有些引以为傲的优越感，继续道，“反正那女人来了之后就没一件好事，老婆子我也不怕把话说难听了，她真是个不要脸的狐狸精，害人不浅！烧死她权当是给安乐镇除害了！那种人……”

“天……天瞳姐姐……”

一声怯怯的童音，从大门外传来，打断了刘妈的喋喋不休。

连天瞳转过身，却见碧笙从门后探出头来，怯生生地探看着他们。

“咦，小鬼，你怎么过来了？”钟晴眼睛一瞪，走过去把碧笙带了进来。

这时，小蓉已经收拾妥当，从楼上走了下来，见到碧笙在这里，忙向他恭敬地一欠身：“奴婢见过小公子，不知小公子到此有何吩咐？”

碧笙咬着嘴唇，没说话。

“二位也收拾得差不多了吧？”连天瞳适时插话道，“那就不耽误二位的时间了，想必府内还有不少琐事需要你们劳心吧？”

“啊，是啊。楼上靠北墙的四间卧房奴婢已经打理干净，诸位随时可以入内休息。奴婢和刘妈这就下去为各位准备茶水，稍后再为大家送来。”小蓉点头，给众人施礼后，同刘妈一道退出了小楼。

“碧笙，你怎么知道我们在这儿啊？”连天瞳把碧笙抱起来，放到椅子上坐好，和颜悦色地问道。

碧笙嘟着小嘴，老实地说：“我听到爹要小蓉姐姐她们过来给客人收拾房间，所以就一路偷跟着过来了。”

“这样啊，呵呵，找姐姐有事？”连天瞳爱怜地拍拍碧笙的头。

“唔……”碧笙点点头，马上又摇摇头，小家伙一副欲言又止的样子。

连天瞳一眼便看穿了他的心事，笑道：“碧笙是在担心我们有没有去救你娘吧。”

碧笙垂下头，小脸委屈得让人心疼。

“放心啦，我们已经说服你爹不烧死你娘了！”这小鬼的模样让钟晴也忍不住弯下腰来，好言安慰道，“你托付我们办的事，我们一定会好好完成的。你娘肯定会好好地回到你身边的！我们大人是绝对不骗小孩子的！”

“真的？！”碧笙抬起脸，黑葡萄一样的大眼睛不敢确定地忽闪着。

“我们拉勾！”钟晴伸出小指头，他觉得小孩子最信的就是这个。

“嗯！”碧笙果然吃这一套，忙不迭地把自己粉嫩的指头跟钟晴勾在一起，生怕他反悔一般。

连天瞳把碧笙脖子上歪戴着的长命锁拨正，看着银锁上头已经发黑的边缘，笑了笑：“碧笙乖，你先回去，剩下的事情交给姐姐哥哥去办就好。你只管等好消息就行。”

“好！”碧笙使劲点点头，从椅子上跳了下来，抓着连天瞳跟钟晴的手，希望满满地说，“碧笙知道，你们一定可以救我娘！”

说罢，小家伙一溜烟跑出了小楼，脚步轻快了许多。

“唉，小孩子，真是好哄。”钟晴看着碧笙的背影，叹了口气，“如果他亲娘真如那八卦的老婆子所说，我还真不知道要怎么办。”

“你都说那老婆子是八卦了，她口里的话又怎么能全信。”KEN拍拍钟晴的肩膀。

“我们一定要找出唯一的事实。”钟晴看着这座小楼，严肃又有点恼怒地说，“这里的人各执一词，是非真假，现在根本无法下定论，真是一点头绪都没有。”

“会有的。”连天瞳看了钟晴一眼。

“唉，真是复杂！我那一千年的时差都还没调过来呢，就要处理这么麻烦的案件！”钟晴用力甩了甩头，抱怨道，旋即他又突然想起一件事，看定连天瞳问道，“刚才在石牢里问过你，你怎么知道这家死去的二夫人的名字的，你还没回答我呢！”

连天瞳嘴角一扬，只笑不语。

见她仍是不肯说实话，钟晴更加糊涂，急急地说：“你倒是说句话呀！”

“你就别问了，反正你只要知道我师父很厉害就行！”刃玲珑拨弄着倾城的耳朵，嘻嘻笑着，“她可是会一些一般人不会的本事呢。”

“看得出来。”KEN毫不怀疑刃玲珑的话，貌似他自己早就这么想了。

“喊，我还会一般人不会的本事呢。”钟晴拔脚朝楼梯那边走去，边走边愤愤说着，“最烦跟你们这些说话说半截藏半截的人沟通了，累死了，我先去找地方好好睡一觉，吃饭的时候记得叫我！等睡足吃饱再来盘问你们这些自认‘高深莫测’的人！哼！”

“嗯嗯，快去睡吧。睡饱了再说。”KEN苦笑着对钟晴摆摆手，巴不得他早点去见周公。

可能跟季节有关，没在小楼里待上多久，黑夜便不可阻止地来临了。

众人的晚饭是由小蓉和刘妈亲自送过来的，小蓉说石老爷本来要设宴亲自款待，但是他因临时有了急事，吩咐她们几个好好招呼贵客后便匆匆离府而去。

睡了一下午的钟晴在饱餐了一桌可口的美味后，顿觉精神饱满，烦躁的情绪也消退了不少。

“老爷吩咐奴婢和刘妈在此通宵留守，诸位若有任何要求，只管遣奴婢们去做就是。”一直恭敬地站在饭桌前，守着他们一众人吃完晚餐的小蓉开口说道。

“不用了吧，这大冷天的，我们不需要你们伺候的！”钟晴擦着嘴，随口说着，也算是一片好意。

“公子请不要推脱，老爷的吩咐奴婢不敢违抗。若被老爷知道我们怠慢了贵客，必会受一顿重罚的！”小蓉为难且坚决地拒绝了钟晴的好意。

“石老爷盛情，却之不恭。”连天瞳站起身，不再推辞，“不知两位要在哪里就寝呢？二楼上应该还有空余的房间吧。”

“哦，姑娘言重了，奴婢两人就在楼下过夜即可。楼上的房间是专为宾客准备的，奴婢岂能随便使用。”小蓉赶紧摆手。

“嗯，那就随二位的意思了。”连天瞳也不再多说，走过去用刘妈取来的热水洗了手脸，便转身朝楼上走去。

见天色已经不早，其他几个人也一一放下碗筷，闲聊着往楼上的房间而去。

楼上有八个房间，朝北四间，朝南四间。小蓉数着人头办事，只收拾了朝北的四间房出来。

本该一人一间房，可刃玲珑不愿意自己一个单住，说闷得慌，硬是跟连天瞳挤在一个房里。

时间一分一秒地过去，起初还能隐约听到楼下传来小蓉她们的匆忙脚步声，还有杯碗盘盏碰撞的脆响，后来就渐渐什么也听不到了，整座楼安静异常。

已经睡饱了的钟晴躺在松软的床铺上，翻来覆去，却无论如何也睡不着了，还没消化的食物在胃里跑来跑去，很是不舒服，于是一股脑爬了起来，左看右看，百无聊赖下，他索性穿好衣裳跑到隔壁房间，找KEN聊天去了。

这时，KEN也尚未就寝，和衣坐在桌前，一手撑着下巴，盯着已经燃了一半的蜡烛发呆。

一阵敲门声把他从冥思中惊醒，上前开了门，见来人是钟晴，他呵呵一笑，道：“白天睡够了，现在长夜难眠了吧。”

“算你说中了，还好你没睡，否则我无聊死了。”钟晴闪身进了他的房间，一屁股坐到桌前，给自己倒了一杯茶，咕嘟咕嘟喝了下去。

“你这个人啊，我都不知道怎么说你才好了。”KEN掩上门，无奈地坐到了钟晴的身边，“跟你妈妈一样任性。”

“对了！”钟晴把杯子朝桌子上重重一搁，像是揪住了他的小辫子一样盘问道，“说了那么久要好好审审你的，现在总算是有时间了！在幽灵船上，苏雅维娜那个老妖婆说两百年前你该娶她，这到底是怎么回事？你究竟是什么来头？还有，听你的语气，你跟我老妈很熟吗？”

KEN痛苦地一拍脑袋，立即为随便放钟晴这个问题儿童进房间而后悔。

“说啊，虽然咱们多年前有那么一点点交情，但是我绝对不会跟一个来历不明的人有瓜葛，反正你我这会儿都闲来无事，夜深人静也不怕有人偷听，你赶紧坦白交代了吧！”钟晴不依不饶，穷追不舍。

“你妈妈姓什么？”被钟晴磨得没办法的KEN开口反问了他一个问题。

“任，任何的任。”钟晴脱口而出。

KEN一笑，道：“任？！呵呵，你妈妈的确姓这个，但是不是任何的‘任’，是刀刃的‘刃’，跟我，还有玲珑，是一样的。刃珞秋，才是你妈妈的真名。”

“这个……这个……这个是什么意思？”钟晴抓着头，想到了一点什么，却又像是一头雾水，什么也想不透。

“你一定觉得‘刃’这个姓氏很奇怪吧。”KEN的笑容渐渐淡去，“‘刃’不光是我们的姓氏，也是我们整个族的名称。”

“族？”钟晴的头发几乎被他自己抓成了乱鸡窝。

“在世界上存在的，除了人类和各种动物，还有神，有妖怪，以及鬼魂，大家都以自己的方式在属于自己的空间里生活着，大多数时间互不相扰。在宇宙混沌之初，女娲神在东方造出了人类，同样，在这混沌的另一头，以奥丁神为首的亚萨神族也在行使着创世之举。现在你我见到的这个完整世界，基本上就是这么来的。”说这些的时候，KEN的神色很严肃。

“你在跟我讲神话故事呢？”钟晴听得直发愣。

“你不是吵着闹着要打听我的来历吗。刚才说的这些，只是要你了解一下大背景！”KEN眉毛一扬，继续说道，“亚萨神族生活在北欧，但是除了他们这一支，还有一支华纳神族，这两派，为了争论谁才是该被人类顶礼膜拜的神而大打出手，战争持续了很久才告结束。这些都是有史书记载的。但是，史书上却没有记载同样生活在那里的另一支神族——刃。”

“刃?！你，你的……族?”钟晴觉得他的话简直匪夷所思，一个好端端的人类，怎么就平白无故扯到北欧神族上去了?

“是的。”KEN点头，“刃族的创造者，据说同时兼有东方和西方的血统，所以刃族的成员都是像我这个样子，金色头发，东方人的面孔，生生世世也不会改变的印记。刃族厌弃战争，我们的祖先，终年生活在挪威海上的某个隐秘小岛上，后来，一些族人们渐渐走到了世界上的各个角落，像普通人一样生活，只不过，他们要随时行使自己身为刃族一员的使命。”

钟晴吞了吞口水，又给自己倒了一杯水：“什么使命？”

“收留那些被各种家族判定为劣等品而遭遗弃的弃儿们。”KEN的口气有些沉重，“比方说有恐高症的鸟精，不喜欢鲜血喜欢鲜奶的吸血鬼，不会游泳的鱼妖，包括那些因为成绩不好而被父母打出家门的人类孩子，等等等等，给他们我们力所能及的帮助。”

“噗！”钟晴一口茶水全喷了出来，他擦擦嘴，说，“哈，照你这么说，你们那个族不就跟天使一样的吗?”

“可以这么说。”KEN非常诚恳地承认了。

“喊，你说你们族的成员都是金头发，可是我老妈可是黑头发，还有你妹妹，不也是黑头发吗?”钟晴抓住这最明显的一点来置疑KEN，以少有的严肃之气警告道，“你要知道，我最讨厌被骗。我不管你是什么出身，哪怕是只苍蝇变的，只有你没什么坏心眼，我照样拿你当朋友。不要编什么自己是神这样的话来抬高身价糊弄人！”

“呵呵，你妈妈每次去购物，是不是总少不了买染发剂啊?”KEN不以为然地笑了，冒了一个看似无关的怪问题。

“哎?这个……”钟晴一愣，不说还不觉得，经他这一提醒，他到想起了每次陪她上街买东西，各种牌子的染发剂总是她必买的。

原来，她不是为了显年轻，而是为了遮掩那一头灿烂的金发?！

“那，那你妹妹呢?别告诉我她也染发！”

“玲珑与我并无血缘关系，她只是一只天生不会游泳的鱼妖，两百年前我收留了她，之后她一直留在我身边，我给了她这个姓氏，对外便以兄妹相称。”

钟晴瞠目结舌。

“以你妈妈的性格，她必会私底下跟你炫耀她有神族血统吧。”KEN抿嘴一笑。

“是，我很小的时候，她就跟我说过。”钟晴呆呆地点点头，“但是我一直半信半疑。她像巫婆多过于神仙，叫我怎么信她。”

“哈哈，你可以把她想作神仙里的巫婆。”KEN像是回忆起什么让人高兴的事一样，朗声大笑。

“可是，为什么我老妈从来没有提起你跟我说的这些呢？”钟晴还是有许多地方想不通，“还有那个苏雅维娜，你们之间到底有什么过节？！”

KEN耸耸肩，拿过剩下一半水的茶壶，往自己杯子里倒，说：“算啦，那些都是陈芝麻烂谷子的事情了，说了也是浪费口水。总之你知道我跟你说的这些就足够了。”

“我得好好消化消化你跟我说的这些。”钟晴走到窗前，推开窗户，扑面而来的冷风让他一个激灵，有些混乱的脑子清醒了不少，他喃喃道，“没想到，真没想到，我身边的人居然是神？！真是见鬼了！”

“神跟人没有什么区别，尤其是常年跟人类生活在一起的神，他们几乎被你们同化了。不要把我们想得那么不可思议，除了拥有一些你们没有的能力，其余几乎都是相同的。话说回来，你我也算半个同族呢。”KEN听到钟晴的嘀咕，提高声音对他说着。

钟晴撇撇嘴，他对当神仙一点兴趣也没有，做一个人类已经够有意思了。

关上了窗户坐回到KEN身边，他把剩下的茶水一饮而尽，满意地捶了KEN一拳，说：“算我信你了。难得你肯这么爽快地跟我说这么多我不知道的事情。你是神也好鬼也好，算是我钟晴的哥们儿啦！”

KEN正要说话，冷不丁从外头传来了一声女子的惊叫，然后就是家具翻倒的声音，像是从楼下传来的。

两人聊到现在，外头已是更深露重，这大半夜的，怎么会有如此大的动静？！

钟晴和KEN没有任何犹豫，齐齐站起来冲到门口，拉开门飞一般地扑了出去。

刚一冲到走廊上，两人就看到连天瞳跟刃玲珑也从房间里冲了出来。

与此同时，钟晴一连打了N个喷嚏。

“鬼……妖气……”钟晴边跑边揉着鼻子。

听他这么说，KEN也条件反射般动了动自己的鼻子，尽管他什么也闻不到，却依然锁紧了眉头。

没猜错的话，那即将暴露于眼前的“妖气”散播者，正是那捣乱石府害人性命的罪魁祸首。

在场的所有人应该都是这么想的。

一众人刚刚冲出走廊，还没来得及下楼，便居高临下看到了一幕令人瞠目的情景。

楼下，似是穿梭着一股强风，虽然外有灯罩遮挡，但各处灯盏里的火焰仍然止不住地东摇西晃，一看就知道它们正处于即将熄灭的危险边缘。

影影绰绰间，只见小蓉横倒在离楼梯不远的地上，声息全无生死不知。而跟她在一

起的刘妈，情况就更糟糕了。

这个老婆子不知道被什么力量给牵制住，躺倒在地站不起来不说，还被强行拖着朝门口而去，一路上撞翻了所有挡着去路的桌椅家具，想必撞在硬木上的滋味不好受，刘妈挥舞着一只手臂想护住自己的脑袋，却又马上缩回去在自己的脖子上乱抓一通，脸上那种惊恐而痛苦的表情像极了一个正受绞刑之苦的死囚，她拼命地蹬着脚，脚上的布鞋也只剩下了一只，完全是垂死挣扎之态。

“猖狂妖孽！敢当着我的面害人？！”钟晴见状，骂了一声，没多想，看了看楼上到楼下的高度，吸了口气，眼一闭，翻身便从上面跳了下去。

“嗵！”

安全着陆，就是脚底阵阵发麻。

钟晴这辈子就没有从超过三米的地方跳下来过，要不是眼看着刘妈就要被拖出小楼，打死他也不会选择走楼梯以外的下楼方法。

“妖孽，休想在你爷爷面前行凶！”

落地后的钟晴，没作任何多余的动作，刷一下朝前扑了过去，一把抓住了刘妈的腿，使尽一身力气将她往回拉。

这时，他才发现刘妈虽然是被“拖”着前行，然而她的身体并没有沾地，从头到脚都浮在离地面一拳高的地方。

钟晴的力气很大，但对方的力气也不小，一个一心往内拉，一个狠命朝外拖，一时间谁也压制不了谁，作为被抢夺物的刘妈，不知是被吓晕了还是被伤痛折腾过头了，已经失去了知觉，枯槁的双手僵硬且无力地耷拉着，只随着两方争夺者的力度或轻或重地颤动。

“这小子什么时候变这么英勇了？！”还站在楼上来不及作出反应的KEN感叹了一声，马上从上面跳了下来前去支援钟晴。

“这家伙的力气好大！”钟晴憋得额头上青筋爆出，“赶紧过来帮忙！”

“来了来了！”KEN冲上来，伸出大手拽住了刘妈。

情急之下，别的没想到，钟晴和KEN都只是模模糊糊地觉得刘妈一旦被拖出这个小楼，必死无疑。

有了KEN的援手，钟晴顿觉轻松不少，合两人之力，尽管那股对立的力量仍不肯放手，而刘妈已经被他们渐渐拉了过来。

“拿着。”一直站在楼上冷冷观望的连天瞳从袖间抽出了一根细细的红线，拉开，将另一头递到了刃玲珑手里。

“要封住它？！”刃玲珑的眼神兴奋不已。

“只需封住大门，它就出不去了。”连天瞳将红线的一头捏在指间，“准备好了？！”

“嗯！”刃玲珑狠狠点头。

话毕，就见她两人足尖一点地，身子即刻轻飘飘地跃起，保持着绝对的平行，一左一右牵着那条展开的红线，同时从楼上飞了出去。

对，不是像钟晴他们那样“跳”下来，而是“飞”出去，一如最最敏捷轻盈的鸟儿一般。

当地上的钟晴突然意识到头顶上有一蓝一绿两个影子掠过时，他猛一抬头，在看清了头上飞过的是两个人以后，他的第一反应就是自己眼花，尤其是在看清楚飞过的人是连天瞳跟刃玲珑后，他更是认定自己出现幻觉了。

那种衣带飘飘仙女飞天似的姿态，实在没法让一个笃信地心引力的正常人相信自己所见到的是如假包换的真人秀。

钟晴几乎看得呆了。

与此同时，连天瞳和刃玲珑已经飞到了大门前，连天瞳使了个眼色，刃玲珑立即会意，两人举起手中的红线，略一闭目，口里念念有词，只见一道如水波般润亮的光泽从两人手里延出，自两端迅速汇集到红线的中心点，耀出红白相间的柔光。

见状，她们两人手指一动，将红线摁在了大门的左右两旁。

一挨到大门，红线的光芒便开始渐渐削弱，不是消失，倒像是全部注入了那些坚实的木料里一样。

光芒散尽之后，只见那红线笔直地横在大门上方，而两头，竟然深深没入了暗红色的门框里。

做妥这一切后，连天瞳和刃玲珑才翩然从上面落了下来。

这两个女人，不过来帮忙，在那里飞来飞去到底做些什么？！

“喂！你发什么呆呢？！别松手啊！”

一直没松劲的KEN冲钟晴吼道，刚刚他只顾着全神贯注跟对方抢人了，完全没留心在自己头顶上发生的奇景。

可是几个回合下来，他觉得单拼力气的话，他和钟晴两个联手也未必胜出。

钟晴短暂的失神立刻被KEN吼了回来，他忙重新抓紧了刘妈，但是心头却又意识到老这么“拔河”也不是个办法，必须把刘妈跟那个看不见的敌人彻底分开才是。

可是要怎么“分”才对呢？

用法术来攻击，只怕自己撤手念咒语摆招式的当口，凶手已经把刘妈连同KEN一起

拖走了。

既然暂时想不出有效的方法而情势又如此危急，钟晴灵机一动，腾出一只手伸到衣领里头，摸索一番，把已经被体温捂得热烘烘的护身符拽了出来。

大凡作恶多端的鬼魂，都会惧怕鬼王钟馗吧？！

钟晴心想，就算不能立竿见影即时灭掉它，至少也能起个威吓的作用让对方放开刘妈吧？就看老祖宗肯不肯赏脸帮帮自己了。

握住护身符用力扯下来，再把它朝着刘妈头部正对的方向赫然一亮，钟晴大喝一声："孽障，看见你钟馗爷爷还不投降？！"

刚一摆出这个架势，就见这方小小的牛骨牌子如通了灵气一般抖动起来，一道夺人眼目的凌厉红光如出鞘之剑，嗖一下从护身符里射出，眨眼便从刘妈头上的空气里一穿而过。

"啊！"一声凄厉的惨叫从空气里爆发而出。

KEN和钟晴突然觉得手下一轻，然后就是无法抗拒的惯性，两个人扑通一声朝后仰去，而昏迷不醒的刘妈则重重砸在了他们身上。

"哎哟！"

"我的妈哟！"

刘妈虽然只是个矮矮的老婆子，奈何身量偏胖，这上百斤的重量还是让毫无准备的KEN和钟晴被砸得横七竖八金星乱冒。

他们两个完全没有料到对方会突然撒手。

搬开刘妈压在自己胸口上的大脚，钟晴还没来得及站起来，就感到一股类似在最寒冷的天气才会出现的刺骨气流从眼皮子下一刮而过，在自己的脸皮上留下了一抹刺痛的感觉，火辣辣的，像被动物的利爪抓过了一般。他伸手一摸，湿湿黏黏热热的，再看自己的手，一片殷红的血迹。

"啊！我的脸流血啦！"钟晴噌一下从地上弹了起来，以最高分贝大叫。

见钟晴的右脸上全是血，KEN慌忙从地上爬起来，凑上前仔细一看，松了口气，拍拍他安慰道："别急别急，好像只是三道……嗯……很浅很浅的抓痕，皮外伤而已！"

说是这么说，可明眼人都看得出来，虽然是皮外伤，但是绝对不是"很浅很浅"的那种。

刃玲珑见他们这边出了状况，急忙从大门那边跑了过来。

"你们怎么样？没事吧？"

见钟晴捂着脸，血珠不断从他紧闭的指间渗出来，刃玲珑瞪大眼问道。

“妈的，毁容算不算有事啊？”钟晴跺着脚气愤地回应，“是什么王八蛋鬼怪，居然偷袭我！给我滚出来！我知道你还在这房间里！”

“好像没动静了。”KEN四下看了看，刘妈昏死在一边，小蓉也一动不动躺在原地，房间里一切正常。

“那个东西还在。”刃玲珑骨碌碌转着大眼睛，小声但笃定地说。

一直守在门口的连天瞳一步也没有离开，澄亮的眼眸警惕地扫视着房间里的每一个角落。

“藏起来不敢露头了？！”见等了许久也没有风吹草动，钟晴怒了，又打了个响亮的喷嚏，愤然扔下了狠话，“混蛋，不把你揪出来我钟字倒着写！”

“你……”

见钟晴神色不对，KEN还没来得及问他想干什么，就见钟晴已经开始捏诀念咒，一团赤红色的光球在他手掌中变幻延展。

急怒攻心的钟晴不打算给这个伤他的敌人任何存活的机会，要一次解决战斗，直接用钟馗剑是最佳方法，反正现在不是在幽灵船上了，不需要再顾忌什么时间迷宫。

看到从钟晴手中凭空生出的那把光彩攫人的红色利剑，刃玲珑脸上出现了一抹无法用语言来形容的神色，有惊讶，有赞叹，还有一丝猜不透的深邃。她回头看了看连天瞳，张口想说什么，却马上又闭紧了嘴唇。

连天瞳当然也清清楚楚地看到了钟晴自己“制造”出的武器，那把威风凛凛杀气十足的利刃，引得她不得不将全部的注意力加诸其上，想挪开都不容易。

当然，连天瞳对钟馗剑失了神一般的关注只是短短一刹那而已，她很快便恢复了常态，若无其事地继续打量四周，在场的人谁也没有留意到她短暂的表情变化。

“我看你能躲到哪儿去！”

钟晴顾不得脸上伤口的阵阵疼痛，举着钟馗剑，假设着敌人所在的方向，四面八方地劈了过去，数道半月形的亮红剑气前赴后继凶猛无匹地朝屋内各个角落扑去，凛冽而锋利。

这样大面积地撒网，钟晴不信伤不到那只畜生。

果不其然，十几剑下去，伴随着一声突然迸发而出的尖叫，摆在南墙下头一只木柜上的唐三彩骆驼应声落在了地上，摔得粉碎。

木柜上的位置非常足够，若不是有人故意或无意的触碰，那只名贵的骆驼是不会无无缘无故掉下来的。

“嘿嘿，原来躲在那边。”

钟晴握紧了剑柄，快步朝柜子那方走去。

“你小心一点！”KEN跟了上去，大声提醒。

话音刚落，他跟钟晴同时感到一阵冰凉的气流朝自己冲了过来，跟刚才一模一样。

“趴下！”

前车之鉴，钟晴慌忙跳后一步，按住KEN肩膀，就地一滚，避开了从虚空中杀来的又一次无形攻击。

虽然是无形，但是钟晴他们明显感到头顶上一凉，像有什么东西擦着飞了过去一般，而KEN的耳廓也在这时被拉开了一道不算厉害的血口子。

钟晴跳起来，反手又是一剑。

剑气过后，朝着大门方向摆着的木椅轰然倒向了一边。

一团约一人高的模糊灰色影子在木椅倒地的同时，突然出现在众人眼里，在又撞翻了数张椅子之后，那灰影子直朝大门处扑了过去。

“喂！你快闪开呀！”

见连天瞳一点避让的意思都没有，钟晴急了，一边叫着一边朝她那边冲去。

但是，他的担心似乎多余了。

迎接那个影子的，是无数朵闪耀着炽热光芒的金色火花，很像我们平时所见到的有不明物体触碰到高压线引发短路时的状况。

火花飞溅中，灰色的影子好像被粘在大门上了一般，触电似的乱抖一气，而一阵足以刺穿人耳膜的撕心裂肺的惨叫从灰色影子的身上迸发而出，尖锐得似要穿透任何一件物体。

而那一道事先被连天瞳她们埋在门下的红线，在火花之中岿然不动，细细的线上光波流动，细看才发现那每一朵灼人的火花都是从这道线上蹦跃而出的。

看来，粘住灰影子的功臣，正是这条不打眼的线。

站在距大门不到十步之遥的钟晴正云里雾里地傻看着，一波热乎乎的气流扑面而来，他倒抽一口冷气，慌忙闪到一旁。一个裹着火焰的物体咻一下从大门上弹开了去，重重落到了他刚刚站过的位置上。

好险，还好躲得快，否则不只破相，有可能还变烧猪呢。

钟晴拍着胸口，心有余悸地看着倒在地上的不明物体，或者说是那个快被烧熟了的灰影子。

不看还好，越看，钟晴的眼睛瞪得越大。

“不明物体”上面的火焰渐渐灭了，可是看上去它并不像是一件刚刚被烧过的东西，不黑也不焦，还是灰灰的一团，在地上蠕动着。

余烟袅袅中，这个玩意儿的形态渐渐起了变化。从最先的模糊不清缓缓朝某一种具体的形状过渡。

包括连天瞳在内，众人小心翼翼地围了上来，目不转睛地盯着地上还在不断变化着的物体。

“这个是什么玩意儿啊？”钟晴用剑指着地上，“我好像还没见过这种类型的邪物呢，还会变形？！”

“的确有些诡异呢，你们看，它好像……”KEN指着脚下，仔细端详一番后，继续道，“好像变成了人类的形状，还像个女人。”

“女人？！”同样注意到这点的连天瞳柳眉一皱，自言自语般说了句，“怎么是女人？！”

丝丝烟雾越升越高，也越来越薄，彻底散尽时，地上的“物体”也终于脱离了最初的模样。

的确是个人，的确是个女人。

黑色的头发很长，披散开来可以严严实实地遮住那张朝下的脸孔，也遮住了大半个赤裸在外的雪白背脊；娇小纤弱的身躯和四肢，极其一致地狠狠蜷缩着，像极了一只染了重病，却被迫在严寒之夜露宿街头的弃猫，气若游丝，任人宰割。

这般惨兮兮的出场，令到在场的每个人都认定脚下这只女妖灵大势已去，钟晴更是早早在心里给“她”贴上了“无害”的大标签，定了定神，把钟馗剑也收了回去，省得再为一个已经要死不活的敌人白白耗费灵力。

“啧啧，光着身子就跑出来害人。”刃玲珑第一个打破沉默，对那赤身裸体的女妖灵翻了个白眼，又故意对一旁的两位男士咳嗽了两声，“嗯，非礼勿视！”

KEN瞪了刃玲珑一眼，摸了摸自己耳朵上的小伤口，不太肯定地说：“害了那么多人的就是她？！感觉上并不是一只多厉害的邪物啊。”

“不厉害？被伤到的不是你你当然说不厉害了，刚才要不是我及时把你摁下来，你早当了独耳怪了！”钟晴跳起来一边指着自己的脸一边指着KEN的耳朵大声说，末了又瞟了地上的女妖灵一眼，咬牙切齿道，“先审问清楚再灭了这只害人精！我要亲自动手！”

连天瞳一直沉默不语，冷冷地俯视着一动不动的“她”，眼神里的锐利几乎要穿透“她”的身体。

“现在怎么做？是不是该先找个什么东西把这只鬼关起来？”见大家都只顾着嘴上

说说，没人采取下一步行动，KEN转过头，征询着连天瞳的意见。

“不必。”连天瞳摇摇头，走前一步，蹲下来，更仔细地审视着横卧在眼前的“她”，略一思索，将左手朝“她”的头部伸去，似是要拂开“她”的长发一窥其面容。

“等等！别动！”钟晴见连天瞳有所动作，突然大声制止，而后蹿到她身边一把拽住她的手腕，话没说完就先打了个喷嚏，然后没好气地提醒道，“你最好离这只鬼远一点！等我先去把冻鬼符画好，把这家伙彻底制住你再来研究！”

“你又要画符？”KEN苦笑一下，“现在怕是没那个必要吧？”

“鬼魂之事，你这个半调子神仙懂什么？！阿……嚏！”钟晴又打了个响亮的喷嚏，放开连天瞳的手，把KEN的话毫不客气地顶了回去。

阻止连天瞳，是因为钟晴的心里刚刚闪过了一个不好的念头，事情有些不对劲。

为什么弥漫在四周的妖气越来越重？！

妖气之于邪物，如同人气之于人类一样，当一个人生病或者受伤，他身体的气场会随之产生不同程度的弱化，人们常常说某某气色差，其实就是这种现象的最普通体现。

邪物也是相同的，如果受到严重的攻击，它们的气也会有变化。所以，从女妖灵被击伤的程度来看，照理说“她”的妖气该越来越弱才是，刚才掏出护身符逼其松手的时候，钟晴明明感觉到那股“骚扰”自己鼻子的妖气猛然降低了，可就在一分钟前，连天瞳蹲下去的那一刹那，已经接近消失的妖气却突然又冒了出来，浓烈程度甚至远超之前。

如果他万用万灵的鼻子没有问题，那便说明他们的攻击对女妖灵并没有任何损伤，如果女妖灵并没有受伤，那她为什么缩在地上动也不动，一副濒临消亡的可怜样子？！

除非……这女妖灵“诈死”？！

钟晴越想越不对头。

“你们谁都别碰它！”钟晴把连天瞳往后拽了拽，要她退远一些，同时也警告KEN跟刃玲珑不要靠近。

连天瞳看了他一眼，仍旧保持着原来的姿势，一点也没有后退的打算。

“你要干吗呀？”刃玲珑似乎并没有把钟晴的话当成一回事，走前一步问道。

钟晴见自己的警告没有起到任何作用，心里一阵恼怒，本想冲这两个不识好人心的女人发作，到底还是忍了下来，只用力咬了咬牙，然后扭过头不再跟她们多说。

尽管连天瞳这个女人总是一副百毒不侵的镇定模样，尽管她能带着刃玲珑在空中飞来飞去，尽管她还会施法对付邪物，尽管他根本不了解这个女人究竟隐藏着多少不为人知的本事，可一旦说到伏鬼诛邪，钟晴始终认定他们钟家才是王道，要彻底制服这只古怪的女妖灵，还是得要他出手才行。

摊开左手手掌，钟晴刚要把右手食指放进嘴里，却眼珠一转，转而把手指在脸上的伤口处轻轻蹭了一下，尚未凝固的鲜血马上沾满了他的指尖。

钟晴眉毛一扬，立即动手在掌上认真地画起他需要的符咒来，边画边想受伤虽说倒霉，却也能带来一点点好处，至少画符时不用再忍痛自己咬自己一口，就地取材倒也方便。

所谓冻鬼符，也并不是什么必杀的绝招，它只不过是把邪物的灵力暂时封住，好比人类玩的点穴功夫一样，伤不到对方，却能让它无法动用任何灵力来攻击别人。

这种符对付单只的邪物很是有效，只要将符打进邪物的天灵盖，在符咒的作用消失之前，要杀要剐就随你高兴了。

不过，根据施符之人本身灵能的高低，画出的冻鬼符效力也有长有短，在察觉到事情有异时，钟晴顾不得找出原因，也没想过自己的符能“冻”住它多久，反正先把它弄到没有还手之力最保险，至于那几个懵然不觉的家伙，把女妖灵“冻”好了再去解释吧。

冻鬼符不复杂，画起来很容易，钟晴两三下便顺利完成，同时他亦百分之百确定这回绝对没有画错。

举起手掌，不顾从旁投来的几束疑惑的目光，钟晴集中精神，微闭双目念出一串咒语，紧接着将全身力道汇于掌心，睁眼大喝一声，一掌朝女妖灵的头顶击去。

“啪”一声脆响，坚硬冰凉的地面把钟晴的手掌撞得痛麻难忍，怪只怪他下力太猛，掌骨几乎都快断掉。

钟晴痛得眼泪鼻涕齐上阵，正要扯嗓子叫痛，却突然愣住了。

怎么会一掌劈在地上?!

看着“陷”在女妖灵的头里，只露出手腕以上部分的左臂，钟晴糊涂了。

邪物通常是以“无形”的方式存在，普通人与其接触就如同跟空气打交道一样。但是在某些情况下，它们的存在方式会有所改变。

比如它们一旦被带有灵力的符咒击中的话，会在那一瞬间从“无形”化做“有形”。

钟晴手掌上画着极其“新鲜”的冻鬼符，这一掌下去本该是击在一个有形的“身体”上，也就是说该真真实实触碰到女妖灵的头部才对。

但是，他的手却意外地扑了个空，穿过了一片货真价实的空气而已。

钟晴的手还没来得及从女妖灵的头里收回来，却猛地发现手下的女妖灵突然变了模样，好好的头颅刷一下缩进了肩膀里，整个躯体如同被拉伸揉捏的橡皮泥一样令人咋舌地变化着。

“哇！装异形啊！”钟晴触电了一样赶忙把手提了起来，本想跳起来闪到一边，可是动作太大失了重心，一屁股坐在了地上。

不待他反应过来，顿见面前的“橡皮泥”里猛然蹿出了一个女人的头颅，长而黑的头发拖曳在后，一张五官精致的娇媚脸孔无遮无掩地暴露在钟晴和连天瞳的正对面。

一个完全陌生的“女人”。

眉目若画，唇红齿白，娇嫩的两颊还极自然地晕开两朵恰到好处的酡红，一只邪物的面容，却比活人更生动。

而恰恰就是这一点，让观者心里阵阵发毛，若它是面色青灰双眼翻白的“常见”造型还能让人接受一些，偏偏在这个美丽若此的头颅下面，并非一个完整的身体，仅仅是一摊分不出形状看不出质地的泥状物。

如此诡异的组合，看得在场的所有人都失了神。

离女妖灵最近的钟晴和连天瞳不约而同地屏住了呼吸，两个人的目光与面前那一对顾盼生姿的丹凤眼紧紧纠结在了一起，人与鬼之间的气氛紧张压抑到了极致。

早早逃到了KEN背后的刃玲珑张大了嘴，拽住KEN手臂的双手已经浸出了冷汗，连喊一声小心的力气都没有了。

KEN挡在刃玲珑身前，心下虽也紧张，却不敢轻举妄动。

钟晴他们两个，跟女妖灵靠得实在太近了，怕是两尺距离都没有。

那双美目，盈盈转动，在钟晴和连天瞳脸上来回游移，认真的程度不亚于一个资深的考古学家在探究一件无比稀奇的出土文物，还有那双琥珀色的眸子，里头总是渗着一丝难辨因由的浅浅笑意。

钟晴的脊背越来越凉，他只觉得多被这个“美人”看一眼，自己身上的鸡皮疙瘩就多一层。

“你……别……乱……动……有……我……呢……”钟晴把眼珠子转向连天瞳那方，从牙缝里挤出几个字，而后悄悄地松开了攥成了拳头的左手，冻鬼符还在，还可以瞅准机会再来一次。

连天瞳没搭腔，只怔怔地盯着女妖灵的眼睛，皱紧了眉头。

钟晴拼命忍住了想打喷嚏的冲动，将目光移到女妖灵头顶上，深吸了一口气，准备一击即中。

然而，他的手臂刚刚一动，那女妖灵突然变了脸色，将头颅猛然朝前一蹿，微闭的嘴巴也突然张大，直冲着离“她”最近的连天瞳而去。

“她”嘴里的，哪里像人的牙齿，分明是两排比猛兽还要锐利万分的利齿，森森的白光让人胆寒。

如果被这样的牙齿咬上一口，怕是半张脸都没了吧？！

千钧一发之际，钟晴不假思索地斜过身去挡在了貌似还在神游太虚的连天瞳面前，右手本能地挡在自己面前，同时火速伸出左手，在女妖灵的利齿重重嵌入他右臂的同时，狠狠一掌劈在了女妖灵近在毫厘的面门上。

从钟晴掌下奔出的强劲无匹的气流猛一下子把女妖灵弹开了老远，而他的右臂上也留下了一排小而深的血窟窿，纯白的衣袖上顿时绽开了一大片鲜红。

表面看来，这一回合，谁都没有占到便宜。

然而，钟晴挂了彩没错，可落到对面的女妖灵却像是没有受到多严重的损伤，甩了甩头，很快便从地上立了起来，左右活动着被拉长了数倍的脖子，如果那一截连接着头颅跟下面那一团“躯体”的肉红色部分可以被称为“脖子”的话。

“你还行吧？！”KEN一个箭步跨到钟晴旁边，拉了正吃力站起来的他一把，很是为这小子不轻的伤势担心。

那边，刃玲珑正急急地拍打着跟丢了魂一样呆坐在地的连天瞳，焦急地唤着她。

“她怎么了？别是被吓傻了吧？！”钟晴回头看了看连天瞳，心想小女人终究是小女人，住在乱葬岗又怎样，一旦真刀真枪跟邪物对上了眼，还不是被吓成这副模样。

“你们统统退后！”战情紧急，不容再拖，身为钟家一分子，尽管学艺不精，可钟晴一直明白保护同伴不受邪物伤害是自己永不可推卸的责任。

他命令似的对他们几个挥了挥手，咬牙切齿地忍住了从右臂上传来的剧痛，两眼喷火地瞪着那只在对面“蠕动”着的敌人，“这只恶灵交给我！”

“莫要逞英雄。”连天瞳淡然的声音从背后传出，“你伤不到它的。”

“你说什么？”憋足了一口气正要请钟馗剑的钟晴猛回过头，盯着不知道什么时候恢复正常的连天瞳，“我的钟馗剑会伤不到它？！”

连天瞳走到钟晴身边，冷冷看着表面上是在胡乱“蠕动”，实际上却是在产生新的怪异变化的女妖灵，说：“至少现在不行。”

“为什么？之前你我明明都看到女妖灵被钟馗剑的剑气逼得东躲西逃啊！”KEN警觉地注视着女妖灵的一举一动，不知道连天瞳以什么理由断定钟晴的终极武器不能派上用场。

不等连天瞳回答，身后的刃玲珑惊叫了一声，跳脚指着对面喊道：“呀！你们看，那只鬼又变了！”

几个人的目光齐刷刷地聚焦在了女妖灵身上，只见一个完整的女人形体渐渐从那一团不停扭动的躯体里抽出，如破茧之蝶，不再只是一个突兀的头颅，肩身手腿，终于齐齐

地露了出来。

但是，从肩部以下开始，越来越透明，落到双脚处，几乎什么也看不到了。

一个没有脚的婀娜身体，伴着一层淡淡的白色薄雾，在离地不远的空中颤颤飘飞，的确是难得一见的“奇景”。

“又变回人形了？挨了一掌居然屁事没有？”钟晴的眼睛瞪大了一圈，原本憋得足足的气一下子泄去了大半。

“这个女妖灵到底是什么来头？！也是石府里的人吗？”躲在最后头的刃玲珑小声问着。

现下，所有人都想知道这个问题的答案。

这时，“新生”的女妖灵缓缓睁开了微闭的双眼，轻蔑地扫视着狼狈不堪的钟晴以及他身边的同伴们，并没见她张口，却清楚地听到了一个女子娇滴滴的声音：“真是一群多事之徒。”

话音未落，那女妖灵竟悠悠地朝他们这方飘了过来。

“你这恶灵，害人性命还敢如此嚣张？！看我怎么收拾你！”女妖灵的态度惹得钟晴气急败坏地跺着脚，一副要奔上去跟对方拼命的样子。

“就凭你们几个？！”女妖灵在离他们不到三步的地方停了下来，呵呵直笑，“一条红线一柄破剑就想制住我，真是痴人说梦。”

“敢说我的钟馗剑是破剑？！你这臭婆娘，我……”女妖灵一番话，令钟晴仿若受了天大的侮辱一般，马上捏诀念咒要请钟馗剑出来证明给对方看他的剑究竟有多厉害。

“不要白白耗费灵力了！”连天瞳抓住了钟晴的手腕，示意他马上停止，然后回过头看着女妖灵，漠然问道，“安乐镇上的枉死之人都是拜你所赐吧？！”

“是又如何？不是又如何？”女妖灵收起笑容，看也不看连天瞳，只将纤长的手指指向昏迷不醒的刘妈，“今日，我只取那老不死的性命。如若你们还要插手，终是徒送性命罢了。”

“为何单单要这老婆子的性命？”连天瞳对女妖灵的警告置若罔闻。

“祸从口出，她非死不可。”

这一句话，又让所有人的心脏都猛跳了一下。不是因为这话本身有多狠毒多决绝，而是回答他们的，是一个大男人的声音。

众人正寻思这声音的来源，就见从女妖灵的身体里冒出一团白色的物体，扭动，变化，直到完全蜕变成一个人类的形态。

白气散尽，一个身形修长纤瘦的“男子”出现在眼前。

“啊！”

当他们看清了“男子”的脸时，钟晴跟刃玲珑不约而同地喊出了男高音和女高音。连一贯沉着的连天瞳和KEN都暗自吃了一惊。

这个一身素衣的年轻“男子”，竟与钟晴有着一模一样的眉眼，除了身量比他稍为矮瘦一些之外，活脱脱就是他的翻版。

从一只变态的女妖灵身上，钻出一个与自己一模一样的邪物，也难怪钟晴会叫得那么大声了。

“你……你是什么人？！”钟晴冲着“男子”大吼，那种照镜子一般的真实感让他寒毛直竖。

“男子”打量钟晴一眼，没有理会满脸是血已经辨不出眉眼面容的他，侧过脸，也是没张嘴，却清清楚楚地对女妖灵说：“莫要耽搁了，速速抓了这老婆子回去是正经。”

“嗯。”女妖灵点点头，继而对他们几个笑了一笑，“暂且放尔等一马。若以后还要行阻挠之事，定要你们死无葬身之地。”

“呸！”钟晴见这“一男一女”根本不将他放在眼里，恼羞成怒地啐了一口，几步跨过去挡在了刘妈身前，完全忘记了刚才连天瞳让他不要浪费灵力的提醒，利落地请出了他最为之骄傲的钟馗剑，有剑在手，他昂头大声吼道，“要想伤她，先得问过你爷爷我！”

见状，“男子”冷笑一声：“既嫌命长，那么我们就成全你。”

言毕，女妖灵与“男子”互看一眼，同时飞身跃起，直朝钟晴这方扑来，两“人”前伸的手指猛然拉长了数倍，乍看之下，竟比那钢针还要尖利百倍。

好一轮气势汹汹的攻击，钟晴把剑一横，将仅存的灵力提升到了最高点，将剑锋对准扑面而来的两只邪物顺势猛力一挥，一道赤红如火的剑气顿如出笼猛虎般奔腾而出，迫人的势头丝毫不输给对方。霎时只听得嗤嗤两声闷响，那两只张牙舞爪意欲取钟晴性命的家伙被剑气拦腰斩成了两截，啪嗒一下摔在地上，上半身下半身各自朝不同方向弹开了去，凶恶之气一扫而空，成了几堆真正的烂泥。

“哇，好厉害的剑气！”刃玲珑呆看着地上分了家的肢体，半晌，噼里啪啦一阵鼓掌。

见钟晴平安无恙，KEN已经悬到嗓子的心终于放下了，这小子实在鲁莽，刚才要真出点什么状况，他想救他都来不及。

“哈哈哈哈，两个不识货的死鬼，你们真以为我的钟馗剑是吃素的么？！这下玩完了吧，拽不起来了吧，哈哈哈哈！”钟晴简直得意到快要沸腾了，第一次，他第一次用真正的

钟馗剑顺利地灭掉了两只恶灵，无限膨胀的成就感让他直想开香槟大庆三天三夜。

“别高兴得太早。”在所有人都以为天下已经太平的时候，连天瞳却泼了他们一头冷水，“自己看看吧。”

其他三人一愣，顺着连天瞳的目光看去，不由大吃一惊。

散落在地上本是四分五裂的肢体不知着了什么魔，出奇迅速地重新合拢在一起，转眼间便见那两个“男女”又毫发无伤地立在了他们面前。

“这……这……怎么会这样？”钟晴完全不能接受眼前的事实，就算他灵力不够，可也勉强能够操控钟馗剑，即便被击中的邪物不会立即灰飞烟灭，也不会像现在这样连根毫毛也没伤到啊。

“你伤不到他们的。”连天瞳走到钟晴旁边，“把剑收起来吧。”

“呵呵，早说过你绝非我们的对手。”女妖灵跷起兰花指，掩口而笑。

“你们究竟想干什么？”刃玲珑又急又怕地冲他们大喊。

“把老婆子交给我们。”端立一旁的“男子”看了看钟晴身后，冷冷说道，“你们固然有些本事，可是，又能阻挡我们多久？！莫再浪费时间了，交出这个人，否则……”

“否则什么？！不交！”钟晴愤然打断了这个万恶该死长得跟自己一模一样的男妖灵，将还在手里的钟馗剑指向对方的面门，“你们以为自己是万能胶吗，我还不信你们每一次都能把自己给粘回去！”

双方正僵持不下时，一直躺在钟晴后头的刘妈忽然动了两下，居然在这紧急的关口醒转了过来。

“你醒了？没事吧？”察觉到刘妈睁开了眼睛，刃玲珑忙跑了过去，蹲下身把她扶了起来。

显然刘妈还没有从昏厥前的恐惧中恢复过来，靠在刃玲珑怀里，她无力地垂着头，一手护住自己的脖子，一手紧紧抓住刃玲珑的手臂，身子微微抽搐着，发青的嘴唇里念经似的重复着：“吓死我了，吓死我了……”

“放心，已经安全了。”刃玲珑怜她年纪老迈还要受如此惊吓，忙拍着她的手好言安慰。

持剑挡在前头的钟晴回头望了一眼，马上冲刃玲珑大喊：“你们快带刘妈离开，这两只死鬼交给我处理。”

钟晴震天响的嗓门惊得刘妈身子一抖，慌慌忙忙地抬起了头，正正把漂浮在她正对面的两只邪物看个一清二楚。

“啊！”只听刘妈声嘶力竭地怪叫了一声，枯槁的手指震颤着指向那神态自若的女妖灵，“二……二夫人……鬼……鬼……鬼啊！”

叫罢，刘妈猛抽了两口气，头一歪，又昏厥了过去。

“喂！喂！刘妈！”刃玲珑赶紧晃了晃她，又探了探她的鼻息。

“她怎么样了？”连天瞳头也不回地问了一句。

刃玲珑无奈地说：“还有气，只是又晕过去了。”

连天瞳略一沉思，退后一步到了KEN的身边，踮起脚在他耳边耳语了几句。

“嗯，知道了。”KEN认真地点点头，随后一步跨到刘妈身边，抓起她的手臂麻利地把她背到了自己背上，又对刃玲珑说了声，“我们走。”

不明就里的刃玲珑不敢耽搁，忙跟着KEN一起健步如飞地朝门外跑去。

“呵呵……”女妖灵眼见着他们一溜烟儿地没了踪影，弯眉一笑，“跑，亦是枉然。”

“男子”与“她”对望一眼，脸上露出了相同的表情。

“我看你们两个死鬼能笑到什么时候！”他们两个越是笑容满脸，钟晴就越是怒气冲天，大吼一声，他腾一下高高跃起，也不管这么一个大动作会不会挣裂手臂上的伤口，压上仅剩的所有灵力猛挥利剑朝对方劈了过去。

轰，一声炸响，剑气所过之处，连坚硬的地面也开了一条弯曲不齐的窄长裂缝。

咬牙闭眼地一落地，钟晴当即感到脚下传来了轻度地震的感觉。

如果这般威力的一剑还不能灭了那两只恶灵，便把自己的名字倒过来写！

钟晴赌气般在心里暗想。

睁眼，抬头，定睛一看，他一愣，额头上的汗水一滴滴地淌了下来，混着鲜血，冲得脸上红一道白一道的，有点恐怖，有点滑稽。

看来，自己的名字的确要倒过来写了。

偌大的大厅里，哪里还有那“一男一女”的踪影，仅见两缕青烟，从空中飘下，隐入了一片狼藉的地面。

啪啦一声，对面一只受了剑气“内伤”的花瓶终于支撑不住，裂成两半，栽倒在地。

这声动静，惊醒了两眼发直的钟晴。

“人呢？人呢？藏到哪里去了？”钟晴跑前一步，两脚死命地跺着青烟消失的地方，上下环顾，怎么也不能接受两只恶灵轻而易举地从他眼皮子底下，从钟馗剑的猛烈攻击下逃之夭夭的事实。

“把地跺穿也无用。”连天瞳走到歇斯底里的钟晴身后，平静地说道，“在这里，倾尽所有人之力也伤不了他们。”

“什么意思？你说我们不管用多厉害的招式也不能击溃两只区区恶灵？”钟晴回过

头，狠狠擦了擦眼睛，不服且不信。

启唇往空中吹了口气，连天瞳似笑非笑："与空气为敌，你我怎会有胜算。"

"空气？"连天瞳的话让钟晴觉得头晕得厉害，"我什么时候跟空气为敌了？！"

"那两只，不过是借力而成的虚体罢了，攻击它们，与攻击空气毫无区别。"连天瞳不紧不慢地说着，而后掐指一算，低喃道，"嗯……差不多了。"

"借力？虚体？"钟晴放电影般回忆着刚才激战之中的各个场面，飞速地消化着连天瞳的解释，猜测着说，"你意思是说我打的都不是恶灵的本身，只是两个并不存在的幻影，真正的元凶根本没有露面，只是躲在背后'借力'而已？！"

连天瞳看他一眼，眉头微舒："呵呵，你还不算太笨。"

"难怪……"钟晴举起钟馗剑摆到眼前，恍然大悟地说，"我就奇怪，为什么劈了那么多剑，怎么我一点被反噬的感觉都没有，原来根本就没劈着正主儿呢！"

"反噬？"连天瞳听了他的话，很难得地反问了一次。

"不知道了吧！"钟晴把红光耀眼的利剑一挥，骄傲地说道，"钟馗剑是我们钟家伏鬼之术里的高招，剑身全为灵力所化，邪物一旦被它击中，灰飞烟灭是唯一下场。剑虽厉害，但是却有反噬的副作用，加诸在敌人身上的剑气会以同等的力量落回到自己身上，反正就是砍你一刀再砍自己一刀，看哪个先躺下，懂了吗？"

"原来如此。"连天瞳呼了口气，又道，"此剑颇为凌厉，且会反噬，想来也是轻易不出的绝招，可你却使用得如此随意，不怕丢了小命？！"

"嘁！"钟晴不屑地应道，"不然要怎么样，我可是堂堂的钟家后人，保护老幼妇孺是我的责任，要是让那些恶灵当我的面伤了你们，我的面子往哪里搁？！还有，我身体好得很，那点点反噬之力还受得住。"

连天瞳看了看狼狈不堪却满嘴豪言壮语的他，唇角一扬："呵呵，但愿如此。"

"嘿！还站在这儿干吗？得想办法把两只死鬼追回来呀！"钟晴猛意识到自己尽顾着跟连天瞳说话了，"还有刘妈，你刚刚让KEN他们背着她去哪儿了？！万一他们被那俩死鬼追上就麻烦了，那兄妹两个可都是中看不中用的家伙！"

"我们也走吧。"连天瞳脸上并无任何担心的神色，转身朝门外走去。

"去哪儿？"钟晴收起钟馗剑，赶紧跟了上去。

连天瞳不说话，一直走到了门外。

院落里一片黑暗，黛青的天空里露了一小半月亮，冷清清地挂在黑云后头，一点点月光懒散而吝啬地投下来，不致令周遭伸手不见五指。

几树梅花前，连天瞳收住脚步，从枝上摘下一朵半开的红梅花，小心剥下一片花瓣，轻轻摊在掌心里。

见状，钟晴急了，蹿上去大声道："都什么时候了，你还有心思摘花玩儿？！"

连天瞳根本不睬他，眉眼低垂，看定掌中花瓣，再以左手捏诀，并置指尖于唇上，朱唇轻动，念念有词，末了，将手掌向空中一扬，低喝了一声："去！"

只见一个亮亮的红点在半空中划了一道完美的弧线后，稳稳地落在了地上，漾起了一大圈柔和的淡红波纹，须臾间，波纹褪去，一片足有一米长的大花瓣，泛着通透的光彩，呈现在夜色之下。

"我的天呀！你你你……你把花瓣发酵啦？！怎么变那么大？！"钟晴诧异地指着地上，不敢相信连天瞳竟然有本事把那芝麻大点的梅花瓣瞬间变大几百倍。

"快些上来。"连天瞳一步站到了花瓣中间，"我们去府中那方桃树林。"

"啊？上去？！哦！"钟晴皱了皱眉，稍一犹豫，还是快步走了过去，抬脚上了花瓣跟连天瞳站到了一起，天晓得这个怪异的女子又在玩什么把戏。

"站稳了。"

连天瞳开口提醒了一句，随即伸出手指，在空中画了一个圆圈，又朝下方轻轻一划，低语一声："动！"

钟晴当即感觉脚下一晃，有一股力量自下而上，托着他整个人轻飘飘地升了起来。

"哇！"钟晴大叫一声，手忙脚乱地紧紧抓住了连天瞳，"搞什么呀？怎么飞起来了？"

连天瞳用力拂开他有吃豆腐嫌疑的爪子，冷着脸道："石府过大，黑夜之中难辨方向，飞行远比步行轻巧。"

"哈，原来你怕迷路啊，难怪要居高临下。"钟晴的视角渐渐变化，苑里那两层高的小楼很快便踩在了自己脚下。

他们"飞"得并不算高，一低头就能清楚看到从脚下飞速滑过的楼宇亭台，如此情景令钟晴既紧张又新奇。

平生第一次不用坐飞机就能翱翔天际，感觉还真不赖。难以想象承载着两个大活人行于夜空中的，仅仅是一片薄薄的花瓣，更难得的是，整个"飞行过程"居然出奇得平滑稳当，看上去古怪又简陋的"花瓣飞机"，竟比真正的飞机更舒适。

兴奋之余，钟晴开始有些佩服连天瞳了。

很快，那一片白天曾经过的桃树林出现在前下方的不远处，树影婆娑中，隐约可见两三个人影在里头晃动。

连天瞳手指一动，花瓣就如得了令的小兵一般，听话地降了下去，一点颠簸也没有地

落在了桃树林前的空地上。

两人的脚刚一离开，那花瓣便在原地打了几个旋儿，刷一下恢复了原状，小小的一片，转眼便被夜风吹得不见踪影。

钟晴举目一看，发现林中果然有人，细细打量，发觉在半空中看到的那三个人影，正是老早跑出来的KEN他们。此时，三个人都规规矩矩地待在林子正中间的一棵桃树下，KEN与刃玲珑分坐左右两旁，中间，还在昏迷中的刘妈耷拉着脑袋，背靠着桃树瘫坐在地。

"是他们?！他们几个在林子里头干吗?"

钟晴看了连天瞳一眼，正要走上去同他们汇合，却被她拽住了。

"不只是他们几个吧。"连天瞳黠然一笑，指了指钟晴背后。

"嗯?！"钟晴愣了愣，本能地回过头去。

这回眸一眼，惊得他噌一下跳了起来——

那两只死鬼，不知什么时候出现在他背后，呈半透明状漂浮在地面上，"两人"脸上笑意全无，即便看不出半点表情，两张不属于人类的脸孔在夜色里仍显得尤为狰狞。

"两位在此处徘徊许久了吧。"连天瞳微微侧目，对后头的"人"冷冷说道。

"你……竟会让他们带那老婆子到这里来……"女妖灵的口气听来既愤怒又有些畏惧，"你……你究竟是何人?"

"休管我的来历，倒是两位的出处，我已然知晓大半。"连天瞳转过身，看定对方，"二夫人，傅公子，回头方是岸。做过错事的人，早迟会得报应，你们又何苦乱伤人命呢?"

"你……你如何识得我……"被连天瞳称作傅公子的男妖灵，白净净的一张俊脸几近扭曲。

钟晴合上张得老大的一张嘴，这听起来十分耳熟的"傅公子"三字，令他突然想到了那个神叨叨的石家大小姐，也想到了多嘴的刘妈曾经说过的话。

"他就是傅公子?！这……他……"瞪着面前那张跟自己一模一样的脸，钟晴又诧异又怀疑，舌头一下子打了结。

"我今既已来了安乐镇，必不会再让你们有害人的机会。"连天瞳没有回答"傅公子"的问题，冷眼警告道，"你二人还是速速去到该去的地方吧，莫再纠缠下去。我只想救人，不想伤人。"

"笑话!"女妖灵，或者说是"二夫人"听罢，柳眉一竖，怒道，"区区黄毛丫头也敢对我们说教?！要那老婆子的命不过朝夕之事，即便进不了桃林，我们亦有别的办法! 倒是你这丫头，处处阻挠，早早除了你才是正经！”

“呸！刚才多亏你闪得快，否则早就成我剑下败将了，我们没收拾你，你倒乱吠一通！”钟晴立刻反唇相讥，摆开架势又打算请出他的钟馗剑。

这边，连天瞳无可奈何地轻叹一声，上前拉住钟晴，对他附耳道：“此处不需用剑，火攻即可，会吗？”

“啊？！”钟晴眼一瞪，小声应道，“用火？会啊，怎么不会！”

连天瞳满意地一笑。

“聒噪的小子，大话说尽，且连你一道除了，换个耳根清静！”那“傅公子”斜睨了钟晴一眼，一抹杀气蹿上眉梢。

话音刚落，就见“傅公子”将口一张，竟吐出无数条黑亮亮的毒蛇，每一条都如发现了最美味的食物一样，凶悍无比地朝钟晴这边汹涌而来。而“二夫人”也没有闲着，怪叫一声，两只手掌顿时化成两个巨大的，且分不出是何物种的怪物头颅，两排尖利的兽牙突兀而凶猛地暴露在大张的嘴巴里，以迅雷不及掩耳之势朝连天瞳那边扑去。

“哇！怪物呀！”

钟晴大叫，慌忙向后一纵，唯恐那些滑腻腻的软体动物沾上自己分毫。

蟑螂和蛇，是钟晴平生最最害怕的两种动物。

那群毒蛇，在扑了个空之后，迅即抬起头，吐着鲜红的信子，看准钟晴又集体冲了上去。

那头，连天瞳朝空中一跃，轻轻巧巧地避过了那两头怪物要人性命的猛攻。

“莫管那些蛇，以火攻其主人！”连天瞳停在半空中，一边闪避着怪物连番的攻击，一边镇定地冲着钟晴大喊。

被毒蛇追得上蹿下跳的钟晴听了，忙纵身朝前一跃，暂时甩开那群恶心的敌人，再瞅准一个最佳位置站定，微闭双眼捏诀念咒。

连钟馗剑都能使用自如，玩火之法术更是小菜一碟，双目一开，钟晴大喝一声：“九焰地火，尽三界之不净，出！”

霎时就见一道灿金烈焰从他掌中奔出，杀气腾腾地朝毒蛇的主人扑去。

“玄天之川，不冻不灭，万涓一流，伏妖斩魔！”

与此同时，空中亦传来连天瞳不慌不乱的声音，听来也像是在念咒语。

混乱中，钟晴惊见一股晶莹透亮的水流，如盘龙一般从连天瞳掌中飞出，与他的九焰地火在空中纠结成了一体。都说水火不容，可是这一水一火不仅没有互相克制，反倒迅速形成了一条半火半水的柱型巨流，力量比之前更胜百倍，龙卷风一般朝“二夫人”和

“傅公子”冲去，势头之猛，难以形容。

“啊！”

两个敌人躲闪不及，被严严实实地埋在了这强大的水火之流中，转眼便没了踪影，只留下了两声凄厉的惨叫。

已经扑到钟晴背后的毒蛇，在下嘴咬人的那一刹那，像是突然被施了定身法一般僵硬不动了，而后便跟它们的主人一样下场，不声不响地消失在了空气里。

见状，钟晴一吸气，收了回自己的火焰，连天瞳亦从空中跳了下来，轻松地拍了拍手。

“哈，那俩死鬼彻底玩儿完了吧！”钟晴看着地上那团被烧得焦黑的地面，高兴地咧嘴大笑，“跟我玩儿，玩儿死你们！哼！”“治标不治本。”连天瞳半点高兴的情绪也没有，淡然道，“卒子而已，并非元凶。”

“啊？”钟晴又被泼了一头凉水，想了想，问道，“你是说他们背后的‘借力’之人？！那个人……那个元凶，可能现在正毫发无伤的在暗处偷笑？！”

连天瞳朝远处的层层楼宇看了一眼，什么也没说便举步朝桃林里头走去。

“喂！”钟情紧跟上去，追问道，“我说得没错吧？！那个元凶你有线索吗？喂喂，你倒是吱一声啊！哦，还有，刚刚你手里喷的是什么水啊，看起来有点名堂。喂，你说句话好不好？！”

一个不说话，一个不停追问，两个人很快就来到了桃林的中间。

“谢天谢地，你们没事就好！”KEN老早就从地上站了起来，见他们俩完好无缺地来到身边，千恩万谢地说道。

刃玲珑跳过来抱住连天瞳，激动得快哭了一样：“刚才看到你们两个跟恶灵激战，真是担心死我了，想过来帮忙，你又说不准我们跨出桃林中间一步。”

“喊，你们兄妹两个就会瞎担心，有我在呢，能出什么事？！”钟晴洋洋得意，毫不客气地把所有功劳往自己身上揽，随即，他又觉得事有蹊跷，扭头问连天瞳，“你为什么要他们来桃林，还不准他们出这里一步？”

“是啊，我也很想知道呢。”KEN也加入钟晴这一方，道，“在你们到来之前，那两只恶灵就一直在桃林周围徘徊，想进来却又进不来，到底怎么回事？”

连天瞳把刃玲珑从身上拉了下来，很是随意地看了看这片桃林，说：“此桃树林，乃高人所造，所有桃树，都按诛邪之阵中的方位排列。”

“诛邪之阵？”

其他三个异口同声地反问。

"是。"连天瞳收回目光，"修筑此片桃林，其目的就是镇邪。"

"镇……镇邪?！"钟晴越发糊涂起来，"镇什么邪?"

"呵呵，冤魂有怨，有怨必不瞑目，不瞑目必会现世作乱。为了镇住它们，自然需要这么一个镇邪之地。"连天瞳轻笑，俯身看了看继续昏迷的刘妈，摇头道，"这老婆子，胆子比嘴巴小多了。"

"既是高人所设置的镇邪之地，那为什么石府还会发生这么多事情?！"KEN想了想，觉得连天瞳的话比较矛盾。

"此阵已破，形同虚设。"连天瞳站起来，一字一句道。

"破了?"钟晴抓着头，"怎么你越说越复杂了?！还有啊，为什么刚刚在大厅里怎么也伤不了那两只恶灵，在这里却可以一举消灭他们呢?"

连天瞳轻轻踩了踩脚下松软的泥土，道："掘地三尺，或者能有些眉目。"

"啊?！你要我们把这儿挖开?"钟晴眼睛一瞪，"没带铲子啊，怎么挖?"

"笨！"刃玲珑跳起来在他脑袋上敲了一下，说，"看你也不是普通人，怎么脑子就转不过弯来。凭你们的本领，把这桃林夷为平地也是等闲事，要什么铲子啊！"

"你这个臭妖精！"

钟晴捂着头，愤愤之余也不得不承认刃玲珑说的是事实。

"我来吧。"KEN走上前，看了看脚下的土地，说，"只需要挖开这里吗?还是要把整片桃林都给轰了?"

连天瞳看着刘妈靠着的那棵桃树，说："以此树为中心，三尺宽足够。"

"嗯。"

KEN点点头，示意刃玲珑他们把刘妈挪到一旁去。

刃玲珑应了一声，忙拉上钟晴，费力地把刘妈拖到了另外一棵树下。

正当KEN摆好姿势准备客串一回挖土机时，树顶上突然淅淅簌簌一阵响动，一道黑影嗖一下飞了下来，端端落在了连天瞳的肩上。

"倾城?！"被吓了一大跳的钟晴定睛一看，大声斥道，"你这个胖家伙怎么不声不响从树上掉下来?想吓死人啊!过分！"

倾城瞧也不瞧他一眼，只蹲在主人肩上，嘴里叽叽咕咕个不停，仿若在向连天瞳打小报告似的。

而连天瞳也像是听懂了它在说什么一般，边听边微微点着头。

"怎么了?"KEN见连天瞳神色越来越严肃，忙停下了手里的动作。

这时，连天瞳回头一看，柳眉一扬，道："呵呵，有人过来了。"

“哦？”

众人不约而同地回转头，果然见到一串明明灭灭的火光，晃动着朝他们这边而来，嘤嗡嘈杂的人声也越来越清晰。

“什么人？石府的家丁？”刃玲珑努力地睁大眼睛。

“喊，刚刚半个人影都没看到，现在怎么都冒出来了？”钟晴撇撇嘴，“来那么晚，白白错过了我钟晴伏鬼的英姿，真是可惜！”

“暂时别忙动手。”连天瞳对KEN说道，“且看看来人是谁。”

“知道了。”

KEN点点头，往前走了两步，看着由远及近的人马。

火光，越来越亮，照清了举着火把的人，看装束，是那石府的家丁没错。

而领头的，正是那石老爷。

4

# 石府秘事

扰攘的人声迅速逼近，领头的石老爷人还未到，焦躁急迫的吼声早已先期而至——

“你们在做什么？！”

闻声，钟情眼一眨，不自觉地挖了挖耳朵：“原来是那个老家伙，三更半夜的，吼那么大声干吗？！”

“就是，吓人一跳。”刃玲珑吐了吐舌头，看着在桃林外停住了脚步的众人，又奇怪地问道，“他们怎么都站在林子外头不过来？”

“背上刘妈，我们过去。”

连天瞳轻笑一下，抱着倾城，径直朝不远处举着火把往他们这方急急张望的石老爷走去。

“哦，好的。”KEN耸耸肩，知道这搬运活人的工作还是得由他来做。

一行人踩着湿软的泥土，前后脚走出了黑梭梭的桃树林。

“你们……你们来这桃林做什么？！这……这简直太失礼了吧，你们怎能随意在我府内乱闯呢？太失礼了，太失礼了！”

他们尚未站定，那石老爷早已经按捺不住，劈头盖脸地质问过来，跳动的火光下是一张因情绪过于激动而涨得通红的脸，以及额头上几条暴突的青筋。

“石老爷请别误会，我们刚才只是急于救人，误闯了府上的桃林实属无心。”见对方反应那么大，KEN一边放下背上的刘妈一边如实解释道。

“救人？！救何人？！”石老爷似乎意识到了自己的失态，咳嗽两声，看了看地上的刘妈，语气放缓了些，

“当然是救你家里的人啊！”钟晴当即跳出来一手指着刘妈一手指着自己脸上的伤，像是做了一件多么了不起的大事一样呱呱说道，“我们失礼？！看看看看，我们可是豁出性命去救你家的人啊，你这老头还冲我们大呼小叫，真是狗咬吕洞宾！”

“你……”石老爷被钟晴的一通抢白给噎住了，瞪着站在面前伤痕累累衣衫不整的他，半晌说不出话来。

“石老爷不要介怀，适才有鬼怪作祟，人桃林不过是为了除去恶灵而已。”连天瞳开了口，而后又回头看了看身后的树林，“这桃林……呵呵，倒是有些趣味。”

“啊？！又是恶灵？！”

连天瞳的话立即引起了一阵小小的骚动，跟来的十几二十个家丁的脸上纷纷出现了恐惧之情，相互间马上窃窃私语起来。

“都给我住口！”见自己的家丁没头苍蝇似的嗡嗡乱吵，石老爷脸一沉，回头狠狠呵斥了一句。

老爷发了火，下人们立即闭紧了嘴。

几秒钟让人窒息的鸦雀无声之后，石老爷清了清嗓子，强作镇定地问：“连姑娘的话倒是耐人寻味，这桃林有何趣味？！”

连天瞳抿了抿嘴唇，别有他意地笑言：“看来石老爷也是个惜花爱树的风雅之士啊，一方桃林，却引得您如此激动，莫不是怕我们乱闯，伤了这林中桃树下的……”

“莫要乱讲，桃树下什么也没有！”石老爷赫然打断了连天瞳，红脸瞬时变了白脸。

“怎能说什么都没有呢？”连天瞳两眼一弯，眼神里生出三分邪气七分顽皮，“桃树下总有树根啊，若是伤了树根，石老爷心爱之物不就毁了吗？！”

“啊……”石老爷张开的嘴怎么也合不上了，愣足好一会儿，他才尴尬万分地点头，“不错不错……我……我正是担心你们不当心伤了我的桃树。嗯，正如连姑娘所说，我平素颇钟爱花木，尤其是桃树，更是我至爱之物，这桃林由我多年精心栽种而成，除了必要的打理之外，是不准任何人踏入的。”

“原来如此。”刃玲珑望了望身后那些看来极其普通的树木，嘻嘻一笑，“桃树是很贵重的植物吗？”

石老爷摇了摇头：“人各一爱，无分贵贱。”

“呵呵，人各一爱，的确如此。”连天瞳很是赞同的样子，然后笑道，“既然石老爷这

么说了，我们若还在此桃林里逗留便是不对了，这就速速离开。”

说罢，她回头看了看刘妈，对KEN说道：“把她交给石老爷他们吧。”

“但是……”KEN见刘妈还是昏迷不醒，一时有点担心。

连天瞳看穿了他此刻所想，淡然说：“只是惊吓过度罢了，三个时辰内自会醒来。现下，她已经安全了。”

听罢，KEN松了一口气，这才放心把刘妈交给了前来搀扶的两个家丁。

“夜寒袭人，就让我亲自送诸位回别苑歇息吧。”石老爷吩咐家丁把刘妈送走之后，转身对对他们几个说道，言谈间已然恢复了初见时的彬彬有礼，“至于之前连姑娘说的……鬼怪作祟一事，待到明日一早，诸位好生休息之后我再来详询。”

“也好。有劳石老爷了。”连天瞳微一点头，举步朝别苑方向而去。

“诸位请。”石老爷并没有忙着跟上连天瞳，把火把举得更高了些，耐心地“请”着落在后头的钟晴他们，在确定了所有人都走到前头之后才放心地跟了上去。

有主人引路，众人没花多少时间便顺利返回到他们住的别苑。

“诸位早些入内休息吧。”石老爷在别苑外停了步，似要见他们一一进去了才肯离开。

“石老爷也忙了大半夜了，请回吧。”连天瞳笑笑，放下倾城任它跑进别苑，自己也转身走了进去。

钟晴白了石老爷一眼，边走边嘀咕：“古怪的老家伙……”

当众人都进了苑门之后，走在最前头的连天瞳忽然折返了回来，站在苑门处对还没有离开的石老爷说道：“有劳石老爷再遣两名家丁进来，府上的小蓉姑娘尚在昏迷之中，怕是还要劳烦你们带回。”

“小蓉？”石老爷一愣，旋即派了身边两个壮汉，“你们两个跟连姑娘进去！”

“是！”

家丁不敢耽搁半分，当下就跟着连天瞳进了苑内小楼。

不出所料，被吓晕过去的小蓉仍然寸毫不移地躺在原地，小脸煞白。

“有劳两位，把小蓉姑娘送回去吧。”连天瞳边说，边动手一一扶起倒在地上的椅子。

“啊……”两家丁刚一入内，就被大厅里乱七八糟的惨状惊得不敢动弹，他们根本无法想象这个地方在刚才经历了一场怎样的恶战。

“二位还不动手？”连天瞳轻轻拂去椅面上的尘土，舒服地坐了下来。

“呃……是……是……”

两家丁这才转过神来，赶紧走过去，七手八脚地把小蓉抬了起来，而后慌里慌张地出了大厅。

“哈，我差点都忘了这儿还晕了一个。”钟晴看着他们匆忙离开的背影，拉过一张椅子，一屁股坐了下去，吁了口气，“总算结束战斗了，累死我了！”

“同感。”KEN捶着自己酸痛的四肢，看了看满眼疲倦的钟晴，不无担心地说道，“你现在感觉怎么样，身上的伤口看起来有些严重呢，恐怕要上点药才行。”

这时，连天瞳侧过头，打量了已是筋疲力尽的钟晴一眼，说：“上次给你们的药，还在吧。”

“哎呀！”KEN一拍脑袋，懊恼地说，“坏了，那药搁在你家茅屋里没带出来！”

“什么？”钟晴听他一说，立刻瞪大眼睛数落起来，“那么重要的东西你应该随身携带呀，你这个家伙怎么丢三落四的！”

尽管钟晴觉得那些伤没什么大碍，但是伤口处传来的疼痛在精神松弛下来之后，越发厉害起来，一阵强过一阵的痛觉令他心烦气躁，本指望还有连天瞳给的灵药可以疗伤，谁料到想用却用不了，也无怪他那么窝火了。

“药箱里有个蓝色细颈瓷瓶，取来给他用吧。麻烦的家伙。”连天瞳打了个呵欠，对刃玲珑说道。

“好的，我马上去拿。”刃玲珑点头，转身快步朝楼上跑去。

“喂！你等一下！”钟晴突然叫住了她，起身跟了过去，“我跟你一起上去，免得跑上跑下耽误时间。”

“嘻嘻，是不是疼得受不了了呀？”刃玲珑在楼梯前停下来，冲他扮了个鬼脸。

“在你身上也拉一个口子试试，你这妖精就知道疼不疼了！”钟晴剜了她一眼，边爬楼梯边想世上的妖精是不是都如这只鱼妖一般爱招人生气。

“你干吗老是妖精妖精地叫我，我又不是没名没姓。”刃玲珑撅了撅嘴，不满地说。

钟晴阴险地笑了笑，低声道：“你哥哥早把你们两个的家底向我交代清楚了，你本来就是妖精嘛，还是一只不会游泳的鱼妖。哈哈哈，真笑死人了！”

“你……”刃玲珑被他话尾带着明显讥讽的大笑弄得尴尬不已，在上了一大半的楼梯上停了下来，底气不足地小声斥道，“那，那又怎样！难道剃了光头的都是和尚吗？！谁……谁说鱼妖就一定会游泳？！”

“嘿嘿，理屈词穷。”钟晴一副占了上风的得意样，“其实做一只质量不佳的鱼妖也没什么可耻的，你还是接受现实吧。”

正当钟晴损人损得不亦乐乎之际，他却没有任何征兆地突然变了脸色。

伴着嘴里一声沉重的呻吟，钟晴右手死死揪住了自己的胸口，左手勉强抓住扶手，身子慢慢蹲了下去，痛苦之情溢于言表。

胸口好疼，像是有刀子一片一片地把心脏割开一般，又像是一个轰天炸雷不偏不倚地劈中了自己，震天响的隆隆声混着能将人烧成灰烬的火焰从心脏蔓延到全身。耳里，是震得人发颤的轰鸣，身上，是逃不掉的剜肉剔骨之痛。

已经超出他所能承受的感官极限的痛觉，令钟晴感到整个人都要裂撕开来一般，原本清晰的意识也渐渐散落得不知去向……

“喂喂，你怎么了？”刃玲珑越看越不对劲，连忙俯下身，看着低垂着头的钟晴着急地问道。

钟晴没有抬头，也不吱声。

“是哪里不舒服？是不是伤口疼得厉害？”刃玲珑小心翼翼地拍了拍他的肩膀，大声喊道，“说话呀！你别吓我！”

她话音刚落，放在钟晴肩头的左手竟猝不及防地被他一把抓住。

“啊！”

刃玲珑大叫一声，倒不是被钟晴的突然举动给吓的，而是他下手的力道实在不轻，像是要捏断她的手腕一样。

钟晴缓缓抬起头。

还是那一张伤痕累累，血污遍布的脸孔，并没有任何异样。然而，在他那双半睁的眼睛里，藏的竟是两道冰冷透骨且毫无感情的目光。

“滚开！”

没有温度的声音，却带着让人胆寒的怒意，从钟晴的嘴唇间清楚地迸了出来。

说罢，不待刃玲珑作出任何反应，钟晴一下子将她的手狠狠甩开。

这一甩手，让刃玲珑叫也来不及叫一声，一个趔趄就朝前栽去，嗵一下摔倒在了楼梯上，手肘重重磕在了梯沿上，喀嚓一声。

刃玲珑眉头一挤，哇哇惨叫。

“出什么事了？”

听到这边出了大动静，KEN跟连天瞳火速出现在了楼梯前。

两步跨到楼上两人的身边，KEN赶紧扶起倒在一旁的刃玲珑，连声问道：“你们这是怎么了？不是去取药吗？怎么搞得这么狼狈？”

连天瞳站在比他们矮一级的地方，双眉微蹙，摇头道：“不过同行几步而已，何至于斗得人仰马翻……”

就在这时，呆蹲在一旁的钟晴忽然眨了眨眼，脸上“专属”于他的神色渐渐恢复，一如既往。

“咦？你们都挤在楼梯上干吗？”他噌一下站了起来，没事人一般瞪着看着自己的KEN跟连天瞳，继而又注意到KEN怀里哎哟连天的刃玲珑，疑惑不已地问，“小妖精，你干吗呢？我不就是笑话你两句吗，你也不用气成这个样子吧？！”

“你……你还说风凉话！”听他这么说自己，刃玲珑顿时气不打一处来，带着哭腔愤愤斥责道，“你这个家伙发什么人来疯？我怕你有事，好心问你，你不但不感激，还故意用力甩开我的手，害我摔成这个样子！你神经病！”

“你才神经病呢！胡说八道些什么呀？我什么时候甩开你的手了？”钟晴被她一通大骂，莫名其妙不说，还觉得备受委屈。

“睁眼说瞎话！难道我还会冤枉你不成？！”刃玲珑捂着自己的手肘，眼泪汪汪，“你看看你干的好事，我的手肯定脱臼了！”

钟晴死活不肯认账，大声分辩：“怎么可能，我明明……”

“够了。”连天瞳出言打断了他，她并无兴趣看眼前的两人继续一场无意义的争吵，“你们不是上来拿药么，该做什么做什么去。”

“嘁！真见鬼，莫名其妙地诬陷我！”钟晴白了刃玲珑一眼，不过，当他见到她脸上的痛楚之情不像是故意装出来的时候，他撇了撇嘴，语气缓和了下来，颇不自然地问，“你的手，真脱臼了吗？没那么严重吧……”

刃玲珑把脸一偏，赌气似的不再理会他。

“你先回房去吧，其余的事我会处理。”连天瞳开口撵他离开。

“哦。”钟晴不情愿地应了一声，刚上了两级楼梯，他又回头问，“那，我的药……”

“稍后我会给你送去。”

连天瞳头也不抬地回答，一边应付他一边上前一步，轻轻握住了刃玲珑受伤的手肘。

钟晴见状，不再多说什么，甩了甩有些胀痛的头，没趣地上了楼。

“的确是脱臼了呢。”连天瞳托着刃玲珑的伤处，粗粗查看了一番，自语道。

“你们两个究竟搞什么呢，刚才不是还好好的吗。”KEN扶着刃玲珑，半是嗔怪地说，“你说钟晴故意害你摔倒，这个，不太可能吧。那个家伙向来动口比动手勤快，顶多也就是跟你耍嘴皮子罢了，怎么会动手呢？！”

“连你也以为我说谎吗？”刃玲珑委屈不已，“刚才上楼的时候他不知撞什么邪了，突然就变了脸色，遭了大病似的蹲了下去。我看他痛苦得不得了，就好意上去拍肩膀问他，哪知道他居然用力甩开我的手，还恶狠狠地让我滚开。你们没看见，他刚才那个眼神，简直像是要吞了我一样！到你们上来，他却一下子恢复了正常，你们说他是不是故意的嘛！气死我了！”

“他对你恶狠狠的？像是要吞了你？”KEN深吸了一口气，一抹忧色从表情全失的脸上一闪而逝。

“是啊，我绝对没有说谎！可恶，他居然抵死不承认！哎哟好痛！”

刃玲珑气愤难平地点头，末了却是一声尖叫。

“行了。”连天瞳松开刃玲珑的手臂，说，“试着动一动。”

“嗯！”刃玲珑马上照办，直起身子来回活动着手臂，随即高兴地说，“哈，不痛了，完全好了，师父你真是厉害！”

“啊，好了呀？！呵呵，神医就是神医，这么快就治好了。”KEN若无其事地称赞着，言谈间却难掩一丝心不在焉。

连天瞳站起身，看着钟晴房间所在的方向，若有所思地低语：“钟晴，他似乎有些问题……”

“你说什么？”KEN见连天瞳嘴唇轻动，却没听到她说什么。

连天瞳笑了笑，没应他，只说：“给钟晴上好药后，你们都到我房里来。尚余两日时间，我们要给石家，也要给安乐镇一个真相。”

照如今这个一头雾水的局面来看，两天时间，要寻得那个“真相”并非易事。KEN看着连天瞳的背影，不知这个琢磨不透的女子接下来会有怎样的盘算。

揉了揉酸胀不已的太阳穴，倦怠不堪的他扶起刃玲珑：“上去吧。”

“哥……你好像很累的样子……”刃玲珑站起身，却没有挪步，一双水透大眼直视着KEN，俏脸上，总带着几分孩子气的甜美笑容渐渐隐去。

“背着一个胖老太婆到处跑，能不累吗。”KEN左右活动了一下脖子，苦笑。

“我不是说这个，我……”刃玲珑轻轻咬了咬嘴唇，欲言又止。

“吞吞吐吐，你到底想说什么？”KEN不解地盯着她。

刃玲珑吸了口气，像是下了极大勇气般，牢看着KEN的眼睛，一手指着自己的心口，说：“我感觉……你的心，很累。”

此话一出，KEN愣足几秒，然后哈哈大笑。

“这么好笑吗？”

刃玲珑似是受了打击，一丝不悦清清楚楚写在脸上。

“玲珑啊，我记得你是没有读心术之类的本事的吧。”KEN收起笑声，大人对孩子

一般拍了拍刃玲珑的头，“突然来到这个奇特的时空，短短时间便经历此多的风波，神也会累啊。呵呵，放心，好好睡一觉就没事了。”

刃玲珑气恼地拂开他的手，倔强地昂起头，不依不饶：“你能不能不要总拿我当小毛孩子看？跟了你整整两百年，你当真以为我什么都不了解什么都不知道吗？”

“了解？！你了解什么？知道什么？”很是突然地，KEN沉下了脸，温和的眼神瞬间变得冷冷不可接近，“我很早以前就同你说过，许多事情是不能自作聪明的。有时候，一厢情愿的臆想会害苦自己。玲珑，这些实际的道理，才是你正该‘知道’的东西。快回房吧，你师父不是还等着我们吗。”

说罢，他撇下她，转身朝楼上走去。

刃玲珑垂下眼，长密的睫毛遮住了大半个眸子，看不清她的眼神，只看到她微微张开嘴唇，低沉却决然地说：“我永远不会让你拿回你想要的东西，绝对不会。”

此时，KEN刚刚踏上最后一级楼梯。

轻轻扶着黑木的扶手，他停了下来，没有回头，意味深长地叹了口气：“两百年的时间，能看清多少呢？玲珑，你终究不明白。”

“我……”

他的语气并不严厉，甚至是极缓和的，可刃玲珑却如遭棒喝，看着他渐渐离开的漠然背影，愣在原处说不出话来。

从连天瞳处取了药，又给倒霉的钟晴料理好伤口之后，天边已露鱼肚白。

四个人围坐在连天瞳房内的圆桌前，没有人再提起刚才发生的不愉快。钟晴撑着下巴，极不友好地盯着脸色同样不好看的刃玲珑，一副生冤家死对头的样子。

“经过昨夜，你们几人，有何想法？”连天瞳吹灭了桌上只剩小半截的蜡烛，询问的眼神从他们三个脸上一一划过。

“脑子有点乱啊。”钟晴打了个呵欠，如实说，“我一直奇怪，为什么那一对恶灵指名要‘点杀’刘妈呢？照常理来说，恶灵索活人性命，要么是为其自身采补修炼，要么就是那个人跟它有深仇大恨。如果那两只邪物只是单纯为了自身的修炼，为什么放着一个年纪轻轻的小蓉不碰，非跟一个行将就木的老太太过不去呢？除非……”

“除非是刘妈开罪过他们？！”KEN接过话头，又想了想，说，“可是，一个身份低微，看起来多嘴又无城府的老婆子，到底犯下了什么严重到引来杀身之祸的过失呢？”

“可惜，那两只恶灵已经被打得魂飞魄散，死无对证。”刃玲珑取下烛台上残剩的蜡烛，放在手里上下抛玩，“不过，那位石老爷，倒是可疑得很呢。”

“可疑？！”连天瞳从半空中抓过尚留余热的蜡烛，放到眼前，似看非看，“比如呢？”

“师父你不是说那桃树林是高人布下的诛邪之阵吗，每棵桃树的位置都是有讲究的，而石老爷却口口声声说那些桃树只是为了迎合他的喜好，由他亲手种下的么？！”刃玲珑托着腮，十分认真地分析道，“而那个石老爷，横看竖看也不像是精于此道的高人。照这么说，桃林必不是他所造，而他偏偏又要说是他种下的，明摆着是在说谎骗我们嘛。”

“不对不对，你的分析说不过去呀。”钟晴抓着头，完全不赞同刃玲珑，“明明是他求着我们来帮他捉鬼驱邪的，现在他又对我们撒谎，这对他有什么好处？”

“你们还记得刚才他那副气急败坏的样子吧。”KEN紧跟大家的话题，把焦点聚到了石老爷身上，“一听我们要动他的桃树林，尤其是听到我们一提桃树林的‘下头’，真真是面如土色啊。呵呵，虽然极力掩饰，可演技还是差了一点呀。”

“哈，我也留意到了。”钟晴一拍桌子，指着连天瞳说，“你刚才一提什么怕伤了桃树下的什么东西的时候，看那老家伙的样子，活像我们马上要挖他的祖坟一样呢！”

“这里的主人，似乎瞒了我们许多事情，越想越可疑。”刃玲珑转了转眼珠，手指在桌上胡乱划拉着，自言自语道，“害人的恶灵，不讲实话的主人，锁在石牢里的夫人，还有个神经兮兮的女儿……石府，到底藏了什么……”

“女儿？”听了刃玲珑的话，KEN像是突然想起了什么重要的事情，抓住钟晴的胳膊问道，“你昨天不是说那个石家大小姐在你手上写了个字么？”

“是啊，一个‘走’字。”钟晴肯定地回答。

“哦？”连天瞳微一侧目，“还有这么一回事？！”

KEN跟刃玲珑不约而同地用力点头：“亲眼所见！”

“看来，石家小姐对你青睐有加啊。”连天瞳看看一脸糊涂的钟晴，呵呵一笑。

“胡说八道！就算是青睐我又怎样，很正常的事嘛。以我钟晴的风流潇洒，到哪里都是人见人爱花见花开。嘁！”钟晴白了她一眼，搓着自己的下巴，认真想了想，皱眉猜测道，“我看，那个大小姐肯定知道一点事情。还有，刘妈不是说过，她以前的恋人不就是那个傅公子吗，可是傅公子又怎么会变成厉鬼，还跟石府的二夫人成了一对鬼拍档？”

说完，钟晴又看定连天瞳，以求证的语气说道：“我说得没错吧，我可是亲耳听到你叫那女妖灵二夫人，叫那男妖灵傅公子的。”

“你们等一下，有点东西我不明白。”KEN打断了钟晴，狐疑地问道，“那男妖灵是傅公子我倒还相信，刘妈说过傅公子跟钟晴长得很像。可是，你们说女妖灵是石府的二夫人？这个……”

“你想问我从何确定女妖灵的身份？”连天瞳眉毛一扬。

“不是。”KEN摇头，轻笑道，“恕我直言，在座的都不是泛泛之辈，你既然能以非正常的能力知道二夫人的闺名，当然也能确定来者是不是她本人。我只是奇怪，照他们的说法，二夫人是因病而亡的，而病故的人，是成不了这种……嗯……索命级别的鬼怪的。”

“哈，这你也知道？！”钟晴猛拍KEN的肩膀，并当即摆出了专家的高姿态，“没错，的确有这种说法。像我们钟家这类高级的伏魔人都知道，病亡之人多为寿终正寝，就算心中有怨，也不能积聚太久，所以他们成不了索命的恶灵。”

“我就是这个意思。”KEN看着连天瞳，“既然如此，岂不是很矛盾吗？”

“心思果然细密。”连天瞳的眸子里闪过一丝赞许之色，继而将目光移到窗外，平静地说，“若二夫人……并非因病而亡呢？！”

“不会吧，连这个也撒谎？”钟晴忍不住猛拍桌子，有些气恼地骂道，“这个该死的石府，好像人人都不说真话一样，骗人好玩吗？！他们撒个谎不要紧，可那会浪费我们多少时间啊！那些大大小小的谎话，全是有意给咱们设下的障碍，他们成心整我们是吧？妈的，鬼要吃的可是他们，关我这个局外人屁事！哼！”

“这么下去也不是办法，始终没有个头绪。”刃玲珑忧心忡忡地看了看连天瞳，“师父，你想到该怎么做了吗？我们只剩两天时间了。”

连天瞳起身，踱步到了窗前，看着一片灰蒙蒙的晨色，默不作声。

见她不说话，又急又气的钟晴跟上去，高声快语：“你昨天跟我说那两只鬼只不过是卒子而已，到底要用什么办法才能揪出幕后那个‘借力’的元凶？难道……难道那个元凶就是……石老爷？！我看就属他最可疑！”

连天瞳往一旁挪了一步，避开钟晴的大嗓门，回转头，对他们三个淡然说道：“现在下定论为时过早。两天时间，足够。只待解开我心头的一个疑问，所有真相自会相继大白于天下。”

“你也有疑问？”钟晴跟KEN面面相觑，在他们心里，像连天瞳这种总是胸有成竹的奇特女子，该是从不会承认自己也有弄不明状况的时候的。

连天瞳对他们两个的态度不以为然，走回到桌前，半是商议半是命令地对他们说：“今日，你们同我分工合作吧。”

“嗯？”钟晴他们不明就里，“什么意思？”

连天瞳瞟了钟晴一眼，说：“你刚才不是问过，为什么他们要揪住刘妈不放吗？”

“是啊，这的确很奇怪嘛。”钟晴不解，“这跟你说的分工合作有什么关系吗？”

“杀人，当有动机。”她将手头的蜡烛朝上一抛，让它稳稳地落回到了烛台上，“你们今日速去取一样东西回来。”

“取东西？”钟晴眨巴着眼睛，“什么东西？”

“牙齿。”连天瞳微笑，露出一排雪白如玉的贝齿。

“牙齿？”其他三个人异口同声地张大了嘴，天晓得她怎么会突然说到这个八竿子打不到的词语来。

“不错。”连天瞳悠然坐下来，“所有丧生于恶灵口中的人，我要你们各取一颗他们的牙齿回来。”

“你……你……你要我们从那些没脸皮的死人口里拔牙？”钟晴大吃一惊，并立即露出厌弃之色，“那可是对死者的不尊重呢！”

“有什么特别的意思吗？”对连天瞳提出的要求，KEN似乎也不太愿意。

“照做就是。”连天瞳根本不解释，“那些死于非命且官府尚在追查死因的人的尸体，按惯例是存放在镇子西郊的义庄里的，你们直接去那里即可。”

“但是师父……”刃玲珑刚要接嘴往下问，却立即被连天瞳严厉的目光给制止了。

“义庄？”钟晴眼前马上浮现出一片阴森恐怖的情景，背脊不由得阵阵发凉。

连天瞳一眼洞穿了他的犹疑，说：“若想在期限前抓到真凶，非去不可。”

“原来分工合作的内容就是这个。”KEN尴尬地笑了笑，又见连天瞳并不是在开玩笑，于是不得不点了头，“我们去。”

“真要去……拔牙吗？”钟晴的舌头下意识地舔着自己的牙齿，说实话，若不是他自己也想早日揭穿元凶的真面目，打死他也不会去动那些死状可恐怖、又冷又硬的尸体的，更别说从他们的口里拔牙了。天知道这个怪女人在打什么烂主意，居然分派给他们这么“特别”的任务。

同他们两个男的交代完，连天瞳又对刃玲珑说道：“待会儿，你同我一道去做点别的事情。”

“哦。”刃玲珑不敢多问，忙点头。

说罢，连天瞳弯腰从桌子下头把睡得四脚朝天的倾城拖了出来，抱在怀里摇醒，抬手轻轻戳了戳倾城的额头，道：“最懒的家伙，今日也找点事情给你做。”

“这胖家伙能做什么？”钟晴还在为他今天不得不去的地方耿耿于怀，扁着嘴瞪着睡眼惺忪的倾城。

连天瞳以手指梳理着倾城脖子上的长毛，笑而不答。

正在这时，一阵急促的敲门声传来。

与师父对望一眼后，刃玲珑起身走了过去，站在门前问了声："谁？"

"小的奉我家老爷之命，请诸位贵客共进早餐。"

门外传来一个卑躬的男声。

刃玲珑回望了一眼，连天瞳微微点头示意她开门。

拉开门，一名石府的家丁弯腰低头立在门口。见有人开了门，马上鞠躬道："我家老爷说诸位贵客自入府以来，未能正式设宴款待实属不该，因此特备下丰盛菜肴，遣小的邀诸位前往享用。"

"吃早餐？"刃玲珑一愣。"多谢，我们知道了。烦这位小哥在楼下稍候片刻，我们收拾一番便来。"连天瞳不知什么时候走到了刃玲珑背后，微笑着应承道。

"是。小的这就去楼下候着。"家丁又行了个礼，而后转身下了楼。

掩上门，刃玲珑疑惑地问："居然一大早就跑来找我们吃早饭？感觉怎么这么怪异呢？"

"这老家伙有病。"钟晴更是直截了当地骂了一句，"哪有人大清早设宴待客的？请客不都是请晚饭吗，那才正式嘛。真是脑子不正常。"

KEN看了看他们，笑道："昨天晚上说有急事出去，连面都不露。今天一早却那么殷勤邀我们去吃饭，这个石老爷态度转变得倒快啊。"

"你们几个，莫非不饿？"连天瞳盯着他们，似笑非笑。

"饿！"钟晴不假思索马上应了一声，舔了舔嘴巴道，"昨天晚上一场恶战，体力消耗太多，早前胸贴后背了。"

"那就去用餐吧，莫辜负了主人家一片好意。"连天瞳略略整理了一下衣衫，"吃过之后你们两个再启程去义庄。"

"也好。"KEN点头，摸着自己的肚子轻笑，"老实说，我也饿了。"

"喊，虽然饿，可是……刚吃饱就去拔牙……"钟晴夸张地作了个干呕的动作，说，"我怕反胃！"

"走吧，莫让主人久等。"连天瞳根本无视钟晴的态度，正要起步朝门外走，又停下来，看定钟晴，眉头微微一皱，"你这一身衣裳……"

"我的衣服？"

钟晴下意识地朝自己身上看去——一团团已呈乌红的血渍满布前襟，上好的衣料也不知道在什么时候被扯得东一条口子西一个洞的，看上去既邋遢又狼狈。

连天瞳摇摇头："破破烂烂，有碍观瞻。"

刚说罢，她牵起铺在桌上的白色丝帛的一角，两指一夹，利落地撕下一条，又将此不到三寸长的丝条放在手里，启唇默念了一句，而后手掌一翻，把丝条按在了钟晴的领口上。顿时就见那方小小的丝条在瞬间隐入了钟晴的衣裳里，一片如雪的白色从他的衣领处迅速蔓延开来，转眼就将他肮脏的旧衣"染"得干干净净，甚至连那些破损的地方也自行恢复如初。

短短数秒时间，钟晴的装束焕然一新。

此景，见者无不咋舌。

钟晴扯着自己的"新"衣服，上上下下看着，又惊又赞地问："你……你怎么做到的？怎么，怎么就这一下就给我换了衣服？！"

"走吧，那家丁还在楼下候着。"连天瞳不答，若无其事地拍了拍手，抬腿出了门去。

KEN看看钟晴，又看看连天瞳的背影，讶异地问："这个……是障眼法吗？"

"哈，这可不是障眼法，他身上可是货真价实的丝绸袍子呢。"刃玲珑颇有些得意，"我师父的能耐，不是平常人能想象的。"

说完，她笑嘻嘻地跑出门去，留下还没回过神来的钟晴和KEN大眼瞪小眼。

"这个女人……会把花瓣变成飞毯，会把一条破布变成衣服，会治病会抓鬼？！"钟晴牵着自己的新袍子，喃喃道，"她……她会变戏法么？！"

"早说过她不简单了。这个地方，真是个有趣的时空。呵呵，我们走吧，她们还等着呢。"

KEN呼了口气，拽着钟晴出了门。

款待他们的"盛宴早餐"设在石府一处他们从未踏足的大院里。

家丁把他们一行人领到大院里的一间极宽敞的房间外，还没迈步进去，已经有一股浓郁的香味从里头飘了出来。

"好香。"

刃玲珑跟钟晴都情不自禁地咽了咽口水。

连天瞳不动声色地打量着院里的一切，手指有意无意地从立在自己身旁的朱漆柱子上轻轻扫过，随后瞟了瞟指尖，笑了笑。

没有人注意到连天瞳的一系列小动作。

"几位里面请，我家老爷已恭候多时。"

家丁一弯腰，手一挥作了个请的姿势，之后便退后几步，垂手立在了房间门外。

几个人也没多耽误，迈步进了房去。

这里头的布置跟他们之前见过的地方并没有太大差别，一派有钱人家的奢华布置。

立在里头伺候的两个婢女见他们走了进来，忙为他们掀开了挂在一侧的垂帘，帘后，第一眼看到的便是一方摆满盘碗杯盏的黑木八仙桌。

见自己等候的客人终于来了，正在乌黑澄亮一尘不染的饭桌前来回踱着步子的石老爷立即热情地迎了上来。

“昨夜为驱鬼一番劳累，想必大家都饿了。在下特意命府内最好的厨子准备了这桌饭菜，还望各位莫要嫌弃，诸位快请入座。”石老爷满脸关切之情，殷勤地邀他们几个坐了下来。

“石老爷客气了，这桌佳肴委实丰盛。”连天瞳坐定后，扫了桌上五光十色鲜味逼人的珍馐佳肴一眼，笑道。

“哪里哪里，连姑娘言重了，不过是些家常小菜罢了。”石老爷连连摇手，随后指着摆在各人面前的碗筷道，“大家快请用，趁热食用为佳。关于昨夜发生的事，我们边吃边谈吧。”

“好好，边吃边谈！”早已对美食垂涎三尺的钟晴当然双手双脚赞成，迫不及待捧起橙黄色的不知是何材质的精致饭碗，放在鼻子下嗅了嗅，而后舔了舔嘴巴，高兴无比地说，“好漂亮的碗，还有股淡淡的甜香，真是好碗配美食呀，哈哈。”

说罢，他抓起筷子又狠又准地朝一盘貌似烤鸭的菜品伸去。可是，他的筷子尖还没挨到那些金黄松脆的肉块，就被身边的连天瞳连碗带筷一起抢了过去。

众人都被连天瞳的突然之举给吓了一跳。

“喂！你抢我筷子干吗？你自己不是有吗？！”钟晴空伸着两手，气恼地斥责连天瞳。

“你们两个这是……”KEN放下已经拿起的筷子，不明就里地看着连天瞳和钟晴。

刃玲珑见状，有些尴尬地笑着，悄悄拉了拉连天瞳的衣角，低声问：“师父，你干吗呢？”

面对众人的反应，连天瞳面不改色，把手里的碗筷拿到眼前，欣赏艺术品一般悠闲地打量着，笑言：“石老爷果然待我们如上宾啊，小小一副碗筷也是纯金打造。”

“啊……哈哈，是啊，在下只在宴请贵客之时才以金碗金筷上桌。”石老爷合上张大的嘴，虽是满脸堆笑，可眼神却有一丝闪躲，“莫非连姑娘有何不满？”

“金饭碗啊？！”钟晴的眼神顿时被牢牢粘在连天瞳手里黄澄澄的精美餐具上，跟饥饿的灾民看到美味食物一样。

“啧啧，金的。”KEN奋眼扫了自己的筷子一眼，低语，“真是奢侈。”

“石老爷说哪里话，能使用如此贵重的器皿，许多人求之不得啊。不过……”连天瞳把抢来的碗筷放回桌上，看定石老爷，话锋一转，“石老爷有所不知，我这些个朋友天生体质有异，绝对不能以金器盛装食物进食，否则会染怪病。所以，烦请石老爷替我们换成普通的瓷碗竹筷吧。”

这女人胡说些什么？自己什么时候对金器过敏了？

钟晴一听她说这么说，马上就要开口反驳，可脚上却冷不丁被连天瞳狠狠跺了一脚。

“哎哟！”

一声惨叫，钟晴立刻弯下身子去狠揉自己的脚。

“石老爷，请。”连天瞳将金碗推到石老爷面前，不软不硬地逼他按自己的要求行事。

“哦，这，这，没想到诸位对金器有排斥。”石老爷拿起连天瞳退还过来的碗筷，讪讪地笑着，既尴尬又有些不情愿地对帘外喊了一声，“来人。”

帘外的婢女立时快步走了进来。

“去，将所有金碗筷撤下，重换一套瓷碗竹筷上来。”石老爷皱眉吩咐。

“是！”

婢女立即取过一方托盘，依命将桌上的金碗金筷一一收起，小心翼翼端了下去，很快又换了一套雪白的细瓷碗上来，重新摆在众人面前。

举起再普通不过的竹筷，连天瞳满意地夹了一片青菜放到碗里，送入口前不忘对看着她发愣的另三个人说：“快吃啊，石老爷盛情一片，莫要浪费了。”

有病！好好的金碗不用，换什么瓷碗嘛。

钟晴暗暗在心里骂了连天瞳一句，他这辈子还没尝过用金饭碗吃饭是什么滋味呢，要知道在古代，那可是皇帝才能享受到的待遇呢。

不满归不满，一桌子美味还是不能浪费的，钟晴白了连天瞳一眼，马上端起碗大快朵颐起来。

筷来杯往，几个人不亦乐乎的吃相让刚才略嫌尴尬的气氛渐渐宽松了下来。

席上，石老爷吃得很少，其间简单询问了一下昨夜发生的事情。连天瞳作为四个人中最不馋的一个，自然也很耐心地放下碗筷，将昨夜之事的来龙去脉大概向石老爷交代了一番。

“连姑娘说，府内恶灵一心要刘妈性命？”听过连天瞳的陈述，石老爷一脸不相信，

“这是为何？府内人丁众多，怎地单单要她性命？”

“解释此事怕还需费些时间，石老爷不必心急，两天之内必有结果。”连天瞳的态度一如既往，仍搬出三日之限，要那石老爷放心。

“有劳连姑娘了，若姑娘能早日清除这害人的恶灵，那真不啻为我们石府，乃至整个安乐镇的大恩人哪！”石老爷拱手说道。

连天瞳点点头：“自当尽力。”

那头，钟晴他们几个闷声不响跟食物作战的人终于酒足饭饱，满嘴是油的钟晴揩了揩嘴，手头的碗还没放下，就满足地打了个饱嗝。

“味道真好，多谢石老爷啦！”刃玲珑咂咂嘴，不忘向提供饭菜的主人道谢。

她的谢意刚一出口，帘外却传来一阵骚动。

“哎呀，大小姐你怎么闯进来了？不行啊，你不能进去的！”

“大小姐不要啊，老爷吩咐不准外人入内打扰的，大小姐！”

是婢女们惊慌失措的声音，夹杂着混乱慌张的脚步声。

众人正疑惑时，那珠帘刷一下被人掀开，一个紫衣女子慌里慌张地闯了进来，后头跟着那两个呼天抢地拼命想拦住她的婢女。

定睛一看，来人不是别人，正是那石家大小姐。

此时，这大小姐脸上再不见初遇时的羞涩，取而代之极度的焦躁不安，乃至恐惧，一进来，两只澄亮的眸子就在搜索着什么，而她的眼神很快便锁定了钟晴，准确地说，是锁定了钟晴手中还没来得及放下的饭碗。

两个婢女这时已经赶了上来，一个拖一个拉，硬要把她给弄出去。

谁知这大小姐看似纤纤弱女，此刻的力气却大得惊人，死命挣扎不说，还又踢又咬，瞬间便把两个婢女给摔到了一旁。紧接着，她拔腿便冲到钟晴面前，猛然抢过他手里的饭碗，再狠狠摔到地上，而后双目噙泪，紧抓住钟晴的手臂，颤抖着双唇，哭喊而出：“不……不要……不要吃……不要吃……”

短短数秒时间，谁也没有料到竟会突然发生这样一幕。

“这……这……这是做什么？”石老爷惊得说不出话，不知是急的还是气的，轰地站起来，指着他的女儿，全身上下跟筛糠似的抖个不停，“谁，谁准许你进来的！来人哪！来人！”“不要……不要吃……”

这石家大小姐好像根本没有听到亲爹的话，仍抓着钟晴，疯了一般摇着头，反复说着这一句。

“喂喂，你，你没事吧？”钟晴被她的状态给弄得不知所措，结巴着说，“是不是不……不舒服啊？有话好好说，你先放手好吧？”

“师父！”刃玲珑看向连天瞳。

而KEN已经站起身，准备过去帮钟晴解围。

可是，连天瞳一点表示也没有，一副眼前发生的一切跟她完全无关系的模样。

“来人哪，来人哪！阿武！阿成！”石老爷早已仪态尽失，声嘶力竭地冲到门口。

终于，刚才那个引他们来此处的家丁冲了进来，后头还跟了另外一个膀大腰圆的家丁。

“你们两个死到哪里去了？快，赶紧把她弄走！弄走！”石老爷劈头一顿臭骂，然后指着他的女儿，口气活像是见了鬼一样。

“是是，小的刚才，刚才去了趟茅厕。”

家丁之一边解释，边跟他的同伴快步跑到石大小姐跟前，一个抓手一个抱腰，轻轻松松就把她从钟晴身上拉开，而后不由分说架着她就朝外走去。

“哎，你们……”钟晴见他们对这个小女子下手不轻，不由眉头一锁，站起来大声道，“她一个女孩子，你们下手轻点！”

家丁们没有理会钟晴，只顾执行主人的命令，迅速把他们的目标带离了房间。

“你们，你们把……把她给我关起来！关起来！”石老爷还不满意，又冲到门口对家丁大吼，而后又对身后的两个婢女骂道，“给我滚，没用的东西！”

两个婢女忙连滚带爬地跑出了房间。

“不要吃……不要吃……”

石大小姐几近绝望的声音仍在重复着，直至被彻底带离这个院子，才渐渐消失。

石老爷舒了口气，抹去额头上的汗珠，回到了饭桌前，挤出个难看的笑容：“诸位见笑了，小女因病成狂，常做出些出格的事来，没吓到诸位吧？”

“既然大小姐有病，自当早些医治为妙。”连天瞳站起身，语带关切地应道，随即又对他施礼道，“多谢石老爷款待，既已饱餐美食，我等就此告辞了，今日还有些闲事要办。”

“啊……这样啊，那就不耽误诸位了，如需在下帮忙，但说无妨。”石老爷连忙恳切地说，“几位这边请，在下送你们出去。”

“石老爷请留步，府内的道路，我们大概认得，就不劳烦您了。”连天瞳笑着拒绝了石老爷的好意，招呼钟晴他们一起出了门去。

被晾在一旁的石老爷看着他们一行人的背影，一下子坐在了桌前的木凳上，半晌说不出话来，一张脸上也看不出什么表情，只动了动搁在桌上的右手，抓起了散在桌边的一支竹筷，指下一用力——

啪！

竹筷断成了两截。

沿着来路，连天瞳走在最前，一直没有说话，只在嘴里含混地念了几句什么。

一行人不快不慢地穿行于或熟悉或陌生的楼宇小道，方向大概是朝着石府大门。

清早的石府，人丁似乎比其余时间要旺盛一些。那些散布在庭院里忙着打扫的婢女仆役，在忙碌于自己工作的同时，亦不忘抬眼偷偷打量一下这四个不速之客，从他们好奇又有些畏惧的眼神来看，石府似乎已经有许久不曾出现过陌生人了。

“太可疑了，实在太可疑了！”一路上，钟晴在说了N个可疑之后，终于按捺不住，跑前两步到连天瞳身边，问道，“你刚才抢我的碗，又硬要石老头子把碗筷统统换掉，然后那个大小姐又神叨叨地冲进来抓住我说不要吃，这个这个……难道那些金碗有问题？”

“同问，我也有一样的疑惑。”KEN微偏着头，皱眉推测道，“你我都看到了，那石老爷视他自己的女儿如恶魔瘟疫。如果石大小姐只是因病胡言，他何必一副除之而后快的模样？到底也是自己的骨血啊，下手一点都不留情。嗯……我隐隐觉得，这石府鬼怪一事，似乎没那么简单呢。”

听罢，刃玲珑也极认真地附和道：“我也这么想，石老头真是越来越可疑了，总觉着他怪里怪气的，可是一时又说不出他究竟哪里不对。一大早就给我们摆下那么一大桌子好酒好菜，生怕我们不赏脸似的。”

此时，在耐心听完他们几个人的疑问跟推测之后，一直沉默的连天瞳终于开了口，伴以极轻松的笑容：“呵呵，一场鸿门宴。”

以钟晴他们三人的中国古代史知识来说，虽然有限，可“鸿门宴”意味着什么，他们还是非常清楚的。

“你的意思是，老东西想整我们？”瞠目结舌下，钟晴的声音即刻高了八度。

“你小声点行不行？”刃玲珑瞪了钟晴一眼，小心翼翼地看了看四周，“隔墙有耳！”

“早已下了结界，寻常人听不到我们的声音。”连天瞳目不斜视，一边继续稳步前行，一边又若无其事地问了一个问题，“你们以为，方才进餐的院落房间，如何？”

“有什么如何的，不跟我们见到的其他地方差不多吗，房间又大又奢华。”钟晴不假思索地应道，然后话题一转，“哎，你怎么扯房子上来了，我是问石老头子！”

“是啊，那房子并没有任何异常，很普通嘛。”KEN回想了一下，如是说道。

连天瞳抬起手，伸出一只手指，看了看，冷笑道：“屋内，一尘不染；屋外，灰土遍布。那院落，地处偏僻，经久无人居住，想来是特意为我们收拾出来的吧。”

她这一番话，令本已如坠云雾的三人更加糊涂。

“你的意思是……石老爷选了一处僻静无人的大屋，给我们摆下一桌鸿门宴?！那他是想……”KEN说到这里便打住了话头，没再往下猜。

“想要我们几人的性命罢了。”连天瞳呵呵一笑，性命攸关的大事，从她嘴里出来，却成了鸡毛蒜皮。

“要我们的性命？”三个人一下子懵了，半晌没能回过神来。

“金碗确是人间极品，可惜，用者无命。”连天瞳侧目，看了钟晴一眼，戏谑地说，“可偏巧有人还兴高采烈地要往那枉死城里奔。”

“你……”钟晴眼珠一转，意识到连天瞳正拐着弯地嘲讽他刚才对着金饭碗流口水的馋相，本想出言辩驳，却又找不到说辞，一时干愣在那里。

“碗上有毒？”KEN挠了挠头，脑子里当即浮现出武侠小说里最最常见的暗算招数。

“可以这么说。”连天瞳没有否认。

“但是……为什么?理由呢?”

此刻，钟晴他们三人的思维和问题都出奇的一致，在得到了金碗有毒的确定答复之后。

看到他们几个七分认真三分傻气的神态，连天瞳笑容更甚，淡然说道：“打从他留我们在府内‘帮忙’开始，此人杀心已起，只是你们未曾留意罢了。”

“不会吧?！”惊讶之余，KEN仍是大惑不解，“留我们帮忙是假，要我们性命是真……动机是什么?我们跟他素未谋面，更谈不上有什么冤仇，这么做不是太奇怪了吗。”

“你说老家伙一早就想干掉咱们?！”钟晴抢过KEN的话头，虽是又惊又怒，但对连天瞳的话仍持怀疑之态，“可是，可是我没发现老家伙之前玩过什么花招呀，你是不是判断失误啊?”

“师父说的就不会有错！”刃玲珑白了钟晴一眼，笃定地站到了连天瞳一边，然后小声说，“可是，我也不明白，我们哪里惹着他了，犯得着要我们的命吗?！”

“昨日石牢之行，若非我留倾城在外，你我怕是早已被石牢的主人关在里头做饿死鬼了。”连天瞳轻描淡写。

“倾城?！”KEN一惊，而后恍然大悟，“照这么说，你当时把小家伙留在外头，难道是为了……为了监视石老爷，防止他对我们不利？”

连天瞳点点头，笑：“困我们在石牢，无水无粮，呵呵，神不知鬼不觉。”

“什么？居然还有这一茬？！”钟晴的鼻子几乎被气歪，“我说当时那老家伙死也不肯进那座石室，说什么在外头等我们结果却跑得无影无踪，原来是趁我们不注意，想把我们困死在石牢里！妈的，好一个歹毒的老家伙！”

刃玲珑则拍拍胸口，庆幸地说道：“还好有倾城。石老头肯定是在关机关的时候被倾城发现了。哼，倾城对他还算温柔了，真该把他吼个七孔流血才好。”

“我们来帮他，他居然反过来想整死我们？！阴险恶毒的老头子，真是可恶至极！”咒骂之余，钟晴却不自觉地为自己两次在不觉间陷入了致命陷阱而后怕，也在瞬间觉得倾城那个小胖子一下子变得无比可爱起来。





KEN在默不作声思考了半天之后，像是突然想起了什么重要的事情，急急开口道：“石大小姐肯定知道一些事情，虽然她看似疯癫，但是她前后两次都跑来警告钟晴，写一个走字在他掌心，难道是洞悉了她父亲的阴谋，要我们尽早离开，免得受害？！”

“好像事情越来越复杂了。”刃玲珑左思右想，“不知道那兴风作浪的鬼怪，跟这发生的种种有没有关系？搞不好那吃人的鬼就是石老头呢，反正我觉得石家人个个都有见不得人的事情。”

“有或没有，很快便见分晓。”说完，连天瞳突然停下了脚步，看着前方说道，“而今就按我们之前的分工，各自行动吧。你们快些去义庄取回我要的东西，届时在知仙亭会合。记住，天黑之前务必赶到！”

一路叽叽喳喳讨论过来，他们这才发现自己因为讨论得太入神，竟没留意已经走到了石府大门前。

“去知仙亭？”钟晴听了连天瞳给出的会合地点，狐疑地问，“不用回石府吗？”

“办妥要办的事，再回石府。”连天瞳说罢，抬脚就朝大门走去。

“哦，知道了。”钟晴皱起眉，不情愿地应道。一想到马上要去的地方和马上要完成的任务，他心里就阵阵地犯恶心。

刚走了几步，他又突然想起了什么似的，拉了拉连天瞳的袖子问：“你把那个小胖子留在房间里干吗？不是说要给它找点事做吗，怎么不带它一起出来？”

“哈，你现在是不是开始想念你的救命恩人了，哦不，是恩兽了呀？”刃玲珑坏笑，故意问道。

“喊，有病！我是怕它这个不会说话的小动物单独留在石府会有危险，我对小动物一贯是爱心泛滥的。”钟晴狠狠瞪她一眼，死也不肯承认他想倾城跟出来的真实目的是想增加安全系数。

“担心你自己便好，倾城比你会照顾自己。”

连天瞳不冷不热地把这句话扔给钟晴，迈步出了石府大门。

“我师父说的绝对有道理；管好你自己就成！”刃玲珑扒着眼皮对钟晴扮了个鬼脸，一溜烟地跟着连天瞳跑了出去。

“你……”拿跑远的刃玲珑没办法，钟晴只得愤然扭过头，冲着KEN说道，“好留不留，偏偏留个多嘴的笨妖精当妹妹，眼光有问题！”

“玲珑还是个孩子嘛，你跟她计较什么呢？快走吧！”KEN懒得跟他计较，拽着他出了大门，边四下张望边嘟囔道，“东……南……西，啊，西边，往那边走！”

一阵紧过一阵的寒风里，四个人兵分两路，一西一北，各自朝相反的方向赶去。

往北边的路上，刃玲珑跟着连天瞳边疾步行走边问：“我们要去哪里？”

连天瞳抬眼看了看远处，说：“苍戎山。”

“去那里？！”刃玲珑眼神略有改变，“那里的山精妖魅……很多啊。”

“非去不可。”

连天瞳不以为然，口气不容违逆。

“哦……明白了。”

说罢，刃玲珑不再多言，一心跟着连天瞳朝她们的目的地赶去。

这一边，钟晴同KEN朝着安乐镇的西边赶去。虽然知道大方向，可是人生路不熟的他们还是在陆续问了好几个路人之后，才弄清楚了义庄的准确位置。

“这个女人，地址也不说清楚，只说个西郊，害我们好找。”站在城郊一片遍布乱石的斜坡上，钟晴看着不远处一座低矮的灰黑色房屋，抹去头上的汗珠，抱怨道。

“也不是很难找嘛。”KEN踢开一块硌着他脚的石头，“就是被我们问路的人个个都是一副怕得要死的模样。”

踢开的石头噼里啪啦滚到了坡下，因为四周极空旷，传来一阵清脆的回音。

“看来这儿的老百姓是真被那只恶灵给吓怕了。”钟晴叹口气，小心地从斜坡上跑了下去，回头大声说，“过去吧。虽然我不得不承认我是真不想去那里头。”

KEN三两下跳到了钟晴身边，边走边笑：“伏鬼之人不是该经常跟尸体打交道吗，你何必这么介意呢。”

“嗯……这个……”钟晴撇撇嘴，苦着一张脸说道，“我只是受不了那股味道，你知道我的鼻子很灵嘛，加上刚刚才吃了那么多东西，所以……唉，算了算了，反正这回是躲不过去的，下次谁再给我找这种事我跟谁急！”

KEN扑哧一笑，拍拍钟晴的肩膀：“呵呵，你这个人哪，真跟个没长大的孩子似的。”

说话间，两人很快来到了他们此行的最终目的地。

这是一方不大不小，似民居又似庙宇的破旧建筑物，灰墙青瓦，屋檐下一盏白色的破旧灯笼在风中摇摇晃晃，灯笼上清晰地写着两个黑色的大字——

义庄。

看着面前灰黑潮湿几近发霉的四壁，听着冷风刮过时墙头墙下早已枯黄的蓬草发出的嚓嚓声，闻着从摇摇欲坠半开半掩的残破木门里飘出的阵阵怪异的味道，钟晴的心跳有点加速。



KEN走上前，在门前看了看，说：“看样子这里好像没有人看守啊。”

“如今安乐镇上人人自危，守自己都守不过来，谁还有工夫管这些死人啊。”钟晴不屑地走过去，俯身从门上一指宽的裂缝里朝里看，除了一片浑浊的黑暗，他什么也没看到。

“没人更好，免得被我们吓着了。”KEN呵呵一笑，伸出手，没敢用太大的力气，试着缓缓推动形同虚设的木门。

一阵有些刺耳的吱呀声后，门开了。

KEN探头看了看里面，张口第一句话就是：“好黑。”

“喏，还好有它。”钟晴掏出打火机，嚓嚓打燃，递到KEN面前，一努嘴，“进去吧，早点拔牙早点走。”

“嗯。”

KEN点点头，两人并肩走了进去。

“妈的，外头大白天呢，怎么这里头一点光都没有？”钟晴一边小心迈着步子，一边用手护住手里豆大的火苗，生怕那阵阵不知从哪里钻进来的强风吹熄了这唯一的照明物。

“修得太严实了。”KEN努力睁大眼睛，希望能尽快适应眼前的环境。

正说着，脚下突然传来噼啦一声脆响，吓了两人一跳。

“什么声音？我好像踢到什么东西了！”钟晴一个激灵，朝旁边一跳，而后立即低头举过打火机一看，一个粗糙的泥碗翻倒在一旁，里头盛着的三个已经变了颜色的馒头散落一地，馒头上插着的未烧完的香头也断成了几小截。

“没什么，好像只是供奉用的食物而已。”

看清之后，KEN松了口气，蹲下身把碗摆好，又把馒头一一放回原处。

“真是的，这些东西怎么能随便扔在地上呢，应该找个神龛什么的摆好才是嘛。”钟晴摇摇头，责骂了两句，捂着鼻子朝里面走去。

待眼睛渐渐适应了这里的微弱光线后，钟晴举高打火机，两人终于将义庄内的情景看了个大概——一间四四方方的大屋，极普通，没有任何多余的摆设，只在正中央，一字排开了十几二十副旧木棺材。

“看来受害者都在这里了，我们快些动手吧。”说罢，KEN抬脚便朝棺材堆走去。

“知道了。”钟晴紧皱着眉毛，不情不愿地嘟囔着跟了过去。

一直走到从左边数起的第一副棺木前，KEN停住脚步，盯着面前这副窄窄的长方体，说：“就从它开始吧，连天瞳不是说要所有受害者的一颗牙齿么。”

“是啊，那女人的想法总是又奇怪又变态。”钟晴站了过去，手把鼻子捂得更紧了，瓮声瓮气地说，“呃……开……开吧。”

“嗯。”KEN双手放在棺盖的边缘，试了试力道，低声自语道，“好像不是很重。”

刚说完，就见他顺势一推，一阵咯吱闷响之后，这又薄又旧的木板子轻易便被他推开了一大半，斜支出去的棺盖晃悠几下以后，咣当一下歪倒在地上。

“哎哟我的妈哎！熏死我了！”

与此同时，钟晴腾一下跳开了去，徒劳地扇着自己鼻子下的空气，一边干呕一边抱怨着从棺木里赫然蹿出，正弥漫在空气里的浓烈腐臭气味：“现在还是冬天，要是放在夏天，还不当场要了我的命吗？！臭死了！”

“虽然现在天气冷，但是这里非常潮湿，尸体又是存放在这些劣等的棺材里头，不臭才怪。”KEN拍拍手，伸头朝棺材里头看了看，马上露出了极不自然的神情，“嗯……我说你快点过来，咱们俩一齐动手，拔起来快一点。”

“我还以为你一个人就能搞定呢。”钟晴捏着鼻子，磨磨蹭蹭地朝他靠了过去，搭眼朝那棺材里一瞧，头一歪，差点就吐了KEN一身。

躺在棺材里的，大概能看出是个穿着粗布裙衫的女人，裹在里头的身体瘦弱矮小，一双蹬着绣花布鞋的小脚僵硬地抵在棺材尾部，其露在衣衫外的脖子和双手，皮肉仍在，只是白得泛青，在昏黑的光线下尤其扎眼。然而，仅仅这些，是不足以让钟晴大吐特吐的，真正严重刺激到他的，是这具尸体的脸。

毙命于此劫的人，果然没有了脸皮。

凶手的手法极利落，从下颌到额头，从左耳到右耳，分毫不差，整整齐齐地揭下了死者一张完整的“脸”，空留一堆凹凸不平的肌肉突兀地衬在面上，偏偏又因为尸体里滴血

不留，那些暴露在空气里的肌体组织尽是一片黏腻的黄白，看上去竟比血肉模糊更加触目惊心。还有几只灰黑色的无名小虫，顶着油亮的背壳，欢快地从鼻孔和微张的嘴里爬进爬出。

令人作呕的尸臭，再加上这没脸没皮的死者，别说钟晴，连KEN都忍不住想吐了。刚才的早餐，他也没比钟晴少吃多少。

“实在太恶心了！”钟晴终于吐了个够，擦擦嘴，抚着自己还在痉挛的胃部，喘着粗气骂道，“那个女人明知道我们要来做这么恶心的事情，还怂恿我们吃了早餐再来，简直害死人，现在全给吐出来了。”

KEN尽量调匀呼吸，抑制住胃里的阵阵翻腾，苦笑：“只怪咱们俩定力不够，如果换成她亲自上阵，我估计让她看着棺材里这位吃饭都没问题。”

“我猜也是，她总是一副百毒不侵的变态样子。”钟晴拍拍心口，定了定神，说，“吐了舒服多了，赶快拔牙吧，不想再多留一分钟了，这恶心的鬼地方！”

“呃……这个……”KEN看了看钟晴，又看了看尸体，尴尬地犹豫着，“你拔还是我拔？！”

“喊，瞧你那胆小样！怕尸体咬你啊？！”钟晴本能地用不屑的眼光白了他一眼，可是，他刚刚上来没几秒的英雄感却在目光又一次跟棺材里的某一个部分交集后，消失了一大半，“嗯……这样好了，我们分工，你把她的嘴掰开，我来拔。”

对于他的建议，KEN没有意见，只问了一句：“咱们可没带拔牙的工具啊，你徒手没问题吧？”

“徒手？！”钟晴扭头瞪了他一眼，一手从衣兜里摸了一块半个巴掌大的鹅卵石出来，嘿嘿一笑，“刚才在山坡上拣的。天晓得这些人的牙齿有多坚固呢，我的手指又不是钳子，哪来那么大力气。”

“没想到你这回还想得真周到。”KEN忍住笑，故作夸赞，而后屏住气，俯下身子，伸出手去小心地掰开了这具尸体的嘴巴，强忍着从指尖传来的极不舒适的冰凉感，说：“动手吧！”

钟晴掂了掂手里的石头，埋下头，把打火机朝目标靠近了些，再尽量小口呼吸，以免那些气体大规模入侵，而后，举起这个最原始的“工具”，照准尸体露在外头的一口黄黄的牙齿敲了下去。

只听得咔吧一声响，那尸体上排的一口牙齿几乎全从牙床上掉了下来，无一例外地落进了张开的嘴里，然后纷纷沿着发乌的舌头滚进了咽喉处。

“你……你下手太狠了吧？”KEN见状，抬起头，哭笑不得，“只要把牙齿敲松就可以很容易地取下来了，照你这么敲，不是把牙齿全喂到它主人嘴里了吗？！”

“呃……”钟晴也意识到自己犯了个不大不小的错误，他转了转眼珠，马上想出了补救办法，“你伸手进去随便摸一颗出来不就行了，反正死人又不会吞东西，牙齿不都还在嘴巴里嘛。”

“你……”KEN为他的强词夺理以及馊主意无奈至极，看了看手下那张大开的嘴巴，摇了摇头，说，“下一个你可别这么狠敲了，要是再敲得满嘴都是，你自己去取！”

“知道知道，快拿快拿，这才第一个呢，还有十几个要拔呢！”钟晴忙不迭地点头，催促着KEN。

“把打火机拿过来一点。”KEN吩咐着，一手把尸体的头部略略抬起一些，一手伸出了两个手指，放到了那张冰冷的嘴唇前头。

钟晴赶紧把照明工作做好，同时心里亦暗自庆幸多亏还有KEN这一个同伴在身边，有什么烂摊子他总愿意为自己收拾。

借着微微摇动的火光，KEN果断地把手指伸到了尸体的口中，摸索了两下后快速抽回，而修长的食指与中指间，不偏不倚地夹着一颗门牙。

“哈，手上功夫很利索嘛，有做扒手的潜质！”钟晴咧嘴一笑，调侃之余马上牵起袍子的一角，刷啦撕下一块摊在手里，接过牙齿放在上头，端详着，“第一颗……咳，真不知道这个东西拿来有什么用。”

“那就只有鬼才知道了。”KEN直起身子，耸耸肩，“连天瞳的想法，实在是有悖于常人。”

“早就知道她不是正常人了。哼，你妹妹还跟她混了那么久，多半也被传染了。”钟晴骂乌及屋，又扯到了早先一口咬定他伤了自己的刃玲珑身上。

“你的联想能力还真是丰富，不是让你别跟玲珑这孩子计较了吗。”KEN垂着头从钟晴身边走过，一副怕了他的模样，“赶紧干正事吧。”

“她是你妹妹，你当然护着她，贼！”钟晴跟了上去，嘴里仍是喋喋不休。

有了之前这一次经验，后面的工作就顺手多了，两人如法炮制，一一打开剩余的棺木，一个掰嘴一个拔牙，没花多少时间便顺利取得了所有他们想要的东西。

“一……二……三……十……二十一……”钟晴细数着堆在布块上的牙齿，眼睛一瞪，有些惊异地说道，“二十一颗牙齿，啧啧，这凶手真够狠的，居然一口气杀了二十一个人。”

“所以才要尽快把凶手揪出来，免得它再为祸人间。”KEN取过钟晴手里的牙齿，小心用布包裹好，揣到兜里，回头看了看二十一副大开的棺木，说，“行了，把棺盖盖好就回

去吧，拔了他们的牙已经是冒犯了，再不把容身的地方给他们打理好就更不对了。”

“哦。”

本已经打算拔腿走人的钟晴听KEN这么一说，只好折返回去，跟着他一起走到了最后一具棺木前，伸出空余的那只手，帮着KEN抬起落在一旁的棺盖，仔细地盖回了原处。

“得快一点，我看这打火机撑不了多久了。”钟晴看了看火苗已经比之前微弱不少的打火机，有点心疼地提醒着。

KEN还没来得及答话，却听到从他们俩身后，传来一阵异响。

咯吱……

喀喀……

听来像是木板受了重力所发出的响动，而夹杂其中的喀喀声，则像极了有谁在活动已经许久不曾动过的骨头关节一般。

除开钟晴他们俩的说话声，这义庄里从开始到现在都是死寂一片，因而这阵本不大的怪声显得尤为刺耳。

“好像……不太对劲……”钟晴竖起耳朵，碰了碰KEN，用手指了指他们身后那片打火机照不到的黑暗。

“嘘！”KEN示意钟晴不要大声，仔细听了片刻，脸色一变，低声说，“好像有东西……从棺材里爬出来。”

“你说什么?！”钟晴心下一紧。

咯吱……

喀喀……

响动越来越大，越来越多。

更让人不安的是——几声沉闷的嗵嗵声接二连三传来，似乎是有重物跳到了地上。

“不好！”钟晴警惕地盯着后面，“邪物作祟?！”

“不像。”KEN转过身去，猜测着可能正隐藏在黑暗背后的危险，“你闻到妖气了吗?从进来义庄起我就一直没听到你打喷嚏。”

“是啊，好像的确没有妖气。”钟晴吸了吸鼻子，“难道是鼻子已经被臭味熏失灵了?”

KEN不置可否，投向前方的眼神越发犀利起来。

嗵嗵之声仍在继续，一阵比一阵频繁，听来像是有物体在跳跃而行。

短短数十秒的时间，两人已然意识到这听来平常的声音必有怪异，尽管离义庄大门不过咫尺，互相交换了一下眼神，他们最终还是打消了夺路而逃的念头。

正在此时，所有的声音却一下子停止了，四周又恢复到悄无声息，只依稀听到一些极细微的，类似大风吹动厚重的衣料所发出的声音。

这突然降临的寂静非但没有缓解空气中的紧张，反而让他们两人的心悬得更高了些。

危险的前奏。

KEN拉着钟晴往后退了一小步："小心一点。"

不料，他的提醒刚一出口，就有一股凉透人心的阴风从前面的黑暗里头席卷而出，随后而至的，竟是好几双五指大开皮包骨头的惨白人手！

在打火机的火光被风熄灭前的那一刹那，钟晴和KEN一清二楚地看到，那些来势汹汹的人手的主人，正是刚才被他们一一拔了牙的尸首，此刻的"他们"，身体僵硬，双臂前伸，脚跟不落地，踮着两脚，一步顶五步地朝他们两人猛地跳扑了过来。

"妈呀，诈尸啦！"

钟晴怪叫一声，手上的打火机也在此时彻底罢工。

"快过来！"

黑暗中，KEN一把拽住钟晴，凭感觉带着他退避到了右侧的墙根处。

"还……还是头回遇到这种事！"钟晴身体紧贴着墙壁，虽看不见东西却仍东张西望，还捏紧拳头摆出乱七八糟的攻击POSE，"妈的，我还从来没处理过这种僵尸呢！怎么会突然冒出来的！"

"奇怪……"与他比肩而立的KEN呼吸有些急促，"照理说没那么容易变僵尸的，真是奇怪啊……"

"这会儿你还忙着奇怪什么呀！这些家伙明摆着要拿我们开刀呢！"钟晴打断了他，一边心急火燎地打着打火机一边说道，"赶紧把他们收拾了才行！这黑咕隆咚的……啊……坏了，打火机好像打不着了，混蛋！"

"应该不是太难应付的角色。"KEN扭过头，问钟晴，"你可以对付他们吧？"

"只要以灵力击散他们喉间的那口气，万事OK。"钟晴边说边仔细听着从四周传来的动静，可以确定，那些家伙正在忙着寻找他们俩的下落。

"不过……我没实践过。"末了，他又补充一句，然后又疑惑地说，"感觉这群僵尸并不会以生气来辨别我们的位置呢。"

"没错。否则早就察觉到我们所在了。"KEN松了口气，"真正的僵尸是又聋又瞎的，只会以'气'来辨别方位。但是这一群……似乎只会用眼睛……怪，真怪！"

“看来是劣质僵尸！”钟晴这下放心了不少，说，“不管那么多了，赶紧想办法弄个照明的东西来，否则我怎么对付他们。”

“照明嘛……”KEN想了想，“我来好了。你留心了，一旦有了光，他们马上就能发现咱们！”

“这个我知道，可是你要……”

钟晴正奇怪KEN有什么法子能这么快搞到照明设备，就听到身边传来一阵低浅的吟诵之声——

“未沉眠的火之精灵，即刻起舞于温暖的指掌，听从我的召令，驱逐令人厌弃的黑暗。”

沉稳的话音刚落，就见一小簇金亮的火焰从KEN的掌中升腾而起，霎时映亮了他两人的脸庞。

紧接着，KEN又伸出一根手指，在掌中的火焰里一抹，低喝一声：“去！”

顿见那小小的火焰嗖一下朝空中飞去，并迅速延伸开来，在义庄的屋顶下形成了一方巨大的火焰六芒星。

从上面投下的光芒，瞬间便让这伸手不见五指的地方亮如白昼，犄角旮旯，统统暴露得一览无余。

钟晴仰着头，嘴巴成了个大大的O字。

“还看！杀过来了！”一旁的KEN大喊一声，一把将钟晴拉到一旁。

两只僵硬的人手贴着钟晴的耳朵擦了过去，锵一下刺进了他们刚刚靠过的墙壁里，整个手指陷进去一寸有多。

清楚感到整面墙壁因为这一击而晃了一晃，大片灰土从上头落了下来，砸得这只倒霉僵尸满头都是。

“好险。”KEN心有余悸地吁了口气，瞪了钟晴一眼，“说了要你留心的！”

“欧买噶的……僵尸开大会呢？！”钟晴没来得及喘气，就为眼前所见倒抽了一口凉气——

二十一副棺木已经是空空如也，正歪歪斜斜地躺在地上。而原本睡在里头的死者，不知什么时候集体爬了出来，三五成群，有的在棺木前跳来跳去，有的则踮着脚立在原地，转动着没有瞳孔的眼珠，在屋子里搜索着什么。

在钟晴他们惊讶于眼前所见的同时，所有的僵尸也发现了立在墙角的他们，顿时齐整整地掉转身体，连同那只刚刚才把手指从墙壁里拔出来的倒霉鬼，气势汹汹地朝寻找已久的目标扑了过来。

“小心别让他们咬到你，否则会中尸毒的！”钟晴见势不妙，忙把KEN推到一边，自己一咬牙跳上前去，喝道，“白痴僵尸，遇到我算你们倒霉！”

话音未落，钟晴已将一股灵力汇集于掌上，闪身一跃，照准冲在最前头的三只男僵尸的咽喉处一一狠击下去。立时就见一团红光自他掌中迸出，咻一下侵入了僵尸们的喉咙。这攻击看似简单，却有立竿见影的效果，这几具僵尸当即就像被施了定身术一般，呆立原地再无动弹，一秒钟后，一声怪叫传来，从他们大张的嘴巴里竟喷出了一口乌黑的浊气，直冲到半空中才散开了去。

这股气体刚一出来，三具僵尸便如失去支撑的枯木一样，直挺挺地朝后仰倒过去，咚咚地砸在了地上。而更让钟晴偷笑的是，有几只刚巧站在他们身后的倒霉僵尸，被他们同伴的突然一倒撞得东倒西歪，然后一个趔趄摔得四脚朝天。

第一回合，敌方没讨到任何便宜，且阵脚大乱。

“果然是没有智商的蠢东西。”

钟晴幸灾乐祸地一笑，灵巧地避开了另两只冲上来的男女僵尸的利爪，再双掌齐下杀了个回马枪，轻松地把这两只的“气”也给放了。

你来我往，闪避出招，钟晴越战越勇，出手也越来越熟练，几乎是掌掌奏效。任对方数量再多，这一番较量下来，地上已然横七竖八躺了十来具被撤了“气”的僵尸敌人了。

难得见到这个又啰唆又多事的钟晴有这么洒脱利落的时候，站在一旁观战的KEN直想跳起来鼓掌叫好。可是，他的好字还没出口，却马上换成了一声大喊：“当心脚底下！”

“什么？”

打得正来劲的钟晴根本没留意到脚下的异样，KEN的提醒令他一愣，迅即便感到自己的双脚被两股力量牢牢钳制住，寸步也不能移动。

一掌解决掉正跟自己纠缠不休的两只老僵尸，钟晴当下低头一看，发现左右脚正分别被两只不知什么时候倒在地上的伺机搞地下活动的僵尸紧紧抓住。见状，钟晴本能地朝上用力一蹿，想甩开脚上这两只讨厌的东西，可是他却低估了他们的力量。

这些僵尸，智商虽然几近于零，可他们的力道却大得惊人，钟晴这一蹿，非但没能甩开对方，反叫他们更加重了手下的力道，那二十只长长的指甲死死抠住他的双腿，几乎要刺穿他的裤子直嵌入皮肉。

钟晴暗叫不妙，想出掌攻击，奈何这两只偏偏是身子朝下趴在地上，根本打不到他们的喉咙。他知道，要彻底击溃僵尸这种非人非鬼的存在体，唯一方法就是打散他们喉间的那口浊气，否则就算你把他们大卸八块，他们也能借助自身的力量自行恢复如初。

就在这时，钟晴又觉得脑后一阵冷风刮过，他把头一偏，再一个标准的下腰动作，就

势躺倒在地上，危危险险地避过了另两只扑过来的矮个僵尸。

“钟晴！”

KEN见他有了大麻烦，心下一急，忙大幅度地挥动自己的手臂，又吼又跳，有意把那些想对钟晴下手的僵尸全部朝自己这边引来。

这一招果然起了作用。除了死死抓住钟晴的那两只，其余的纷纷撇下钟晴，朝KEN那边一拥而去。

“你小子不要命啦！”

钟晴见状，急得大喊。他并不认为KEN有能力独自对付那七八只毫无人性的凶悍僵尸，尽管他是所谓的神族。

而KEN的表现很快就证实了钟晴的担心并非多余。

面对那一群散发着腐臭的尸体，躲避着招招都要取自己性命的攻击，KEN越来越手忙脚乱，尽管他游刃有余地闪躲穿梭其中，同时还伴以丝毫不逊色于钟晴的拳脚功夫，但是他的攻击显然没有钟晴那么有效，虽说都是精确地击在僵尸的咽喉上，可就是怎么也打不散他们那口气。

混战中，KEN跟僵尸谁也没占到便宜。

这边，急得快烧起来的钟晴一骨碌坐起来，心一横，双手握拳，狠狠朝脚下死不松手的僵尸脑袋砸去。

只听吧唧一声，那两颗僵硬的头颅被这巨大的力量砸得向后歪去，钟晴一见机会难得，赶忙一手狠揪住左边那只的头发，另一手果断地劈向对方暴露在眼前的咽喉。

这出其不意的一击，当即让紧抠在自己左腿上的十指松开了去。

扑通一声，僵尸之一歪倒在了一旁。

而处理稍迟的僵尸之二突然张大了嘴巴，照准钟晴的右腿一口咬了下去。

多亏钟晴出手及时，在对方下嘴之前一把抵住了僵尸的下巴，再用力朝后一推，右掌顺势击在了那致命的咽喉处。

钟晴一脚踢开这块已经彻底解决掉的绊脚石，马上爬起来朝KEN那边奔去。

KEN的情况非常不好。

虽然不断有僵尸被他放倒，可是倒下去没多久就又毫发无伤地弹起来，没完没了。

几番对攻下来，KEN的体力耗费明显，越来越处于劣势。

“恶心的尸体，统统给我躺回去！”

钟晴杀上来，瞅准落在后头的两只，一把揪住他们的后衣领子往后一拖，趁他们失去重心倒地的瞬间，举手便送了他们重重两掌。

而此时的KEN已经被不知疲倦只知进攻的僵尸群逼到了屋子的死角，退路全无。以硬碰硬，似乎并不是他的强项。混乱中，一个不留神，他出招的速度慢了半拍，就是这个小小的破绽，给了离他最近的两只僵尸一个大好机会。

转眼间，四只丑陋的手爪，一双摁住了KEN的肩膀，另一双则狠狠掐住了他的脖子。其余的僵尸见自己人已经占了先机，纷纷张大了嘴巴一涌而上，一副誓要把KEN当食物生吞活剥的凶狠模样。

脖子上的那股蛮力几乎快让KEN窒息过去，脸孔已经憋得通红他却无暇挣脱，只因为他的双手正一左一右用力卡着那两只已经把头凑到自己眼皮底下的恶心僵尸的下巴，同时还不忘抬起尚能自由活动的右脚，猛力踹飞了几只正往他身边蹿的家伙。

正是危急关头，钟晴纵身跃到了KEN的面前，落地时还专拣了被KEN踢飞倒地，还没来得及站起来的两只僵尸的肚子上踩下去，一脚踏一个，令对方动弹不得，再一蹲身子，啪啪两掌击在这两只的致命处。

解决掉他们，钟晴不敢延误丝毫，立即朝掐住KEN脖子和肩膀的僵尸冲了过去。在KEN的力气就快抵挡不住那两张污秽的血盆大口时，钟晴的大手突降眼前，左右开弓朝僵尸的咽喉猛击下去。

有他出手，KEN总算是转危为安了。

两声闷叫从刚刚被击中的僵尸口里传出，没有了那一口气，抓住KEN的手爪立时松开，无力地耷拉了下去，连同他们的身体一起，烂泥一样倒向了肮脏的地面。

"嘿嘿，搞定！"

钟晴得意地一昂头，正要大呼胜利，却冷不丁听KEN大吼一声："小心后面！"

还没赶得及回头，一个冷冰冰的物体骤然环上了钟晴的腰部——

一条在混战中被忽略的漏网之鱼，被KEN踢到墙角的女性僵尸，竟突然从地上弹了起来，高高一跃，快得出奇地从背后偷袭上来，两只手从后面紧紧抱住了钟晴，同时张开大嘴，狠狠地朝钟晴的后腰处咬了下去。

比起那些已经被收拾服帖的同类，这只幸存者的行动着实快了太多，根本没有留给钟晴半分时间去阻止她疯狂的攻击。尽管少了一颗门牙，却并不妨碍她其余的利齿轻易地穿透钟晴的层层衣衫，最终顺利地扎进他的皮肉之中。

"啊！痛死我了！"

钟晴爆喊出声，不顾一切地拉住女僵尸的手，想把她甩出去。

可是，对方像糊了强力胶一样，任钟晴和KEN怎么拉怎么砸，就是不松手，非但如此，那已经嵌入他身体的牙齿因为他的一次次抗击，反而咬得更加用力了。

难以形容的剧痛从腰处扩散而出，疼得钟晴的心脏都止不住抽动了一下。

这时，正忙于替钟晴拖开这僵尸的KEN无意间抬头看了看，脸上本是焦急万分的神色突然间凝固了。

钟晴的脸，不知在何时隐去了全部的表情。此时的他，不再喊叫，也不再挣扎，一双半睁的眼睛，如蒙冰霜。

“找死……”

嘴唇微微一动，冷冷吐出两个字，钟晴头也不回地反伸出左手，精确无比地掐住了贴在身后的僵尸的后颈椎。

钟晴的眼底，划过了一道KEN从未见过的光华。

喀嚓。

僵尸的口，连同她紧紧抱住钟晴的手，都突然松开了。

因为，她的头与身子分了家。

血自然是没有的，只有几块白森森的细碎骨头，前前后后从断裂的颈椎处掉落下来。

冷睨了一眼尚捏在手中的丑陋头颅，钟晴手一扬，扔垃圾似的把它抛到了一旁，而后又回手一抓，把那僵尸的身子拖到了自己的面前，对准她的喉咙一掌劈去，直到看见那一口黑气从断开的脖子里窜出，方才松手任其瘫倒在地。

KEN看着钟晴，一语不发。

他清楚地知道，刚才钟晴眼里异样的神色，不是别的，是……杀气。

令人不寒而栗的杀气。

“啊？！”

正当KEN神思恍惚时，钟晴一声大叫把他给震醒了。

“怎么会这样？！”钟晴好像完全回到了平时的模样，指着倒在脚下的尸首，一惊一乍地喊道，“这……这僵尸怎么一下子身首异处了？”

KEN走到他身边，问：“你不知道？”

“我知道什么呀？！”钟晴不解地反问，“刚才被咬了一口，痛得我眼前发黑。等再一睁眼，这家伙就成这副德性了。你干的？”

“我？”KEN一愣，只是一个短短的犹豫，点了点头，“是啊，我见你刚才痛得快昏厥过去了，心里一急，就把她的头给拧断了。你没看见。”

钟晴看看他，又看看地上一分为二的敌人，嘿嘿一笑，拍拍KEN的肩膀说道：“没想到你这神仙下手也挺生猛的，呵呵，佩服佩服！”

"不敢当。"KEN苦笑着拉下他的手，四下环顾一番，说，"把这些尸体搬回棺木里去吧，收拾妥当再离开。"

钟晴顺着他的眼光看去，所见之处全是狼藉一片，棺材尸首横七竖八乱倒一气，一派刚刚经历了世界大战一般的惨烈境况。

"好啦好啦，虽然这些家伙差点要了咱们的命，不过，死者为大，我也不跟他们计较了，把他们搬回去吧。"说完这句，钟晴的目光又落在了脚下那只无头尸上，一拍自己的额头，说，"等等，还没给这只撒气呢！"

"撒气？！"KEN一时不解。

"咳，你不懂了吧。虽然你把她的头拧了下来，可是如果不击散她喉间的那口浊气，要不了多久她的头跟身子就会自动复合在一起。这可是僵尸的特性。"说话间，钟晴蹲下去，凝神聚力，对准无头僵尸的喉咙劈了下去，而后才放心地站起身，道，"必须给她来这么一下，才算彻底结束战斗。没了这口气，这些东西只能乖乖躺一辈子。"

"懂了。"KEN故作恍然大悟之态，又钦佩地说道，"还好这回有你在，没想到啊，第一次对付僵尸就如此厉害。"

"哈，我是谁啊？！鬼王钟馗的完美传人呢，对付这些低等家伙还不是小菜一碟。"钟晴毫不客气地笑纳了对方语气里的赞扬，得意无比地拍了拍手，然后言归正传，"动手吧，收拾好了赶紧撤退，我的鼻子几乎都要麻木了。"

"嗯。"KEN点点头，随即又盯着钟晴的后腰，问，"你的伤……没事吧？"

"伤？！"钟晴下意识地摸了摸后腰，马上跳起来大叫道，"你不说我都忘了，那个家伙咬了我一口呢！糟了糟了，怎么办怎么办，中了尸毒了！"

"你先别慌啊！"KEN拉住钟晴，"不就是中尸毒吗，清除掉就没事了。伤口很疼吗？"

"又不懂了吧！你以为尸毒是普通病毒呢？"钟晴捂着自己的后腰，气急败坏地说，"如果不在二十四个小时之内清除掉，轻则全身溃烂，重则……重则变成跟他们一样的僵尸啊！"

KEN眼睛一瞪："那么严重？！"

"我像开玩笑吗？"钟晴急得想扁人，冲KEN吼道，"快点收拾呀，我赶着去救命呢！"

"哦，好的好的。"

KEN不敢再跟他多说一句，迅速动手把地上的棺材一一摆好，再招呼钟晴一起，挨个将所有的尸体抬进去放置妥当。

当最后一副棺盖被盖好之后，两人都已大汗淋漓。

"行了，走吧。"

KEN吁了口气，右手掌朝前一摊，抬头看定还在屋顶熊熊燃烧的六芒星念叨了一句什么，那六芒星上的火光立即减弱了下来，闪烁几下后，消失得无影无踪。

黑暗重新降临，屋内的一切都恢复了原状。

死一般的寂静中，KEN跟钟晴急急忙忙地退出了这处让他们差点赔上性命的义庄。

到了外头，看看天色，估计此时已过午后，两人一路小跑，朝事先约定好的知仙亭赶去。除了埋头赶路之外，沿途都听到钟晴聒噪不停的声音——

"完了完了，这真是麻烦，可恶啊，居然敢咬我！"

"别急，反正待会儿就能见到连天瞳，她一定有办法除掉你的毒！"

"她？天知道她懂不懂治僵尸毒呢！我只有二十四个钟头，拖延不得！"

"她可是神医呢，肯定没问题的。"

"算了，求人不如求己。听好了，等办完事回到镇子上，赶紧去给我弄点菖蒲和糯米回来！"

"菖蒲糯米？！端午节还没到呢！"

"神经病，这两样东西都是去除尸毒的！瞧你那没事人的样子！我要是真变了僵尸，第一个拿你下嘴！"

"别别，一回镇子里我就给你找去！那东西有用吗？"

"不知道，书里这么说的，用这东西熬水泡澡，应该能把毒素泡出来，试试再说。"

"但愿有用！"

一路说着，穿过大路小径，两人终于在天色开始泛暗的时候，赶到了最后的目的地——知仙亭。

远远看去，亭内已然端坐了一蓝一绿两个人影。

看来，连天瞳她们已先到一步。

"我们……来了……"

大步赶到亭前，KEN擦了擦额头的汗，上气不接下气。钟晴更是累得连话都说不出来，一边喘气一边忙着在心里抱怨古代交通的不发达。

"阿弥陀佛，总算是来了！你们俩动作真够慢的，我们等了大半天了……"刃玲珑一见他们，马上就从亭子里的简陋石凳上跳下迎了上去，可是话还没说完，她马上跷起手指遮住了自己的鼻子，皱眉道，"什么味道……臭死了，你们掉垃圾堆里了？！"

“臭?！”

KEN跟钟晴不约而同地扯起袖子闻了闻，然后对看一眼。

“臭吗?”

“没觉得呀！”

“怕是你们已经嗅觉麻痹了。”连天瞳走过来，一手微扇着鼻下的空气，问，“东西呢?”

“东西……啊……在这儿呢！”KEN赶忙把揣在怀里的布包掏了出来，交给连天瞳，“你要我们拔的牙齿，一颗不少。”

掂了掂手里的布包，连天瞳似笑非笑，舒了口气，低语：“呵呵……你们来告诉我真相……”

“你这女人还真是变态！”好不容易调匀了呼吸的钟晴，一看到那个布包还有连天瞳若无其事的模样就来气，大声说，“你知不知道为了这些该死的牙齿，我们俩差点把命给丢了！”

“不是吧！那么严重?”刃玲珑上下打量了钟晴他们一番，将信将疑地问，“不过看你们这一身脏兮兮的狼狈样……你们究竟遇到什么事了?”

“尸变呀！”钟晴故意摆出无比狰狞的造型，对着刃玲珑的耳朵大喊，继而又添油加醋地说，“我们拔完牙刚要走，那些原本好好的死鬼突然一下子从棺材里跳了出来，天上飞的地上跑的，一大群僵尸追杀我们呀！多亏我英明神武以一敌百，大破僵尸军团，哼，否则啊，你那位亲爱的哥哥早就往生仙界当天使去了！”

“僵尸?”刃玲珑吃了一惊，马上走到KEN身边，急切问道，“有没有受伤啊?”

“他?！他全身上下都完好无损！”不待KEN回答，钟晴马上抢过话头，哭丧着脸指着自己的腰，“受伤的是我呀！被一只僵尸偷袭，狠狠咬了我一口！”

说完，他不忘对连天瞳投去怨恨的一瞥，咬牙切齿加上一句：“都是你害的！”

“尸变啊……”连天瞳回看了钟晴一眼，沉默片刻，拿着布包走到刚才坐过的石凳前，嘴角一扬，问，“进去义庄的时候，你们有否毁坏里头的什么物事?”

“毁坏?！”KEN锁起眉头回忆着，“没有啊……义庄里头除了棺材还是棺材，开棺算是毁坏么?”

钟晴也插嘴道：“那地方本来就破破烂烂的，我毁它干吗?！黑咕隆咚的，也就是一进门的时候踢翻了一碗发霉的馒头。”

听到钟晴说馒头，连天瞳一笑：“恐怕这就是症结所在。”

“你说那碗馒头?！”KEN想了想，问，“这我就不明白了，跟尸变有什么关系?”

"馒头?!"钟晴瞪大眼,"你别告诉我那些家伙是因为我打翻了他们的食物才跟我们算账的!"

对于他们的大惊小怪,连天瞳视若无睹,她蹲下身子,把布包平放在地上,边解边说:"诸如义庄之类的处所,经年存放的大都是些无主的枉死者,为了镇住庄内的戾气,官府会请有道行之士在里头摆置一件物事,名为供奉,实则压制。"

"那……那又怎样?"钟晴一时没能听明白,糊里糊涂地追问。

"供奉物摆放的位置是有讲究的。"连天瞳抬起头,一字一句地说,"一旦放置好,就不可以有移动,否则定生变数。"

"哦……"KEN恍然大悟,说,"是不是可以理解成,那碗馒头起着一个控制尸体怨气的结界作用,因为被我们踢翻了,失去了应有的作用,所以导致了尸变?"

"馒头并无功用,起效的只是暗藏在馒头里的符咒罢了。"连天瞳纠正着KEN的错误,"虽然只是简单的伎俩,也可以将之认为是一种最初等的结界。"

"晕啊……"钟晴狠抓着自己的头,"没听过还有这种说法……居然坏在一碗馒头上?!"

"原因之一。"连天瞳低下头,看着散铺在布料上的二十一颗牙齿,"我以为即便你们不踢翻这供奉,也会遇见相同的事。"

"什么?"钟晴顿觉她话有蹊跷,"难道还有原因之二?"

"天下义庄何其多,并非每处都能请到高人设供奉,倒是混吃混喝的江湖术士犹如过江之鲫。"连天瞳伸出手指,在牙齿堆里轻轻划拉着,"若处处枉死之人都会尸变,都要依赖这供奉之术来镇压,岂非天下大乱?!"

"哈,我明白了!"钟晴一跺脚,一下子蹲到连天瞳身边,大声说,"你是说给我们去的义庄设供奉的人,是个彻头彻尾的江湖骗子?!那碗所谓的供奉其实根本没有起到任何作用,所以我们才会遇到这么个倒霉事?!"

"你们那里的供奉,倒是个有些道行的人设的。"连天瞳呵呵一笑,手指继续在牙齿里划着圈,"不过,那些尸体也非寻常物。"

KEN细细揣摩着连天瞳话里的意思,低头问:"你不会是说那个供奉虽然是真的,但是却不足以镇住那些尸体吧?!"

"若你们不踢翻供奉,且能在一炷香时间之内完成任务退出义庄,当可无恙。可是……"连天瞳抬眼盯了钟晴一眼,揶揄地笑道,"我知道以你们二位的速度,是绝对无法达到的。所以说你们踢不踢翻供奉,结果都是一样的。"

"你……"她轻轻松松的一番话,却叫钟晴踩着弹簧一样跳了起来,指着她口无遮拦地质问，“原来你早知道我们会遇到臭僵尸，为什么事先不提醒我们？那可是玩儿命的事呀，居然眼睁睁看着我们去送死？！你这女人，果真最毒妇人心！”

“区区死物，愚钝如朽木，以你二人能力，当能应付。”连天瞳把视线挪回牙齿上，不以为然地回了一句。

“你……你说得还真是轻松！你知不知道当时有多危险？”钟晴气愤不已地指着自己腰上的伤口大喊大叫，“看到没有，我已经被僵尸咬了一口，还不知道会怎么样呢！要是我有什么闪失，你这女人就是元凶！”

“啊？！你受伤啦？”刃玲珑走上前，俯身看了看钟晴的腰部，马上大惊小怪地喊道，“哎呀，真的被咬了呢，牙印都有！”

“不知道会不会很严重啊！”一听两人提到伤口的事，KEN求救般看着连天瞳，“听说中了尸毒会变僵尸？！”

“谬论。”连天瞳头也不抬，“小伤而已，以菖蒲辅以糯米，熬水一碗，一半饮下，一半淋于伤口，当可痊愈。”

“这么简单？”KEN总算松了一口气，扭头对钟晴说，“跟你说的方法差不多，不过不用洗澡，方便很多。”

“我就记得菖蒲糯米有用的……”钟晴自己悬着的心终于也放了下来，旋即又摆出臭脸，对连天瞳警告道，“这次就算了，要是下次你明知道有危险还不通知我们，哼，就别怪我不客气了，你……”

“好了好了。”KEN赶忙打断说得来劲的钟晴，“别火冒三丈了，人没事了就好。”

“就是，一点小伤而已，不至于这么大呼小叫的吧？！”刃玲珑拍了拍钟晴的后背，嬉笑道：“看在你受了伤的分上，你之前对我做的坏事就不跟你计较了。石府里肯定有菖蒲跟糯米，为了抚慰你受伤的幼小心灵和肉体，回去之后我亲自给你找来，再帮你熬好，再亲自喂你服下，够朋友了吧？！”

“这还差不多！”钟晴气鼓鼓地撇撇嘴。

正当他们几人说得热闹的时候，在连天瞳指尖看似无意的拨拉下，那二十一颗散乱的牙齿渐渐排出了一个规则的形状。

这一幕引起了其他几人的注意。

“咦？！”离连天瞳最近的钟晴眼一瞪，直盯着那堆牙齿，半晌，问：“你干吗把牙齿摆成这个样子？”

“这个是……”

KEN跟刃玲珑把目光投到了相同的方向，脸上均浮现出不解的神情。

那一堆牙齿在地上摆成了一个笔画清晰的汉字——言。

“言字?！”钟晴蹲下来，在确定了自己没有认错字之后，疑惑地问连天瞳，“这是干什么？拼字游戏?！”

“你们几个，”连天瞳站起身，看定他们三人，“退到三尺之外。”

钟晴他们互看一眼，虽有满腹疑问，可一看到连天瞳丝毫不开玩笑的严谨神情，几人赶忙退后三步。

“谁也不许说话！”

加上这句话后，连天瞳转过身去，盘腿坐到了那个牙齿摆成的“言”字前头。

“唇齿相接亡者语，一开诸魂示真意。言！”

连天瞳左手覆在牙齿之上，右手捏诀置于胸前，口中低念着咒语。

登时就见那一粒一粒的牙齿上头蹿起了一股旋风般的白色气流，而那些硬实的牙齿在气流的席卷下从固态渐渐沙化，很快成了一片黄白相间的细末，而后从地上缓缓升起，不停旋转变化，最后竟变成了一张半透明的人类嘴唇，晃晃悠悠飘到了连天瞳耳畔，有规律地一开一合，竟像是在对她说着什么。

一堆牙齿，怎么能在这女人手下变成一张嘴巴呢？太玄乎了！惊讶不已的钟晴慌忙捂紧了自己的嘴巴，只有这样才能遏制住他想张口大喊大叫的欲望。

KEN跟刃玲珑脸上的表情也不约而同地凝固了，微张的嘴巴怎么也合不拢。

也不知过了多久，双目微闭的连天瞳睁开了眼，嘴角一翘：“原来如此，果真是祸从口出。”

说罢，她右手一扬，轻喝一声：“收！”

只见那张“嘴唇”立即飘回了原处，转了三个圈，嗖一下化成了一把散沙，哗啦啦落在了地上铺开的布料上，再一看，哪里还有沙的影子，分明又是那一粒粒如假包换的牙齿。

连天瞳牵起布料，重新把牙齿裹好，而后起身走到钟晴他们面前，说：“回石府去吧，还有个小问题需证实一下。”

“可以说话了？”钟晴放下手，不确定地问。

连天瞳点点头，随即迈脚快步出了知仙亭，边走边扔下一句：“废话就不必说了。”

几人赶紧跟了出去。

“喂喂，你刚才对那些牙齿做了什么呀？”钟晴一溜小跑追到连天瞳身边，问题儿童的嘴脸一览无余，“牙齿怎么会飞起来？怎么变成了一张嘴？是不是还跟你说话了？说了什么？”

“是啊，感觉很……神奇啊。”KEN也难掩自己的好奇心。

“师父，以前没见你玩过这一手啊，给我们说说吧，这到底是什么法术啊？”刃玲珑撵上去，挽着连天瞳的胳膊晃个不停。

连天瞳似乎被他们三个烦得没办法了，皱眉说道：“一个人在死前三天之内说过的话，会被原封不动地记录在他的牙齿里。要你们取他们的牙齿回来，无非就是要他们自己告诉我，他们临死前究竟说过什么。我要找出他们死因的共通之处。”

听完，钟晴下意识地一巴掌拍在自己的腮帮子上，诧异无比：“牙齿？！牙齿还有这作用？当录音机？天……”

“头回听说……”KEN咂了咂嘴。

“不必大惊小怪，世上有太多事是你我想象不到的。”连天瞳笑笑，看看天色，步伐有所加快。

“那他们跟你说了什么？”钟晴想到了一个最关键的问题。

“回到石府，我自会告诉你。”连天瞳看看他，柳眉一扬，继而高深莫测地说，“届时，少不得要你帮我一个忙。”

“要我帮忙？”钟晴一愣，指着自己的鼻子问，接着脸色一变，“你，你不会又想到什么损招整我吧？”

狡黠的笑意从连天瞳脸上划过，她没有理会钟晴，只回头说了句：“都走快些吧，今明两日，我们尚有许多事情要做。”

她这么说了，几人自然加快了脚步，钟晴也不得不乖乖闭上嘴，闷头赶路。嘴上不说，可是他心里却不得不承认，短短几日的相处，连天瞳这个萍水相逢的奇特女子俨然已成为了他们这群人中的领导者，她身上散发出的独特气势，总是不自觉地叫人跟着她的步伐前进。对于这一点，钟晴是既佩服又郁闷。

一路疾行，他们在天刚黑的时候，赶回了石府。

刚走到石府大门前，众人发现值守在此的家丁突然增加了十人有多，再一细看，这批家丁的装扮虽然跟之前并无差异，可是，腰间个个都有佩刀，严阵以待之势叫人很难不心生畏惧。

“好像多了很多守门的。”刃玲珑掩口低声说。

“是多了不少呢。”KEN默数着人数，“十四个。”

“不拿棍子改拿刀了……”钟晴搓着下巴。

只有连天瞳一直不动声色，边朝大门走边说：“不必介意，直接进去就是了。”

见他们一行人到来，那些家丁一句例行的盘问都没有，赶忙打开了大门，恭敬地摆出请君入内的架势。

几人刚一进府，身后的大门顿时咣当一声关上了。

“我们现在去哪儿？”钟晴边走边四下观望，又说，“啧啧，四周真是安静，都去吃晚饭啦？！”

“的确鸦雀无声。”KEN也觉得有些奇怪，“仆从侍女一个都没见到。”

一座偌大的石府，放眼看去，不见人影，树影婆娑间，只有那一盏盏亮在回廊屋檐下的奢华灯笼表示着这座府第是有人居住的。

其实，钟晴他们每个人都从这片异常的静谧中嗅到了一丝异常的气氛。

快走到桃林时，连天瞳停下脚步，看着刃玲珑道：“过来，有件事你即刻去办。”

“什么事？”刃玲珑赶紧走过去。

“你去找那个阿禄，问问他……”连天瞳附在刃玲珑耳边，如此这般吩咐了一番。

“嗯，知道了。”刃玲珑边听边点头。

“速去速回。”连天瞳拍拍她的肩。

“好的。”说罢，刃玲珑迅速转身离去。

刃玲珑的背影刚一消失，连天瞳又回过头对钟晴和KEN说道：“我们去桃林里头。”

“桃林？！”钟晴跟上去，眼珠一转，问：“我们是不是去动土？上次有石老头子阻挠，没能成事。”

“不错。”连天瞳径直走到桃林中央，在中间那棵桃树下停住，对KEN说，“还是由你来吧，照我昨夜说的，挖地三尺。”

“好的。”

KEN伸出右掌，正要开动，却冷不丁被连天瞳制止了。

“且慢！”她一摆手，而后蹲下身去，手掌在树下的泥土上轻轻按压，眉头一皱：“此地似乎已经被人翻动过了。”

“什么？”钟晴跟KEN同时蹲了下去，睁大眼睛细细一瞧，果然发现脚下的泥土极不平整，有新翻过的痕迹。

连天瞳略一沉思，说：“挖开它。”

KEN点点头，伸出手掌，低念了一句咒语，将手掌朝前一推。

只见他们面前的土地像被安了一枚威力强大的炸弹一样，突然无声无息地炸了开来，扑簌簌地落了躲闪不及的钟晴一身泥土。

一个三尺深的小坑即刻呈现在他们眼前。

“你下次能不能别弄那么多土出来?！真是的！”钟晴边拍着头上的泥土边瞪了KEN一眼，然后伸头看了看坑里，说，“除了土还是土，什么都没有嘛。”

KEN盯着空空的土坑，疑惑地嘀咕：“空的……”

“有人先动手了。”连天瞳冷冷一笑。

“谁动手了?”钟晴伸手在坑里刨了刨，想看看有没有遗留下任何蛛丝马迹，“你把这儿挖开到底是找什么?”

“找凶器，也找两个人。”连天瞳不慌不忙地说。

“不懂。”钟晴完全不明白她的答案是什么意思，正要追问，却突然大叫一声，“哎哟，什么东西!”

话音未落，钟晴刷一下把右手从土坑里抽了出来，放到眼前一看，食指上不知被什么东西划开了一道小口子。

“土里好像有个东西。”KEN看定钟晴抽手出来的地方，一小块不知名的东西在微弱的光线下闪闪发亮。

连天瞳伸手拂开那层薄土，把小东西从里头拣了出来。

一枚女人戴的金指环。

钟晴的手指就是被这指环顶上突起的云型花边划伤的。

“怎么会有个该死的戒指在土里?”钟晴捂着手指，恼怒地看着连天瞳手里的指环。

“你说的凶器，不会就是这个戒指吧?”KEN旋即问道。

“我要找的东西，已经有人抢了先了。”连天瞳转了转手里的指环，把它放在了自己的掌心里，微笑，“不过，有了这个就好办多了。”

KEN和钟晴还没回过神，连天瞳已经双掌一合，口里念念有词，而后摊开手心，喝了声：“引路!”

顿时就见一小团浅金色的光芒从她手里一跃而出，蹿到半空里，盘旋一番，扭头就往桃林外飞去。

“跟着它走。”连天瞳拍拍手，跟着光团追了出去。

他们两个自然也不敢耽误，想也没想就冲了出去，和连天瞳一道，跟着那团光飞行的路线在石府里快速奔跑。

“这光是什么玩意儿?带我们去哪里?”钟晴又惊又疑，边跑边看边问。

“你小心看路!”

身边的KEN一把抓住钟晴的后衣领往旁边一拽，一棵横生在假山后的大树擦着这

个一心三用的家伙的耳朵落在了后头。

"我们去见见这指环的主人。"跑动中，连天瞳气息平稳，脚下如履平地。

"主人？是不是……跟……跟凶手有关？"钟晴喘息着问。

"也许吧。"连天瞳看看光团飞行的方向，低语道，"像是朝石牢那个方向。"

KEN上气不接下气地撵到连天瞳身边，问："你把戒指变成了……变成了光……借它……借它带领我们去找它的主人？"

"是。"连天瞳双目直视前方，"借物寻人，小把戏罢了。不过，若超过三日，纵是有了此物，也难寻其主。"

"你果然厉害……奇术异招……层出不穷啊。"KEN由衷地赞许。

"借物寻人……原来是这种小伎俩。"钟晴一听，立刻不服气地凑上去说道，"我还会画寻人符呢……幽灵船上……全靠它……你才被我找到呢……我……"

"你就别提你那个……那个寻人符了吧……"KEN无奈地打断他，"领着主人去撞墙……也真是少见了……"

"你……我……那只是小小失误！"

"……"

不觉间，三人已然穿过了一片眼熟的竹林。如连天瞳方才的推测，那光团飞到了竹林深处石牢所在的巨石上，而后一头扎了进去，不见踪影。

"石牢？"钟晴停住脚步，走到巨石前，难以置信地问，"指环的主人在石牢里？"

"光团是进了石牢里，应该没错吧。"KEN走过去，但是语气里却也不敢肯定，"这石牢里，不是只关着三夫人吗？！难道……"

"进去便知。"连天瞳走到石牢入口处。

"要进去也得先开门呀！"钟晴回想着石老爷开门时的情景，双手在巨石上一通乱摸，"怎么开呢？"

"不必开门了。"连天瞳上前拍拍钟晴的后背，示意他不要再乱动，说，"把你们两个的手给我。"

"为什么？"钟晴收回手，不解地问。

"若开动石门，声响太大，势必惊动里头的人。"连天瞳看了他们俩一眼，而后不由分说地抓起他们的手，"穿壁而入是最方便且不引人注意的方法了。"

"你，你要我们穿墙？"

"喂喂，等一下，我不会……"

不等两个大男人有多余的时间反对，连天瞳拉着他们俩，迎头就朝坚硬而厚重的石门撞了上去。

面对扑面而来的大石头，钟晴倒吸一口凉气，想甩开连天瞳的手，却像被粘在她手心里了一般，背后还有一股强劲的力道，不由分说把他往那块能撞死人的大家伙上推。

当两者的距离已经近到可以清楚感觉到从石头里浸出的寒气时，钟晴眼睛一闭，再将脸朝一旁猛侧了过去。

一阵低微的风声呼一下从钟晴的耳畔掠过，与此同时，一波略略发烫的热浪从脚底传遍了全身，循环几圈后又从头顶上蹿了出去，嗞嗞有声。几道晃动不停的光影随后而至，钟晴的眼睛闭得更紧了。

黑暗中，有人拍了拍他的肩膀。

"到了。还舍不得睁开眼么？"连天瞳戏谑的声音。

钟晴心里一抖，试探着睁开了一只眼。

石壁、灯台、通道，眼前分明就是直往关押三夫人的牢房的路径。

"我……我穿墙进来了？真穿进来了？！"

钟晴不敢相信地摸摸自己的脸，又上下查看着自己是不是依然四肢俱全。

"别看了，完整无缺。"KEN走上前，压低声音说，"小声点，动静太大里头的人会听到的！"

"啊……哦……"肯定自己确实没有任何损伤后，钟晴狂跳的心终于放缓下来，他看看四周，最后把目光锁定在连天瞳脸上，"前头就是关三夫人的石屋了，这里除了她，不可能还有别的女人吧？！"

"未必没有。"连天瞳举步朝通道的尽头走去，轻盈的步子没有发出一丝声音。

钟晴跟KEN跟上去，压制不住的浓重好奇心又跑了出来，虽然连天瞳不说，虽然整个事件至今仍是云遮雾绕，可是凭着直觉，他们俩都认定那个指环的主人跟石府发生的种种事端有着莫大的关系。

"你们闻到没有？"正踮起脚尖走路的钟晴忽然抬起头，动了动鼻子，"有股子香味。"

KEN用力嗅了嗅，摇摇头："我只闻到潮湿的发霉的味道。"

"香味……"连天瞳一笑，"可与你用餐时，那金碗上的香味相同？！"

"对对对！"钟晴忙不迭地点头，捏了捏鼻子道，"我说这味道怎么那么熟悉。"

"金碗？香味？！"KEN突然想起白天连天瞳曾说过的话，"你说那金碗用者无命？！"

"是。散魂香，附着金器之上，有淡香，盛水盛食，服者必亡。"连天瞳看着近在咫尺的石屋大门，又回眸对KEN笑道，“其毒性远在鹤顶红之上，一旦入口，当即隐入血液经脉，不留任何痕迹，纵是华佗扁鹊也查不出死因。”

“啊？！这么毒？”KEN吃了一惊。

“老家伙居然用这么歹毒的毒药害我们？”钟晴牙齿咬得格格直响，旋即却又突然想到了一个问题，他一拍脑袋问道：“这石牢里怎么会有毒药的味道？”

“嘘！”连天瞳竖起食指轻轻摆了摆，口里又默念了几句什么，方才指了指石屋大门，“看看就知道了。”

此时，三人已然走到了那扇紧闭的石门前。

看着眼前这堵非一般厚重的石板，钟晴皱眉问道：“怎么看？又要穿墙？！”

连天瞳不说话，伸出左手去，擦玻璃似的在那石门上一抹。

钟晴他们眼前霍然一亮，只见那片被连天瞳抹过的地方霎时从完全没有透明度可言的粗糙石板变成了玻璃般的材质，石门后的一切，再清晰不过地映在了上面。

“仔细看，认真听。”连天瞳目不转睛地盯着石门，“定会有所收获吧。”

钟晴与KEN闭上张大的嘴巴，赶紧凑上去，不敢遗漏正发生在石门后头的任何一幕。

粗看之下，石屋里头跟之前并无差别。油灯石台，铁链高柱，还有横卧在柱子之间的，那个纤弱的白色身影。

但是，一个在石柱前微微晃动的黑色影子即刻引起了他们的注意。尽管光线实在黯淡，可是，根据那黑影的形状来判断，钟晴他们认定那是一个身着暗色衣裳的人。同时照此人娇小的身量来看，多半是个女子。

“果然有个女人……”钟晴攥紧了拳头，随着目光的转移，他又发现了一个新情况，“你们看，她脚边，有个闪光的东西！”

“好像是个杯子。”KEN的视力虽然不错，却也不太肯定。

“呵呵，金杯。”连天瞳看着那个歪倒在地上的杯子，补充了一句。

“金杯？！”钟晴心下一惊，再联想到刚才连天瞳说的毒药一事，忙一跺脚，“不好，那个人难道想毒死三夫人？”

“难道是想……”

KEN的话刚说了一半，钟晴已经接出了下一半：“杀人灭口？！”

“糟糕！”

KEN与钟晴顿感不妙，齐刷刷扭头看向连天瞳，钟晴更是急切万分地说：“赶紧去救人哪！”

“不必了。”连天瞳若无其事地盯着石门上的情景，“那金杯已经空了。”

“啊？！”他们两人立刻明白了她话里的意思，顿觉一股凉意蹿上了心头。

辛苦要搭救的人，居然在眼皮子底下被人取了性命，钟晴真是又气恼又懊丧。之前还对碧笙那小鬼口口声声地保证过会把她娘平安救出来，现在看来，他们失信了。

“莫要怪我。”

正当他们垂头丧气之时，石门里头突然传出了一个女人的声音，按理说这厚厚的石板隔音效果该是很好才对，可是这门上却像是安了喇叭一般，被扩大了音量的声音清楚地落到了门外所有人的耳朵里。

“只该怨你自己，出身青楼，却妄想攀龙附凤。你以为为石家诞下子嗣就能母凭子贵？就能得到老爷的专宠？呵呵，简直是痴人说梦！”

里面的人影不知是笑得厉害，还是气得过头，肩膀剧烈地抖动着，而后走上前，狠狠一脚踢在了无声无息的三夫人身上。

“纵是千般美貌又如何，纵是生下碧笙那个贱种又如何，到最后老爷还不是要烧死你？！哈哈哈，跟杜羞月那个贱人的下场没有两样。

“知道吗，我只要给出一沓轻飘飘的银票，就能让人心甘情愿地站出来说与石二夫人有染，也能让一个道貌岸然的术士信誓旦旦地说石老爷最最钟爱的独子与他爹根本没有父子缘。要拿走本就不属于你们的东西，对我来说实在太容易了。因为没有谁比我更了解老爷是怎样的人。只有我，只有我，老爷是我一个人的，他生生世世都只会有我这一个女人！

“唉，本以为老天有眼，很快就能一把火烧死你这个祸害。可没想到突生变数，到最后还是要我亲自送你一程。哼哼，柳芮芸，你且安心吧，你的儿子，用不了多久就会来陪你，黄泉路上，我怎忍心让你孤单。哈哈哈哈……”

女人愤恨的语调，夹杂着舒心的笑声，这怪异的搭配听得钟晴他们起了一身的鸡皮疙瘩。

“这个女人……”KEN看着那一直以背影示人的女子，“我想我大概猜到是谁了。”

“我也猜到了。”钟晴心中涌出了即将抓住真凶的兴奋，咬牙道，“好一个比毒药还毒的女人。”

“指环的主人……啧啧……可悲……”连天瞳没有任何激动的表情，只轻叹了口气。

“你们看！”只听钟晴一声喊叫，顺着他的手指看去，哈哈大笑的女子渐渐平复了下来，弯腰将三夫人身前的金杯拾了起来，塞入衣袖，而后将衣摆朝后一掀，满意地转过了身，不慌不忙地朝大门这边走来。随着她的走近，他们这才看清这个女子身披着一件黑色的斗篷，宽大的毛边帽子遮住了她大半个脸，一时辨不出模样。

“她出来了！我们要不要……”

KEN本想问他们几个需不需要找个地方藏起来再图后计，可是看穿了他心思的连天瞳已经抢先说了一句：“我们在此恭候她出来。”

钟晴挽了挽袖子，咬牙切齿地说：“没错，逮她个措手不及！”

一阵沉重的嚓嚓之声传出。

紧闭的石门从地上缓缓升起。

整道门尚未完全打开，那黑衣女子已经将身子略略一低，抢先一步走了出来。

连天瞳前迈一步，挡在了女子的正对面，笑道：“夜凉如水，大夫人不思休息，怎地独自到这石牢里来了？”她平平和和的一句话，对黑衣女子来说却不啻惊雷。

女子慢慢抬起头，斗篷下，露出了一张强掩惊恐的脸庞。

柳眉秀目，高额宽颐，正是那石府大夫人无疑。

“你……你们……”大夫人突见眼前凭空多出的三个不速之客，脸色剧变，慌忙往后一退，脚下却是一个趔趄，整个人重重摔倒在了地上。

“果然是你这个女人！”钟晴一步蹿了上去，指着她的鼻子呵斥道，“简直太过分了，同是一家人，你竟然狠得下心毒杀三夫人，还想对她的孩子不利！还有，你为什么要杀掉安乐镇上二十几口人？你这毒妇，说！”

“你……你这莽夫，本夫人根本不明白你在胡言些什么！”大夫人边说边从地上爬了起来，慌乱地拍着衣裳上的尘土，眼神闪烁，口气却强硬了起来，“我念近日天气转寒，特意送来一些御寒衣物给芮芸妹妹，倒是你们几位客人，怎能随意在我石府内乱闯！”

“大夫人倒是体贴过人哪。”连天瞳直视着大夫人的眼睛，左手掌向外一翻，一块亮晃晃的小东西带着一串尾光从石牢顶上落进了掌心，微微一笑，她把手掌伸到了对方面前，“这指环可是贵重之物啊，大夫人掘桃林的时候未免太不当心了。”

一见此物，大夫人下意识地摸向自己右手的无名指，脸色愈发苍白。

“指……指环，什么指环，本夫人不识得此物！”

她的辩白着实粗劣，用脚趾也能看出她在撒谎。

捧着指环的手掌轻轻一握，一道细细的金沙从连天瞳的指缝中坠出，她双唇一张，送出一口气，那金沙立时乱纷纷地飞腾起来，闪闪烁烁地消失在空气里。

大夫人捂住嘴，活见鬼了一般连退了好几步。

连天瞳这个“小动作”，不止吓到了这个女人，连钟晴与KEN都禁不住在心里打了一个大大的惊叹号。

“哦，既然不是您的，那留在我这儿亦无用处。”连天瞳拍拍手，一步逼到大夫人面前，笑，“指环不是您的，那三夫人身前的金杯总是您带来的吧，现在不还揣在您的袖子里么？！”

“我……那个……是……不是……”大夫人惶恐至极，捂紧了袖子，语无伦次边说边朝石屋里头退。

“少装蒜了，我们什么都听到什么都看到了！”钟晴见她还是死不认账，心头不由火大，冲上去喝道，“有胆杀人没胆承认，枉你家下人还说你什么出身名门、大家闺秀，呸！简直就是一个市井恶妇！你要是还敢狡辩，当心我把你的牙齿拔下来！”

“大夫人还是快将实情说出来吧。”KEN冷眼看着被他们逼得节节败退的大夫人，语气不重，却掷地有声，“人命关天，不要逼我们做出为难你的事。”

“你们……你们……”面对三种不同方式的“威胁”，大夫人脚下一闪，整个人跌坐在地。

“现在我只要你回答一个问题。”连天瞳走到她面前，蹲下身，收起笑容，“你将桃林下的东西藏到了何处？”

“什么桃林……我不知你……”大夫人还想抵赖，却被连天瞳厉声打断。

“说！”她双眉一挑，而后又放缓了语气，“如果你不想死无全尸的话！”

连天瞳不是在开玩笑。

“我……”大夫人已经被她吓得噤若寒蝉，我了半天，终于颤着嗓子说道，“我把东西收在……床头的……暗……暗格里了。”

“有没有打开过？”连天瞳又问。

“打开……”大夫人慌乱地转动着眼珠，最后不情愿地点点头，“开……开了。”

“已经开过了……”连天瞳眉头一锁，低语，“但愿来得及。”

“你们究竟是什么人……究竟想怎样？”大夫人再也没有站起来的力气，蜷在地上，绝望地问。

“自己做过什么，你比谁都清楚。”连天瞳站起身，漠然地将目光从这个女人身上移开，“你会怎么样，不用多久就知道了。”

“哼，还好意思问。告诉你，你这种妒妇绝对不会有好下场，你……”钟晴一想起刚才听到这女人说毒死三夫人还不够，还要拿碧笙开刀的混账话，他的火气就直往鼻子上蹿，恨不得上去一脚踩死这个没人性的女人。

“够了。”连天瞳瞪了钟晴一眼，而后走到大夫人身后，趁其不备，一掌击在她的后颈窝处。

扑通一下，大夫人闷声不响地倒在了地上，昏死过去。

“你这是……”KEN不明白她为什么还没有盘问清楚疑犯就动手把她打晕过去。

连天瞳一脚跨过大夫人的身体，来到三夫人这边，牵起一直锁着她的粗大铁链，凝息静气，将手掌覆于链上，红唇轻启，念出一串谁也听不清的咒语。不消片刻，就见那铁链突然抖动起来，一道金色的细线从里头蜿蜒浮出，转眼又收缩成一个小圆点，腾一下飞到了空中，又展开，化成了一张符纸样的东西，晃了几晃，消失无形。

几乎同时，哗啦一声脆响，那粗得吓人的铁链竟断成了数截，紧扣着三夫人手腕的铁环也自行松开了。

连天瞳吁了口气，回头对钟晴他们道：“好了，把三夫人带走。”

“哦，好。”钟晴闭上大开的嘴巴，跟KEN走上前去。

扶起已没有一丝温度可言的三夫人，KEN叹息道：“没想到竟然是大夫人下的毒手，我们来迟了一步。”

“我现在真不知道要怎么跟那个小鬼交代，说好救他妈妈，结果却……”钟晴看着靠在自己臂弯里的尸体，很郁闷，紧接着他又看向连天瞳，埋怨地问，“你不是说放她在这里是很安全的吗，早知道那天就把她带走，也不至于给那妒妇可乘之机！”

连天瞳不答话，从大夫人身上搜走了石牢的钥匙，而后扭头就往石屋外走去。

“喂！等等我们！”钟晴和KEN连忙架着三夫人跟了出去，边走钟晴边对KEN抱怨，“你看看你看看，每次问这个女人重要的事情，她就装聋作哑，成心急死人！哎！这个坏女人怎么处理？”

“由她自生自灭。”连天瞳的声音从远处传来，带着回音。

“太便宜她了吧……”

大夫人这种心比蛇蝎的女人，钟晴认为该将其千刀万剐才解恨。

“她自有她的道理吧。”KEN无奈地笑了笑，看向前面，“有本事的人，脾气难免会怪一点。”

架着三夫人，两人快步走到了石牢门口。

站在门口等候已久的连天瞳，手指轻轻一动，那石门立即乖乖地打开。

见不用穿墙，钟晴心里总算踏实了。老实说，从一种完全与人体不相融的物体里穿过，感觉并不好受。

出得石牢，连天瞳又把手一挥，轰隆一声，石门稳稳地关上了。

“送三夫人去我们的住处休息。”连天瞳转身吩咐道。

“啊?!”钟晴一愣,“这人都没了,还休息什么?”

“不是该寻个地方把三夫人葬了吗?”KEN大惑不解。

“我何时说过三夫人已经没了性命?”连天瞳各自赏了他们俩一个不屑的眼神,“快些走吧,回去喂她一碗清水,再用厚棉被为她捂一捂,三个时辰内自当醒转。”

“你说她没死?”钟晴和KEN异口同声,KEN还赶忙伸手去探了探三夫人的鼻息,不敢相信地说,“可是……没有呼吸了啊……”

“你不是说那什么散魂香入口就没命么?”钟晴在短暂的惊喜之后,也怀疑起来。

“当初我给她服下的药丸,不只是让她昏睡而已。”连天瞳一笑,举步朝他们住的方向走去。

见状,钟晴把三夫人朝KEN怀里一推,说声你帮忙背一下,然后刷刷几步就朝连天瞳撵去。

“难道你的药丸还可以解毒?”钟晴追上连天瞳后的第一句话。

连天瞳看他一眼,道:“服此药者三日内百毒不侵。”

钟晴脑筋一转,追问:“难道你早知道大夫人会去石牢毒杀三夫人?”

“我如何知道。”连天瞳一笑,“我又不是神仙。不过是防患于未然罢了。”

“还是不明白当初你为什么说留三夫人在石牢里是最安全的呢?”背着三夫人的KEN一溜小跑跟了上来,他们两个的对话他一句也没听漏,“万一大夫人不是用毒,而是用刀或者其他的武器对付三夫人,那她岂不是死定了?”

“有预谋的杀人者,都不想落下一丝惹人怀疑的把柄。”连天瞳头也不回地应道,“用毒方为最上乘的方法,尤其是散魂香这种杀人无形的毒药。”

“哈,说了半天这都是你的推测呀。”钟晴心有余悸,而后不满地说,“你根本是在拿别人的性命冒险嘛。万一大夫人不够聪明,提一把刀就去捅死三夫人怎么办?当初直接把她带走不就什么事都没有了吗!”

“大夫人岂会是不聪明的女子。”连天瞳一句话否定了钟晴的猜测,“不留她在石牢,又怎能引得大夫人前去‘探望’姐妹呢?!”

听她这么一说,KEN似乎有些明白了,道:“你是故意的?目的是想利用三夫人引出真凶?”

“被陷害之人一日不死,借刀杀人者必定寝食不安,为免横生枝节,他们大都会忍不住直接动手。”连天瞳如是说道。

“好像有点道理……”钟晴嘀咕着,马上又想到了一个别的问题,“但是,要不是大夫人把戒指落在了桃树林里，我们又怎么会去石牢，就算去了石牢，万一时间不对，不也一样会错过逮罪犯的时机了吗？我看今天能逮着大夫人这个恶妇全凭的是运气！”

“的确是很巧合啊。”KEN想了想，有些赞同钟晴的说法。

“巧合？！”连天瞳不以为然地笑了笑，“自作孽，不可活。即便方才没有碰个正着，她也一样逃不掉，时间的早晚而已。不过这么一来，倒为我们省却了一些麻烦，至少不用再花心思去探究一些与此事件有关的疑问。”

“疑问？”钟晴又忍不住挠着自己的头，“还有什么疑问？现在不明摆着大夫人是凶手么？她自己都说的，她妒忌三夫人受宠，又给石家生了个儿子，于是想方设法害她失宠，然后……”

“你可曾听到大夫人说那二十几条人命也是她害的？”连天瞳突然打断了喋喋不休分析案情的他。

“这……”钟晴一愣，“好像没有。不过，她没说不代表她没做不是？！她为了借石老爷之手除掉情敌，于是买凶杀人，再造出三夫人是妖孽的谣言，很合情理呀！”

“这么看来，这案子倒简单了。”KEN把三夫人往上抬了抬，生怕夜风把轻若无物的她给吹走了似的，又说，“但是你又如何解释二夫人跟傅公子的鬼魂呢？大夫人有那么大本事驱使他们来做帮凶么？”

“哎呀……对啊，把这茬给漏了。”钟晴一拍脑袋，“大夫人那个模样，怎么看也不像是那个在背后借力的人……怪了，那到底谁才是元凶……但是，直觉告诉我，就算她不是元凶，必定也跟这个事儿脱不了干系！”

“元凶……”钟晴的自问自答并没有引起连天瞳的回应，她抬头看看越来越深重的夜色，呢哝道：“你这个老东西，总是害人不浅，连自家人都不放过……”

“你嘀咕什么？是不是觉得我说得在理？”钟晴凑上去问道。

连天瞳转过头，看他一眼，无端端送他一句：“头脑简单的人，比较容易快乐。”

“你……”钟晴脸上立即阴云密布。

KEN扑哧一笑。

说话间，他们住的别苑已经呈现在不远处。

几人刚从路旁的小径里穿出来，就见一个人从另一个方向急匆匆地跑了过来。

仔细一看，来者正是方才被连天瞳派出去办事的刃玲珑。

“师父……”人还没到跟前，刃玲珑已经急急忙忙地叫出了声。

待她跑到跟前，连天瞳问道：“如何？”

“没有！我去了，挖开一看都是空的。”刃玲珑摇摇头，语气有些急促，“是不是我们弄错了？”

连天瞳叹了口气，以一种意料之中的口吻说道：“错不了。还是迟了一步，我想他们现在已经去找某些人的麻烦了。”

“难道有人乱动了桃林里的东西？”刃玲珑脱口而出。

“大夫人。”连天瞳点头。

“是大夫人……”刃玲珑吃了一惊，又突见KEN背上的三夫人，忙问，“你们把三夫人带出来了？！她没事吧，看起来似乎不太好呢。”

“没事没事，我们去得正是时候。”钟晴连连摆手，然后抓住刃玲珑问道，“你们师徒两个刚才说什么呢，怎么我完全听不懂？你究竟干什么去了，什么地方空了？”

“现在同你讲了，你也未必明白。”连天瞳示意刃玲珑不要理睬这个问题儿童，随后迈步朝别苑走去，“暂时把这头搁置吧，我们还有最重要的一件事情要做。先把三夫人安顿好。”

刚走了几步，她又问刃玲珑：“石府的下人们呢？”

“哦，他们啊，”刃玲珑赶紧快走几步，答道，“我刚才问过阿禄了，他说是石老爷临时下令，将大部分家丁和婢女都打发出府了，除了几个干杂活的，还留了他和另外两个打理马房的下人。还警告他们做完了各自的活儿就回自己的住处待着，不准出现在石府任何地方，违者重罚。”

“嘿，这老头子又在耍什么花招？”钟晴忍不住插嘴。

连天瞳想了想，问：“那石老爷人呢？”

“阿禄说他们老爷专门过去下了禁足令之后，就让他去马厩牵了三匹府中跑得最快的千里名驹出来，然后带了两个贴身侍从一溜烟跑走了，方向好像是朝着京城的，现在也不知道回来没有，反正我一路过来没看到石老头的影子。”

“呵呵。”连天瞳一声冷笑，低言道，“跑去搬救兵了么……”

“石老头骑快马去京城干吗？”钟晴又开始瞎推测一气，“我看他多半是杀人不遂，畏罪潜逃！他怕我们识破他的毒计回来找他算账！”

“我越来越搞不懂这个老头子了。”KEN嘀咕着，“如此处心积虑对付相识不过几天的陌生人，太让人费解了。”

“人心深似海。”

连天瞳回过头，话语与眼角的笑意同样耐人寻味。

几人进到别苑内，把三夫人安置在连天瞳她们的房间里。

在喂三夫人服下了一碗清水之后，连天瞳又为她盖上了两床厚厚的棉被，再轻手轻脚放下了帐子。

"让她独自留在这里吧。"做妥这一切，连天瞳走出了房间。

"不找人照顾一下么？"

一行人都退出去后，KEN在门口又探头看了看被围得严严实实的木床，有些不放心。

"已无危险可言。"连天瞳拉上房门，举步下了楼梯。

"那就好，总算没有对那个碧笙小鬼食言。"虽然很多问题都还悬而未决，可是钟晴也大大地松了口气，至少到石府来的根本目的达到了。要是三夫人挂了，他还真不知道要如何应对碧笙那个小人儿睁着可怜巴巴的大眼睛管自己要妈妈的场面。

众人下到大厅，只见连天瞳独自站在大门处，凝神看着外头已近深夜的天空，似在盘算着什么。

"玲珑。"她侧过身，看着刃玲珑，"你去把碧笙带过来。"

"好的。"刃玲珑当即会意，立刻快步跑出了门去。

"迫不及待让他们母子团聚呀？"钟晴走到连天瞳身边，如释重负地说，"不过也对，他们母子情深，等三夫人醒过来，第一眼就能看到自己的儿子，肯定高兴得晕过去。"

"是啊。"KEN有些疲倦地坐在了离他们最近的椅子上，感慨道，"但愿这对母子以后能平平安安地生活下去。这些个深宅大院，看起来安静有序，实际上却比荒山野岭还危险，谁都不知道在什么时候自己身边会多出一个比野兽厉害千倍的人，呵呵。"

"论起取人性命，人比兽更加擅长。尖牙利爪，敌不过一句流言蜚语。"连天瞳轻笑着转过身，看定钟晴与KEN，话头一转，"闲话少议，我需你俩立刻帮我办一件事。"

一听她又有了"拜托"，钟晴条件反射般地往后跳开三尺远："打死我也不去拔死人牙了！"

"嗯……需要我们做什么？"虽然KEN的反应没有钟晴那么大，但是语气里的不自然是听得出来的。

看来义庄之行，已经给他们两人造成了不同程度的心理阴影。

"我要那么多牙齿何用？！"连天瞳看斜睨了他们一眼，"附耳过来。"

"神秘兮兮的……"

钟晴挑眉挤眼地咕哝着，不得不跟着KEN一起走过去，双双很不情愿地把耳朵凑了上去。

"……"连天瞳对他们一阵耳语。

"什么？"连天瞳刚一合上嘴，钟晴就一蹦三尺高，指着她大喊，"你你你，你要我们……"

KEN也面露难色："嗯，这个，一定要这样么？"

"莫非你们不想抓出真凶？！"连天瞳似乎早料定他们俩会有如此反应，淡然一笑，悠闲地坐了下来，一脸任君随意的大度，"你们也可选择不去。我们就此离开石家，放那凶手逍遥人间，反正人已救下，其余闲事，不管也罢。"

"开什么玩笑！"钟晴被她这么一激，情绪立即高涨，"我们费尽周折，跑来跑去，我差点连性命都丢了，你现在说走？那我们之前的努力不是全白费了吗！绝对不能便宜了那个罪魁祸首！"

"那就照我的吩咐去做。"连天瞳趁热打铁的时机掌握得极好。

"妈的，只能豁出去了。"钟晴想了想，无奈地狠跺了一脚。

KEN一脸苦笑。

半弯冷月不知何时从云层里冒了出来，若有似无的光晕附在天际，倒比漆黑一片更显诡异。

刃玲珑牵着碧笙的小手，一路笑谈着走在前往别苑的路上。

"姐姐，我娘真的没事了吗？"碧笙仰起小脸，又重复了一次他已经问过好几遍的问题。

刃玲珑刮了一下他的鼻子，笑道："你娘现在非常安全，等会儿碧笙就能看到她了哦！"

"嗯！"碧笙的脸上第一次露出了专属于他这个年纪的灿烂笑脸，可爱至极，旋即他又把头一歪，好奇地问道，"为什么刚刚姐姐一拍小翠的肩膀，小翠就睡着了呢？"

"哈哈，这个呀……"刃玲珑像是被碧笙的问题给难住了，嗯了半天，说道，"嗯，我拍她肩膀是告诉她我来了嘛，小翠照顾碧笙一整天，也很累了哦，知道我来接你，她正好就可以休息了呀，所以马上倒下去睡觉了。"说完，她立刻为自己乱七八糟的谎话脸红。刚才为免多生枝节，她一掌劈昏了照看碧笙的小婢女，没想到这个小鬼会对这个问题有兴趣，一时间她还真不知道要怎么为自己的行为编一个合理的解释。

"哦……"碧笙似懂非懂地点了点头，"原来小翠那么累……"

"是啊是啊，人累了就要睡觉嘛。"刃玲珑拍拍他的头，自己吐了吐舌头，心里暗自庆幸小孩子果然好骗。

当前往别苑的路已走完大半，刃玲珑朝前看了看，只要再绕过前头那一大座上建一方凉亭的假山，就可以看到目的地了。

这时，凉亭里的两抹微微晃动的鹅黄光彩引起了下头这一大一小两个人的注意。

认真一打量，那两道光彩却是两盏被人提在手中的灯笼，并不明亮的光芒模糊地照出了提灯之人的形貌——一共两个人，背对他们坐在凉亭里，从着装和高高梳起的发髻来看，应该是石府里的婢女。

刃玲珑只顾着抬头看那亭内之人，却没留神地上一方突起的矮石，脚下一绊，哎呀一声摔在了地上。

“姐姐你没事吧？”碧笙见状，忙懂事地蹲下身，扶住刃玲珑的胳膊问道。

刃玲珑一骨碌爬了起来，一边拍去身上的草屑泥土一边对着碧笙尴尬地笑着：“没事没事，一点都不疼。”

正说着，两个过分尖细的女子声音从他们头顶的凉亭上传了出来。

“真是倒霉，昨天老爷干吗非要派我们去石牢给那女人送饭？就不能让别人去吗？！”

“就是嘛，那种不要脸的女人，为什么还不烧死她，还送哪门子的饭呢！”

“岂止不要脸，还邪性呢，死了那么多人，不知道那女人是个什么妖怪。想起来我就起一身鸡皮疙瘩。”

“简直就是个扫把星，呸！”

“啧啧，就是。哎呀，已经这么晚了，快走吧，还有事情要办呢。”

“……”

你来我往，字字清楚。

刃玲珑牵着碧笙走到离凉亭最近的地方，举目仰望，视角所限，只见到两个袅袅娜娜的女子的半身背影，提着灯笼出了凉亭，渐渐消失在另一个方向，只留下一股浓浓的胭脂水粉香味弥散在空气里。

“哼，这么晚了，还有多嘴婢女在这里闲聊。”刃玲珑不屑地哼了一声，紧接着低下头看向碧笙，却见到一张扁着嘴的难过小脸。

“啊……碧笙不要理会这些下人哦，她们都是吃多了撑的，乱讲的。”刃玲珑立刻察觉了引起碧笙情绪波动的原因，赶忙柔声安慰他，“碧笙的娘是个很好的人，绝对不是妖怪哦！”

“唔……碧笙知道……”碧笙垂下脸去，小手揉着自己的衣角，声音小得可怜，每个字都透出掩饰不住的沮丧。

刃玲珑见状，叹了口气，摸摸他的头："我们走吧，你娘见到你一定高兴得不得了。"

碧笙没有说话，只用力点了点头，小手把刃玲珑拽得更紧了。

回到别苑，一进去就看到连天瞳悠闲地倚在大门一侧，双手交叠着抱在胸前，貌似正在欣赏着苑内的梅花树。

"我回来了。"刃玲珑走到连天瞳面前，揽着碧笙的肩膀晃了晃，"碧笙带过来了。"

"天瞳姐姐。"碧笙怯怯地唤了一声。

"哦。"连天瞳收回目光，低头看向碧笙，笑容温和如常，捏了捏他的鼻子，说："我们已经把你娘救出来了，她现在就在楼上休息。碧笙今晚就住在我们这里吧，这样你娘一醒过来就能看到你了，好么？"

"好！"一听到她这么说，碧笙的脸上终于有了笑容，"碧笙乖乖等娘醒过来！"

"真是个好孩子。"连天瞳怜爱地牵起他的手进了大厅，径直往楼梯那边走去。

上楼时，刃玲珑上下环顾了一番，问道："那两个家伙……"

不待她问完，连天瞳已经明白她要知道什么，黠然一笑："他们说累极，已经先睡去了。"

刃玲珑一愣，但马上就恢复了常态："哦……哈哈……真是比猪还能睡。"

走到三夫人房间前，连天瞳轻轻推开门，引着碧笙走了进去。

撩开雪白的帐子，第一眼就看到沉沉安睡的三夫人，此时的她，呼吸平稳，细致的脸孔上已经泛起了两抹淡淡的红晕，连一直苍白如纸的双唇也有了血色。

"娘！娘！"碧笙一见，登时就要朝亲娘身上扑去。

"嘘！"连天瞳一把拉住了他，冲他摆了摆手，"碧笙莫要吵闹，你娘怕是要到明早才会醒转过来，让她安心休息好么？"

"哦。"碧笙嘟起嘴，虽有些不愿意，却还是乖乖地站到了床边，不敢再惊扰母亲的美梦。

"既然已经看到你娘安然无恙了，那碧笙是不是随姐姐去隔壁房间就寝了呢？已经很晚了。"连天瞳一边放下帐子一边问道。

"是啊，已经深夜了哦。"一旁的刃玲珑俯下身，笑眯眯地对碧笙说，"碧笙今天就跟姐姐们住同一间房好不好？姐姐可以给你讲很多故事哟！"

但是，碧笙似乎不为所动，他抬头看看连天瞳跟刃玲珑，嗫嚅着说："碧笙……碧笙想留在这里陪着娘，可以吗？"

连天瞳跟刃玲珑对视一眼，颇有些为难："可是，这里只有一张床啊……"

“不要紧。”碧笙轻快地跳到身后的桌子前，一屁股坐在了凳子上，晃着小脚说，“碧笙一点也不困。在这里坐着就好，等娘醒过来马上就能看到碧笙了！”

“坐一整夜？”刃玲珑走到碧笙面前，“不好吧，万一着凉怎么办？”

“算了。”连天瞳拍拍刃玲珑的肩，“由他吧。难得母子能重聚。”

得了连天瞳的许可，碧笙很是开心，忙保证：“姐姐放心，碧笙一定不吵，安安静静等娘醒过来。”

连天瞳凝视着他兴高采烈的小脸，笑了笑，没再说什么，摸了摸他的头，转身出了房间。

站在走廊上，刃玲珑小心关好房门，然后转头看向连天瞳，似乎有话要问。

“我们也去隔壁房休息吧。”连天瞳若无其事地走到相邻的另一间房前，推开了门，进去前，低声说了句，“怕是等会儿就休息不好了。”

简单一句话，既像是说给刃玲珑听的，又像是在说给她自己听。

羞于见人的月亮在吝啬地露了小半张脸后，终于又躲回了云层，整座石府，整座别苑，哪一处地方都是寂静无声。

漆黑的走廊上，一阵似曾相识的馥郁香气在悄悄扩散。

越是往尽头，香味越是浓烈。

黑暗里，蓦地传出吱扭一声轻响，听来似是两旁的某一处房间被悄悄打开。

喀嚓，又一个木头与木头碰撞在一起的摩擦声，房门又被重新关上。一团暗白色的模糊光晕包裹着一个灰黑的影子出现在了走廊上，飘忽不定，落地无声。

影子敏捷地朝尽头处移动着，速度快得惊人，一两秒钟的工夫，已然来到了位于二楼最里端的房间前。

香味依旧弥漫，却多了一点点血腥味，沿着它行动的路线，扩散着。

紧闭的房门前，那影子一动不动地立着，仿佛能听到从它身上传出的若有若无的呼吸声。

没见它有任何动作，可是那两扇房门却在它到来后，自行敞开了一条缝隙。

影子一闪身，无声无息地走了进去。

门关了，像是专在此等待着它一般。

此屋格局跟其他房间并无不同，只是宽敞了不少。屋内窗户洞开，阵阵凉透人心的冷风嗖嗖地吹了进来，但是，完全没有影响到那愈发扑鼻的阵阵浓香。

看来，此处正是那香味的源头。

房间正中的圆桌上，东倒西歪地搁着两盏熄灭已久的纸灯笼。而一张对窗而置的大木床，被垂下一半的丝帐挡住了床头，依稀可见一双微微弯曲的腿脚露在床尾处。旁边的衣架上，散乱地叠放着两件女人穿的裙衫，而床下，还歪摆着两双浅色的绣花鞋。

这时，人在睡眠中常有的吧唧嘴的匝匝声从帐子下传出，随即又是一阵翻身时才有的窸窣之音。

房内，有人睡得正香，看情形，估计还是两个女人。

影子一步步朝床头那边靠去。

在离目标不过一步之遥时，突见一只尖利的爪子般的物体从那模糊不清的身体里猛然探出，哧一下撕下了挡住它视线的帐子。

此时，果见一名梳着发髻的女子身披锦被，背向而卧。估计是睡得太沉，此女竟对于身后发生的一切懵然不觉，没有任何被惊醒的迹象。

不过是眨眼之间，那只爪子已经以锐不可当之势咻一下往床上之人露在外头的后颈窝处抓了下去，杀气腾腾。

只差分毫，此人即将成爪下亡魂。

然而，扑了个空，利爪只抓到了一个软绵绵的枕头——

那看似睡死了般的女子在这要人性命的攻击到来前的一瞬间，竟顺势朝里一滚，而后甩开锦被一骨碌爬了起来。

“自投罗网，总算逮着你这凶手了！”帐内一声大吼传来，竟是个男子的声音。

屋顶上，骤然燃起了一方大大的六芒星火焰，无光的房间顿时亮如白昼。

紧挨着墙边的一座黑木立柜嗵一声被踢开，一个只着了白色中衣的高大身影从里头跳了出来。

火光之下，面容一览无余，云鬓高耸，描眉涂唇，一身与那身量毫不匹配的正宗的女人打扮。

但是，再一细看，红妆之下，竟是KEN这个如假包换的大男人。

更让人瞪掉眼珠的是，猫着腰立在床上大吼的“梦中女子”，一脸水嫩透红的胭脂，身上也只着了件中衣，而身下则套着一条暗绿色长裙，却正正是我们的钟晴小弟无疑。

事态突变，那影子急急收回已经把枕头毁开了一条大口子的利爪，在一片飞扬起来的棉絮中以媲美光速的身手朝窗口奔去。

KEN跑前一步，钟晴也从床上跳下来，可两人都没有追赶的意思，看他们不慌不忙的神态，倒像是等着看一出预料中的好戏。

果不其然，那明显想从窗户处跳下逃窜的影子刚一跃起，本是空无一物的窗口上突然现出四条围成井字的红色细绳，中心处赫然冒出一团蓝边火焰，迅即爬满四条细绳，将这方看似最为方便的逃生之地封了个严实。

影子闪避不及，迎面扑了上去。

“嗷！”一声不属于人类的嚎叫。

影子被重重地反弹回来，撞翻了桌椅，栽倒在地，几炷带着毛发被烧焦时的怪味的青烟从它身上飘了出来。

“YES！”钟晴一握拳头，雀跃道，“抓到了！总算抓到这个凶手了！”

KEN走到钟晴身旁，盯着地上一动不动的偷袭者，松了口气：“终于有个了结了，不枉我们牺牲形象扮回女人。”

“可不，长这么大还没这么别扭过呢！”钟晴狂擦着嘴上的口红，又看着地上那团仍旧混沌一片的灰黑色以及浮现在它四周的白光，道，“这到底是个什么玩意儿？跟被包在茧子里一样，还有光。”

“不知道。”KEN左看右看也没瞧出个所以然，“不过我看到它是有爪子的，啧啧，奇怪的构造物……”

这时，房门被人推开了。抬眼一看，连天瞳跟刃玲珑一前一后走了进来。

“来得这么晚，又错过精彩场面了。”钟晴一见到她们，立刻指着地上得意地说道，“看看，凶手在此。刚才妄想偷袭我，哼哼，我的身手岂是它能想象的。”

连天瞳走到影子前头，没说话，只看着，像在等待着什么。

“这凶手到底是……”KEN还是看不出这东西是圆是方，正要请教连天瞳，却一下子怔住了。

那团一直未曾散去的白光渐渐弱了下去，而那似茧子般不停浮动着的灰黑色也在层层缩减，如照到了阳光的雾气一样，一点点消失着。

脚、腿、身子，灰雾褪去，竟露出一个人来。

侧卧蜷曲，银衫加身，胸前，一块已无光泽的长命锁，坠在上头的铃铛散乱着耷拉在地上。

一个小小的人儿。

“碧……碧……碧笙？！”钟晴呆住了，KEN也呆住了，连空气也在这个时候凝固了。

“没理由……没理由是这个小鬼啊……”钟晴用力揉了揉眼睛，生怕是自己花了眼，可是任他把眼睛揉到发红，看到的仍是相同的人。

“这……不会是障眼法吧？！”KEN合上嘴，仔细端详着小人儿的样貌，“真的是碧笙？！可是……有些不一样啊……”

小脸苍白，双目紧闭，两排浓密的睫毛偶尔颤动两下。微微翕开的小嘴，却有两颗又长又利的尖牙突兀地支在外头，阵阵白气随着他微弱的呼吸，从口中跑了出来。垂在袖子外头的小手，此时已经不能称之为手，更像一双长着长而略弯的兽类利甲的爪子。

KEN说的不一样，就是指这两颗不属于人类的牙齿与“双手”。

“真的是那小鬼吗？真的是吗？”钟晴一步跨到连天瞳身边，拽着她的胳膊，有些语无伦次，“不是你又用了什么法术骗我们吧？！否则……不可能，不可能是他啊！”

“正是碧笙。”连天瞳一句话击溃了他们所有的怀疑，可她即刻又补了一句，“但……也不是碧笙。”

刃玲珑看了看她，又看着不久前还乖乖叫自己姐姐的碧笙，一反她平日的活泼顽皮，神色凝重得很，轻轻叹了口气。

“你们什么意思啊？说清楚啊！”师徒两个模棱两可的话语与态度让钟晴急得想撞墙，“你们别告诉我，躺在义庄里那二十一个人都是……都是碧笙干掉的？！”

连天瞳跟刃玲珑都沉默了。

“太夸张了……”KEN禁不住傻笑了起来，整个事件的发展已经不是用“峰回路转”可以形容的了，面对一个手无缚鸡之力且一直乖巧的孩子，叫他如何能相信残忍杀掉二十几个活人的凶手就是他？！

一时之间，整个房间一片死寂，谁也没再开口，谁也不知道该说些什么。

明知眼前人是一直追寻的元凶，但是钟晴怎么也找不回之前自己发誓要把真凶碎尸万段的狠劲，他眼里，只有那个模样可爱、眼泪汪汪求别人帮他救母亲的男童，那个总是楚楚可怜又怯生生的碧笙小人儿。

一个孩子，叫他如何“收拾”？！

“他……伤得重么……”过了好一阵，钟晴终于忍不住蹲下身子，想也没想就伸手想把碧笙抱起来。

在钟晴的手刚一触到碧笙的肩膀时，一直昏迷不醒的小鬼突然睁开了眼睛。

玻璃一样的眸子，似有鲜血荡漾其中，红得利光四射、危险重重。

连天瞳眉头一动，喝了声：“留神！”

“什么？”钟晴还没反应过来，已有一阵疾风直朝自己的面门扑来。

来不及跳开，钟晴慌忙来一个漂亮的下腰动作，仰倒在地。

要人命的利爪擦着他的额头挥了过去。

见状，KEN赶紧冲上去拽住钟晴往后头一拖，及时避开了又一爪凌厉的攻击。

碧笙一跃而起，站在屋中央，转动着身子，警惕地扫视着在场的每一个人，口里发出悚人的呜呜低吼。

“孽障！”连天瞳低斥一声，抽出一截红线，手一扬，朝碧笙那边抛了过去。

顿见红线的另一端自行生成了一个活套，不偏不倚地落在了碧笙的脖子上。

模糊不清的呢喃声从连天瞳嘴里送出，红绳如受了震动一般，飞速地晃动着。

突然受了这一招，碧笙慌乱地挥舞着爪子，想扯下脖子上的束缚物，手臂却怎么也弯不过去。看样子，那根毫不起眼的细线让他极其难受，苍白的脸已经开始泛紫，咝咝咿咿的怪声从他喉间冒出，小嘴张得老大，胸口也大起大伏，马上要窒息过去般。

钟晴惊魂未定地站到连天瞳身边，问：“碧笙到底是什么？我没有从他身上感到一点妖气。”

话一出口，一圈耀眼的白光突然从碧笙身上蹿出，轰然炸裂开来，随之涌出的灼热气浪混着血腥之气，铺天盖地冲向四方。

光芒之强烈，令连天瞳也不自觉地侧过脸，闭了闭眼睛。

待到众人重新睁开眼时，那绳套下哪里还有碧笙的踪影，只有一只通身银白，身形比狼犬略大，毛皮光滑如水，长嘴尖牙，利爪如刀的野兽，低头躬身，拼命后退想要挣脱颈上的钳制。

“那是……是……”KEN震惊地看着那挣扎不休的动物，“是一匹狼么？！”

“我的天……真的是一匹……狼！”钟晴简直不敢相信，“一匹白狼……”

“不错。”连天瞳手指一动，将红线又多挽了一圈，把对方箍得更紧了，“一只白狼精。”她刚说完，那白狼突然将脖子一仰，发出一声震人耳膜的嚎叫，又将头一低，张嘴一口咬在红绳上头，格格作响，一朵朵火花从纠结在一起的绳子与利齿间迸出，它越是撕咬，火花越是猛烈，转眼间，一股殷红的血液从它的嘴角缓缓淌下。

“哎呀，绳子好像要断……”钟晴充分发挥了乌鸦嘴的本事，断字刚刚出来，那条红绳果然在白狼口下一分为二。

又是一声充满愤怒的狂吼。

红得吓人的眼睛凶狠地转动着，衬着那张纯白的兽脸，对比鲜明。

它一刨前爪，五道深深的抓痕立刻印入厚实的地上，呜呜的低鸣预示着狂怒的它随时会对在场的任何一个人发起攻击。

“它好像要出手了……”钟晴不敢作出太大的动作，低声提醒着大家。

“别慌。”KEN虽然吃惊，可是他并不害怕这个对手，“如果是妖精，我有办法对付。”

“无需你们动手。”

连天瞳不但不躲，还朝前走了一步。

“你……”钟晴正要吼她是不是不要命了，那白狼已经高高跃起，瞅准连天瞳扑了过来。

面对致命的攻击，连天瞳视而不见，毫无行动地立在原地恭候着对方的到来。

千钧一发之时，头顶上哗啦一声巨响，无数瓦砾碎片扑簌而下，一只巨大的黑影从屋顶上落了下来，一脚踢翻了即将扑到连天瞳身上的白狼。

连天瞳一笑，对这从天而降的家伙说道：“倾城，既同生为兽，这狼精便交给你了，莫要伤它性命。”

“倾城?！”钟晴顾不得拍掉砸在头上的碎瓦，傻看着这个从天而降的大家伙，“它是倾城?！”

一只从未见过的猛兽，大若狮虎，金毛耀眼，身姿矫健，背上还展开了一双硕大的金色羽翼，一对威武的铜铃大眼精光万丈，气势逼人。

听了连天瞳的话，只见它将前爪一按，仰头长啸一声，旋即猛地朝被踢翻到了墙角，刚刚才站起来甩着脑袋的白狼扑了过去。

众人只觉此处的地面和四壁在那一声长啸中晃了几晃，之后就见到一金一白两只兽类纠缠在了一起。

嘶鸣号叫，爪来齿往，一场罕见的战斗爆发在两只非同一般的动物之间。

论身量，白狼已处下风。

不消三个回合，白狼已经被那金色猛兽踩在了脚下，四蹄朝天，胡乱挥动着，并用力扭动着身子，还想抬头咬住踩住它的大爪子。

见手下败将还不老实，这只被连天瞳叫做倾城的猛兽赫然张开嘴，猛然咬住了白狼的喉咙。

也许是痛极，也许是缺氧，白狼哀号一声，又踢了几下腿，渐渐没了声息。

“够了。”连天瞳走过去，拍拍猛兽的背脊，“松口吧，否则它没命了。”

猛兽一听，立即听话地松开了大嘴，抬起头，舔了舔嘴巴，又把爪子从白狼身上拿下来，然后收起羽翼，晃着它如意似的卷毛大尾巴蹲到了连天瞳身后。

连天瞳蹲下身，伸手探看着已经奄奄一息的白狼。

两个不深不浅的齿洞埋在它的喉咙处，正汩汩地朝外淌着鲜血，胸口的白毛已被染红一片，淌到地上的血液呈溪流状缓缓蔓延开来。

对于倾城来说，下手算是轻的，但是对白狼，却是接近致命的一击。

连天瞳伸出一根手指，边念叨着什么，边朝白狼的伤口上画着圈儿。

每绕一圈，伤口就小一点，三圈下来，齿洞消失不见。

她吁了口气，扭头对站在身后看得眼发直的钟晴跟KEN说："把那边的木箱搬过来。"

"木箱？！"KEN回过神，朝右边一看，一只红木衣箱靠墙而放，赶紧走了过去，用力把箱子搬了过来。

钟晴走上前，有些惧怕地瞧着身边这只一看就不好惹的怪兽，咽了咽口水："你……你是倾城？！那只小胖子？"

倾城转过头，大眼并不友好地直瞪着一脸疑色的钟晴。

"呃……算我没问……"

钟晴见势不对，赶紧摆摆手，正要走开，却冷不丁被喷了一脸热乎乎的口水。

这下子，钟晴终于完全相信这只有翅膀的怪兽是倾城了，除了它之外，没有谁会老爱朝他脸上喷口水。

"厉害！"钟晴擦着脸，对它伸出了大拇指，"吃什么了，一天没见就发育了这么多？！"

"嘻嘻，这才是倾城的真面目呀。"一直没说话的刃玲珑凑上来，抚摸着倾城的长毛，"早叫你不要小看它的。貔貅可是上古神兽，刚才要不是师父有令，它早一口吞掉那只小白狼了。"

"哦……"钟晴瞟了倾城一眼，赶紧闪到连天瞳他们那边去了。

倾城咧开嘴，发出咻咻的声音，毛脸上似乎挂满了得意的笑容。

这边，连天瞳已经打开了木箱，对KEN说道："把白狼放进去。"

"好的。"KEN用力抱起气息微弱的白狼，小心放了进去，又问，"要如何处理它？"

关好箱盖，连天瞳将手掌放在木箱正上方，低念了一句咒语，就见一道暗红色的符文状光芒从箱子的锁眼处一闪而出，然后渐渐隐入了箱内。

做妥这一切，连天瞳站起身，神情淡然，只说了一句："此后，安乐镇当可太平了吧……"

"等等！"钟晴叫了一声，看定连天瞳，噼里啪啦爆出一连串问题："我，我到现在还是稀里糊涂的！你是不是欠我很多个解释？！碧笙怎么会是一只白狼精？他为什么要杀人？还有，为什么非要让我们扮女人引他出来？老天，到底是怎么一回事？！"

KEN端详着关着白狼的木箱，侧目瞄了连天瞳和刃玲珑一眼："我想，你们师徒两个早已经知道事情的真相了吧，在今晚之前。"

"呃……"刃玲珑把求救的目光投向连天瞳，"这个……其实我也是随师父去了苍戎山之后才知道的，但是师父嘱我在抓到凶手之前不准说出来。”

钟晴一听，急不可耐地问道：“苍戎山是什么地方？你们两个白天究竟干了什么？”

“苍戎，安乐镇北郊一座山精鬼魅出没的深山。”连天瞳俯视着脚下的箱子，“也是这白狼精的老家。”

“你早知道碧笙是白狼所化？”

KEN站起来，眼光犀利地看着她。

连天瞳嘴角一翘，浅浅笑容里有些无奈：“半年前，在三夫人抱着病危的碧笙出现在我眼前时，我已然知晓她怀中小儿并非人类了。”

“半年前你就知道了？！”钟晴瞠目结舌，又想了想，顿时一股怒意蹿了上来，“那你早干什么去了？为什么不在当时就把它给收拾了？不然也不会有后头这些倒霉事了，那些人命也不会白白丢掉了！”

“一时恻隐罢了。”连天瞳冷冷回了一句，“那些毙命之人，自己也当负一点责任。”

“恻隐之心？对一只凶暴的妖精？！”钟晴看怪物似的看着她，对她的“恻隐之心”很有意见，“那些人死得那么惨，不至于个个都犯了杀无赦的滔天大罪吧？你也看到了，那狼精发起狂来，连我都想杀！你是不是爱心过于泛滥了？”

“在你我眼里，它是一只妖邪异类。但是在三夫人眼里，”连天瞳顿了顿，“那是她相依为命、视如己命的亲子。”

“你们不知道，当时三夫人为了救回她的儿子，真是不惜一切的样子。”刃玲珑叹口气，对钟晴说道，“母子情深，你让我师父怎么下手？！”

“可是……可是那毕竟不是她儿子吧？！”钟晴的口气软了下来，紧接着眉头一皱，问，“等等，如果狼精变成了碧笙，那真正的碧笙呢？不会是被狼吃了吧？！”

刃玲珑当即说道：“我们到苍戎山，就是找碧笙去了。”

“哦？”KEN跟钟晴同时问道，“找到了吗？”

“嗯，找到了。”刃玲珑的脸色不太自然，“一具白骨。”

“死了？”钟晴大吃一惊，“可恶，真的被那狼崽子吃掉了？”

KEN锁眉忖度着：“莫非是狼精贪恋尘世，吃掉碧笙，再化成他的样子下来为祸人间？”

“碧笙并非丧命于狼精口中。”连天瞳走到窗前，俯瞰着一派平静、仿佛什么都没有发生过的石府，“我们在一处峭壁下发现了碧笙的尸骨，颈骨断裂，全身各处均有不同程度的骨折之像，应该是从高处坠下，当场毙命。”

“啊？！摔的啊？！不是狼精干的……”钟晴抓耳挠腮，道：“就算不是这妖孽干的，

它利用死去的碧笙混进石府也是不争的事实啊！”

“别那么激动。”刃玲珑拍了拍钟晴的肩，苦笑一下，“虽然白狼是一只山精，但是它未必有你想得那么坏。”

“难道里头还有别的隐情？”凶手虽已经束手就擒，可是KEN越来越觉得事情没有他们想得那么简单。

“若没有这只狼精，碧笙的三魂七魄早已散掉。”连天瞳的语气里有少见的沉重，“你我看到的那个乖巧羞涩、同正常孩子童无异的碧笙，正是依附在狼精体内的真正的碧笙魂魄的表现，并非狼精假扮而成。”

钟晴眨了眨眼睛，把连天瞳的话来回思考了好几遍，疑惑地问道：“你的意思是，狼精的肉身，碧笙的魂魄？！我们看到的碧笙，的确是那孩子本人没错，只是他是借着狼精的肉身存在于世上？！”

连天瞳微微点头：“不错。若狼精当时没有将碧笙的魂魄容留到自己身上，苍戎山上的其他妖魅怕是早将这孩子的魂魄采去供它们修炼了，如此一来，碧笙连投胎轮回的机会也没有了。”

“狼精为什么要这么做？”KEN蹲下身，轻抚着木箱，“如此说来，它对碧笙还算有恩？！”

“可以这么说。”连天瞳回过头，“若狼精在后头不做出那些事，以它的修为，我想它可以载着碧笙的魂魄，平平安安地陪着三夫人，直到她百年归老。”

“你说杀人？”钟晴立即明白她说的“那些事”是什么了，嘀咕道，“狼精本身就是妖邪，妖邪杀人，是它们嗜血的本性，它又怎么可能不做出‘那些事’呢？！只是我不明白你说的平安陪着三夫人是什么意思，这跟它杀不杀人有什么关系？”

“山精固然嗜血，但是大都是从一些飞鸟小兽身上获取。下山杀人的，只是极少数修行上千年的老妖怪而已，人人都说妖精妖精，其实精要修炼许久才能成妖。以狼精的身份，石府内成百上千的家畜已足够它果腹。”连天瞳缓缓说道，“它的修为虽不算高，但要护住体内碧笙的魂魄不在百年之内散去，也非难事。奈何它为了杀人，动用了太多不该动、也不能动的力量，如此一来，不消三年，它必魂形俱销。”

“这么严重……那它不是根本没必要去杀人？！”KEN的眉头一展，“那些死去的人，你听到他们死前究竟说过什么？难道他们说了什么不该说的话，惹得狼精可以弃自己的安危不顾，杀之而后快？！”

连天瞳垂眼冷笑：“‘不要脸’，死者中的前十七个在临死前都说过这三个字。”

“不……不要脸？！”钟晴一拍自己的脸，“他们说谁不要脸呢？”

KEN脑筋一转，恍然大悟般一拍手："我明白了，那些人说的，应该是三夫人没错！"

"三夫人？！不要脸？！"经过KEN这么一提醒，钟晴心眼顿开，"哦！我想起来了，刘妈当时曾当着我们的面很不屑地说三夫人不要脸，而当时碧笙刚好进我们的房间，他听到有人说他娘的坏话，于是，刘妈就成了下一个目标！乖乖，我说那些人怎么都被扒了脸皮，原来是狼精为了他们那句不要脸而泄的愤呀！"

"八九不离十。"连天瞳看钟晴一眼，"所以我说过，祸从口出。"

"但是我还有个问题想不通。"KEN说。

"你想问，那早亡的二夫人与傅公子又怎么跟此事扯上了关系？"连天瞳猜人心思果然是把好手，一句话点中要害。

"不错。"KEN等着她的答案。

"也许，这两件事本不该扯上关系的吧。"连天瞳低喃，随即将声音提高了些，道，"狼精身上，附着碧笙这个人类的魂魄，这本来就是一桩违背常理的事情，要保住碧笙魂魄不散，势必会耗去它不少力气。这只白狼的修为本来就不算什么，又背着碧笙这个包袱，要想随意杀人，并不容易。但是，石府桃树林下镇住的东西却给了它最好的机会。"

"桃树下镇的东西？"钟晴一惊，赫然联想到刚才在地牢里听到的大夫人的"自白"，"不会是二夫人的鬼魂吧？"

"呵呵，不只是二夫人的冤魂，应该还有一位傅公子才对。"连天瞳一笑，继续道，"那七木诛邪阵压的就是他们二人。但是，人算不如天算。山精都有一个本事，可以利用自身的内丹召聚一些有心愿未了的灵体的怨气和邪气，而后将自己的精元灌注其中，形成一种特殊的怨灵供其驱使，也就是你们当夜所见到的二夫人与傅公子。一旦两者结合到一起，怨灵打前锋，狼精则藏身于暗处借力，所衍生出的力量不可小觑。如此一来，杀人取血，不在话下。不过，长期这么做，山精的精元会被这些'外来力量'伤蚀，消亡便是唯一后果。当初狼精觉察到桃林下有冤魂异动，加上它自己正需要他们的帮助，于是便用内丹之力破坏诛邪之阵，汲出了二夫人与傅公子的怨气，又将自己的力量加诸其上，驱遣他们助自己杀人。"

"原来狼精就是那个借力之人？！"钟晴回想起当夜那场恶战，恍然大悟，"难怪当时你要KEN他们带着刘妈躲进桃树林。狼精虽然破坏了诛邪阵，但是凭它的力量，只能取出冤魂的怨气，而不能将冤魂整个释放出来，诛邪阵镇魂的功用仍在，所以已经与魂魄脱离开来，为怨气所化的二夫人跟傅公子根本无法再进入此阵的范围之内。也由于桃树林下是他们俩魂魄的所在地，也是狼精控制怨气的发源处，所以只有在这发源处对那两只怨灵下手，才能一举破掉狼精的借力之术。”

“果然是伏鬼世家出身。”连天瞳眉毛一扬，“对于阵法魂魄之说还算是了解。”

“那么，当狼精无法再利用冤魂之后，他就不得不自己亲自动手了？”KEN接着分析道，“你故意让我们扮成女子，要我们在听到玲珑的叫声之后，马上大讲三夫人的坏话，就是为了引碧笙自投罗网？”

“正是。”连天瞳走到KEN与钟晴中间，嗅了嗅鼻子，笑道，“二十一个死者中，以女性为多。为免你俩的高大身形惹它起疑，故而我要你们到凉亭高处，与狼精拉开距离，混淆视听，再取浓香附于你们身上，让它在不知你们模样的情形下，凭这香味找你们索命。这引狼入室的差事，最是适合你们来完成。”

“你还真能折腾人啊！”钟晴低头看看自己的绿裙子，不满地问，“你既然早知道碧笙是狼精，为什么不在进府之后就直接抓了它，干吗这么大费周章利用我们引它自动上门，这结果不是都一样吗？！非要搞得我们灰头土脸的！”

“这你就不懂了！”刃玲珑走到他面前说道，“狼精体内除了它自己的魂魄，还有碧笙呢！而实际的情况就是碧笙的魂魄出现的时间是占大多数的，当狼精以碧笙这一面出现的话，我们贸然出手，会伤及这孩子的魂魄的，一旦魂魄不齐，后果会很严重。所以才要你们引出狼精本来的那一面，这么一来，碧笙的魂魄会处于休眠状态，隐匿在狼精体内，只要狼精还有一口气，他就会安然无恙的。”

“原来如此。”KEN仔细思考一番，“可是，一路看来，狼精所做的一切，对它自己是百害无一利啊。什么原因促使它这么做？它跟三夫人究竟有什么渊源？”

“对啊对啊，你们刚才说在苍戎山发现碧笙的尸骨，你们怎么知道真的碧笙在那里？他又是因为什么原因葬身在那里的？”钟晴的问题好像总也问不完。

连天瞳举步走向房门，回头轻笑：“这些问题，怕要待三夫人醒来，由她亲自说了。”

“哦……”钟晴抓了抓头，又看了看木箱，问，“这狼精怎么处理？”

“暂时放在此处，倾城会守着它。”连天瞳走到了门口，又扔下一句，“三夫人醒来之后，你们谁也不许跟她提起碧笙的事，我自有主张。”

“这个我们明白。”KEN点头。

不只是KEN，在场的所有人都明白她这么嘱咐的意图。大劫刚过，本以为可以母子团聚，谁又忍心在这个时候告诉一个爱子心切的母亲，她的孩子早已不在人世，在她身边朝夕相伴的只是一只非人的山精而已。

一行人退出狼藉一片的房间，刃玲珑拉上房门之前，又伸头对蹲在箱子前的倾城说了声：“好好守着，不准打盹！”

倾城把下巴贴在地板上，打了个呵欠，懒洋洋地冲她摇了摇尾巴。

外面，连天瞳已经走到三夫人房前，正要推门，却又停住了手，对后头几人说道："进去之后莫要作声，静待她醒来。"

他们几个点头如捣蒜，深知在三夫人醒来之后，种种疑团定会迎刃而解。

现在这个时候，他们能做的，只有等待。

三夫人房中，众人默不作声地围坐在桌前，连呼吸都刻意放轻了，生怕惊扰了梦中之人。不方便说话，各人只能在自己心头默默揣测联想，在知情人醒来之前，用自己的方式连串着整个事件的点滴。

别人不知道，钟晴的脑子，现在其实还是乱得跟一锅粥似的，即便自己已经知晓了这么多的真相。

他不时扭头看看三夫人的床，心急如焚地祈祷她赶紧醒过来。

桌上的蜡烛慢条斯理地燃着，窗外的天色也渐渐变幻着。

连天瞳托着下巴，入神地盯着豆大的烛光，眼底波澜不惊，没有人知道她此时在想些什么。

当细长的蜡烛变成了桌上一摊红红的烛水时，伴着熄灭时的轻烟，一抹亮色挂到了天际。

从床内传来了一声低缓的呻吟。

已经昏昏欲睡的钟晴猛然张大眼，起身就说："你们听到没有，有动静了。"

连天瞳睁开微闭的双目，看向床那边，思忖一下，自语道："差不多该醒了。"

轻手轻脚走过去，连天瞳小心撩开了帐子。

锦被下，三夫人的手脚动了动，随着逐渐复苏的意识，她长长地吸了一口气，睫毛抖动了两下，缓缓张开了眼睛。

"三夫人可好？"连天瞳坐在了床沿，笑吟吟地问了句。

"啊……"重见天日的三夫人愣了愣，将目光移到连天瞳脸上，旋即身子一颤，一下子坐了起来，紧张地拉起被子往后缩，"你们……你们是何人……这是何地？！"

"三夫人莫怕。"连天瞳又往里靠了一点，温和地问道，"你不认得我了么？半年前我曾给碧笙治过病。"

三夫人心惊胆战地盯了她半天，神色一变，赶忙将身子挪了过来，又将她的脸瞅了个仔细，惊喜地问道："你……你是连姑娘……连大夫？"

"估计真是被吓傻了，连人都不认得了。"站在后面的钟晴抄着手，对KEN嘀咕道。

"被关在石牢当妖孽折腾，一个弱女子，没精神失常已经算不错了。"KEN直摇头。

连天瞳扶住虚弱无比的三夫人，点头：“不错，是我。你莫要害怕，现下已经安全了。”

“安全了……”三夫人仍有些慌乱地重复着她的话，然后抬头看着嘀嘀咕咕的钟晴他们，恐惧之情又蹿上了脸庞，“他们……他们是……”

“他们几个是我亲友。”连天瞳宽慰着她，“救三夫人出来，他们亦有一份功劳。”

“哦……”三夫人终于放下了紧张讯号，才松弛了不过一秒钟，她蓦地抬起头，想起了一桩天大的事情般，失态地抓住连天瞳，急迫地问，“碧笙呢？碧笙呢？他怎么样了，他现在何处？”

在场的所有人一听到这个名字，神情都起了一点微妙的变化。

“我已经带碧笙离开石府了。”只有连天瞳面不改色地撒着一个弥天大谎，“他现在在一个极安全的地方，我派了专人照顾他。”

她的话比镇静剂还有效万倍，三夫人立刻安静了下来，身子一软，如释重负地喃喃道：“如此甚好……碧笙无事便好……”

“三夫人。”连天瞳看定她，“有些事，望你如实相告。”

三夫人无力地抬起头，迷惑地看着连天瞳：“何事？”

连天瞳缓缓开口：“半年前，我为碧笙诊病时，闲聊中你曾说过入石家前，你与碧笙住在苍戎山下？！”

“正是……”三夫人把被子往上拉了拉，蜷起身子，眼神迷离地看向前方，幽幽说道，“实不相瞒，我本出身青楼。十一年前，蒙老爷倾心，以万金为我赎身，从此永别那烟花之地。之后老爷将已有身孕的我安置在了苍戎山下的祖屋中，生活起居由他一手照应。自碧笙出世之日算起，我母子俩一直在那山中过了九年有余。”

“什么？”钟晴憋不住了，挤出来插嘴道，“你说石老头把你们母子独自扔在荒山野岭，一扔就是差不多十年？！不可能吧！”

“不可思议……”KEN心头一惊，连天瞳说过，苍戎山是座山精妖魅出没的地方，他无法想象这对母子怎么可以在那么一个恶劣的环境下平平安安过了九个年头。

面对扑面而来的质疑，三夫人垂下头，低声说道：“青楼女子，自是低人一等，可以远离往昔送往迎来的日子，于我已是万幸。怎敢奢求登堂入室？！虽没有妻妾名分，但老爷仍待我不薄。每次前来探望我们母子时，总是带来最上好的丝帛绸缎，最昂贵的人间美味。尽管那里只是一座人迹罕至的荒山，可我有碧笙陪伴身旁，春来冬往，倒也从不觉得寂寞。”

她诚实而满足的表情，令钟晴他们不得不相信她口中的每个字都是肺腑之言。对于这样一个将“幸福”定义得如此简单的女子，他们几个对视一眼，一时无语。

“你们住在山里如此久的时间，有没有遇到过……一些特别的事？”连天瞳又问道。

“特别？！”三夫人的眼神越发茫然起来，摇摇头，“山里生活极清静，日出而起日落而息。终日对着树木花石、飞鸟小兽，并无特别之处。”

“飞鸟小兽？！”连天瞳眼里闪过一簇光点。

“正是。苍戎山几近与世隔绝，除了偶尔有一两个上山打猎的猎户，再无人迹。”三夫人像是忆起了一些值得开心的事情，薄唇上泛起了一丝笑意，“碧笙没有玩伴，除了整日守在我身边之外，最爱做的便是到离家不远的山坡上同野兔松鼠之流的小动物玩耍。那些小家伙似也很愿意同他亲近，从不躲避。”

“你们胆子也太大了吧！”钟晴听到她提到动物，又插嘴道，“那些深山里，肯定常有伤人的猛兽出没，你们就不怕被野兽吞了？”

“伤人野兽？”三夫人抬头看钟晴一眼，说：“公子是指豺狼虎豹？”

“可不是吗！”钟晴猛点头，“你们母子俩孤身在那山里生活，万一被某些畜生盯上，根本就没有逃生的机会。”

三夫人又想了想，摇头道：“如此说来，许是我母子命大吧。在苍戎山那么久，虎豹之类从未遇上。只遇到过一只……一只狼，一只银白色的小狼。”

“白狼？！”除了连天瞳，其他三个人不约而同大喊出声。

“是的……”三夫人被他们几个的高分贝吓了一跳，回忆了半天，道：“记得那是碧笙三岁时的事。那天我领他同去屋后的小溪里汲水，独自跑到一旁玩耍的碧笙在溪边的一棵大树下发现了一只被猎人陷阱困住的小白狼。虽知它是会伤人的畜生，然我见它年幼，且后腿被铁齿夹住，血流如注，实在于心不忍，于是用尽气力把它从陷阱里救了出来，又抱它回家中找了些止血镇痛的药粉给它敷上。本打算待它伤势好转一些就放回山里，哪知当夜它自己便没了踪影。”

“哦……”连天瞳像是明白了什么，释然地笑了笑，又问，“那后来呢？你们还有没有见过这只白狼？”

“像是没有了。”三夫人不太确定地说，“不过从那之后，我偶尔会听到一两声狼嚎从屋外某处传来，有时还混着一些厮打的声音。之后的几年，我曾好几次在山头见过碧笙身边有一只白色的动物，个头却大了许多，也不知是不是那只白狼。”

“看来你们母子的确是命大之人。”连天瞳笑笑，话锋一转，“如此说来，你们的生活也还算安乐。是否在离开苍戎山时，还颇有些留恋之意呢？！”

“若可以选择，我宁可永远留在苍戎山里。”三夫人的眼神黯淡了下去，苦笑，“碧笙的想法同我也是一样吧。在离开的头一天，他说要给我多采些山头的紫萝花带走，这孩子，知道我最爱用此花的花瓣做香囊。呵呵，我知他不只是去摘花，还想去跟他朝夕相伴的动物伙伴们道别。”

“碧笙一直是个懂事的孩子。”连天瞳赞许地说道，“那天他一定给你摘了许多紫萝花回来吧？”

“一朵也没有。”三夫人的眉头微微一蹙，“说来，那天差点把我的魂魄吓掉。我一直等到夕阳西下，也没有见到碧笙回来。忙出去寻找，却在山头的最顶端见到他晕倒在地。背他回家，过了好半天才醒转，原来这孩子顽皮，为了捉一只好看的小鸟，爬到了长在山头上的大树上，没料到一不当心就摔了下来。”

“呵呵，孩童天性如此。”连天瞳掩口而笑。

“但是那次委实太危险了。”一提往事，三夫人仍是心有余悸，“碧笙还好是落到了大树下的另一方，你可知，若落在相反的方向，那下头就是一方深不见底的悬崖啊。”

“竟有如此险事。”连天瞳吁了口气，庆幸地说，“还好碧笙无恙。”

“于我而言，碧笙比我性命还重要。”三夫人把被子抱得更紧了些，“进了石府，有了名分，又如何？大夫人虽对我以礼相待，但我深知她是极怨我的。还有那些下人，表面对你恭敬，可私底下，连一个最低微的杂役都可以拿我的过往大做文章，说我不要脸，勾引老爷。后来，凭空又冒出一个道士，说碧笙同老爷没有父子缘分，根本不会是老爷的骨血……风言风语，妄言诬蔑，试问谁能承受得起？每当我受了屈辱暗自落泪，亏得有碧笙在旁安慰，他人虽小，却甚能体会我的苦处。我什么都不要，什么都不求，只盼我的碧笙可以平安长大……”

“果真母子连心。”连天瞳若有所思地看牢三夫人，突然出乎意料地收起了一直挂在嘴角的浅笑，“正因如此，当你发现碧笙是连杀数十人的凶手时，你想也不想便挺身而出，让人误会你才是妖邪，借此保护你的儿子，我说得不错吧？！”

“你……你如何知道……”

三夫人顿时花容失色，紧捏在手里的锦被也滑了下来。

“这不重要。”连天瞳放缓了语气，“你只需知道，除了我们，没有谁能救碧笙。把你被擒当夜发生的事原原本本讲给我听！”

“这……我……”三夫人惊慌失措，抖个不停的双手拼命揉着锦被的边沿，犹豫了许久，终于断断续续说道：“那晚……已是三更时分，受了些风寒的我正在房里浅睡，恍惚间，突觉一阵阴风从身边刮过……又见一只灰影穿墙而入，直奔碧笙的房间而去。我惊极，早闻有妖邪索命之事，我生怕碧笙出事，忙起身跑到他房里，掀开帐子一看……竟见到……”

“如何？”连天瞳问。

其余三个当了半天听众的家伙更是把所有注意力都放到了三夫人的嘴上。

“我见……碧笙昏死在床上，小脸上全是鲜血，我怎么唤他也不应我，想给他擦干净，却怎么也擦不掉……”三夫人的声音越来越小，“这个时候，外头火光冲天，家丁们的吼声越来越近，我……我不能让他们发现碧笙……于是我抓了一把鲜血在手，抹在口脸，跑了出去……”

“我的老天。”钟晴匪夷所思地摇着头，“原来你故意让人误会，就是为了保护自己的儿子。”

“连大夫！”三夫人直起身子，又一把抓住了她，焦急地问道，“碧笙他究竟怎么了？为何会这样？他是个那么乖巧的孩子……他是我的儿子呀，我不相信，不相信他是妖邪，更不相信他会杀人啊！”

“你且宽心。”连天瞳拍拍她的手，“碧笙只是招惹了一些邪气罢了，我自有办法替他驱除。”

“当真？”三夫人顿时悲喜交加。

“当真。”连天瞳示意她躺下，“你且休息一下吧，待天色大亮之后，我引你去见碧笙。”

“好的……”三夫人仍抓着她的手不放，“可是……”

“睡吧。”连天瞳抽出一只手，在她眼前一晃而过。

浓浓的倦意突然袭来，三夫人眨了眨眼，头一歪，睡过去了。

“你这是……”钟晴看着在瞬间睡熟的三夫人，暗自为连天瞳的“催眠术”咋舌。

“好些事情，她还是少知道为妙。”连天瞳放下帐子，走到他们三个中间，“这对‘母子’不可再留于石府，稍后我会送他们回苍戎山，之后……再另行打算吧。”

“可是……”KEN不无担忧地说，“你要上哪里去给她找一个‘碧笙’呢？”

“都出去吧。”连天瞳没答他，径直出了门去。

心情复杂的一帮人跟着走了出去，下楼到了大厅。

此时，天已微明，从门窗透进的条条光线映了一室的清冷。

连天瞳寻了张椅子坐下，口气里既有解决了问题的轻松，又有不易察觉的警惕：“现下你们应当大致了解这整件事的来龙去脉了吧，呵呵，这石家真是有趣得很。”

“有趣个头！我看这石家的水未免也太深了，要不是我们个个英武神勇，早就被这里头的阴谋诡计淹死了！”钟晴一屁股坐到了连天瞳旁边，用力甩了甩脑袋，努力让一夜未眠的自己保持清醒，“听你跟碧笙他娘说了半天，我想前想后，难道就因为当年碧笙母子救了那只白狼精，而后来碧笙在回石府的前一天失足摔下悬崖，于是感恩图报的狼精容留了碧笙的魂魄在自己体内，再化成他的样子，随三夫人回了石府，然后就有了后头这一连串风波？”

“听得倒还仔细。”连天瞳揉了揉自己的额头，“本以为是桩好事，奈何到了最后，还是惨淡收场。”

“在你眼里，狼精变成碧笙这件事还算好事？”坐在他们俩对面的KEN发话了，尽管他也同情三夫人母子的遭遇，但是不管怎么说，那活鲜鲜的二十一条人命总是丧在狼精手中。

连天瞳听出了他话里的意思，嘴角一牵：“我承认，对于后头的血案，我也当负一些责任的。”

“师父……”刃玲珑闻言，诧异地看向她。

“初见她母子时，我也曾动过收服那狼精的念头。”连天瞳摆摆手，示意刃玲珑不要插嘴，继续道，“那时我并不知他们与狼精的渊源，却颇为这狼精好奇。”

“好奇？你也会有好奇的东西？”听到连天瞳都说好奇，钟晴就更好奇了。

“以妖精之躯容留人类魂魄，本来就是伤身之举。若平日不准那魂魄现世，倒也无妨。偏巧这只白狼却反其道而行之，时时将碧笙的魂魄放出，它自己反而隐藏至深，不露本性。如此一来，好比将溺水之人托于己肩，让自己受那窒息之苦。”说到这儿，连天瞳不禁摇头轻叹，“而当时‘碧笙’的那场大病，其实正是狼精元气消耗太多所致。我见它通身上下全无邪念，只一心保住一个‘身心俱全’的碧笙，又见三夫人视子如命，于是才动了恻隐之心，将一块附有宁元咒的长命锁配在了碧笙胸前，一来可助狼精复元，二来可镇住其天生的暴戾之气。嘱他将来有事可直接来乱葬岗找我，无非也是料定他这个特殊的孩子终会遇到一些麻烦事。既然我有心放它一马，何妨好事做到底。”

“碧笙那块长命锁是师父你给的呀？难怪你要跟他说我们住哪儿了，原来是早料到会出纰漏。”刃玲珑很是惊奇，接着又悔之不已地一撅嘴，“出了趟远门，看来错过了好多东西。师父你怎么不早说呢？”

“说什么？”连天瞳反问，“一桩小事罢了。”

“小事？！”钟晴坐直了身子，一本正经地说道，“那看来你的长命锁只起了一半儿作用啊。狼精是复元了，但是它的野性却没能被压下去吧！”

“是，我的确低估了狼精。”连天瞳并不否认，“更加低估了人类的流言。众口铄金，果不虚传。何况只是激怒一只心思简单的狼精，简直易如反掌。”

“仅仅为了几句三姑六婆的闲话，狼精就可以不顾一切，驱策怨灵为它杀人。果然是野性难驯，这样的山精，若修成了气候，不知道会不会是一个棘手的祸害。”KEN感慨道。

“就是就是。”钟晴狠狠点头，“虽然情有可原，但是手法未免太狠了。一句‘不要脸’，它就真把别人的脸给扒了，野兽始终是野兽。”

“此话有失偏颇。”连天瞳拉过垂在肩上的一缕秀发，在指间绕弄着，“我说过狼精心思简单，它只懂得分辨高兴与悲伤这两种最极端的情绪，不会去衡量那些‘闲话’本身的分量与意义，只知道每听了这些话，救它性命的恩人就会以泪洗面。天长日久，它对那些人的憎恶越来越深，以至于连长命锁都镇不住它的戾气，被熏得乌黑无光。到最后，它终于大开杀戒。那些以口伤人的死者，说到底都是咎由自取。”

“这……”钟晴一时语塞，愣了半晌，问：“那，那如果狼精纯粹是为了泄愤，已经要了命，连脸都扒了，又何必吸干他们身上的血呢？”

“山精本就嗜血，杀戒既开，又何必浪费呢？”连天瞳说得极轻松，转而又叹息道：“只是它做事太不计后果，到最后却连累到了三夫人。”

“可是师父，我有一点不明白呢。”刃玲珑歪着头，不解地说，“之前狼精杀了那么多人，都不露痕迹，那晚上又怎么会晕倒在床上，害得三夫人要给他顶罪呢？”

“食人血会上瘾的。”连天瞳继续玩弄着她的发丝，“不是说过二十一人之中，只有前十七个才是有过之身么。这最后的四人，包括那晚坏了事的厨娘，确是死于非命。想必那晚狼精定是饿极，还未把厨娘带出府便已动了口。修为普通的山精在吸食了非同类的鲜血后，总需要一小段时间才能尽数消化，在那段时间里，它会处于一种昏厥之态，待血液与自身完全融合后方能恢复常态。所以，逃回房里的狼精才成了那副样子。”

“原来低级别的山精还有这个致命弱点。”洗耳恭听的KEN跟刃玲珑一样，恍然大悟，又道：“可是就算经过这一遭，它还是没有收敛，当着我们的面还拿刘妈开刀。唉，不过那刘妈也是倒霉，撞枪口上了。”

“还好你当初跟碧笙说过有事去找你。否则不知道还有多少人会没命。”钟晴拍拍心口，既而又一皱眉头，问：“碧笙一直不知道他其实已经死了？”

“自然不知。”连天瞳如是答道，“他甚至根本不知道‘他’的身体里，还有另一个灵魂的存在。狼精从不控制碧笙的意识，只是在碧笙找我救人时，它曾有过小小的不满。”

“哦？什么不满？”钟晴又糊涂了。

“可记得我们坐的马车，曾陷入镇外树林的土坑里，怎么也推不出来这回事？”

“记得！”另三个人齐齐点头。

连天瞳一笑：“那便是狼精的不满，它其实并不想我们去石家。”

“为什么？”他们几个吃惊不小。

连天瞳手掌一摊，轻笑：“动物总是不太相信陌生人的，这是本性。可是它还是妥协了，因为它知道凭它自己根本救不出三夫人。”

“它救过三夫人吗？”KEN想了想，一拍手，“对啊，它是山精，既然有超常的本事，难道区区石牢铁链还能难得住它？为什么它会救不了三夫人？”

“那铁链外表普通，却不是一般的物事。”连天瞳眼色深沉，“人解不开，是因为链子本身牢固；山精解不开，是因为里头藏有专门对付妖灵邪物的符咒，它根本碰不得。”

“啊？那链子还有这名堂？”钟晴搓着下巴，又联想到了别的事，“不对头啊，你说这石老头究竟什么来路？会在自家园子里布下诛邪阵，连绑个疑犯也用的不是凡品……啊！还有冤死的二夫人跟傅公子，太可疑了……对了，埋在桃树林下的东西到底是什么？你问大夫人打没打开，这里头到底有什么内情？”

“呵呵，要摆那七木诛邪阵，需将枉死之人的头颅切下，装入桃木箱，以高人手书的诛邪咒封好，埋入土下。如此一来，冤魂便无法找害死他们的凶手报仇。”连天瞳顿了顿，“不过，一旦有人动土取出木箱，又打开的话……则此阵全破。”

“难怪你说你找的既是两个人，又是凶器。被狼精利用的冤魂……”KEN想起昨夜去桃林掘土时连天瞳说的话，“那，诛邪阵一破，二夫人与傅公子不是彻底自由了么？”

“岂止。”连天瞳一笑，“诛邪阵一旦被破坏，受害之人的头颅就会自行找到他们的躯体，复合之后，即成不妖不鬼不尸不人的怪胎。而这两位就更特殊一些，因为他们的体内还残留有狼精的元气，一旦顺利复合，怕会闹得天翻地覆吧。”

“是哦，所以师父昨晚叫我去到二夫人跟傅公子的坟墓，如果他们的尸骨还在，就让我用符咒封住他们。”刃玲珑赶紧补充道，“可是，等我赶到时，两座坟已经空了。”

“那……那二夫人跟傅公子现在在哪里？不会潜伏在石府吧？”钟晴心上一抖，马上警惕地看向周围。

“我也不知。”连天瞳一点紧张之情都没有，随意地说，“怕是已经去找他们一直想找的人了吧。”

“既然说到这儿，我看二夫人跟傅公子的死因大有文章啊。如果不是发生了碧笙这件事，他两人的冤魂不是永不翻身？”KEN分析着，“石牢里大夫人亲口承认她曾陷害二夫人，可是傅公子呢，他又是怎么被扯进来的？”

“昨夜我找阿禄打探他们两个人的坟墓所在时，听阿禄说三年前傅公子到石府拜访，没过几天就得了严重的风寒病故了，最巧的是，在傅公子病故的头一天，二夫人也因为突发恶疾去世了。事情还没过两天，石老爷就将两人匆匆下葬，两人的坟墓就在石府后面的山坡上，一前一后，离得不远。”刃玲珑插嘴道。

钟晴越想越不对，半晌，发现新大陆般大声说：“我知道了！一定是石老头跟他原配联手，因为某些不可告人的秘密，害死了二夫人跟傅公子，事后又怕冤魂找他们索命，所以找了高人布阵！而我们刚一来石府时，你一说二夫人的名字，他们就起了疑，怀疑我们知道他们的恶行，于是就想杀人灭口！”

“说对一半吧。”连天瞳瞟了他一眼，“我看大夫人并不知道布阵这回事，否则她怎么会做出破阵之举。照我推测，她定是知道她夫君干下了见不得人的勾当，也知道桃树林下埋有受害之人的头颅，见我们有意掘地，为了替人消灭证据，于是先我们一步挖走了桃林里的木箱。”

“如果这样，她岂不是弄巧成拙？”KEN意识到了问题的严重性。

“天意……”连天瞳站起身，走到门前，看着已经大亮的天空，伸了个懒腰，“钟晴说得没错，这石府的水，深得很哪，稍不留神就会淹死人的。想来还是狼精更加可爱，对谁有怒就会直截了当地狠咬对方，不像人类，可以两面三刀，口蜜腹剑。”

“唉……人啊……”KEN吐了口气，又道：“事到如今，这杀人案已经水落石出，但是二夫人跟傅公子所化成的怪胎，又会带来什么麻烦？！是不是也该我们出手解决？！”

“那个啊……”连天瞳笑笑，“若碰上了再说吧。正好再问问他们当年究竟因何事而丢了性命。”

“不知道他们会跑去哪里，要是伤到无辜的人就不好了……”KEN担心地想着，随即走前几步，问：“不是要带三夫人跟那狼精离开石府吗？什么时候出发？”

“这地方太龌龊了，当家的两口子都不是好鸟！”钟晴强睁着已经布满血丝的眼睛，起身说：“我们现在就走吗？不过就这样离开，好像又有点不甘心呢！石老头暗算我们那笔账还没同他算呢！再说，二夫人傅公子身上的疑团，虽然看似跟碧笙这件事没有联系，可要是不解开，我憋得难受呀！”

“一入石府这趟浑水，想抽身就难了，呵呵。”连天瞳笑着回转身，朝楼上走去。

“什么？”钟晴听出她话里有话，急忙跟上去，“喂，你上哪儿去？”

“是时候送他们母子离开了。”连天瞳头也不回地踏上了楼梯。

一听她说要送三夫人离开，其他几个匆匆追了上去。

一众人回到了关着狼精的房间，头顶上被倾城弄穿的大洞在白天显得犹为“出众”，清亮的日光从洞里透下来，在地上划了一方不规则的白色。

趴在箱子旁的倾城见他们进来，立即来了精神，立起身子狠摇尾巴。

“去把三夫人带过来。”连天瞳对KEN说。

“哦，好的。”KEN忙走出房间，只觉得自己都快成了这群家伙的御用搬运工了。

走到倾城身边，连天瞳拍拍它的头，说：“现下就由你送他们回苍戎山旧居了，路上留神，莫行错方向。在我们去到那里之前，他母子俩就交与你保护了，不可疏忽！”

倾城摇头晃脑地低呜一声，像是在应承连天瞳。

“你要它送三夫人他们走？”钟晴惊讶地咋呼着，看看倾城，又看看连天瞳。

“正是。”连天瞳俯身把箱子抬了起来，稳稳地放到了倾城的背脊上，“我们恐怕还要耽搁一些时间才能去苍戎山。”

“可是……可是倾城它只是一只动物，它怎么能照顾大活人呢！”钟晴觉得连天瞳简直在开玩笑，“而且三夫人现在还睡着，等她醒了，发现儿子不见了，自己又莫名其妙回到了荒山，身边还蹲着一只怪兽，不吓死她才怪！”

“那就让她一直睡下去。”连天瞳不以为意。

正说着，KEN抱着三夫人进来了。

“把人放上来。”连天瞳朝倾城背上指了指。

“啊？！”不出意料，KEN小小地惊讶了一下，但还是按照连天瞳的意思，把三夫人放到了倾城的背上，紧挨着木箱躺好。

“这是……”KEN刚想问他们这么做什么意思，钟晴已经迫不及待地把连天瞳的话拷贝给他听，末了还加上一句：“你说这能让人放心吗？把他们交给一只……貔貅？！”

“要倾城独自送他们去苍戎山，兴许没什么问题。”KEN显然比钟晴要冷静得多，“但是，那座山上不是有很多妖怪异类吗，万一……”

“三夫人跟碧笙孤身在苍戎山九年，却一直安然无恙，你们不觉得他们的运气似乎好得过分了么？”连天瞳突然问了个与此无关的问题。

钟晴眨眨眼，愣了愣，顺口说道：“这头几个月没遇到什么野兽妖怪，倒还能说是运气好，可是往后的那么多年都没遇到，的确有点说不过去呢。”

“他们的旧居里，埋有一张可保其不受妖魔侵扰的符纸。到了后头，又有狼精终年守护在周围，驱赶不怀好意的敌人。如此，他母子俩方能平安度过九年时光。”连天瞳停了停，看了钟晴一眼说，“如今那符纸仍在，且有倾城在旁，故苍戎山中无论妖魔还是野兽，断断伤不了他们。”

“哦……原来是有备无患……”KEN终于放下心来，转念一想，又问，“那我们什么时候赶去呢？去了又要做些什么？”

“我暂且让三夫人沉睡不起。待我想办法送碧笙的魂魄入冥界之后，再来处理她和狼精。”连天瞳的眉头皱了皱。

“你要送碧笙入冥界？”钟晴的眼睛把连天瞳从头看到脚，“虽然我不得不承认你的一些法术的确让我惊讶，但是，要送一只在外飘荡已久的魂魄入冥界，不是一件容易的事。就算是我们钟家，也只有我奶奶才有超度亡灵的本事。你能做得到？”

“能。”连天瞳承认得非常爽快，“不过，得在我取了一件物事之后。故而我们要留下来，花时间解决这些后续的麻烦。”说罢，连天瞳抬头看了看从大洞里映出的天空，拍了拍倾城：“差不多了，动身吧。”

主人命令一下，倾城甩了甩头，低吼了一声，刷一下展开了硕大的翅膀，前爪朝下一按，把头一仰，整个身子腾空而起，从它昨天开出的大洞里飞了出去，很快便消失在灰茫茫的天际。

倾城走后，除了连天瞳之外，所有人都暗自松了一口气。

尽管后头还有一些连天瞳说的“后续问题”要解决，但这石府的杀人事件，总算暂时有了一个结局。没有抓到凶手后的痛快，也没有知道真相后的兴奋，钟晴觉得心里有种说不出的奇怪感觉。

“感觉人有时候还不如狼……”钟晴挠了挠头，沉下脸说，“别的不说，但就碧笙这事儿，说到底就是那个石老头子最坏，既然给三夫人赎了身，又有了孩子，为什么不在当时就带他们回府？不把他们晾在苍戎山，这后头的事都不会发生了！”

“娶一个青楼女子，对于石家这种大户来说，恐怕是件让人不齿的事吧。”刃玲珑无奈地说，“我看，如果不是石老头年过半百仍没有正出的儿子，他一辈子也不会接碧笙母子回来的！”

“你们好像都忽略了大夫人这号人物吧？”KEN开口道，“就算当时就接他们母子入府，给了名分，又代表什么呢？九年时间，留在石府恐怕比留在苍戎山更危险吧？”

“哎？！”钟晴被一语惊醒，连连点头，“对对，还有那个歹毒的女人，处心积虑地朝死里陷害她老公身边的女人。最后还想亲自毒死三夫人，妈的，山上的妖精也没她毒！就把她关在石牢里，饿死冻死最好！”

“一个妒妇，机关算尽，到头仍是竹篮打水。可悲……”连天瞳拍拍从房顶上落到自己肩头的灰土，“我们也该动身了。”

“去哪里？”钟晴张口就问，“那个跑路的石老头子，就这么放过他吗？”

“先担心你自己吧。”连天瞳垂眼看了看钟晴的腰。

“啊！”她这一眼，引来钟晴一声大叫，他这才想起了他尸毒未除的伤口，马上转过

身揪住刃玲珑，“你不是说要去给我找菖蒲糯米吗？还不快去！”

“喊，我记性比你好多了！”刃玲珑白了他一眼，从挂在身前的小包里掏出了一个小布囊和一片暗绿色的已经发干的长叶子，在钟晴眼前晃了晃，“我昨天晚上路过厨房的时候已经给你找来了！”

“那你还待在这儿干吗？”钟晴挡开刃玲珑的手，“赶紧找地方给我熬水去啊！”

“还找什么地方呀，”KEN拿过刃玲珑手里的东西，“就地解决！”

说完，他到隔壁房间抱了一个花瓶一个茶壶一个茶碗过来，把茶壶里的茶水倒空之后，他将糯米跟菖蒲塞了进去，又从花瓶里倒了一大半清水进去。然后，他伸出右掌，将茶壶置于其上，闭目默念了一句什么，顿时就见一簇熊熊火苗从他掌中燃起，而那只茶壶在火苗燃起后，竟缓缓地漂浮起来，在离他手掌半寸的地方，微微抖动。

“乖乖，火云掌啊？！”钟晴看得目不转睛。

不消五分钟，一股热气从茶壶嘴里腾腾冒出。

KEN吸了口气，睁开眼，手里的火苗也随之熄灭。

取了茶壶放到桌上，KEN拿过茶杯，小心往里倒了满满一杯乳白色的液体。

“快喝吧！”他把杯子举到钟晴面前。

“你这家伙挺会放火的！”钟晴嘿嘿一笑，接过茶杯，吹了吹，咕嘟咕嘟一饮而尽。

“放火多难听，只不过是一点小法术而已。”KEN哭笑不得地瞪他一眼，又掀起他的衣服，把剩下的半壶糯米水慢慢淋在了他的伤口上。

见钟晴的伤已经无碍，连天瞳走上去，举起双手摁在他们两人的肩膀上，低头念了声咒语。只见从昨晚到现在一直是“女红妆”的钟晴和KEN，霎时恢复了本来面目。

“走吧。”连天瞳转身出了门。

低头看着自己一身雪白干净的新袍子，钟晴扯着嗓子追了出去：“喂喂，你等等！我们去哪儿啊？”

KEN耸耸肩，与刃玲珑一起跟了出去。

走在通向大门的路上，他们几个仍然没有看到一个多余的人，看来所有下人都遵从着主人的命令，留在自己的住处不敢露面。

虽然已是彻底的白天，可是对于石府来说，同黑夜没有区别。

浩大的府第，除了钟晴他们的脚步声之外，没有丝毫响声，这里，安静得可怕。

## 5
# 皇室来人

一直走到石府大门前，连天瞳才停下脚步。

“我们到底去哪儿啊？”钟晴一路上问了无数次，连天瞳也不应他。

“出石府，去京城。”连天瞳看着面前紧闭的大门，终于明确给出了下一个目的地。

“京城？”钟晴一步跨到连天瞳前面，大惊小怪地聒噪，“你不是还要想办法送碧笙入冥界吗？现在去京城干吗？京城离这儿有多远啊？我们是不是先找个地方吃点东西再去？”

“你可以选择不去。”连天瞳耐着性子，一字一句对他说道，“免得多生事端。”

“去！”钟晴刷一下站直了身子，“我当然要去！还有很多事情我没弄明白呢，要我稀里糊涂地离开，不是要我小命吗！”

“还是不要了吧。”一直没说话的KEN拍拍钟晴的肩膀，出乎意料地提出了相反的意见，“石家的事情已经解决得七七八八，虽然还有些疑点，不过跟碧笙他们这档事已经没多大关联了。剩下的事，我想我们也帮不上多大的忙了，就不打扰你们师徒两人上京办事了。”

“哥……”刃玲珑吃惊且失望地望着他，不是为他说的突然离开，而是他明明表示要跟连天瞳分道扬镳，却没有要带她这个妹妹一起离开的意思，在这个哥哥的眼里，似乎已经认定她只是连天瞳的徒弟，而忘记了她还是他的亲人。

心上突然隐隐作痛。

“你发什么神经？”钟晴甩开KEN的手，压低声音对他说道，“人生地不熟，咱们能去哪儿？你不会是想回乱葬岗去待着吧？跟着她们上京城不错啊，说不定能遇到更多好玩的事呢！”

见钟晴那么不情愿，KEN笑道：“已经乐不思蜀了么？你不吵着回现代了？”

“哎……嗯……这个嘛……”钟晴嘿嘿一笑，“到千年之前的中国旅游的机会，多难得！这么快就回去，不是太浪费了么，怎么着我也得寻点值钱的宝贝再回去啊。石家的东西我又不想碰，一看到就会想起他们这一家子的龌龊事，感觉脏得很。所以咱们上京城去，那里的好东西一定不少！再说，你现在有办法让我们回现代吗？”

“不上京……”连天瞳回过头，毫不意外地淡然问道，“莫非你们还有别的去处？”

“这……可以这么说吧。”KEN犹豫着，权衡着该不该继续下文。

“老大，除了她家的乱葬岗，还有身后这座石府，你还认识别的地方吗？”钟晴认定KEN连撒谎都不会撒。

KEN神情复杂地看着明显跟自己唱反调的钟晴，终于开口道：“恐怕我们得去西安，哦，不是，现在应该是叫长安吧。”

“什么？长安？”钟晴忍不住伸手去探了探KEN的额头，看他有没有发烧，“你没事吧？是不是饿昏头了？！”

“我一点都不饿。”KEN拂开钟晴的手，严肃地看着他，“没有商量的余地，你必须跟我去长安。”

难得见到KEN用如此不容拂逆的态度跟人说话。

“为什么？”钟晴不愿意。

跟长安比，还是近在咫尺的京城更加吸引他。

“少问为什么了，非去不可！除非你想……”KEN有点发火的迹象，嘴唇动了动，没有把下文说出来。

“莫名其妙！我不去！”钟晴的驴脾气也上来了。

两个人顿时僵持不下。

“长安……”连天瞳不知是不是故意打圆场，看着他们两人，微笑，“呵呵，上京城花不了多少时间，待办妥了要办的事，我们一道去长安吧。多年不曾回去，你们这一说，到还有点想念了。”

“我们也去长安？”刃玲珑从失望中突然惊醒，睁着一双大眼睛看定连天瞳，“师父你是……”

“什么多年不曾回去？”钟晴又发现了值得可疑的地方，“难道你们以前住在长安？”

“不错，曾在长安住过很长一段时间。”连天瞳并不隐瞒，又说，“既然你们有意去长安，那不妨结伴同行吧，你们并非‘这里’的人，此行路途不短，一路上也好有个照应。”

连天瞳两三句话便解决了这个突然冒出来的小矛盾。

“可是……”KEN似乎还在犹豫，看起来，他并不太愿意让连天瞳她们同行。

“就这么说定了。”连天瞳不给他任何机会反对，扔下这句话后，迈步上了石阶，朝大门直走过去，

“这还可以接受！”钟晴满意地盘算着，“长安也是有名的繁华古都，嘿嘿，去了京城再去那儿，收获肯定更多！”

“你这个家伙……”KEN心事重重地跟在钟晴后头，在心里重重叹了口气。

几人站在门前，连天瞳看了看门上的两个铜环，伸出手握住，轻松地朝后一拉，

高大厚实的大门嘎吱一声打开了。

还没把腿迈出去，几道银光先从眼前晃过，带起一阵冰凉的风——

两把钢刀，霸道地横在了他们面前。

“你们几个想去哪里？！”

紧握钢刀，一脸横肉的大汉凶声恶气地质问道，跟当初迎他们入府时的恭敬态度判若两人。

“与你无关。”连天瞳冷睨对方，“让开！”

“哼，老爷有令，一干人等，不得离开石府半步！”另一把钢刀的主人故意晃了晃手里的武器，“不从者，休怪爷的大刀不客气！”

此话一出，立在外头的其他家丁，纷纷抽出了尚在鞘中的大刀。

石府门外，一片杀气腾腾。

“统统给爷退回去！”锋利的刀锋又嚣张地朝他们靠近了些，后面那张大饼脸，一双小眼直往连天瞳与刃玲珑脸上瞟，猥琐地奸笑者，“嘿嘿，要是在这如花似玉的笑脸上留道疤，爷会心疼的！”

“去你妈的！”早已按捺不住的钟晴跳出来，用力挡开大饼脸握刀的右手，而后一拳击在他的左眼上，接着又是一个漂亮的连环踢，把这家伙踢翻到十步之外的地方。

“敢在你爷爷面前调戏妇女，看你是活腻了！”钟晴收起脚，气冲冲地瞪着缩在地上

半天起不来的大饼脸。

钟晴的突然一击，令守门的爪牙们一下子慌了手脚，愣了半晌，才有人大喊一声："上啊！把他们全部拿下，无论生死！"

十几把大刀恶狠狠地冲他们劈了过来。

"一群疯子！"KEN皱了皱眉，把连天瞳和刃玲珑朝后头一推，飞身跃了出去，跟钟晴结成了完美的统一战线，拳脚同出，灵活地对付着这群气焰高涨的恶徒。

虽然敌人有十几个，虽然他们手里都有武器，但是论身手，远不是钟晴与KEN的对手，只听得乒乒乓乓一阵响，不时有钢刀从其主人手里飞脱出来，乱糟糟地落到了地上。

没过几分钟，一帮人纷纷被丢翻在地，石府外哀号不断。

"太自不量力了。"钟晴站在人堆里，拍着袍子上的灰土，极度不屑地俯视着脚下，"大把的僵尸我都能对付，何况你们这群蠢材！"

"行了，别跟他们一般见识了。"KEN推了他一把，"走吧，看来石老头子不整死我们不罢休啊！"

"想整死我……"钟晴停止了手上的动作，两眼微微一眯，一丝冷笑蓦然挂上了唇角。

脚尖一挑，一把钢刀嗖地飞起，准确地落到了钟晴手中，光滑的刀身上，映出一双寒气逼人的眼睛。

手起刀落，没有任何犹疑。

他脚下那个仰面躺倒的家丁，眼看就要被刀锋刺穿眉心。

"钟晴！"

KEN一声大吼，一把抓住了钟晴的手腕，把刀尖阻止在了离那个倒霉家伙不到一厘米的地方。

家丁头一歪，吓昏死了过去。

"你吼我干吗？"钟晴眼睛一眨，奇怪地看着KEN，又将目光移到自己手上，"呀？！你把刀塞到我手上干吗？！"

"刀是你自己拿的。"KEN松开手，把钟晴手里的武器拿了下来，扔到一边。

"胡说！"钟晴死不承认，"我什么时候拿过刀了！"

"你……"KEN看着钟晴的眼睛，欲言又止。

"嘁……真是见鬼了！我明明没拿过嘛……"钟晴挠着头，疑惑之余，也觉得有些不对劲。

刚才发生的这个小小插曲，一幕不差地落在了连天瞳眼里。

她走到钟晴他们身边，打量了他几眼，随后面不改色地说：“你们去石府前头的巷口等着，我与玲珑去找几匹马代步。”

“骑马赶路？”钟晴从失神中醒转过来，拽住连天瞳，“何必那么麻烦，你不是会把花瓣变成飞碟吗，我们直接飞去京城不就好了！”

“法术只用在当用的时候，岂能浪费在芝麻绿豆的小事上？”连天瞳拉下钟晴的爪子，“何况现在青天白日，越往京城人烟越多，随意显露法术恐会惹来不必要的麻烦。”

“头脑简单的家伙！”刃玲珑冲钟晴吐着舌头，“大白天往人多的地方飞，你不怕被当成外星人抓起来啊！真是的！”

“要你多嘴！古时候的人知道什么外星人！”钟晴瞪了她一眼，“去去去！跟你师父牵马去！”

“莫要胡闹了。”

连天瞳沉下脸，下了石阶朝石府后门走去。

“师父等我！”刃玲珑赶紧跟上去，末了还不忘回头对钟晴扮个鬼脸，“阿米巴原虫！”

“嘿！臭丫头，敢拐弯骂我！”钟晴气愤地冲刃玲珑挥着拳头。

“我倒希望你一直当个单细胞动物……”KEN嘀咕着。

“你说什么？”

“啊……没什么，我们走吧。”

“你真要好好管教管教你这个妖精妹妹了，我要被她气死了！”

“行行，将来再说……”

“你……”

通往京城的路上，四匹快马扬蹄飞驰，溅起一地的尘土。

黑马之上，骑术并不高超的钟晴压低身子，紧握缰绳的双手已经捏出了汗，生怕胯下的畜生一个不乐意就把他给摔出去。

“还要多久才到京城？”KEN见跑了半天，看到的一直是山林荒地，不由大声问道。

“出了这片竹林，天黑之前当可到达。”连天瞳答道，又一夹马腹，身下那匹白马嘶鸣一声，跑得更快了。

一听还要那么久才能到目的地，全身已经被颠得发疼的钟晴更郁闷了，冲着他们大喊：“还要跑那么久，都饿得快胃穿孔了，不能先找个地方吃饭吗！”

"你忍耐一下吧，现在上哪儿找吃的去？"刃玲珑放缓了速度，跟钟晴并肩而行，"等到了京城，大把美味任你享用！"

"是吗？！"钟晴眼睛发绿，咽了咽口水，听着肚子里传来的咕咕声，开始在脑子里幻想各种各样的珍馐佳肴。

正在这时，一阵轰隆轰的震响从竹林的尽头处传来，由远及近。

"什么声音？"感到脚下土地抖得越来越厉害的KEN竖起耳朵，狐疑地看向声音的来处，神色一变，喝道，"你们看前面！"

一大片昏黄的尘土中，一大队人马从远处朝他们这边匆匆奔来，蹄声如雷鸣。

竹林里只有这一条道路，如此一来，连天瞳他们与对方势必狭路相逢。

连天瞳将马速放慢下来，犀利的目光投向前方，微笑："果然来了。"

"你说什么？赶紧靠边吧，那堆人那么多，跑得又那么快，撞上了可了不得！"那队人马越靠近，声音就越响亮，钟晴几乎都听不到自己的声音了。

"吁！"连天瞳熟练地一拉缰绳，白马前蹄一扬，乖乖停了下来。

其他三人也赶忙勒住缰绳，手忙脚乱地停在了原地。

在钟晴还没想到朝哪里躲避的时候，对方的人马已在咫尺之遥。

他定睛一看，发现迎面而来的竟是好几十名穿着相同一身戎装的古代士兵，就连他们跨着的高头大马，也配着完全统一的辔头鞍鞯。

"好像是一队士兵？"KEN举目一望，随后又将马头调转，准备朝一边的竹林过去，"跑那么急……我们还是先去竹林里避一下吧，让他们先走。"

"不必了。"连天瞳没打算避开，镇静地停在原地，"我看他们本就是为我们而来。"

"不可能吧？我们……"

钟晴话没说完，那队士兵像是得了命令，齐刷刷地停在了离他们不远的地方。

马嘶之后，尘埃落定，大部队发出的巨大噪音没有了，可是，他们又听到一阵清脆的马蹄声从骑兵身后传来，夹杂着清晰的脚步声，回荡在空旷的竹林里。

骑兵们恭敬地分成两行，让开了一条路。

八个壮实的轿夫，健步如飞地扛着一顶装饰考究的轿子奔了上来，左右两旁，各跟着一个骑马之人。

很快，轿子稳稳地落在了离连天瞳他们不到十步的地方。

此时，钟晴顿时明白了连天瞳为什么说这队人马可能是冲他们来的了，因为，轿子右边那坐在马上的人，正是失踪了一天多的石老爷。

“这个死老头子怎么会……”钟晴吃了一惊，原以为这个老匹夫是怕他们找他算账躲出去了，没想到他居然在这个时候莫名其妙地出现，而且看他那副高高在上无所惧惮的神态，跟他们在石府初见他时一模一样。

连天瞳抚着白马的鬃毛，轻松地笑道：“石老爷特意带了这么多朋友来为我等送别么？太客气了吧。”

“大胆刁民，戴罪之身还敢妄言！”石老爷先是一惊，随即强压住怒气呵斥道，旋即跳下马来，走到轿子前，躬身对里头的人说道，“禀王爷，外头那几个刁民恐怕正是您要缉拿的盗贼！”

说完，他又回转头，走前几步，冲着他们几个冷笑：“哼哼，没想到你们几个恶贼居然逃出了我的府第。可惜，天网恢恢，你们万万没想到贼与兵会撞个正着吧？！还不速速下马领罪！”

“这老家伙的头被车撵过了吗？”钟晴有点找不着北的感觉，“他在胡说什么呢？什么王爷？什么贼？我怎么听不懂……”

“老狐狸又在耍什么花招？”KEN揣测着。

连天瞳翻身下了马，走到前头，笑道：“不明白石老爷所指为何？”

“还敢狡辩，京城近日有一帮恶盗出没，专肆在城中的大户人家行窃，不但夺财，还放火伤人，闹得人心惶惶。从你们几个一进石府开始，我早已疑心你们的来历。昨日我私下派人查验你们的行李，发现了前日王大人家丢失的翡翠马，哼，我早已经将罪证呈上，你们休想抵赖！”石老爷冷眼相对，言之凿凿。

“What？”这一席不着边际的话，激得钟晴连英文都冒了出来，他噌一下跳下马，冲到连天瞳身边，对石老爷吼道，“你这老家伙在胡说些什么？当初可是你自己要留我们下来帮你搞定你家的龌龊事儿的，什么翡翠马的，我们根本就没带过行李在身上！”

“做贼的又怎会轻易承认自己是贼？”石老爷不屑地瞄了钟晴一眼，加重语气道，“你们几个，最好乖乖束手就擒，莫逼我们出手，否则定有苦头吃！”

KEN看看这“兵强马壮”的周围，感到事态似乎有些严重，下马跑到钟晴他们身边，压低声音道：“这老狐狸果然不简单，小心应付！”

“哼！老东西明明在撒谎诬蔑我们，可恶！”钟晴眉毛一竖，新仇旧恨一股脑全冲了上来，吼了声，“死老头子，你想杀我们这笔账还没跟你算呢！”

刚说完，他一个健步冲了上去，一拳击向石老爷的面门，准备先抓住这老家伙痛揍一顿泄愤。

在敌众我寡且对方已将自己重重包围的不利情况下，钟晴还敢搞突然袭击，这一点怕是石老爷没有想到的。

眼看钟晴的拳头砸了过来，石老爷的身手似乎并没有他的唇舌那么厉害，本能地朝后一退，一脚踩进了一块凹处，扑通一声倒在了地上。

钟晴撵到他面前，右拳朝下一挥。

说时迟，那时快，只见轿子左边飞出一条黑影，嗖一下落到了石老爷身后。

刷!

一把白色折扇抵住了钟晴的手腕。

小小动作，却震得他的腕子上一阵酸麻，使出的千斤力气顿时化为乌有。

“这位兄台，出手似乎狠了点吧？！”

发如墨，肤胜雪，剑眉秀目，眸似深潭，薄唇微微翘起，透着若隐若现的讥诮之意——

折扇的主人，一个与钟晴年纪相若的男子，一身锦缎所制的黑色长袍，及肩长发以一条细细的暗金丝绳规矩地束在一起，一丝不乱。

简单到朴素的装扮，自然至极的平淡表情，优雅镇静的姿势，却减不去这男子半分气势。

不是个容易对付的角色，钟晴在见到此人后的第一感觉。

“温……温大人……”拳下逃生的石老爷见了救星一般，赶紧连滚带爬地跑到了黑衣人背后，全然不顾自己的形象，疯子一样指着钟晴叫道，“抓住他抓住他，这伙强盗，无恶不作，大人快快将他们擒下！”

“死老头子，你还敢乱说！”钟晴一把挥开黑衣人的扇子，冲上去就要教训石老爷。

“兄台还要放肆么？”黑衣人往前一挡，隔开钟晴跟石老爷，右手灵巧地一动，折扇嗖一下架在了他的脖子上。

“你……”钟晴只觉得脖子上一凉，明明是把普普通通的折扇，却带给他比刀锋还危险的信息。

好汉不吃眼前亏，钟晴不敢再乱动，他低眼看着那把威胁着他的“武器”，气恼地喝道：“你是什么人？居然帮那个老不死的阴险家伙！”

“恐怕此时不是兄台发问的时候吧。”男子的微笑在黑衣映衬下，俊美得邪气。

见钟晴受制，KEN冲了上来，打量着这个身量比他们略矮一些的黑衣男子，冷冷说道：“我们只是到安乐镇探亲的普通老百姓，这当中肯定出了什么误会，在没弄清楚事实之前，请你立刻停止你无礼的行为！”

连天瞳也走了过来，看了黑衣男子一眼，笑：“有话好好说，若是阁下不当心，伤了我这位朋友，事情就不太好办了。”

“我并无伤及这位兄台的意思。”黑衣男子双目微眯，爽快地收回了他的折扇，对他们两人说道，“只要你们规规矩矩随我们回京受审，我们自不会为难你们。”

“受审？”KEN眉毛一挑，“我们何罪之有？”

“石大人方才不是已经说得很清楚了吗？”黑衣人折扇一点，指了指他身后的石老爷，“是否是那群恶盗，口说无凭，待回京审查清楚，我们自会给你们一个公道。”

“石大人？”钟晴万没想到这个石老头子居然还是个官，气愤至极的他对黑衣人吼道，“这算什么？随便一个人说谁谁是杀人犯，你们就相信了吗？！偷东西？KAO！我钟晴这辈子除了偷过数学考试的答案，就没对其他东西出过手！我还可以说是那个老家伙偷了东西，然后栽赃嫁祸给我们呢！”

“石大人身为朝廷官员，怎会轻易诬蔑不相干者？”

从轿内突然传出一个男人的声音。

轿夫躬身掀起了轿帘，一个二十上下的年轻男子从轿内稳步而出。

金冠白服，威仪凝重，一张斯文俊秀的脸孔犹如神工鬼斧雕琢而成，眼如灿星，唇若涂膏，年纪虽轻，可一身不俗的贵气却咄咄逼人。

见他一出来，除了钟晴他们几个，在场的所有人统统跪了下去。

年轻男子走上前，上下打量着他们几个。

“大胆，见着秦王还不下跪！”石老爷像是有了更大的靠山一般，冲着钟晴他们吼道。

“秦王？”钟晴盯着面前这个略嫌单薄的年轻人，糊涂的脑袋一时间没法分析出“秦王”是个什么概念。

连天瞳无畏地看着来人，根本没有下跪的打算，KEN则掰着指头，嘴里嘀嘀咕咕像在盘算什么，至于刃玲珑，只顾愣愣地看着对方。

“罢了，都起来吧。”年轻人收回打量的目光，似乎并不介意他们的表现，正色说道，“本王奉皇上圣意，彻查京城大盗一案。昨日接到石大人密报，说疑犯就在他府中。本王当即领兵前来，却没想到在半途截到了你们……”

“石老头子在撒谎！”钟晴一跳三尺高，才不顾什么皇帝王爷的，大声打断了年轻人，“我们才不是什么京城大盗呢！你用点脑子好不好，如果我们偷了东西，还不远走高飞吗？明知道你们在追查，我们怎么还会朝京城那边跑呢！”

“是或不是，你们都必须随本王返京，一切自会查验明白！”年轻人一拂袖，转身返回了轿子里，放下轿帘前，掷地有声地扔下一句，“将这一干人等全部带回王府，待本王

亲自审验后，再交刑部论处！”

“是！”众士兵声如洪钟。

“诸位请上马！”黑衣男子手一扬，别有深意地轻笑，“此去京城还有一段路程，诸位切记安分守己！”

那边，石老爷已经上了马，嘴角滑过一丝不易察觉的阴笑。

须臾之间，他们竟被扣上了恶盗的帽子，这个突如其来的莫须有罪名是钟晴全然没有料到的。他当然是不愿意被当成犯人押去什么王府的，可是如果硬要反抗，这在场的几十个赳赳武夫，肯定比石家那些酒囊饭袋强，更何况还有那个猜不出来头，被石老头子称作温大人的黑衣男子。一旦跟他们卯上，恐怕事态会不好控制。

老天爷似乎在故意整他一般，不过是去挪威海抓个乌贼吗，竟然接二连三栽给自己这么多事端，幽灵船，回古代，石家一连串的破事儿，真是一件比一件荒唐，若不是自己的适应能力够强，怕是早被弄到思觉失调了。

“还不上马？”已经回到马上的连天瞳踱到神游太虚的钟晴身边，提醒一声。

“啊？！”钟晴回过神来，仰起头不乐意地瞅着她，问：“就这么被当成犯人押走？！”

“我们本就要去京城，顺路了。”连天瞳满不在乎地拉了拉缰绳，扔下钟晴往前走去。

“又没给你戴枷锁镣铐，也不算是押犯人吧。”刃玲珑在马上冲他吐着舌头，“听我师父的准没错，赶紧上马去，慢吞吞的！”

“死妖精！当心我拔了你的舌头！”钟晴冲着刃玲珑的背影大吼。

“喏，就照他们的意思做吧。”KEN牵着两匹马走过来，把缰绳交到钟晴手里，压低声音说，“这里怕有高人在场，少安毋躁，看看情形再说。”

钟晴心头一动，不由自主地把眼光投到了已经前行了一段路程的八抬大轿的一侧，那个黑衣黑马的身影，委实让人好奇又忌惮。

一小队人马领头，轿子紧跟其后，而钟晴他们则像夹心饼干一样被牢牢包围在大部队的中间，一行人匆匆地穿行于坎坷不平的山路上。

当众人行到一片半是树林半是平地的地方时，原本并不算糟糕的天气却突然变了脸，天上，无数厚重的黑云从四面八方迅速汇集到一起，紧压在大家的头顶上；四周，刹那间也成了一片狂风四起沙飞石走的恶劣景象，一旁树林里的所有树木疯狂地摇来晃去，像是有人要将其连根拔起一般。

“怎么搞的，突然起这么大风。哎呀，我的眼睛。”钟晴手忙脚乱地揉着被沙子迷了的眼睛，在大风中拼命保持着身体的平衡。

KEN掩着鼻口，眯起眼睛看着天色，咕哝道：“好黑的天……”

话没说完，他突然觉得有东西砸在了自己头上。

伸手一抓，摊到眼前一看，掌心里却是一小块圆圆的冰块。

“哎？！这是……”

“哇，妈呀，下冰雹了！”

钟晴那边的大呼小叫证实了正从天上往下落的小东西，是突降而至的冰雹。

整个队伍开始骚动起来，前行的速度顿时慢了下来。

“哎哟！”刃玲珑抱着头，冲连天瞳喊，“师父，赶紧找地方躲着吧，这冰雹好像越来越大了。”

“记得那树林里头有座山神庙，暂且去那里躲避吧。”

连天瞳调转马头，正要朝露在树林里的小路骑去，身前却冷不丁地被一个人挡住了。

“姑娘欲前往何处？”一直走在前头的黑衣男子不知何时返了回来，似笑非笑地质问着连天瞳。

“林中山神庙。”连天瞳瞟他一眼，“再不过去，这冰雹大起来，只怕你我脑袋都要开花呢。”

“有庙可以躲？”钟晴跟过来，急不可耐地吼道，“那还不快去！那个黑衣服的，你要么跟我们一起去，要么让开路！自己想挨砸别拉着别人！”

“自然一同前往。”黑衣男子让到一旁，一挥手，“请几位前头带路。”

连天瞳当即一夹马腹，白马刷一下朝树林方向蹿了出去。

钟晴他们赶紧策马跟上，而后头的那些骑兵也照黑衣男子的指令，火速追了上去，生怕把他们要抓的“疑犯”跟丢了。

连天瞳说的山神庙就在进树林后的不远处，虽然有些破旧，却还算稳固，遮挡这样的冰雹不成问题。

把马儿拴到庙旁的一座草棚下后，钟晴他们急忙冲进了庙里。

而紧跟在后的骑兵们，则不敢像他们那样随便，一个一个老实地立在两旁，等候着他们主子的到来。幸亏这些士兵们都戴着厚厚的头盔，否则，在越来越大的冰雹攻势下，恐怕早就被砸得人事不醒了。

钟晴他们进了庙没多久，石老爷口中的王爷就在黑衣男子跟石老爷的陪伴下躲了进来。

"王爷，没伤着您吧？"石老爷放下遮在年轻男子头上的手臂，一进庙门就关切地询问着。

"无事。"男子摆摆手，旋即看向站在山神像前的连天瞳他们，道，"多亏你们知道有这处地方，否则本王的轿子怕是撑不到这冰雹停止。"

"王爷言重了。"

连天瞳从头到尾都没有将这个年轻人大得吓人的身份放在眼里，只淡淡一笑，随后拣了块稍微干净点的地方，拂了拂灰土，坐下来闭目小憩，不再言语。

黑衣男子看了看四周，从吊在半空中的黄色帷幔上撕下一块来，抖抖灰尘，铺在地上，对年轻人说道："王爷，坐下来歇息吧。"

"嗯。"年轻人牵起袍子，盘腿坐了下来，几个简单的小动作，却也处处透出一股与众不同的大气。

钟晴大咧咧地坐在一堆散乱的稻草上，嚼着刚刚从供桌上摸来的一个蔫苹果，仔细打量着端坐在对面的年轻人，以及那一直不离其左右的黑衣男子，而那个让他咬牙切齿的石老爷，却在这一刹那被他暂时忽略了。

"那个小子自称王爷，你说那个黑家伙是不是什么御前侍卫之类的，专门保护皇族的安全？！"饿极的钟晴两口解决掉手里的小苹果，咂巴着嘴小声问着身边的KEN。

KEN侧过头，悄声对他说道："黑衣人的来头我就不知道了，可能是保镖之类的吧。不过他的主子嘛，我听石老头管这个年轻人叫秦王，如果我的中国古代史还过关的话，我想这个小帅哥就是宋太祖赵匡胤的第四个儿子，秦王赵德芳。现任的大宋皇帝赵光义是他亲叔叔。"

钟晴一阵咳嗽。

"那，那这小子是个货真价实的皇族？！"钟晴瞪大了眼睛，然后马上盘算起来，"你说如果找他要个签名，回去咱们的时代能卖多少钱？还有，如果拿到他随身戴着的珠玉宝石什么的我们……"

"省省吧。"KEN不知该赞他有商业头脑还是该骂他不知死活，"别忘了我们现在的身份是押解回京受审的疑犯！你也不用脑子想想，如果只是普通的窃案，犯得着要个一人之下万人之上的王爷亲自出马么？而且石老头子出去一趟就搬回来一个王爷，还敢红口白牙地当着他的面污蔑我们，可见这老东西绝不是省油的灯。别忘了咱们现在是在古代，当权者一声令下，自然有千军万马来找我们麻烦！大意不得！"

"好像……有道理……"KEN一番话点醒了钟晴，他扔掉捏在手里的果核，说，"刚才那个王爷说石老头是朝廷里的官，看他的模样，除了一肚子诡计之外，文不行武不通，能做什么官儿？太奇怪了。”

“这个人的身份，其实我们一直也没有深究过吧。从入石府开始，尽顾着解决碧笙那档子事儿了。”KEN锁紧眉头，“我看这老家伙的种种表现，像是个官场上的老手，不知道他到底担任什么职位……”

见他们两个在这边嘀嘀咕咕，石老爷的脸色愈加阴沉，他走到黑衣男子身边，小声说道：“温大人，他们几个狡猾多端，需小心防备，最好还是锁起来为妙，免得被他们逃脱。”

“石大人多虑了，有王爷千岁在此坐镇，无人够胆造次。”黑衣男子隐隐一笑，“何况，还有我在此协助大人您呢。”

“呃……”石老爷脸上的肌肉不自然地抖动着，笑得牵强，“对对，温大人说得极是。”

黑衣男子把目光转离那副难看的笑容，身子朝后一斜，优雅地靠在背后的柱子上，听着从外头传来的噼里啪啦的声音，闭目养神。

此时，端坐在地，一直没有说话的年轻人抬头扫了连天瞳他们一眼，姿容威严地责问道：“本王见你们也是仪表堂堂之人，因何要干这偷鸡摸狗的勾当？”

“说了一百次了，我们没有偷东西！”钟晴一听就急了，一口气把整个事情的来龙去脉都给交代出来，“我们几个到安乐镇是去帮你身边那个石老头子驱邪的！他说他的三夫人是妖怪，要烧死她！后来我们去了，他主动要求我们留下来帮他查清楚这个事，我们好心帮他，谁知这死老头子却包藏祸心，竟想置我们于死地，他……”

“一派胡言！什么妖怪不妖怪，还扯上我夫人？！我石府向来太平，你们这群恶贼明明是想入府行窃，如今竟能编出帮我驱妖这种荒唐借口！”石老爷气得浑身哆嗦，受了天大的冤枉一般指着钟晴他们吼着，随即又回身跪在年轻人身侧，“王爷，您切莫被这群奸人蒙蔽，卑职所述，句句为实，再说那翡翠马您也查验过，证据确凿啊！”

“本王自有主张。”面对气急败坏恨不得对方速死的石老爷，年轻人不动声色地应道，随即又有意无意地说了句，“那翡翠马，也非天下无双的至宝……”

“王爷……”石老爷突觉年轻人话里有话，心头顿时一紧。

“无须多言。”年轻人一挥手，“石大人能抓到疑犯，已是大功一件，不论这几人是否真凶，本王当奏明圣上厚赏于你。”

“喂！你有没有搞错啊，如果我们不是真凶，那这个老家伙就是诬陷，你身为他的上级，不抓他还奖赏他？真是昏庸得匪夷所思！这什么世道啊！”钟晴越听越来气，没轻没重地大声责问年轻人。

“大胆！竟敢对王爷无礼！”现在揪住了钟晴的小辫子，石老爷马上借题发挥，起身对立在门外屋檐下的士兵喊道，“来人哪！把……”

“退下！”年轻人把正要进庙的士兵喝退回原处，没有理会石老爷，却把目光投向钟晴，笑道，“倒是个心直口快之人。那些话对本王说说也就罢了，若是遇上其他人物，呵呵，十个脑袋也不够你掉！”

“至于那么严重吗……”钟晴没想到自己认为很有道理的话会给石老爷提供了打击报复的借口，但是看年轻人的样子，又不像是开玩笑，于是撇了撇嘴，嘀咕道，“小小年纪，不就是个王爷么，臭屁成那个样子……”

“祸从口出，你那么快就忘了么？”刃玲珑凑过来，挤眉弄眼做了个抹脖子的动作。

“别人好歹是个王爷，你多少给人家点面子吧！”KEN也不失时机地数落着他，又悄声说，“我看他似乎不太吃石老头子那套呢。”

被这两兄妹“教育”得窝火的钟晴一听KEN最后说的那句话，马上来了精神，说：“你这么一说，我倒也发现这里有些问题。不管那个老匹夫怎么上蹿下跳，这个小王爷好像都不大甩他，刚才说翡翠马，他还说天下不止一只翡翠马，这话不明摆着给石老头难堪吗？！我看这个叫赵德芳的小子大概不是那种偏听偏信的庸才吧。”

“哈，我想起来了，以前看电视剧，经常看到包青天身边有个八贤王呢，记得那个八贤王就叫赵德芳呢！大好人一个！”刃玲珑发现了什么好东西似的，兴奋地对他们说。

“那是编剧瞎编的，等到包青天出来声张正义的时候，赵德芳早就入土了。”KEN纠正着拿电视剧当历史的妹妹，又小心看了看对面，把声音降到最低，“不过，历史上对赵德芳的评价好像还是不错的，为人正直，才能卓著。啧啧，就是命短了点。”

“短命？！”

“据说他二十三岁就病故了。”

“啊？！那么早就没了？真是可惜了……”

“嘘，小声小声，别被对方听到了！”

他们三个叽叽喳喳说得热闹，一直置身事外的连天瞳睁开了眼睛，直视着外头的天气，自言自语道：“寒冬落冰雹……少见，恐生怪异……”

话音刚落，一股犀利的强风突然从大门处灌了进来，席卷其中的冰块和雨水噼里啪啦地砸了下来。

“王爷留心！”黑衣男子纵身一跃，挥袖挡开了几块朝赵德芳飞来的冰雹。

“天气似是越来越不妥了。”赵德芳擦掉几滴溅到脸上的冰凉雨水，站起了身，看着外头越来越黑沉的天空，浓眉微皱，“怎地还不停止，这要耽搁到何时才能回京？！”

“王爷请勿恼火，山野之地，出现异常气候实属常见，正来得快去得也快，怕是下不了多久了。”黑衣男子恭谨地低下头对赵德芳说道，可是，在他对大门处看似无意的一瞥目光里，却透出一抹不易察觉的警惕之色。

“是啊是啊，王爷莫要着急，还是先坐下来歇息吧！”石老爷口中这么说，脚下却忍不住焦急地踱起了步子。

就在这时，一阵骚乱之声从门口传来。

马匹的嘶鸣，士兵的吼喝，纷乱的脚步，空气中突然弥漫起了一阵呛人鼻喉的气味，血腥腐臭，还裹着地底烂泥的陈味。

透过不宽的门口，却见刚才还整齐而立的士兵们都已经偏离了自己的位置，不知道什么原因全部一锅粥似的挤在了一起，雪亮的刀刃在他们手中挥来挥去，怒吼惨叫交织一片。

“站……站……站住！”

“什么……什么东西……”

“啊……”

人堆里传来断断续续的词句，每个字都宣泄着发自内心的恐惧。

“外头出什么事了？”钟晴想往外头冲。

KEN拉住了他：“等等，你……”

话刚出口，却见几颗鲜血淋漓的头颅从门口飞入，咚咚地落在地上，散乱地滚动着，仍然戴在上头的头盔跟土地摩擦着，锵锵作响。

“妖怪啊！”

已经超越人类嗓音的怪叫从四散而逃的士兵中爆发而出，山神庙外，浓浓的血水已经汇成了一条浅浅溪流，从残缺不全的肢体下蜿蜒淌出。

两个人影，一高一矮，踩着一地血水，一步一步朝庙里走来。

见状，黑衣男子挡到赵德芳身前，镇定地说：“王爷请后退几步，恐来者不善。”

即便他不说，在场的人也不会以为来者是善类。

所有人都暗自绷紧了神经，目不转睛地看着逐渐接近着自己的不速之客。

腐臭之味越加浓重，在那两个人影彻底跨入庙内之后，此味达到了顶峰。

一男一女，衣衫齐整，面色青灰，粗看之下，跟常人无二。

然而，细看之下才发觉，这两人的喉头处竟有一道深可见骨的刀痕，明明是道砍在致命处且根本没有愈合的伤口，却不见有血从中流出，只夸张地豁开着，刀痕上下的皮肉还有些错位的现象，颇像是两个没有被摆正头颅的人偶。

钟晴捂着鼻子，把诧异的目光再次移到了来者的脸孔上，越看越相熟的两张人脸所带来的信息狠命地冲击着他的大脑。

“啊！那……那不是二夫人跟傅公子吗！”当还未停歇的狂风吹开搭住了男子半边脸的头发时，钟晴指着来人大吼。

“老天，他们真的找来了……”刃玲珑朝连天瞳身边靠了靠。

“不妖不鬼，不尸不人……”KEN打量着这对不期而至的男女，感到事情可能有些麻烦。

连天瞳跟他们不同，没有多看来人一眼，反倒是侧目关心着石老爷的动静。

而石老爷本人，早已经面如土色，身如筛糠，比见了鬼还要害怕。

连天瞳轻蔑地一笑：“呵呵，怕是讨命债的来了。”

二夫人与傅公子走得很缓慢，头颅随着他们的步伐微微晃动，似有落下来的危险，看得人心惊胆跳。

没有谁做出多余的动作，只拿眼睛，看着逼近的两人。

山神庙内，弥漫着畸形而危险的宁静。

“老爷……”二夫人突然停住了脚步，灰白的眼眸直直地盯着缩在最后的石老爷，笑了，“终于找到你了……三年了……”

“嘿嘿……”傅公子也笑了，露出雪白而整齐的牙齿，看似茫然的目光忽略了除石老爷之外的所有人，“岳父大人……小婿一直盼着能再见您一面呵……今日终是如愿了。”

赵德芳不愧是见过大场面的皇族贵胄，见着这两个明显不是普通人类的“客人”，竟丝毫不露怯态，拂袖皱眉，威风凛然地质问道：“来者何人，竟胆敢对我王府士卒痛下杀手？！”

“谁挡了我们的路，谁就得死。”二夫人说得轻松自在，根本没有将他这个年轻人放在眼中，“妾身不过是来寻自己的夫婿罢了，不相干之人，速速出庙离开。”

“正是，今日是我等亲人团聚之时。”傅公子笑眯眯地看着已经吓得缩到地上去的石老爷，“你们这些外人，莫在此打扰！”

一听这话，石老爷顿时扑上来抱住了赵德芳的腿，惊恐地哀求：“王爷莫丢下微臣啊！”

说完，他又跟癞皮狗似的爬到了黑衣男子的脚边，紧扯着他的袍角，语无伦次：“温大人救我啊！他们不是不会出来么……不是不会么……怎么出来了……他们要杀我……大人救命呀！”

这一幕，看得钟晴非常解气。

他扭头对KEN说道："看来这两个怪胎是不弄死老家伙不罢休，嘿嘿，自作自受，我们有好戏看了。"

KEN赞同地点点头，没有说话，心里盘算着别的事情。

"看来我们外人的确不方便再留下。"连天瞳一笑，却没有迈步的意思，反而退开几步，悠闲地坐了下来，"不过现下外头天气糟糕，实在不便出行。二位请自便吧，当我们不存在即可。"

看来，连天瞳有意加入"观众"的行列。

"哈，没错没错，你们可以完全忽略我们，想干吗就干吗吧。"钟晴乐呵呵地坐到连天瞳身边，揉着眼睛等着看两个不妖不鬼的怪胎替自己收拾仇人。

"你们……"石老爷连抬手的力气都没了，只能用哆嗦不停的嘴唇表达着对钟晴他们的憎恨。

两人不再理会那几个"看热闹"的闲人，一步步朝石老爷走去。

"老爷，你可知那土下有多冷么……你可知身首异处有多疼么……你可知一身的血液被汲干时有多绝望么……羞月无时无刻不在念想，渴望有朝一日，老爷也能一一体会羞月受过的苦。"二夫人笑着，边笑，边有红红的液体从眼角溢出，"呵呵，五年夫妻，你竟如此待我……"

"我的准岳父啊，小婿至今都不明白，你怎地忍心让紫芙端那一碗热汤给我。她是你的亲女，竟可以借她的手除掉我。"傅公子不再嬉笑，青脸上哀怨交叠，"其实，我什么都没有看到……什么都不知道……冤哪……"

"你们……不要说了……不要过来……不要过来！"石老爷拼命朝赵德芳跟黑衣男子身后躲，双手紧抓着他们的衣衫，如拽着两根救命稻草。

二夫人与傅公子视他的警告或者说是哀求如无物，仍然不慌不忙地朝他逼近。

钟晴他们张大眼睛竖起耳朵，生怕看漏听漏任何一个细节。

二夫人跟傅公子的谜团，一直是他们想解开的。

"大胆恶徒！"冷眼相看已久的赵德芳突然一声怒呵，指着二夫人与傅公子道，"本王不管你们是人是鬼，如若敢在本王面前造次，定不轻饶！"

"王爷……"黑衣男子拉了拉赵德芳的衣袖，似在提醒他话有不妥。

"王爷……"二夫人停在了离他不到两米的地方，一点面子都不给，重复了一遍她刚才说过的话，"谁挡了我们的路，谁就得死。"

钟晴心里暗叫不好，本来是打算看石老头的好戏的，谁知道这个小王爷不知者无畏，以为凭自己的权力威势就可以让两个怪胎屈服，真是不要命了。他悄悄捏起了拳头，心想

如果怪胎对这个名声不错的小王爷出手，他会第一时间冲上去救人的。

果然，他这念头刚一闪现，那二夫人脚下一动，闪电般移动到了赵德芳面前，随同而至的，还有她骨节异常突出的苍白右手，迅猛地朝赵德芳的脖子抓去，更听刷的一声，五根指骨从手指上的皮肉中戳出，尖利的前端，足以撕裂任何生物。

赵德芳愣住了。

“小心！”

钟晴早已经跳了起来，正要冲过去救他心目中的财神爷，可是，他人还没扑上去，却见二夫人咻一下从自己面前飞了出去，狼狈地摔在地上。

几截断开的白白指骨，乱七八糟地躺在赵德芳脚下。

黑衣男子收回右掌，将挡在赵德芳面前的折扇拿开，吹去粘在折扇边缘的骨头碴，冷笑：“无知鼠辈，也敢班门弄斧。”

把对方一掌劈飞倒还不算什么，可是一把软软的纸扇，竟然生生切断了坚硬的人骨。就冲这一点，钟晴当即对黑衣男子的功夫刮目相看，猜想着是不是所有保护皇亲国戚的人都如他一般是万中无一的能人异士。

见二夫人一出手就碰了个大钉子，傅公子怒极，脚下一踮，腾空而起，再将口一张，竟吐出一股绿黏的液体，铺天盖地地朝着黑衣男子那边涌去。

虽不知这液体是何物，但是所有人都知道如果被它沾上，后果一定不容乐观。

黑衣男子一手拉着赵德芳一手抓住石老爷，敏捷地朝钟晴他们这边一跃，轻而易举地避开了傅公子的袭击。

黏液落到了地上，白烟冒起，地上霎时被蚀出了一个大洞，上百条绿色的小虫，如蝎子一般挥舞着锋利而凶狠的钳子，浩浩荡荡地从洞里爬了出来。

“啊！虫！虫！”石老爷抱着头，惊慌失措地跳着脚，慌乱的目光到处搜索，想找个高一点的地方跳上去，唯恐被这群来历可怕的昆虫沾到。

“既然你们愿意当陪葬，我成全你们。”半空中的傅公子嘿嘿一笑，手指着他们这拨人，“美餐在那里，快去享用吧！”

而那些虫子也像听懂了他的话似的，一致调转方向，整齐而快速地朝钟晴他们这边爬来。

“天……好多虫……”

钟晴的第一反应是赶紧去找杀虫剂，然后又马上意识到这些虫子不是普通货色，于是没多考虑，当即伸出手掌升起九焰地火，对准这群特殊的进攻者一阵狂扫。按照他的逻辑，大多数动物都怕火，虫子也不例外。

一排大火从来犯的虫子军队身上撵过，虫子们的行动被阻断了。

火光中，无数把钳子挥来舞去，虫子们你碰我我撞你，阵脚大乱，不一会儿，绿虫子就被烧成了黑虫子，黑虫子又变成了一堆堆大大小小的死灰。

赵德芳看着从钟晴掌中生出的火焰，很是惊讶："这……竟是个奇人……"

在确认了没有漏网之虫后，钟晴一吸气，收回了火焰，拍拍手，半是庆幸半是得意地说："我钟家九焰地火一出，哪个能逃得掉，哼！"

"兄台好身手。"黑衣男子对钟晴一拱手，旋即又看了看仍在半空中的傅公子，笑笑，"不过，尚有更厉害的没有解决。"

此时，被黑衣男子断了指骨的二夫人慢吞吞地从地上爬了起来，身体里的骨骼像是被打错了位，格格作响。她面无表情地看了看前头一地的黑灰，从鼻子里轻蔑地哼了一声，随后将自己的断手伸到面前，张开嘴，对付灰尘似的朝着伤口满不在乎地一吹，几截崭新的骨头跟竹笋似的刷一下长了出来，重新缩回皮肉之后，一只完好无缺的右手呈现在众人眼里。

"啊……看……看到没有，长出来了！"钟晴拽了拽身边的KEN。

二夫人这个看似小小的变化，却让钟晴从中嗅出了新一轮的危险。

"不愧是个怪胎。"连天瞳眉毛一扬，咕哝道，"看来有点麻烦……"

"怪物……怪物……"已经吓得面比纸白的石老爷几近崩溃，缩着脖子躲在最后头，连多看对方一眼的勇气都没有。

这时，二夫人也飞身到了傅公子身边，俯视着他们，漠然说道："留下我家老爷，你们现在仍有机会活着离开。"

"若我们定要带他同走呢？！"黑衣男子轻挥折扇，对二夫人的"慷慨大度"嗤之以鼻。

"我看我们还是先走吧，又不关我们的事。"刃玲珑拉了拉连天瞳和KEN，小声说，"我看那怪胎似乎不好应付呢。"

"现在离开，石家那些谜团又该上哪里去解开？！"连天瞳断然否决了她的建议。

"就是，怕死的话你一个人先走！"钟晴白了刃玲珑一眼，又抬头看着半空中的男女，说，"当事人就在这儿，不问清楚怎么行！"

"妖孽！"赵德芳又是一声不怕死的大吼，右手在腰间熟练地一抹，端地从腰带里抽出了一把寒光逼人的软剑，指着二夫人他们道，"区区邪魔歪道，待本王亲自收拾你们！"

他话音刚落，人已经一跃而出，手中软剑挽了个漂亮的剑花，借着不俗的轻功，他举

剑又快又狠地朝二夫人和傅公子刺去，身手煞是利落。

他二人没有躲闪，仍旧飘在原处，任由赵德芳的利剑朝他们的心口刺来。

剑尖从傅公子的心脏处穿过，赵德芳只觉得虎口一震，自己的武器就像受了别人的操纵一般，将他的手狠狠弹开。

丢了剑不说，他自己也从半空里摔了下来，失了重心扑倒在地，沾了一身的黑灰。

黑衣男子见状，忙冲了过去，赶紧扶起自己的主子跑了回来。

“初生牛犊……”连天瞳斜睨了赵德芳一眼，笑。

“你没瞧见他们根本不是人吗？你的攻击对他们没用的！”钟晴也凑过来，以警告的口吻对他说，“交给我们就行了！你这个王爷还是在旁边观战比较安全！”

此时，傅公子看了看插在胸口的软剑，一笑，伸手一把抓住了剑刃，稍一用力，这把名贵的武器顿时化成了一捧铁屑，被风一吹，散得到处都是。

“既然都不愿意离开……”傅公子收起阴郁的笑意，“那一同受死吧。”

“又来？！”钟晴下意识地一转头，却猛看到地上那一堆堆虫子变成的黑灰突然起了不正常的动静，凹凸不止，像有不少东西在灰里蠕动。

正疑惑间，数把黑色的大钳突然从灰里刺出，一大群黑得发亮的蝎子状昆虫争先恐后地从里头爬了出来，看形状，与刚才的绿虫子差不多，只是体形大了一倍，而且它们的背上，还生着一对蝉翼一样的翅膀。

“我的老娘，居然冒出升级版了。”钟晴倒抽了一口凉气。

“怕是不能再用火了。”连天瞳眉头一皱，“烧之不尽。”

“你说什么？”

钟晴刚一开口，那爬在最前头的两只黑虫突然震翅飞起，舞着两把大钳朝他们冲来。

“小心啊！”

KEN大叫一声，顺势摁倒了站在身边傻看的刃玲珑。

连天瞳与钟晴也双双俯身趴在地上，两只虫子擦着他们的头顶飞了过去。

那边，黑衣男子早把赵德芳护到了身后。

只有倒霉的石老爷无人问津，惊恐至极地蜷在地上，两条腿跟灌了铅似的，根本挪不动。

“啊！”

一声惨叫。

众人一看，那两只飞虫端端地落在了石老爷身上，两对大钳，分别刺进了他的大腿和手臂。

石老爷在地上打着滚，胡乱地拍打着身上，声嘶力竭地怪叫着："救命啊……痛死我了……救命……"

见状，黑衣男子跨步上前，折扇一挥，那两只虫子登时被劈成两半，颤动着落在了地上，那两对大钳子，上头还夹着一块从石老爷身上扯下的肉。

石老爷手上腿上血流如注，痛得几乎要休克过去。

钟晴看得直冒鸡皮疙瘩，上前两脚踢开了这恶心虫子的残肢。

然而，他没想到的是，被踢到一旁的四块残肢竟然晃动起来，原地打了几个旋儿之后，居然变成了四只通体完整的虫子。

"不是吧，还玩细胞分裂？"

钟晴傻了，他知道所谓的不妖不鬼不尸不人的怪胎肯定会有与众不同的厉害之处，但是他根本没想到他们还会造出这种让人头痛的玩意儿。如果这样的话，这些虫子根本不能随便乱动，否则数量会成倍增长，越打越多。

嗡……嗡……

一阵怪异的声音传来。

钟晴一看，迅即变了脸色，低呼："了不得了！"

有了前头那两只作示范，这后头的虫兄虫弟们纷纷扇起了翅膀，无比贪婪地朝他们蜂拥过来。

在这片黑压压的喜食人肉的怪虫背后，二夫人跟傅公子呵呵直笑，如同看一场最最可笑的滑稽戏一般。

眼看着虫子大军就要拿他们所有人当午餐时，KEN一个箭步冲到了前头，单膝跪地，在空中画了一个十字，嘴里念叨着含混不清的句子。

一层浅浅的蓝色漾着水波一样的光华，赫然呈现，千钧一发之际，如一道密不透风的透明墙壁般，虫子们被隔断在了厘米之外。

乒乒乓乓，刹车不及的虫子们前赴后继地撞在了KEN一手筑建而成的"墙"上。

距离实在太近，几乎与虫子们脸贴脸的KEN，甚至能看清从它们丑陋的虫嘴里露出的骇人尖牙，以及那上头悬着的缕缕涎液。

KEN的胃部一阵恶心，立即把头朝后头仰去，又伸出手指在刚才画下的十字中心部位画了一个圆圈，低声道："埋藏于深海的十字，缠绕永世不解的锁链，为我禁锢这个空间。"

说罢，只见"墙壁"里若有若无的水波荡漾得越发厉害了，从中耀出的璀璨蓝光包围

着他们几人，营造出了一个神秘而安全的空间。

KEN收回手，松了口气，起身对后头的人说道："暂时没事了。"

"你……你布了结界？"钟晴惊奇地看着四周，凡是蓝光所及的范围，那些虫子都无法飞入，任它数量再多，也只能跟没头苍蝇似的朝上头乱撞一气。彻底放心的他走到KEN身边，用力拍了拍他的肩膀，"行啊你，出手太及时了！"

"那些虫子太凶悍了，一只两只还好，一大群扑上来，我们纵使有三头六臂也难以应付。"KEN心有余悸，又说，"这个十字结界起码可以维持二十四个钟头，这段时间，任何没有经过我允许的物体都不能穿过结界，结界消失前，外头的敌人是看不到我们的。赶紧想办法解决虫子跟它们的主人吧，唉，还说看热闹，这下自己成了热闹被别人看了。"

"吓死我了，这怪胎果然厉害，变出来的虫子都是会分裂的。"刃玲珑拍着胸口，惊魂未定地站到了KEN旁边，"不知道要用什么方法才能彻底消灭掉呢？！"

钟晴苦恼地抓着头，说："恐怕还是要直接拿二夫人他们开刀，妈的，要是我们把他们俩收拾了，岂不是变相便宜了石老头子？！"

连天瞳走过来，镇定如常地说："现下我们仍不知道老家伙对外头的两人做过什么勾当，待真相大白，莫说外头的两个，怕是里头的某个人也不会放过他吧。"

"我明白了。"KEN狡黠地一笑，"现在正是审查嫌犯的绝好时机。"

"你们是想……"当无需再为保护自己的安全而费心时，钟晴的脑子也变得灵光起来，"趁他又惊又怕，心理防线最脆弱的时候，让石老头自个儿把他干的龌龊事坦白交代喽？！"

"易如反掌。"KEN对他们眨了眨眼睛。

钟晴立即会意，一脸坏笑。

于是，几个人心照不宣地朝石老爷那边走去。

那边，平生头一回见识到结界这种非凡东西的赵德芳还沉浸在无比的讶异中，经过刚才的一场较量，他对钟晴这几个"疑犯"产生了新的看法，身为大宋秦王，他自认也见识过不少能人异士，可是那些人的所谓"法术异能"，跟钟晴他们相比，委实不过雕虫小技。

见钟晴他们走过来，赵德芳抢先一步挡到他们面前，直言不讳："你们究竟是何来历？竟然能掌中出火，还能徒手造出一片隔绝外物的光彩？！"

"这些只是一些实用的小法术而已，王爷不必大惊小怪。"KEN听出了赵德芳口气里的赞叹，微笑着回答。

"哈，告诉你，刚才要不是我们及时出手，你这个王爷，还有你身边那个家伙，怕是早成了绿虫子黑虫子的口中餐了！说起来咱们也算你的救命恩人了，你居然还偏信石老头子的话，要拿我们当贼回京受审。真是好心没好报！”钟晴又管不住嘴巴了，难得逮着一个正大光明奚落北宋王爷的机会，他当然不放过。

“放肆！”黑衣男子一声断呵。

“救命恩人？！”赵德芳对黑衣男子摆摆手，他对于钟晴的无状表现似乎并不恼火，笑道，“即便你们对本王有恩，公是公私是私，你们一天不能洗脱罪名，本王仍会视你们为嫌犯，仍要带你们回京受审！”

“我们是否有罪，相信王爷很快便能作个判断。”连天瞳笃定地笑了笑，“还请王爷留心一听。”

“哦？！”赵德芳饶有兴趣地盯着她，“本王倒要看看你如何要本王作下判断。”

连天瞳朝钟晴他们使了个眼色，几个人旋即转身走向了龟缩在墙边的石老爷。

“救我……救我……”从他已经痛苦到扭曲的脸上，可以猜到他身上的伤口有多严重，他一手捂着腿，一手捂着手臂，鲜血还是不停地从他的指缝中冒出来。

见状，连天瞳蹲下来，用出当时施在白狼身上的方法为石老爷止了血。

很快，石老爷的呻吟减弱了，伤口虽然还在，可是当事人的意识却清醒了不少。

“今日真是一家团圆哪。”连天瞳站起身，揶揄着，“不知石老爷当年是如何待你家那二位亲人的，竟引得他们对你如此‘念念不忘’。”

“什么……我没有……我没有对他们干过什么……”石老爷喘着粗气，眼神浑浊闪烁，由始至终不敢看连天瞳一眼。

“呸，你个老家伙，死到临头还嘴硬！”钟晴气愤地指着他的脑门儿，“如果你不是对他们犯下过不可饶恕的罪行，外面那两只怪物怎么会不顾一切找你偿命？！”

“没有……没有！”石老爷不停摇头，满是血丝眼睛又惧又恨地看了看结界外的某个地方，说，“他们是怪物，是妖孽，妖孽的话……不能信……”

“外头两只的确是妖孽，可是，这妖孽不也是石老爷一手造成的么？”KEN冷笑，“石老爷不会以为我们在石府这几天，只是忙着帮你找那杀人凶手吧？那桃树林下……”

“桃树林……”石老爷一个激灵，抬头看着立在面前的他们，疯子般的怒意从他眼里喷出，“是你们……定是你们动了我的阵……否则他们不会出来，不会出来……”

“石老爷莫要误会我们，那挖开桃林之人，可是你的原配夫人哪。”连天瞳呵呵一笑。

“她？！”石老爷愣住了，旋即咬牙切齿，“贱人……悔不当初连你一道……”

刚一说到这里，石老爷突然意识到自己说漏了嘴，立即惶惶地闭上了口。

“嘿嘿，是不是后悔当初没把你大老婆的头一道砍下来？”钟晴接过话头，不依不饶地逼问。

“我……你……”石老爷已经阵脚大乱，根本找不到其他说辞来反驳钟晴。

“石老爷，若你把三年前发生之事一五一十讲给我们听，或者我们能想到办法解开二夫人与傅公子的心结。”连天瞳不动声色地转入了正题，“如若你仍旧处处隐瞒，怕是神仙也难救。”

石老爷不说话，像是没听懂她的意思似的，没有任何反应。

“问他那么多干吗呢，这些事跟我们又没关系。”刃玲珑也加入了他们的逼供行动，故做无所谓之态，“反正外头的两个怪胎要的只是他，干脆把他扔出去好了，免得给我们自己惹麻烦呢！”

“我们有心帮人，对方却不领情。”KEN遗憾地耸耸肩，“既然如此，我看还是把他交给他外面的‘亲人’吧，我们也好尽早脱身。”

“没错！”钟晴配合得天衣无缝，“到现在你这老东西还不肯老实交代，可恶！不说也没关系，反正你当初暗算我们的账还没算，正好，扔你出去算是给咱们报仇了！”

一说完，钟晴煞有介事地扮出一副凶相，伸手就去拽石老爷，边拽边恶狠狠地嚷嚷：“嘿嘿，你不知道，我有多盼望看到你被外头的虫子一口一口吞掉的情景！”

KEN完美地充当着配合者的角色，开口道：“先把他拖到结界边缘，等我把他身上打上‘通行证’以后，直接扔出去就行了。”

“没问题！”

对于他们两个的行为，连天瞳没有发表任何意见，一派听之任之的表情。

“不要……我……我不出去……”

看着仍然密集围绕在结界四周的黑色虫子，以及那两位在虫子后头漂来荡去，不死心地搜索着凭空消失的目标的“亲人”，石老爷的声音变了调，一双手死命地把钟晴的手往下拉，两腿乱蹬着，腿上的伤口也因为他的剧烈动作撕裂开来，血又冒了出来。

钟晴才不理会他的挣扎呢，还是一个劲儿地把他往前拖：“哼，谁叫你不说实话。你要是老实交代，我们恐怕还会不计前嫌地帮你一把，你……”

“我说……我说……”石老爷终于彻底缴械投降，带着哭腔喊叫着，“我都说……求你们别把我扔出去！”

见目的已达到，钟晴嘴角一扬，随即松开了手，板起脸喝道：“说！”

石老爷一哆嗦，抬头看了他们几个一眼，马上惊慌地移开了目光，没胆量拿自己性命作赌注的他，不敢再兜圈子，把那些陈年往事一股脑儿全抖了出来："羞月与傅文诚的确是死于我手……三年前的中秋，我为了取出羞月体内全部鲜血，在她饮下的茶水里下了……下了散魂香……原本不会杀她的……谁叫这贱人背地里与人通奸……

"那傅文诚，他本是安乐镇上一个无亲无故靠卖字画为生的穷书生，偏偏紫芙对他一见倾心。中秋当日，紫芙邀他入府庆节，我虽嫌此人出身贫寒，但也没有多加干涉，女大不中留，她早日嫁出石家也是好事一桩……怪只怪他运气太差，偌大府第，哪里不好走，偏偏闯到了我与羞月相会之处。其时，羞月伏在桌上，已然毙命，我正欲执刀取血，却突然听到门外有异动……一开门便发现一身酒气的他站在门口，嘴里还口口声声说着是一阵异香引他过来……这醉鬼，竟还冒冒失失地闯进房里，见到羞月，还以为她睡着……为免横生枝节，我当夜便在紫芙亲手为他熬的汤里落了散魂香，又特意找来府中一对最名贵的金碗，说是赠她的陪嫁之物，并引她用这金碗盛好热汤给傅文诚送去。满心欢喜的她怎知其中内情，高兴地喂她的未来夫婿喝下了毒药……

"第二日清晨，傅文诚死了。众人只当他身体虚弱贪杯过度招致猝亡，除了为紫芙惋惜之外，无人对这个穷书生的死因质疑……为免夜长梦多，我匆匆将他两人葬在了后山。又恐冤魂作祟，所以请人在桃林设下诛邪之阵，以保我平安……"

"禽兽不如……"听到这里，钟晴已是又惊又气，厉声问道，"从入府开始，你便处心积虑要杀掉我们吧?！为什么?仅仅因为我们提到了二夫人的名字?！"

"这……"石老爷心虚地点点头，"羞月并非本地人士，嫁入石府五年来，甚少与外人接触，除我自己和府中少数上了年资的人之外，没有人知道羞月的闺名。你们初来乍到，竟能以她的姓名作敲门砖……我怎不起疑……又见你们并非一般江湖骗子，我虽自认当年之事做得天衣无缝，可到底还是放心不下……所以……宁枉勿纵，以帮我查找妖邪为名留你们下来，不论你们是真知情还是假知情……"

"无论我们真知还是假知，杀了我们便一了百了，对吧。"KEN顺口帮他把没有说出的下文说了出来，"所以你接连对我们下毒手，石牢、鸿门宴，包括今天这出栽赃嫁祸。"

石老爷的身子抖得厉害，不敢再抬眼看任何一个人，低头嗫嚅着："没能在石牢困住你们，我已知你们并非寻常人，而后你们竟寻到桃树林，我更是坐如针毡……但是，我没想到连散魂香都被你们识破……我深知凭我一人之力对付不了你们，于是在你们离府办事之后我下令家丁，在你们回来后将你们禁足府中，我则快马进京找到王爷，以找到恶盗为由，想借王爷的势力除掉你们……可是……"

"可是终没能如愿。"连天瞳满意地一笑，"你万没想到你的如意算盘却毁在你夫人手里吧，若不是她破了七木诛邪阵，石老爷怎会落到这般田地。啧啧，莫非当初石老爷布阵的时候，没有知会大夫人一声么？！”

连天瞳一语戳中他的痛处，若不是那两只怪胎找他索命，若不是钟晴他们拿性命相威胁，他怎么可能自揭往事，把那些见不得光的恶行一一坦白出来？！

“坏事的贱人……”石老爷连咬牙切齿的力气都没有了，“那日将木箱埋入桃树林时，我发现那贱人竟躲在暗处偷看，本打算连她一道解决掉，怪我一时心软，念我与她多年的夫妻情分，又怕府内短短数日内连逝两位夫人会惹人起疑，所以饶了她一命。只命令她永不得进入桃林中……”

“原来如此，难得恻隐一回，没想到害了自己。”连天瞳语含讥讽，随即转过头，对赵德芳说，“王爷，现下你可能作个判断了？！”

赵德芳的脸色已是难看至极，走到石老爷面前，怒斥道：“好你个石顺，竟干出连番人面兽心之行，还胆敢栽赃嫁祸妄想利用本王，委实罪大恶极！说！你呈给我当‘罪证’的翡翠马从何而来？！”

“王爷息怒啊……”石老爷扑倒在赵德芳脚下，磕头不止，“那翡翠马本是一对，当初王大人把另一只赠给了卑职……王爷息怒啊……是卑职鬼迷心窍……”

“简直荒唐！”赵德芳一拂袖，俊脸青一阵白一阵，不知是为这个混蛋的兽行气愤不已，还是为自己堂堂一个王爷却被自己的臣下给愚弄了而感到下不来台。

从头到尾，黑衣男子一直保持着安静，局外人般看着眼前发生的一切。

“连姑娘……各位高人……请饶我一命啊！”

求过了赵德芳，石老爷又转头朝连天瞳他们猛磕头，丑态毕露。

连天瞳眼睛微微一眯，并不理会他的哀求，却突然问道：“你为何要取二夫人的鲜血？”

石老爷猛一下停止了讨饶的动作，额头贴在地上，半晌没抬起来。

“对啊！”钟晴一拍脑袋，“杀人就杀人吧，为什么你还要你老婆身上的血？说！”

“我……”石老爷始终没有抬头，犹豫了好一会儿，终于听到了他断断续续的声音，“先皇在位时，曾遣我为他寻一件至宝，我行遍天下，终于找到藏宝之地，启出了这件宝贝，可是盛装此物的木匣因有神印封住始终不能打开，苦恼之际，幸得高人指点，教我取巳年巳月巳日巳时出生女子一身鲜血，以此血浸泡木匣，当能解除上头的封印。”

“二夫人正正符合此条件？”KEN脱口而出。

“羞月的八字的确如此。”石老爷哆嗦着，“可是并非只她一人，按那高人的测算，皇宫之内恰好有个宫女也是相同的八字。”

"那你为什么还拿自己的妻子开刀？"刃玲珑觉得这老家伙已经迈入变态的行列了。

"谁叫那贱人与人私通？还以为我不知道……那个家丁什么都招了……"石老爷气息越来越急促，"这般下作的女子，留来何用，倒不如用那一身血为我换来龙颜大悦……"

"简直不可思议！"知道了里头还有这层隐情，钟晴吃惊不小，追问道，"什么宝贝那么邪门，要用人血才能打开？"

"这……这……不能说……不能说啊……公子您饶了我吧，该招的我全都招了！"石老爷的头都磕出了血，回答钟晴这个问题，比让他承认自己是杀人凶手还难。

"当年他献给父皇的至宝，名为长生璧。"

赵德芳突然冒出这句话。

"王爷！"黑衣男子神色一变，似有阻止赵德芳之意。

"我自有分寸。"赵德芳一挥手，打断了黑衣男子。

"长生璧？！"钟晴眼珠一转，"那是个什么宝贝？"

"当年秦始皇为求长生不老，派徐福率三千童男童女出海寻不老药。行至蓬莱，徐福机缘巧合得到了一块玉璧，据说将此璧研粉服下，可令服者永生不死，与天地同寿。可是待徐福带着这件宝物返回时，秦始皇已经病亡沙丘。于是这块玉璧遂作为秦始皇的陪葬之物封于秦陵地宫之中，人称长生璧。"赵德芳神色严肃，顿了顿，继续道，"至此之后的千年岁月，想得到长生璧的人多不胜数，犹以历代皇室为甚，包括我父皇在内，无不想长生不死。但是，关于此璧究竟在何处，许多年来众说纷纭，一说此物一直深埋地宫从未见天日，一说当初李斯赵高等人贪图此物，不但未将其陪葬，还为它争得头破血流，乱战之下，长生璧流落民间。"

"长生璧……"KEN的眼中流过一丝异样的光彩，他看了看脚下狼狈至极石老爷，怀疑地问，"这么一件稀世神物，竟被他找到了？！敢问王爷，这个姓石的，究竟是什么来路？"

"此人官封礼部郎中。"赵德芳鄙夷地瞟了石老爷一眼，"不过是个挂名官职罢了，实际上，他专肆为皇室觅寻天下奇珍，故而深得先皇与当今圣上的欢心。寻宝倒也罢了，素闻此人手段残忍，听说他曾为得到一妇人自幼戴在腕上的一对血玉镯，竟生生断了她的双手。朝野之内，对他有微词者不在少数，奈何无人抓到他其罪当诛的真凭实据，又顾忌着圣上对他的信任，因此才任由他风光至今。"

"哈，闹了半天，竟是个禽兽版的夺宝奇兵呢。"钟晴气哼哼地说，"那现在，你有足

够的理由抓他回去了吧。杀妻杀婿栽赃嫁祸欺君罔上，条条都是大罪！”

“本王自会秉公办理。”赵德芳点头，“昨日他来找本王时，本王便觉事有蹊跷，此人向来只关心皇上后妃喜欢什么宝贝，怎地突然对京城里的盗案热心起来。因此本王随他前来，就是看看他葫芦里究竟卖的什么烂药。果然收获颇丰。”

“原来王爷心里早有一番打算。”KEN抱歉地冲赵德芳笑了笑，“起初我们还以为你们是同流合污之辈呢。”

“本王岂是心眼不明之人。”赵德芳大度地冲KEN摆摆手，“此等奸佞恶徒，人人得而诛之。若不是半道杀出你们几个，这老匹夫怎可能主动吐出他全部罪状？！说来，你们帮了本王一个大忙。”

“害人终害己，这是他的报应！”刃玲珑撇了撇嘴，问，“那王爷预备怎么处置这个坏蛋呢？”

“先押回京城，本王尚有别的事情要审他。”赵德芳冷冷说道，“审清之后，交刑部按大宋律例论处。”

“判刑嘛……怎么着也是砍头吧？！”钟晴解恨地说。

一听砍头二字，石老爷扑通一声瘫倒在地上，连磕头的力气都跑得精光。

一直在旁静听的连天瞳似乎并不关心石老爷最后会有什么下场，她蹲下来，逼视着绝望到崩溃的石老爷，问：“告诉我，助你设下七木诛邪阵的‘高人’，是否与教你用人血开封印的为同一人？”

“是……”石老爷半死不活地从嘴里吐出这个字。

“此人是何方神圣？”连天瞳追问。

“他……他是……”石老爷颤抖着嘴唇，欲说还惧。

正在此时，一阵清脆的响动从四面八方传来，听来，像是玻璃或是水晶缓缓裂开的声音。

而眼前，无数道形如闪电的细微光纹赫然出现在结界的边缘，蔓延之势异常迅速。

“不好。”KEN两步跨到结界边上，脸色一变，“结界要碎了！”

“什么？”

众人还没回过神来，只听哗啦一声，一直保护着他们的十字结界在瞬间裂成了无数不规则的光点，一如一大块被撞碎的玻璃一样，玻璃碴四下飞溅。

结界一破，众人的行踪立刻重新暴露在二夫人跟傅公子眼中。

“还以为你们有多高的本事。”二夫人松了口气，嘻嘻一笑，“原来只是障眼法。”

“我早说了他们不可能逃走的。”傅公子成竹在胸，随即将目光锁定在石老爷身上，恨恨道，“老匹夫，今日谁都救不了你，受死吧！”

说罢，他与二夫人对看一眼，旋即飞一般朝石老爷这边扑了过去。

而受他们操纵的黑虫子们，则分工明确地朝钟晴他们一拥而上。

这样一来，钟晴他们自顾不暇，谁还有心思去管那石老爷。

他二人想速战速决。

而事实也正如他们盘算的一样，面对杀上来的食人虫子，连天瞳拽着钟晴，和KEN兄妹一起，呼一下飞上了房梁。而那边的黑衣男子也同样架着赵德芳，蹿到了山神像背后，暂时避开了冲过来的虫子大军。

见扑了个空，虫子们立即调转头，齐齐调整高度，兵分两路朝房梁与山神像冲了过来。

连天瞳他们又是一纵，飞到了另一方房梁上，避开了又一轮攻击。

“妈的，光躲不是办法！这些虫子你先应付着，我去拿那两个怪胎开刀！”

钟晴火了，顾不得那么多的他甩开连天瞳拽着自己的手，腾一下从梁上跳了下来，升起灵力火速请出了钟馗剑。管他们是妖是鬼还是怪胎，先用钟馗剑劈了再说。只要能伤了这两个怪胎，那虫子大军应该是不攻自破。

连天瞳没有阻止他，只是飞身出来，与KEN兄妹一道，将虫子朝自己这边引，确保下头的钟晴有足够的时间去专心对付二夫人他们。

而被忽略在地上的石老爷早已经成了二夫人与傅公子手中的猎物。

一个掐着他的脖子，一个揪着他的头发，石老爷动弹不得，只痛哭流涕地大喊：“羞月……念我们多年夫妻情分，你放过我吧……我已知错……文诚……是我对不起你……你放过我啊……我……我找最好的法师为你超度……”

“你下毒之时，可曾念过夫妻之情？”二夫人的冷笑令人心颤，“我早知你猜忌成性，终日疑神疑鬼，容不得任何人背叛。可我怎么也没想到你竟连我这个枕边之人也不放过，轻信小人流言，认定我水性杨花……害得我……成了如今这副不人不鬼的模样……我如何能放过你？！”

“我说准岳父啊……当初我已酩酊大醉，根本没有察觉你干下的好事，你呀……疑心委实太重，为了保全你自己，连亲女的幸福也不惜葬送……”傅公子的手指已经嵌进了石老爷的脖子，灰白如雾的眼眸里一层无奈的悲绝，絮絮道，“我在柴房里瞧见紫芙了……多好的一个姑娘……如今疯疯傻傻……我知她对我念念不忘，可是现下的我，怎能见她……呵呵……超度……能度回何物？性命还是姻缘？！”

“都是我的错……都是我的错……我不是人……你们高抬贵手……饶过我……”石

老爷的脖子被掐得越来越紧，他从嗓子眼儿里用力地挤出声音，垂死挣扎。

一心同石老爷“叙旧”的他们，谁也没有留心已经走到他们身后不远处的钟晴。

其实，在听了他们刚刚所说的话后，钟晴在要不要一剑劈了他们的问题上小小犹豫了一下。

两个怪胎，说穿了不过是两个可悲的受害者而已。

如果他们肯主动撤掉那些不断分裂的虫子，再把石老爷这个罪魁祸首交给赵德芳处置的话，钟晴不想将他们弄得魂飞魄散。

“喂！”钟晴紧握钟馗剑，对他们下了最后通牒，“你们两个赶紧把那些虫子撤了，放了老头子，我不伤你们！”

二夫人与傅公子闻言，回过头，看笑话般看了钟晴一眼，傅公子更是轻蔑地笑道：“枉你与我容貌相近，怎地半点智慧都没有？！不知天高地厚的东西。”

而二夫人更是示威般抓起石老爷的右臂，露出自己的两排尖牙，一口咬下去，如兽类一样从他臂上撕下一块肉来。

石老爷一声惨叫，痛晕了过去。

“哼哼，我就是要他尝尝什么叫做切肤之痛。”二夫人吐掉口里的肉块，悲愤之情溢于言表，“我一心一意做他的女人，得来的是什么？！这个眼中只有他自己的可恨男人……我要他活活痛死！”

“你们！”

钟晴被他们俩气得发晕，他本一片好心，不领情不说，还敢说他没智慧？！

气极的钟晴不再同他们啰唆，眉头一锁，举剑便朝他两人劈了过去。

咻！

凌厉的剑气横扫而过，哪知对方早已瞅准时机，抓起石老爷闪开了去。

轰隆，剑气所过的地方，炸起了一片沙石，地上随之而出的大坑，透着红彤彤的光，里头，如有滚烫的岩浆在奔流一般，嗞嗞地冒着白烟。那些溅开的石子，颗颗通红，有几粒正好砸中了两只刚刚从上空飞过的虫子，顿时就见这些让人头痛的食人生物在一瞬间内，如水蒸气般消失在了空气里。

钟晴被吓到了。

看到这一幕的人，包括连天瞳在内，都露出了不同程度的惊讶之情。

钟馗剑虽然厉害，但是钟晴却从没想过以自己的灵力级别，可以造成如此大的破坏力。

略一回想，挥剑那一瞬间，除了他自己贯注剑上的一身灵力之外，似乎还有另一股若有若无的力量，在暗处推了自己一把。

只是轻轻一推，却带出一个一闪即逝的感觉——

毁灭……

短暂的失神之后，钟晴回转身，举剑指向二夫人同傅公子，趁势呵斥道："看到了没有？再跟我玩下去，你们跟那些虫子一样下场！还不束手就擒？！"

"休想！"

二夫人一声怒呵，可是从她与傅公子无色且略显扭曲的脸上，分明看出了他们对钟晴刚才那一招的震惊与畏惧。

钟晴脸一沉："是吗……"

话音刚落，他纵身跃起，横剑一挥，一股比刚才更为猛烈的剑气奔腾而出，势如破竹。

二夫人他们一见，慌忙闪开。

而行动稍迟了一些的傅公子，被剑气击中了右脚。

只听得他一声闷哼，轰然倒地。

他的右脚，霎时变成了烧红的烙铁状，更可怕的是，这种状态呈现出一种匀速的蔓延趋势，从脚上爬向他身体上的每一处地方。

"好难受……"傅公子紧紧抱住自己的脚，痛苦不堪地在地上滚动着。

然而，一切都是徒劳的，他无能为力地看着自己的身体一点一点变成红透的"烙铁"，由着那可以熔化一切的温度逐渐将自己湮没……

几道锐利的光芒从面目全非的傅公子体内射出。

砰！

一片火星飞溅之中，傅公子消失无踪。

头顶上，那吵得人心烦的嗡嗡声也突然戛然而止——一直在空中与连天瞳他们纠缠的虫子们，也在此时悉数失踪。

"你也要试试吗？"

钟晴的剑尖，指向了挟持着石老爷逃到另一方的二夫人。

"钟晴……"

跳回地上的KEN，站在离钟晴不远的地方，愣愣地看着他，从面前那大坑里贯出的热浪接连扑到他脸上，灼得皮肤阵阵发疼。

"他……他什么时候变这么厉害了……"刃玲珑看怪物似的看着钟晴，嘀咕着。

连天瞳微皱着眉，沉默不语。

“你……你休想得逞……”二夫人咬着牙，垂下头，讷讷说道，“此人……害我终生……他必须死……必须死……”

说罢，她扭头瞟了瞟身后“岩浆”翻滚的大坑，把石老爷抓得更紧了，附耳在他耳畔说道：“老爷，同生无望，那便同死吧……”

当众人突然意识到她要做什么时，二夫人已然搂着石老爷一起，一个翻身跳进了坑里。

“喂！你……”

来不及阻止，一两秒的时间，无数朵耀眼的火花奔涌而出。

一阵刺耳的惨叫从坑里传出，金红交织的“岩浆”里，伸出两只焦炭般的手，胡乱地挥舞几下，最后无力地沉了下去，熔化得无影无踪。

除了从坑里不断冒出的白烟，除了偶尔溅起的火花，除了从大家身上发出的不均匀的呼吸声，整个山神庙终于恢复了平静。

钟晴收起钟馗剑，一屁股坐到了地上，虚脱般地喘着粗气。

“你……无恙吧？”连天瞳走过来，看定钟晴。

“我？”钟晴抬起头，有些茫然地应道，“我没事。不过……有点累。”

“下手那么重，不知道耗了多少元气……”KEN神色复杂地盯着钟晴，笑了笑，“不累才奇怪。”“歇息片刻吧。”

丢下这句话，连天瞳走到石老爷跟二夫人的葬身之地前，双目微闭，念动咒语。

稍顷，一股冰澈清流，从空中倾注而下，端端落入了热浪逼人的大坑之中。

水火相遇，浓烈的白烟蹿起，嗞嗞声不绝于耳。

过了好一会儿，白烟散尽，热气不再，地上只留下一方焦黑的寻常土坑。

连天瞳睁开眼，轻轻吁了口气。

这时，一直被黑衣男子保护着躲在山神像后的赵德芳跳了出来，目瞪口呆地打量着四周的一切，最后把目光停在连天瞳他们一行人身上，脱口而出：“你们究竟是何方高人，竟有如此本事……委实令本王大开眼界。”

“王爷谬赞了。”连天瞳垂眼一笑，“不过是山野小民罢了。”

“这……”赵德芳显然已经被他们的种种表现给镇住了，追问道，“未请教诸位高姓大名？”

“草民连天瞳，那几位是我的亲朋好友。”连天瞳草草带过。

“连天瞳……”赵德芳重复着，旋即感慨道，“荒郊野地，竟被本王遇到如此奇人，大幸，大幸！”

“未请教王爷，这位身手不凡的大人，莫非是您的贴身侍卫？”面对赵德芳的景仰佩服，连天瞳似乎对他身边那黑衣人的身份更有兴趣。

“非也。”赵德芳摆摆手，转头对黑衣男子笑道，“自报家门吧。”

“是。”黑衣男子略一欠身，而后看定连天瞳，姿态优雅地收起展开的折扇，说，“在下温青琉，任职钦天鉴。”

“哦……”连天瞳摆出恍然大悟的模样，笑，“原来是钦天鉴大人，难怪身手出众。”

“连姑娘过誉了。”温青琉仍是一脸浅笑，“呵呵，姑娘和众亲朋的本事……怕不在我之下呢。”

“两位都是不相伯仲的高人，不必谦虚了。”赵德芳打断他们两人的互相吹捧，垂眼瞄了瞄石老爷的葬身之地，皱眉道，“只可惜，这老匹夫死得这么快……”

“莫非王爷还有心事未了？”连天瞳见他面带惋惜，似乎对石老爷的死有些耿耿于怀。

赵德芳叹口气，有口难言地摇摇头：“难得找到一个千载难逢的机会……唉，罢了罢了，人都死了，还有什么可说的？”

“机会?！王爷不妨将实情相告，或者我们能为您分忧也不一定。”连天瞳柳眉一挑，“当然，若王爷信得过我们几人的话。”

“这……”赵德芳犹豫着。

“呵呵，王爷若不便明示，不必勉强。”连天瞳一拱手，“此事已了结，我们尚有要事在身，就此作别。”

说完，她回身对钟晴他们几个说道：“我们走吧。”

一众人很快挪步朝庙门口走去。

这前脚还没迈出门去，后头的赵德芳一声呼喝：“几位留步！”

四个人下意识地停住了步子。

钟晴显然还没有从刚才的“意外”里头恢复过来，回过头，疲倦又有些烦躁地说：“那个家伙还想干吗?！”

“兴许是想通了吧。”连天瞳笑得深邃。

赵德芳快步走到他们身旁，看了看外头渐渐好转的天气，确认了在场的只有他们几个之后，终于严肃地说道：“本王与你们萍水相逢，谋面不过半日，按理是不该将下头的话讲与你们听的。”

没有人搭腔，他们几个盯着这个小王爷，都耐着性子等待他的下文。

“不过，本王一向以自己的眼光为傲，被我看中的人，即便不算人中龙凤，也是正人君子。”赵德芳扫视着他们几人，“你们几位，虽不知来历，但是……本王信你们。”

听到这儿，温青琉的嘴唇动了动，像是想开口，可是一碰到赵德芳笃定的眼神，他只得继续保持沉默。

“得王爷青睐，实为我辈之大幸。”一句再普通不过的奉承话，从连天瞳口里讲出来，却显得犹为诚恳。

赵德芳点点头，挂着一脸与其年龄不相符的老成持重，缚手向内踱了几步，问：“京城里的盗窃案，你们虽未牵涉，如今也略知一二了吧？”

“从王爷和那石老爷之前说过的只言片语里，大概了解了一些。”连天瞳如是答道。

“不就是几户有钱人家被盗了吗？！”刃玲珑插嘴道，“感觉并不是多严重的事情嘛。偌大一座京城，发生点偷盗之事，平常得很呀。”

“若只是些财物失窃，纵使价值连城，也不过是普通的案子。”赵德芳斜睨了刃玲珑一眼，似在笑她无知，“如此，何须本王亲自出面。”

“愿闻其详。”连天瞳示意刃玲珑不要再说话。

“京城好些达官贵人失了贵重财物，不足为怪。”赵德芳回过身，顿了顿，“然，当今皇上也丢了东西，那便是天大的事了。”

“皇帝也被偷了？！”钟晴这下好奇了，忙追问，“据我所知，皇宫向来都是禁卫森严，尤其是皇帝周围，更是里三层外三层，怎么会被小偷光顾呢？丢了什么金银财宝呀？”

“若是金银财宝，那倒无妨了。”赵德芳苦笑，“皇上丢的，是那方‘承天受命之宝’——国玺，还有……国玺丢失的次日，皇上早起之时，竟发现身上盖的锦被与头下垫的羊脂玉枕也不见踪影，搜遍寝宫也未知其下落。”

听过，连天瞳脸上的表情没有改变，只略略点了点头。

“不是吧。”钟晴一挤眼睛，习惯性地捏着自己的下巴，疑惑地说，“国玺算得上是个宝贝，可是，犯不着连枕头和被子也打包带走吧？！难道这两件东西也是价值连城？”

“羊脂玉枕虽也是罕有之物，但此物在宫中存有两件，另一件却完好无损。至于那锦被，不过是品质上乘的寻常织品罢了。”赵德芳很快便否定了钟晴的猜测，再开口时，眉头锁得更紧了，“丢了国玺，皇上固然担忧。可是更令皇上寝食不安的，却是后头那两件平常的物事。”

“哦？”KEN越听越觉得蹊跷，“这么说来，皇上担心枕头被子比担心国玺还多？！”

“国玺一直存于宫中秘地，竟也被盗，自然惹人惶恐。但是，想那枕头与锦被，却是皇上的贴身之物哪。”赵德芳一番话，尤其是后头那句，似是另有暗示。

“贴身……”钟晴想了想，突然明白过来，“哦，知道了！你的意思是，那个盗贼既然能在你们全不知情的状况下偷走皇帝的贴身东西，那就表示……他可以轻易对皇帝动刀动枪，如果他愿意的话。”

“卧榻之侧，岂容他人鼾睡。”赵德芳叹口气，“何况被人连被子枕头都盗走了。如此，皇上怎不肝火大动，怎不如临大敌？！”

“这倒奇怪了……”KEN想来想去也想不通，“偷国玺的事，自古以来似乎发生过不少。但是偷皇帝的被子枕头，这就有点……嗯……只丢了这三件东西么？”

“正是。”赵德芳点头，“宫中失窃后不过数日，京城内即传有恶盗入各大府第行窃。因而皇上疑心两件事情互有关联，怕是同一人所为，故而秘密责令本王以调查京城那些普通盗案为遮掩，暗地追查凶手。可惜，本王明察暗访已近半年，至今亦没有头绪。可是，大约七天之前，城中又现那盗贼的踪迹，谢府张府王府相继被窃，闹得人人自危。本王正为此事头疼，那石顺便跑来告密了。”

“看来是个出手利落且有些怪癖的行家呀。”连天瞳呵呵一笑，“不知王爷接下来又有何打算呢？”

“这怪盗，来无影去无踪，犯案多起却从未留下任何蛛丝马迹，委实令本王为难哪。”赵德芳的眉间已经形成了一个川字，继而，又别有深意地说了一句，“若非皇上执意缉拿，本王倒有意睁只眼闭只眼，由这怪盗去吧。”

“为什么？”刃玲珑当即问道。

“你们有所不知，那些被盗的大户人家，当家的大都是朝廷命官。”一丝幸灾乐祸的顽皮笑意从赵德芳眼底擦过，“而这些官员，尽是些道貌岸然的家伙。明着为国为民，暗里却贪赃枉法欺压百姓。本来就是不义之财，被窃了也是该的。至于被烧了十间房屋的张大人，更是个老奸巨猾多行不善的卑鄙之徒。”

“原来被偷的都是贪官污吏呀？”钟晴对这个自己不久前还视其为耻的盗贼的印象顿时改观了，“从另个角度来说，还算是件大快人心的好事呢！”

“就是就是！偷得好！”刃玲珑拍掌笑道，随即又对赵德芳扮了个鬼脸，“谁叫你们这些高层人物驭下不严，任这些贪官胡作非为，这些败类，本就该见一个杀一个！只烧了他们的房子，实在是太便宜他们了。”

“本王何尝不想斩尽那些败坏朝纲之徒？！”赵德芳并不计较刃玲珑言语里的冒失，无奈地笑了笑，“你可知拔出萝卜带出泥这个道理？这些官员，身居要职，背地里干着拉党结派的勾当，对他们动刀，稍有偏差，便有可能会祸及我大宋江山。朝内一旦不稳，那些一直觊觎我万里山河的契丹人定会借机作乱，先皇辛苦创下的基业便会……唉……罢了罢了，小姑娘，你非朝中之人，与你说这些你也不会明白。”

“我……”刃玲珑被他一句“小姑娘”呛得说不出话来。

“王爷年纪轻轻，便有此等忧国忧民之心，实乃百姓之福气。”连天瞳很是钦佩地笑了笑，又问：“那不知王爷在石老爷死后所说，错过了千载难逢之机，究竟所谓何事？”

“这……”赵德芳脸色一变，看了看众人，犹豫片刻，缓缓说道，“三年前，石顺将长生璧秘密献与先皇，先皇一见此物，当下爱不释手，奉若神明。之后数月，先皇抱恙，太医束手无策。开宝九年之冬夜，病重的先皇将寝宫之内的所有内侍姬妾逐出，后趁夜秘宣石顺入宫。那晚，风雪交加，其寒无比，石顺入了寝宫之后，时隔不久，宫中之人便隐约见到寝宫窗户内时有烛影摇动，其后更是听到一阵斧凿之声。及至深夜，石顺才从寝宫离开。据当时当差的太监讲，石顺离开后不久，先皇又宣召当时尚为晋王的皇上前往寝宫议事，直到次日凌晨，晋王方才离开。天明之后，当值太监入寝宫请旨，方发觉先皇已驾崩榻上。事后经太医查验，确认先皇是因病猝亡。”

一口气说到这儿，赵德芳停住了，脸色越发凝重起来。

“莫非……”连天瞳压低了声音，几乎耳语般对赵德芳说道，“王爷是质疑先皇的死因？！”

“连姑娘，此事关系重大，切勿妄言。”赵德芳竭力作出镇定之态，继续道，“先皇猝然驾崩之后，本王寻遍整座寝宫，也没有找到一直供奉于此的长生璧。倒是在先皇的床榻前，发现了一些细小的绿色粉末，本王取了一些找人查验，证实此粉末应是上等玉器碎开后所成。故而本王以为，先皇驾崩前，定是服下了被研成粉末的长生璧。”

“不是说服下长生璧可以长生不老吗？”钟晴想了想，直言不讳地说道，“虽然我个人认为这世上存在长生药的几率实在太小，不过，如果真像你说的那么神，那你老爹……不是……你父皇没道理在服了这个以后还是免不了一死呀。除非……那石老头子献上来的是假货！”

“这也正是本王一直怀疑的。”赵德芳看定钟晴，“但是，迄今为止，以上的一切都只是无凭无据的推论罢了。那夜在先皇寝宫之内究竟发生过什么事情，除了先皇本人与石顺之外，无人知晓。两年来，本王想了诸多办法，想从石顺身上查到线索，奈何那只老狐狸滴水不漏，终日只专心为当今皇上寻宝觅珍，而本王又不便有大动作，故而一直拖到现在。方才本王见石顺已经被你们逼到后路全无，便知此时正是揭开当年烛影斧声之谜的大好时机，却没料到……唉……这唯一的线索也断了。”

“死得真不是时候呢。”连天瞳也遗憾地摇摇头，继而转头看向温青琉，“温大人难道没有起个卦什么的，助王爷解开疑团么？”

“连姑娘说笑了，在下才疏学浅，虽身为钦天鉴，却只知推算天文历法，占卜起卦之术，实非擅长。”明明是在承认自己力不能及，可温青琉的语气里听不出半点局促，不露痕迹地反将了连天瞳一军，“依在下看，连姑娘与在场诸位，方是能帮王爷了却心病的高人。王爷，微臣说的可在理？”

“不错不错，说得极是！”温青琉的话正正合了赵德芳的心意，他顺势对连天瞳他们说道，“本王信得过诸位，才将这些事情如实相告，亦深信若各位肯助一臂之力的话，解开本王心中谜团便指日可待。”

“王爷想让我们帮你查那怪盗的下落，还有……长生璧？”连天瞳的眼睛微微一眯，一语道出了赵德芳心中所想。

“正是。”赵德芳心头暗喜，“想各位常年走动于江湖，且身怀异术，查探起事情来，定然方便许多，那来去无踪的怪盗恐怕逃不出各位的手心吧。至于长生璧，本王只想知道石顺献给先皇的究竟是不是赝品，若先皇是因为服下假的长生璧而亡，那石顺便是一条弑君大罪，想他一个小小的礼部郎中，整日想的就是如何讨好皇上，又怎可能干下此等大逆不道且对他自己一点好处都没有的事？！”

“王爷不必再多言，我已然明了您的意思。”连天瞳适时接过了话头，对赵德芳拱手道，“蒙王爷如此信任，我们定当尽力为王爷查找那怪盗的下落。至于长生璧，若有朝一日机缘巧合，被我们得了与之有关的消息，定会及时知会王爷，希望能助王爷达成心愿。”

“呃……”也许觉得连天瞳的承诺没有自己想象中的斩钉截铁，赵德芳又说，“本王的意思是，各位可否随本王进京，今后便住在我秦王府中，一旦有什么消息，交流起来也会更方便一些。不知大家意下如何？！”

“王爷厚意，我们心领了。”连天瞳当即拒绝，“只因我们还有要事在身，不便多作停留。至于托付给我们的事，王爷大可放心，一旦我们有所收获，定会一字不漏地通知王爷。”

“这……这……”赵德芳一时语塞，本想再出言挽留，可一见连天瞳眼里不容撼动的坚决，他只得放弃了自己的打算，遗憾地笑了笑，“高人就是高人，看来注定是神龙见首不见尾了。也罢，本王不愿强人所难，这两件棘手的事情，就拜托诸位了，希望能早日揭开本王心头疑团。”

“我们定当尽力。”连天瞳微一颔首，随即她走前一步，指了指庙门外头，对赵德芳说道，“王爷，可否借一步说话？！”

赵德芳一愣，旋即点头应允，随连天瞳一道走出了山神庙。

庙外，雨住风停，灰暗的天色已然渐渐亮开，连天瞳踩着一地混着人血的积水走到了前头的一棵大树下。

赵德芳跟了过去，不解地说：“连姑娘，你这是……”

“恕天瞳开门见山，”连天瞳看定赵德芳，“有一事，望王爷可以相助。”

“哦？”赵德芳爽快地说，“有何事？但说无妨，只要本王能办到。”

连天瞳笑笑，说：“天瞳想借收藏于宫中的盘古斧一用。”

“盘古斧？！”赵德芳吃了一惊，“你……你如何得知皇宫中有此宝物？”

“王爷不是赞我是高人么？！”连天瞳半开玩笑地应了一句，而后正色道，“天瞳没想到能与王爷意外结识，想王爷是皇室中人，要取这盘古斧应非难事吧。望王爷成全，天瞳急需此物前去救人性命。”

“这……”赵德芳面露难色，“并非本王不帮你，而是那盘古斧的真容，连本王都未曾亲见，只知此物一直被封在宫中某处的密室之中，并有专人看守，先皇曾下旨，严禁任何人接近，即便是本王，也无能为力呀。连姑娘要救人，恐怕要另谋计策了。”

听罢，连天瞳轻叹了口气，却没有显出失望之态，笑了笑，说：“连王爷都取不到盘古斧，看来天瞳只得另想办法了。”

没能帮到连天瞳的忙，赵德芳反倒觉得过意不去，忙说：“连姑娘有其他事需要本王相助么？除了盘古斧，皇宫中的其他宝物本王也许能帮你取来。”

“多谢王爷了，天瞳会自行想想别的方法。”连天瞳婉言谢绝了他的好意，“既如此，我们也该告辞了。”

说罢，她返身走回庙门前，叫出了钟晴他们。

“你跟那小王爷嘀咕什么去了？那么神秘？”刚一出来，钟晴便迫不及待地问道。

“稍后再说。”连天瞳看向来时拴马的草棚，道：“还好，马匹还在，赶紧上路吧。”

见她面有催促之色，刃玲珑跟KEN忙快步走了过去，一人牵了两匹马出来。

刚要接缰绳，钟晴像是想起了什么大事似的，把缰绳朝KEN手里一扔，几步跑到赵德芳面前，嘻嘻一笑，边说眼睛边往赵德芳系在腰上的玉佩上瞟：“小王爷，相识一场，是你我的缘分，能不能赠我点东西当纪念品？嘿嘿，这样的话，以后我只要一见到你送的东西，就能想起我钟晴曾跟您这样神仙似的人物并肩作战过，我也不枉在世上走一遭了。”

“纪念品？”赵德芳不太明白。

“嗯……就是信物……对，信物！”钟晴想了半天，终于想到了一个适合古人理解的词汇，“将来如果我们有了王爷要的消息，上门通知你的时候，万一你王府的侍卫把我们当不法之徒拦在门外怎么办，那不是耽误事么？”

“哦……”赵德芳终于明白了他的意图，想了想，果断解下了腰上价值不菲的玉佩，交到钟晴手中，说，“此玉佩是本王随身之物，王府上下都识得，将来你们若要见本王，出示此物便可。”

“好好好！一有怪盗或者长生璧的消息，我们第一时间通知你！”钟晴捧着玉佩，喜笑颜开地直点头。

走回到连天瞳他们身边，钟晴得意又兴奋地冲他们眨了眨眼，把玉佩小心揣进了怀里。见状，KEN无可奈何地苦笑：“这个贪财的家伙……”

几人翻身上了马，经过赵德芳跟温青琉身边时，连天瞳看了看温青琉，微微一笑，对他二人道了句：“后会有期。”

说罢，她一夹马腹，白马嘶鸣一声，箭一般冲了出去。

“王爷，谢谢你的玉佩哟！Bye！”

策马离开前，钟晴不忘冲赵德芳用力挥挥手，就差给他一个飞吻了。

看着他们几人远去的背影，赵德芳叹口气：“但愿本王没有看错人。”

“钟晴……”温青琉低喃一声，刷一下展开了折扇，轻轻挥着，眼藏冷笑。

（上卷完）

**图书在版编目（CIP）数据**

雌雄怪盗·上／裟椤双树著.——北京：新世界出版社，2012.1

ISBN 978-7-5104-2523-3

Ⅰ.①雌… Ⅱ.①裟… Ⅲ.①长篇小说－中国－当代 Ⅳ.①I247.5

中国版本图书馆CIP数据核字(2011)第277388号

**雌雄怪盗·上**

作　　者：裟椤双树
责任编辑：王　晋
装帧设计：余一梅
责任印制：李一鸣 黄厚清
出版发行：新世界出版社
社　　址：北京西城区百万庄大街24号（100037）
发 行 部：（010）6899 5968 （010）6899 8733（传真）
总 编 室：（010）6899 5424 （010）6832 6679（传真）
http://www.nwp.cn
http://www.newworld-press.com
版 权 部：+8610 6899 6306
版权部电子信箱：frank@nwp.com.cn
印　　刷：三河市骏杰印刷厂
经　　销：新华书店
开　　本：710×1000　1/16
字　　数：260千字　印张：15.5
版　　次：2012年3月第1版　2012年3月第1次印刷
书　　号：ISBN 978-7-5104-2523-3
定　　价：26.80元